Marco Monetha

Jonas

Für Emily Bella,
Geschenk und Geheimnis meiner Kraft

Marco Monetha

JONAS

Thriller

Schardt Verlag

Originalausgabe – Erstdruck

Bibliographische Information der Deutschen Bibliothek:

Die Deutsche Bibliothek verzeichnet diese Publikation in der *Deutschen Nationalbibliografie*; detaillierte bibliographische Daten sind im Internet über *www.d-nb.de* abrufbar.

Umschlaggestaltung: Evelyn Roh

1. Auflage 2017

Schardt Verlag
Metzer Straße 10 A
26121 Oldenburg
Tel.: 0441-21 77 92 87
Fax: 0441-21 77 92 86
E-Mail: kontakt@schardtverlag.de
www.schardtverlag.de

ISBN 978-3-96152-093-0

Prolog

Die schwere Metalltür schließt sich mit einem leisen, dumpfen Geräusch. Sie hockt zusammengekauert in der hintersten Ecke des Raumes und lauscht auf das vertraute Knacken der Schlösser, die kurze Zeit später die Tür verschließen.

Die ER verschließt.

Sie zieht ihre Beine noch ein wenig näher ans Kinn, umschließt die Knie mit den Armen und versucht sich zu beruhigen. Jedes Mal, wenn er den Raum betritt, schießt ihr Puls in die Höhe, und sie zittert. Es sei denn, er hat einen entspannten Gesichtsausdruck, dann fühlt sie sich sicher. Aber heute machte er einen verärgerten, finsteren Eindruck. Mit der Zeit hat sie gelernt, sein Gesicht zu lesen, sich auf seine Laune einzustellen.

Er war nicht sehr lange da, brachte ihr Frühstück – zwei Scheiben Schwarzbrot, eins bestrichen mit Marmelade, das andere mit Leberwurst und dazu einen Becher Milch –, setzte sich auf den Toilettendeckel und sprach kein Wort, sondern sah ihr nur beim Essen zu. Nachdenklich.

Wie immer, wenn er schlechte Laune hat, hat sie versucht, ihn zu ignorieren, ihn auszublenden, aber es gelang ihr nicht. Auch wenn er nur stumm dasitzt, hat er doch eine unglaubliche Präsenz, was nicht nur an seiner beachtlichen Körpergröße von über zwei Metern liegt. Es ist hauptsächlich seine Wesen. Seine Aura. Beruhigend und beängstigend zugleich. Auch nach dieser ewig langen Zeit, es müssen einige Jahre sein, kann sie ihn noch immer schwer einschätzen.

Als ihr Puls sich etwas beruhigt hat und sie sicher ist, dass er nicht zurückkommen wird, steht sie auf, streicht ihr dünnes, ausgeblichenes und fadenscheiniges Nachthemd glatt und geht einige Schritte im Kreis, ihre Arme fest um den Oberkörper geschlungen, als müsste sie sich wärmen. Viel Platz hat sie nicht in diesem etwa drei Meter mal vier Meter großen, fensterlosen Raum.

Ihr Blick streift über die rauen, grauen Wände, ohne sie wirklich zu erfassen. Sie sieht die Toilette, den Tisch mit Hocker und die schwere Metalltür, nimmt sie aber nicht wahr.

Wie so häufig kreisen ihre Gedanken um ihre Familie, ihre Liebsten und *den* Liebsten. Darum, wie sie in diese Situation geraten konnte, und ob sie es verdient hat, in dieser Situation zu sein. Sie ist unsicher. Jasmin weiß, dass sie ein schwieriger, unbequemer Mensch war. Damals, als sie noch in Freiheit lebte. Wie lange mag das her sein – acht oder neun Jahre? Sie hat jegliches Zeitgefühl verloren.

Zu Beginn ihrer Gefangenschaft hatte sie ihn oft gefragt, welchen Wochentag sie gerade hatten. Mit der Zeit verlor es aber an Sinn, denn es war letztendlich egal. Sie saß in diesem Loch fest und war den Launen eines gestörten Menschen ausgeliefert. Sie hatte keinerlei Einfluss. Auf gar nichts. Sie konnte ihr Leben nicht selbst bestimmen. In so einer Situation spielt das Datum keine Rolle mehr, denn es zieht einen nur runter.

Also entschloss sie sich eines Tages, nicht weiter nachzufragen. Nur ein Tag im Jahr war ihr wichtig, und wenn dieses Datum kam, ließ sie sich davon überraschen und zählte nicht die Tage, bis es so weit war.

Jasmin lehnt sich mit dem Rücken an die Metalltür und betrachtet gedankenverloren die Deckenbeleuchtung. Ihre ungekämmten dunkelbraunen, langen Haare umrahmen ihr Gesicht. Diese Einsamkeit, sagt sie laut vor sich hin. Diese ständige Anspannung. Die Angst, wenn sich die Tür öffnet. Wie mag er drauf sein? Tut er mir weh? Wie lange bleibt er? Ungewissheit kann einen mental zerstören, das hat sie schnell gelernt.

Aber das Verrückte an Jasmins Situation ist, dass viele Dinge, die er mit ihr anstellte und die sie anfangs fast in den Wahnsinn getrieben hatten, ihr heute gar nicht mehr so schlimm erscheinen. Zeitweise hatte sie sogar Mitleid mit ihm. Ja, sie fühlte sich manchmal sogar zu ihm hingezogen, so unglaublich das auch klingen mag.

Es gab eine Situation, da hatte sie ihn tatsächlich in den Arm genommen, um ihm ihr Mitgefühl auszudrücken. Aus freien Stücken und ohne sich verstellen zu müssen. Empathie in ihrer reinsten Form. Und es gab andere, ähnliche Situationen. An manchen Tagen zweifelt sie deshalb an ihrem geistigen Zustand. Es kann doch nicht normal sein, dass man sich mit einem perversen Sadisten emotional verbunden fühlt.

Sie stößt sich von der Tür ab und geht ein paar Schritte, um sich auf die Matratze fallen zu lassen, die in der rechten hinteren Ecke auf dem nackten Boden liegt und nur mit einem kleinen Kissen und einer dünnen Sommerdecke bedeckt ist. Sie legt sich auf den Rücken und starrt erneut die hell leuchtende Glühbirne an, die sich unter einer dicken Plexiglasplatte befindet, damit sie keine Chance hat, an den Stromkreis heranzukommen. Er hat wirklich an alles gedacht.

Das war nicht immer so. Er hatte auch Fehler gemacht, die ihm teuer zu stehen gekommen waren. Aber ihr anschließend auch. Ihr Lebenswille war damals enorm groß. Jasmin war stark. Sie nutzte eine Zeitlang jede sich bietende Möglichkeit, zu fliehen oder es ihm zumindest schwerzumachen, sie hier gefangen zu halten wie ein Haustier. Doch mit jedem missglückten Versuch ihrerseits kam auch eine entsprechende Reaktion seinerseits. Emotionslos. Erbarmungslos. Brutal.

Sie schließt ihre Augen. Abscheu macht sich in ihrem Körper breit, wenn sie daran denkt, was dieser Mann ihr angetan hat und vielleicht noch antun wird. Wieder und wieder. Und wieder.

Es ist beinahe ein Wunder, dass sie noch nicht wahnsinnig geworden ist. Oder ist sie das vielleicht schon längst, nur merkt sie es selber gar nicht? Wie konnte sie diese ewig lange Zeit bis jetzt überleben?

Nicht, dass Jasmin nicht versucht hätte, sich selbst das Leben zu nehmen. Etliche Male hat sie es versucht. Nur leider ist es bei dem Versuch geblieben. Oder zum Glück? Schwer zu sagen.

Sie seufzt leise und dreht sich auf die Seite, die Beine angezogen, die Hände vor dem Mund verschränkt. Plötzlich geht ihr Mirko durch den Kopf. Ihre große Liebe. Tränen schießen ihr in die Augen, und sie beginnt zu schluchzen. Und wie jedes Mal, wenn sie an ihn denkt, taucht der letzte gemeinsame Tag von ihnen beiden vor ihrem geistigen Auge auf. Die letzten Stunden. Minuten. Wieder durchlebt Jasmin den schrecklichsten Tag in ihrem Leben aufs Neue. Muss ihn durchleben, damit sie die Erinnerung an ihn, Mirko, nicht verliert. Damit sie etwas hat, an dem sie sich festhalten kann. Etwas, das sie glauben lässt, dass es Schönes auf der Welt gibt und es sich lohnt, dafür zu kämpfen oder zumindest durchzuhalten.

Sie streckt ihre Hand aus, greift nach etwas Unsichtbaren, die Augen weiterhin fest geschlossen. »Mirko! Lass uns heute Spaß haben«, flüstert sie leise in den Raum. Dieselben Worte, die sie an dem schicksalhaften Morgen gesprochen hatte. »Lass uns etwas Verrücktes machen!«

1

Bad Bederkesa, Sonntagabend, 23. August 2015

Bis dass der Tod euch scheidet.

Kauend schaue ich von meinem ravioligefüllten Teller auf und blicke hinüber zu meiner Frau. Miriam.

Bis dass der Tod euch scheidet. So hatte es geheißen. Damals. Als wir voller Zuneigung den Stand der Ehe eingingen.

Wenn ich sie mir jetzt so anschaue, dann lieber heute als morgen.

Ich sitze am Esstisch im Wohnzimmer unseres gemeinsamen Hauses und starre auf das vierzigjährige Häuflein Mensch, das sich auf unserem Sofa lümmelt. Die Beine hat sie an den Oberkörper gezogen und eine beige Wolldecke über die Füße gelegt.

Wir haben draußen sommerliche fünfundzwanzig Grad Celsius, und sie legt sich eine Wolldecke über die Füße. Erstaunlich. Die Kleinigkeiten, die ich am Anfang unserer Beziehung noch süß und drollig fand, finde ich jetzt nur noch nervig und abstoßend. Wie kommt das?

Ein Bekannter, seit zwanzig Jahren verheiratet, erzählte mir einmal, dass es die kleinen Macken und Marotten sind, die er an seiner Frau so liebt. Nicht das Perfekte oder Erhabene würde ihn ansprechen und seine Frau so liebenswert machen, sondern die kleinen Ticks. Zum Beispiel, dass sie beim Schlafen leise vor sich hin schmatzt. Oder dass sie zur sprichwörtlichen Salzsäure erstarrt und sich keinen Schritt bewegt, wenn sie eine Spinne in ihrer Nähe entdeckt.

Ich habe ihm damals sehr freundlich zugenickt. Gedacht habe ich natürlich etwas anderes: Idiot.

Aber so sind die Menschen halt. Sie reden sich den Scheiß in ihrem Leben immerzu schön. Keine Ahnung, warum. Vielleicht um sich selbst zu ermutigen. Wenn man sich Dinge oft genug einredet, dann glaubt man es wahrscheinlich irgendwann tatsächlich selber.

Ich tue das nicht. Ich sehe die Macken meiner Frau und denke: Das sind Macken. Die Geräusche, die sie macht, wenn sie isst. Dass sie mit Taschentüchern ihre Achseln trockenwischt, wenn sie schwitzt, und die versifften

Tücher anschließend in ihre Handtasche steckt, wo sie mehrere Wochen zur Herberge unzähliger Keime und Bakterien werden.

Das ist nicht liebenswert. Das ist widerlich. Und ich mag es nicht.

Nicht dass ich mich für den perfekten Ehemann halten würde, im Gegenteil. Ich bin ein Durchschnittstyp. Normal gebaut, einen Meter achtzig groß und nicht gerade ein Orlando Bloom, aber auch nicht hässlich. Ich besitze noch mein komplettes braunes Haupthaar, habe dafür aber auch welche auf dem Rücken. Leidenschaft und Esprit besitze ich in etwa so viel, wie ein deutscher Verwaltungsfachangestellter am Montagmorgen Lust hat zu arbeiten. Also kaum bis gar nicht.

Aber das war mal anders.

Miriam und ich kennen uns seit der Grundschulzeit hier in Bad Bederkesa, einem Fünftausend-Seelen-Dorf zwischen Cuxhaven und Bremerhaven. Schon als Kinder waren wir unzertrennlich. Da wir nah beieinander wohnten, hatten wir viel miteinander gespielt und Zeit zusammen verbracht.

Sie war sogar meine erste feste Freundin. Wir steckten uns die berühmt berüchtigten Zettelchen zu. In der Mathestunde, ich weiß es noch genau. Der Klassiker. Willst du mit mir gehen? Ja, nein oder vielleicht – zum Ankreuzen. Sie entschied sich für ja.

Die Beziehung hielt zwei Pausen. Im Biologieunterricht waren wir dann wieder getrennt, sind aber trotzdem Freunde geblieben.

Gefunkt hatte es schließlich, als wir in der Discothek Roes, ein Dorf weiter, zusammen etwas getrunken hatten. Der Treffpunkt schlechthin, wenn man aus dem Umkreis kam und ordentlich abfeiern wollte. Wir hatten beide schon einige lockere Beziehungen hinter uns und waren zu diesem Zeitpunkt nicht sehr zufrieden mit dem Angebot an potentiellen Partnern. Ich war gerade siebzehn geworden, als wir uns in der dunkelsten Ecke der Diskothek und mit ungefähr zweieinhalb Promille im Blut näherkamen. Bruce Springsteen sang rauchig von den *Streets of Philadelphia*. Ein Dosenöffner, wie wir Jungs damals gerne spaßten. Da wir uns schon so lange kannten, war es herrlich unkompliziert, und dann ging es Schlag auf Schlag. Der erste gemeinsame Sex, danach feste Beziehung, die erste gemeinsame Wohnung und schließlich das eigene Haus.

Wir waren uns sicher. Sehr sicher. Am Ende zu sicher.

Heute denke ich anders über die Institution Ehe. Wie sagte doch der schwedische Schriftsteller Strindberg so treffend: Manche Ehe ist ein Todesurteil, das jahrelang vollstreckt wird. Recht hatte er.

Ich schiebe den halb leergegessenen Teller beiseite und blicke lustlos zum Fernseher, um zu sehen, was dort so Fesselndes geboten wird. So fesselnd, dass meine Madam es nicht für nötig hält, sich zu mir zu setzen und mir Gesellschaft beim Abendbrot zu leisten.

Es ist Sonntagabend. Ein schöner warmer Tag Ende Juni. Wir sollten draußen sein und einen Spaziergang machen oder im Garten sitzen und grillen. Stattdessen hockt sie vorm Fernseher und sieht mit unnachahmlich dümmlichen Gesichtsausdruck ekelhaften und tiefenbegabten Menschen dabei zu, wie sie sich gegenseitig umwerben. Das Ganze ist so absurd, die Menschen so widerlich, dass ich am liebsten die paar Ravioli wieder zurück auf den Teller brechen würde, nur um ihr zu zeigen, was ich davon halte. Aber wahrscheinlich würde sie es nicht einmal bemerken. Und wenn doch, dann wäre es ihr egal, oder sie würde mich anschnauzen, weil ich ihre spannende Sendung gestört hätte. Das ist auch etwas, das sie in den Jahren perfektioniert hat. Motzen. Denn auch wenn es nichts zu meckern gibt, sie findet trotzdem irgendwas, das sie mir vor den Kopf knallen kann.

Mein Bruder hat da schon einen besseren Stand bei ihr. Egal was Sebastian macht, Miriam findet es toll.

Er ist zwei Jahre jünger als ich, also sechsunddreißig, und hat nach Ansicht meiner Frau weitaus bessere Kompetenzen als ich. In allen Bereichen. »Der Bastian ist immer so toll angezogen, Jonas. Warum gibst du nichts auf dein Äußeres?« Oder: »Oh, der Basti gibt sich immer so viel Mühe mit seiner Shannon. Warum machst du mit mir sowas nicht, Jonas?«

Sätze, wie sie nur eine Frau hervorbringen kann, die sich etwas anderes wünscht. Etwas anderes als mich.

Zu meiner Verteidigung muss ich sagen, dass ich es machen würde. Sie verwöhnen und betüdeln. Nach allen Regeln der Kunst. Ich würde ihr schöne und teure Dinge kaufen, ihre Füße massieren und ihr noch eine zweite Decke über die Füße legen. Aber nur wenn meine Frau ebenso schlank, schön und mit großen Brüsten gesegnet wäre wie die Frau meines Bruders. Ich würde sie täglich auf Händen tragen. Aber stattdessen ist Miriam relativ normal. Von der Körpergröße her eher klein, sie hat kurze braune Haare und eine normale Figur – ohne große Brüste. Und das Schlimme: Im Gegensatz zu Shannon spricht meine Frau. Sehr viel sogar.

Shannon redet nicht viel. Sie schweigt meistens und genießt die Blicke, die sie auf sich zieht. Langes dunkelbraunes Haar fällt ihr gewellt über die schmalen Schultern. Sie ist vierunddreißig, hat einen herrlich gebräunten Teint, und nach eigenen Aussagen ist sie halb Italienerin, halb Deutsche und halb Brasilianerin.

An dieser Aussage erkennt man gleich, mit was für einer Geistesgröße man es zu tun hat, aber wen interessiert das schon? Mich nicht. Der Umstand, dass meine Frau sie nicht leiden kann, ist ebenso genüsslich wie belustigend. Jemand, der Shannon nicht richtig kennt, würde vielleicht behaupten, dass sie kühl, erhaben und introvertiert ist. In Wirklichkeit ist sie einfach nur dumm, und ich schätze, dass sie es auch irgendwie weiß. Deswegen sagt sie in Gesellschaft auch lieber ein bisschen weniger und gibt somit jedem das Gefühl, sie stehe intelligenztechnisch über den banalen Dingen des Alltags.

Mein kleiner Bruder Sebastian ist dagegen ein ziemlich schlaues Köpfchen. Hässlich wie die Nacht, aber schlau. Er arbeitet als Anwalt für Strafrecht in einer Kanzlei in Bremerhaven, wo – Vorsicht, Klischee – besagte Shannon seine Sekretärin war.

Mit seinen sechsunddreißig Jahren steht er fest mit beiden Beinen im Leben. Mamas Liebling sozusagen. Ein großes Haus, ebenfalls hier in Bad Bederkesa oder Beers, wie die Einheimischen sagen. Drei Autos besitzt er, und mindestens dreimal im Jahr geht es in den Urlaub: zum Beispiel Skifahren in der Schweiz, Strandurlaub auf den Seychellen und Safari in Südafrika. Ein Mann von Welt.

Wenn er nicht so unsagbar hässlich wäre.

Seine Maßanzüge machen einiges wett, da sie seine dürre Figur bedecken, sie können aber seinen viel zu großen Kopf mit Halbglatze und seine klapprige Statur nur bedingt in einem besseren Licht erscheinen lassen. Ein wenig hat er das Aussehen von Smeagol aus *Herr der Ringe*, wie ich finde.

»Jonas«, blökt es mir plötzlich entgegen, und ich schrecke aus meinen Gedanken hoch.

»Was ist, Liebes?«, frage ich.

»Schläfst du? Ich habe dich gefragt, ob du wusstest, dass dein Bruder zum Partner in der Kanzlei aufgestiegen ist?«

Natürlich weiß ich das, das hat er mich ja umgehend über WhatsApp wissen lassen. *Ich bin jetzt Teilhaber, klasse, oder?,* hatte er geschrieben, gefolgt von lustigen Emojis, die wohl signalisieren sollten, wie glücklich und stolz er war. Ich hatte ihm daraufhin einen digitalen Scheißhaufen mit Augen zurückgeschickt.

»Nein, Schatz. Das wusste ich nicht«, entgegne ich.

»Hhm.« Sie blickt mich mit zusammengekniffenen Augen an. »Wieso macht dich niemand zum Teilhaber? Andere steigen auf oder kriegen zumindest eine Gehaltserhöhung. Alle sind ehrgeizig und bestrebt, etwas zu erreichen, nur du nicht.«

Das kommt wohl daher, dass ich nur ein niederer Postzusteller bin. Und die Oberen der Post werden bestimmt nicht auf mich zukommen und sagen: »Hallo Herr Richter. Wir saßen gerade in unserer halbjährlichen Aufsichtsratssitzung und dachten uns, dass Sie genau der Mann wären, um das Schiff wieder auf Kurs zu bringen. Wie wäre es mit einem Platz im Vorstand?«

Aber anstatt etwas in dieser Art zu sagen, blicke ich sie nur an. Wie hat sie sich nur verändert. Warum ist sie so zu mir? Hat sie nicht alles, was sie braucht? Von einem bestimmten Thema mal abgesehen.

Vor zwanzig Jahren war sie eine tolle, lebenslustige Frau, die mir das Gefühl gab, wichtig zu sein. Wichtig für sie. Wir unternahmen viel. Wir lachten. Liebten uns phänomenal. Ich hätte für sie getötet. Aber seit zehn Jahren geht es stetig bergab. Von Tag zu Tag wird sie unausstehlicher. Bösartiger. Ich frage mich, warum sie noch nicht gegangen ist, denn so, wie sie mit mir und vor anderen *über* mich redet, sollte man meinen, dass ich das niederste Wesen auf diesem Planeten bin.

Die wahrscheinlich noch wichtigere Frage lautet: Warum mache *ich* das mit? Weil ich Angst vorm Alleinsein habe? Weil ich gerne Konfrontationen vermeide? Oder weil ich, um es klar auf den Punkt zu bringen, ein Waschlappen bin? Es ist wohl die Kombination aus allem.

Ich starre wieder auf den Teller vor mir, als wäre dort, in der Tomatensoße, die Antwort auf alle Fragen.

Wenn ich so recht überlege, dann hat alles angefangen, als …

»JONAS!«, keift sie erneut und lässt mich zusammenzucken.

»WAS DENN?«, fahre ich sie an, und im selben Moment gerate ich ins Stocken. Ich bin verwundert über mich selbst. So reagiere ich nicht. So reagiere ich nie. Ich bin immer ruhig, zurückhaltend und erhebe nie die Stimme.

Nicht ihr gegenüber. Nicht gegenüber meinen Mitmenschen. Das war noch nie meine Art.

Aber das blöde Gesicht, das sie jetzt macht, hat was. Sie sieht lustig aus, wenn sie sich wundert.

Erstaunt und mit offenem Mund schaut sie mich an, ihr fehlen für einen Moment die Worte. Ich nutze die Gelegenheit und renne aus dem Wohnzimmer, streife mir Schuhe über und richte meine Haare vor dem Flurspiegel. Es ist mir zu eng in diesem Haus. Zu bedrückend. Ich will für einen Moment diesem altbürgerlichen Mief entfliehen. Die immerwährende Spannung, die ewigen Vorwürfe und die Nichtbeachtung machen mich nervös. Es reicht. Ich habe es satt, immer nur der Fußabtreter für sie zu sein und nicht im Mindesten ernst genommen zu werden. Ohne ein weiteres Wort verlasse ich das Haus.

Als Erstes atme ich die frische Luft ein, schließe meine Augen und versuche meinen Puls zu beruhigen. Es klappt nicht, ich bin zu aufgewühlt. Ich gehe die Eingangstreppe hinunter und auf die Straße.

Auf der Straße laufen mir meine Nachbarn über den Weg. Johannes und Rebecca. Händchenhaltend. Bibelfeste Religionsfanatiker. Immer ein religiöses Zitat auf den Lippen, das sie ihren Mitmenschen unaufgefordert mit auf den Weg geben. Übertrieben freundlich und immer nachsichtig. Die gehen mir schon auf den Keks, seit sie hier vor zwei Jahren zugezogen sind. Nicht dass mir die vorherigen Mieter, Familie Basch, sonderlich ans Herz gewachsen sind, im Gegenteil. Die waren zwar keine religiösen Spinner, aber hatten trotzdem beträchtlich einen an der Klatsche. Ich mag keine Menschen in meiner unmittelbaren Umgebung, die ständig fragen, wie es einem geht, was der Job macht und die vor der Tür stehen, wenn man seine Ruhe haben will. Als die Vormieter schlussendlich auszogen – die Dame des Hauses tanzte gerne auf mehreren Hochzeiten, so dass es schließlich zur Trennung kam –, hoffte ich auf Ruhe. Ich wusste, dass die Miete im Nachbarhaus sehr hoch angesetzt war, und ging von einem lange Zeit unbewohnten Gebäude aus. Tja, aber wie das so mit Annahmen ist, vor allem mit meinen Annahmen, standen die Rodieks schon nach nur einem Monat auf der Matte und begrüßten uns mit dem mir so verhassten Satz: Wir sind die neuen Nachbarn.

Ich nicke ihnen zu, will schnell an ihnen vorbei, aber Johannes greift mir an die Schulter, und als er seinen Mund öffnet, wahrscheinlich um einen seiner Segnungsgrüße loszuwerden, komme ich ihm verärgert zuvor: »Verpisst euch, ihr Spinner. Ich will euren beknackten Scheiß nicht hören.«

Ich schüttele seine Hand ab und verharre eine Sekunde, sehe die beiden miriamgleich mit offenem Mund dastehen und beeile mich schließlich, mit großen Schritten und einem Lächeln Abstand zu gewinnen.

*

Die Sonne ist bereits im Begriff unterzugehen.

Zwei junge Mädchen gehen fröhlich und vergnügt den alten Postweg entlang. Unbeschwert. Vier Wochen Sommerferien wirken sich positiv auf die Gemütsverfassung von Kindern aus. Es sind Kimberly und Josie. Schwestern. Drei Jahre Altersunterschied zwischen den beiden. Geschwister und Todfeindinnen auf Lebenszeit.

Momentan herrscht jedoch Waffenstillstand zwischen ihnen, denn sie hatten einen schönen Tag mit ihren Großeltern Rosie und Gerhard, die in der Gröpelinger Straße wohnen, etwa eine Viertelstunde Fußmarsch von ihrem Elternhaus entfernt. Sie besuchen sie beinahe täglich, da die Entfernung zu ihrem Heim gering ist und die Mädchen ihre Großeltern über alles lieben. Großvater Gerhard spielt mit ihnen, und Oma Rosie verwöhnt sie stets mit allerlei Schnökerkram.

Nach einem ausgiebigen Abendbrot schauten sich die vier noch gemeinsam einen Film an, bis sie sich schließlich voneinander verabschieden, da zweiundzwanzig Uhr stets die Zeit ist, zu der die beiden Schwestern nach Hause kommen sollten.

Kimberly ist momentan sehr schnell von dem kindlichen Gehabe ihrer kleinen Schwester genervt. Sie hat mit ihren fünfzehn Jahren kein Verständnis für die Albernheiten von Joselyn und gibt sich natürlich nur äußerst ungern mit diesem unreifen, kleinen Monster ab, das laut, frech und störend ist. Wenn ein Junge aus meiner Klasse uns zusammen sehen würde, denkt Kimberly … Oh. Mein. Gott. Das wäre oberpeinlich.

Sie lassen das evangelische Bildungszentrum hinter sich und steuern auf den Fleckenhölzer Wald zu. Den müssen sie durchqueren, um zu ihrem Elternhaus zu kommen. Unzählige Male sind sie hier durchmarschiert, allein, mit Freunden oder mit der Familie. Sie kennen sich aus, fühlen sich sicher und würden den Weg im Schlaf finden.

Josie singt ein Lied vor sich hin. »… die hatten einen Streit. Wer wohl am besten sänge, wer wohl am besten …«

Im Alten Postweg kommt ihnen ein Mann von beachtlicher Größe entgegen. An seiner Seite läuft ein kleiner Welpe, ein Rhodesian Ridgeback.

»Oh, Herr Buck. Sie haben einen Hund?«, quietscht Joselyn aufgeregt schon von Weitem und läuft los. »Der ist ja süß.«

Kimberly verdreht nur die Augen und ruft: »Weiter, Josie! Wir sind eh schon spät dran.«

»Nur mal streicheln. Darf ich, Herr Buck? Darf ich?«

Herr Buck brummt etwas vor sich hin, was Josie als Einverständnis interpretiert, aber wohl eher Nein bedeuten sollte. Sie springt zu dem Hund und krault dessen Kopf. »Wie heißt er denn, Herr Buck?«

»Buko.«

Kimberly, bei den beiden angekommen, schaut ihn entgeistert an. »Buko? Wie der Frischkäse? Echt jetzt, Herr Buck?«

»Ja. Buko«, erwidert der ungerührt, während Josie den Namen bereits vor sich hinträllert und fantasievoll in *Der Kuckuck und der Esel* einfügt.

»Haben Sie sich den beim Frühstück ausgedacht, oder wie?«

Buck nickt langsam. »Ja.«

»Im Ernst jetzt? Oh. Mein. Gott. Warum dann nicht lieber Quäse? Oder Schinkenspicker? Oder vielleicht Lätta?«, fragt sie übertrieben gedehnt.

Buck scheint ernsthaft darüber nachzudenken. »Ich finde Buko besser«, sagt er knapp und zieht den Welpen an der Leine zu sich, um seinen Weg fortzusetzen.

Kimberly schüttelt den Kopf und verdreht wieder die Augen, wie nur pubertierende Mädchen es können.

»Tschüss, Buko«, ruft Josie den beiden hinterher.

»Komm schon, wir müssen nach Hause«, drängt Kimberly.

»Der war soooo süß«, schwärmt Josie. »Ich mag ihn. Und Herrn Buck mag ich auch.«

»Du magst jeden«, erwidert Kimberly spitz.

»*Dich* mag ich nicht, Kimmy«, sagt Josie. Schließlich trällert sie wieder los: *»Der Buko und der Esel, die hatten einen Streit.«*

»Du nervst«, mault die große Schwester. Scheinbar hat sich ihre gute Laune schlagartig verschlechtert, und das Kriegsbeil ist wieder ausgegraben. Das geht bei ihr in letzter Zeit ziemlich schnell, was sie selber natürlich auch schon bemerkt hat. Warum, das vermag sie nicht zu sagen. Ist halt so!

»DU nervst«, kontert Joselyn und fängt an, vor ihrer Schwester hin und her zu hüpfen. »Sonne wäre jetzt schön«, flötet sie vergnüglich und – wie so häufig – ohne jeden Zusammenhang.

Kimberly sagt nichts dazu. Irgendetwas beschäftigt sie plötzlich. Hat sie im Augenwinkel etwas wahrgenommen? Sie versucht neben sich etwas auszumachen, kann aber nichts entdecken.

Das Licht ist nur noch spärlich. Bäume und Sträucher, tagsüber noch klar umrissen, sind zur Nacht hin nur noch verschwommen. Geräusche dagegen verstärken sich und scheinen aus jedem Winkel des Waldes hervorzukriechen.

Schwer für sie zu sagen, was sie gehört hat, denn das alberne Gesinge ihrer Schwester übertönt gerade so ziemlich alles, was in diesem Wald passiert.

Kimberly sieht auf ihr Smartphone: 22.30 Uhr durch. Sie fordert Josie auf, schneller zu gehen, was ihr wiederum eine ausgestreckte Zunge und den erhobenen Mittelfinger einbringt.

»Das erzähl ich Mama«, faucht Kimberly, will noch etwas hinzufügen, wundert sich aber über den Gesichtsausdruck ihrer kleinen Schwester.

Mit offenem Mund starrt Josie an ihr vorbei, auf etwas hinter ihr. Sie will sich gerade umdrehen, als etwas Hartes ihren Kopf trifft und sie zu Boden streckt. Benommen versucht sie zu erfassen, was passiert ist. Sie vernimmt einen kurzen Aufschrei. Josie.

Kimberly stöhnt auf, will sich aufrichten, drückt ihre Hände in den Waldboden und will den Kopf heben, wird aber von einem heftigen Tritt zurück auf das weiche Erdreich befördert. Was geht hier vor?

Geräusche dringen an ihr Ohr. Dumpf, abgehackt. In ihr steigt Übelkeit hoch.

Dann springen ihre Gedanken zu Josie. Wo ist sie? Warum kann ich sie nicht hören? Mama und Papa würden es ihr niemals verzeihen, wenn dem Nesthäkchen etwas zustoßen würde. Ganz abgesehen davon, dass sie es sich selbst niemals verzeihen könnte. Nervige Göre hin oder her.

All diese Gedanken, straff gebündelt in einer einzigen Sekunde, geben ihr neue Kraft, sich aufzurappeln. Erneut stemmt sie ihre Hände in den Boden. Angestrengt hebt sie den Kopf. Ihr Blick klärt sich, und sie kann Dinge erkennen und einordnen.

Josie. Schräg vor ihr, etwas mehr als eine Armlänge entfernt, auf dem Bauch liegend, das Gesicht abgewandt. Doch sie rührt sich nicht. In ihren langen weizenfarbenen Haaren hat sich eine Menge Laub verfangen.

Panik überkommt Kimberly. Sie robbt auf ihre Schwester zu, wird aber jäh von etwas Schwerem zurück auf den Boden gedrückt.

Etwas Feuchtes spritzt ihr ins Gesicht, gelangt in ihre Augen und verbreitet einen fürchterlichen Schmerz, so dass sie aufschreien muss. Eine Hand packt plötzlich ihr Kinn, findet den Weg zu ihrem Mund und verschließt ihn.

Schmerz, Angst und Verzweiflung machen sich breit. Sie beginnt sich zu wehren. Sie strampelt, schlägt um sich, stößt sich ab und windet sich. Ein heftiges Brennen in ihrem Nacken lässt sie fast besinnungslos werden. Der Geruch von verbrannten Haaren steigt in ihre Nase. Widerlich und beißend.

Blind aufgrund der Schmerzen, taub aufgrund des Bemühens, sich um ihre Schwester zu kümmern, steigert sie sich in blanke Raserei. Nichts ist mehr geordnet. Die Welt, ihre Welt, besteht nur noch aus Chaos. Sie streckt sich, tritt aus und schlägt um sich. Sie bekommt etwas zu fassen, gräbt ihre Nägel hinein. Sie kreischt auf und ruft um Hilfe. Ruft nach Josie.

Aber es bewirkt scheinbar gar nichts.

Ihr Kopf wird auf etwas Hartes geworfen. Oder traf das Harte sie? Sie weiß es nicht. Raum, Zeit, Logik. Alles ungreifbare Dinge, ohne Substanz. Sie spürt nur ihren Körper. Den Schmerz. Die Ermüdung. Wieder Schmerz. Wiederholt trifft etwas ihren Kopf. Oder ihren Nacken? Kurz darauf ein Brennen in der Magenkuhle. Sie krümmt sich, bekommt keine Luft.

Kurze Pause.

Wird sie gezogen? Oder schwebt sie über dem Waldboden? Die Augen streiken noch immer. Hat sie sie überhaupt geöffnet? Erneut trifft etwas ihren Körper, nur kann sie nicht sagen, wo. Der Schmerz flammt kurz hintereinander auf. Überall. Beine. Oberkörper. Kopf. Unmöglich zu sagen, was mit ihr geschieht.

Schließlich gibt Kimberly auf. Sie ist müde. Alles tut ihr weh. Sie möchte, dass es aufhört, und lässt einfach los. Gleitet hinüber in den dunklen Bereich, der so herrlich verlockend Entspannung und Geborgenheit verspricht.

*

Flucht. Panik.

Ich renne, als sei der Leibhaftige hinter mir her. Meine Lungen brennen. Der schrille Ton von Polizeisirenen lässt mich anhalten. Ich versuche einzuordnen, wie weit die Streifenwagen entfernt sind, und komme zu dem Schluss, dass sie sehr nahe sein müssen.

Ich drücke mich in eine Nische zwischen zwei Häusern. Die Sirenen kommen näher, ich kann das Blaulicht an den gegenüberliegenden Wänden sehen. Drei Polizeiwagen rasen vorbei. Ein Blick um die Ecke sagt mir, dass keine weiteren folgen. Ich hechte aus meinem Versteck und laufe auf dem schnellsten Weg nach Hause, immer darauf bedacht, nicht aufzufallen. Glücklicherweise ist es bereits stockdunkel.

Ein Blick auf meine Armbanduhr verrät mir, dass es mittlerweile Mitternacht durch ist, als ich mein schützendes Zuhause erreiche. Ich gehe am Haupteingang vorbei, um auf die Auffahrt zu gelangen. Zwischen meinem Haus und dem meiner Bibelfreunde bin ich vor Blicken geschützt. Erschöpft lehne ich mich gegen die Hauswand und betrachte meine Hände. Sie zittern. Und bluten. Ich balle sie zur Faust und löse sie wieder, aber das Zittern bleibt. Übelkeit breitet sich in meiner Magengegend aus. Mein Kreislauf scheint komplett in den Keller gerutscht zu sein. Ich hocke mich hin und lege meinen Kopf in die Hände.

Was ist hier passiert, verflucht noch mal? Warum bin ich so ein jämmerliches kleines Arschloch? Warum habe ich …

Heftiger Schmerz lässt mich plötzlich zusammenzucken, und ein großer Schwall Erbrochenes ergießt sich zwischen meine Füße. Mir wird schwarz vor Augen, und ich kippe zur Seite.

Benommen nehme ich leise Stimmen wahr. Ich richte mich auf. Der Bewegungsmelder der Nachbarn ist angegangen, und aus ihrem Garten leuchtet es gelblich auf. Vermutlich kommen die Stimmen von dort. Leise, eindringlich. War ich etwa zu laut?

Die beiden Spinner würden mir jetzt noch fehlen. Wenn die mich hier so entdecken, dann bleibt das bestimmt kein Geheimnis zwischen uns, und der ganze Ort weiß morgen Bescheid. Das wäre alles andere als gut.

Ich wische mir den Mund ab, krieche auf allen vieren zu dem Durchgang zwischen Garage und Haus und husche hindurch.

Jetzt, da ich außer Sichtweite der Nachbarn bin, lasse ich mich in die Ecke sinken und versuche mich zu sammeln. Die Eindrücke von vorhin, das Adrenalin und die Angst vor Entdeckung erhöhen meinen Blutdruck und beschleunigen meinen Herzschlag.

Eine gefühlte Ewigkeit bleibe ich reglos liegen und lausche auf die Geräusche der Nacht. Hin und wieder ertönt eine Sirene. Die Nachbarn durchsuchen scheinbar den Garten nach Eindringlingen, ich kann ihr Getuschel bis hier hören.

Ich warte noch ein Weilchen, bis sie wieder im Haus sind, dann rappele ich mich auf und gehe die Kellertreppe hinunter, in der Hoffnung, dass die Tür noch nicht abgeschlossen ist. Bingo. Ich husche hinein und begebe mich wankend nach oben. Das Geländer gibt mir Halt.

Miriam ist noch wach und kommt sofort aus dem Wohnzimmer gerannt, als sie mich hört.

»Wo kommst du jetzt her? Und wie siehst du überhaupt aus? Was hast du gemacht?«, geifert sie, aber seltsamerweise lässt es mich diesmal kalt. Was denkt sie, wer ich bin? Ihr Hund?

Ich starre sie nur an, hebe schwach meine Schultern und ziehe meine Schuhe aus. Das scheint sie nur noch mehr zu reizen.

»Jonas!«

»WAS? Was ist?«, schreie ich zurück.

»Wo kommst du jetzt erst her?«

»Ich war spazieren. Hast du was dagegen?«

»Fast vier Stunden? Und wieso siehst du dann so dreckig aus? Warum blutet deine Hand? Warum riechst du nach ... keine Ahnung was, aber du stinkst.«

Ich blicke auf meine Hände. Ich werde unruhig. »Das erzähl ich dir vielleicht, wenn du mal ein bisschen freundlicher zu mir bist und hier nicht herumgackerst wie ein altes Hühnchen.«

Sie bekommt Schnappatmung und läuft puterrot an. »Was erlaubst du ...«, setzt sie an, doch ich bin nicht gegen sie angegangen, um jetzt klein beizugeben. »Lass mich in Ruhe, Miriam. Ich habe gerade keinen Kopf für deine cholerischen Anfälle. Ich muss nachdenken, und es wäre schön, wenn du mir dabei verdammt noch mal nicht auf den Sack gehst. Hast du das verstanden?« Ich deute mit dem Zeigefinger auf sie, fixiere sie noch einen Moment und erwarte insgeheim eine heftige Reaktion ihrerseits.

Aber die bleibt aus. Herzlichen Glückwunsch. Komischerweise ist mir überhaupt nicht mehr schlecht. Ich fühle mich gut. Sogar richtig gut. Wenn auch nur für einen sehr kurzen Moment.

Ich begebe mich schnell nach oben, dusche mich gründlich ab und gehe schnurstracks ins Bett, die Decke fast komplett über meinen Kopf gezogen. Ich bin erledigt und ausgepowert, doch tausend Dinge beschäftigen mich. Dazu höre ich auf jedes Geräusch, das von draußen hereindringt. An Schlaf ist wohl nicht zu denken.

Nach einer Weile kommt Miriam kommentarlos herein und legt sich dazu. Sie schläft scheinbar schnell ein. Mit dem Rücken zu mir gewandt. Wie immer.

Ich dagegen liege noch sehr lange wach. Und je länger ich nachdenke, desto mehr habe ich wieder mit der Übelkeit zu kämpfen.

Übelkeit. Und Angst.

2

Bad Bederkesa, Montagmorgen

Ich strecke mich. Meine Glieder sind schwer und schmerzen. Scheinbar bin ich doch irgendwann eingeschlafen.

Ich erinnere mich an den gestrigen Tag. Die Geschehnisse der letzten Nacht, die Unruhe, die mich überkam, und der Plan, den ich mir für heute vorgenommen hatte. Alles ist blitzartig vorhanden und abrufbar.

Krankmelden. Das steht ganz oben auf meiner To-do-Liste. Ich muss meinen Chef anrufen und mir für heute eine Auszeit nehmen. Danach gehe ich zum Arzt, damit er mir die komplette Woche aufschreibt. Ich bin erst mal nicht in der Verfassung, zu arbeiten. Vielleicht brauche ich ihm gar nicht groß etwas vorzuspielen. Und dann …

Tja, weiter bin ich noch nicht gekommen. Ende der To-do-Liste.

Ich spritze mir im oberen Bad ein wenig Wasser ins Gesicht und unter die Arme, ziehe mich an und begebe mich nach unten zum Telefon im Wohnzimmer. Ich rufe in der Firma an. Mein Chef meint, ich solle mich gut auskurieren und wünscht mir gute Besserung. Irgendjemand wird meine Tour schon übernehmen.

In der Küche treffe ich dann auf meine Frau. Sie ist gerade dabei, Zwiebeln kleinzuhacken und erwidert meinen Gruß mit einem knappen Nicken.

»Auch wenn ich dir nicht viel zutraue, aber hast du was damit zu tun?«, fragt sie mich betont beiläufig und deutet, mit dem Messer in der Hand, auf das Radio.

Es wirkt desinteressiert und harmlos, aber ich weiß sofort, dass es alles andere als uninteressant für sie ist.

Ich lausche.

»… gegen Viertel nach elf dort ein. Die ältere Schwester wurde umgehend ins Krankenhaus eingeliefert. Über ihren Zustand ist uns derzeit noch nichts bekannt. Wer Angaben zu den Geschehnissen machen kann, sollte sich umgehend mit der örtlichen Polizeibehörde in Verbindung setzen … Berlin. Nach anfänglichen Schwierigkeiten in der …«

»Nein, wieso?«, entgegne ich. Ein eiskalter Schauer läuft mir über den Rücken. »Ich habe gestern Abend die Sirenen gehört, klar. Aber ich habe keine Ahnung, was los war. Was ist mit dieser Schwester? Wer ist sie?«

»Du bist krank?«, fragt sie spitz, statt mir eine Antwort zu geben. Sie hat also mein Telefonat belauscht.

»Ähm. Ja. Ich fühle mich nicht so gut. Ich gehe gleich zum Arzt.« Ich merke selber, dass ich rot werde. Lügen war noch nie meine Stärke. Schon gar nicht in heiklen Situationen. »Was ist mit dieser Schwester? Wer ist sie?«, wiederhole ich.

»Die Tochter der Bertrams.«

»Oh. Oje. Was ist passiert?«, frage ich unsicher.

Langsam dreht sie sich zu mir um. Ihr Blick ist kalt. Eiskalt und herausfordernd. »Ich denke, du weißt ganz *genau*, was passiert ist.« Die Messerspitze zeigt bedrohlich in meine Richtung.

*

»Schaffen Sie die Leute hier weg«, blafft der Mann in Anzughose und blauem Hemd einen uniformierten Polizisten an. »Es ist sieben Uhr morgens. Was wollen die alle hier?«, murmelt er zu sich selbst.

Kriminaloberkommissar Torsten Werner von der Kriminalpolizei in Schiffdorf ist aufgewühlt. Die Nacht war kurz, um nicht zu sagen gar nicht vorhanden. Er steht am Waldrand am Alten Postweg und beobachtet das geschäftige Treiben seiner Kollegen und die neugierigen Blicke von den Anwohnern und anderer ihm unbekannter Leute. Es sind zu viele, sie verbreiten Unruhe. Er blickt schnell hinüber zu einem anderen Kollegen, der ebenfalls in Zivilkleidung durch die Menschenmenge geht und heimlich Fotos von jedem Anwesenden macht. Täter kommen häufig an den Tatort zurück, nur um zu sehen, was sich dort tut, deswegen diese Maßnahme.

Es ist Ende August, die Temperaturen selbst um diese frühmorgendliche Zeit recht angenehm, aber er tritt von einem Bein auf das andere, weil er friert. Er weiß, dass es nichts mit der Temperatur an sich zu tun hat, sondern der schlaflosen Nacht und diesem Einsatz geschuldet ist.

Er hatte sich schon hingelegt, als sein Telefon läutete. Der Bereitschaftspolizist von der Wache in Schiffdorf teilte ihm mit, dass er gebraucht würde. Ein junges Mädchen wurde von den eigenen Eltern im Wald gefunden. Schwer misshandelt.

Werner war sofort hellwach. Der Wachhabende erklärte nach dieser kurzen Info den kompletten Sachverhalt und gab Werner alles an Information, was er hatte. Und diese Informationen hatten es in sich.

Es waren zwei Mädchen, die von den Großeltern losgegangen waren. Aber nur eins wurde gefunden. Übel zugerichtet. Von dem anderen, dem jüngeren Kind fehlte jede Spur.

Er raste daraufhin wie der Teufel zu dem Einsatzort. Das Mädchen – Kimberly – wurde gerade abtransportiert. Die Eltern standen engumschlungen und verzweifelt hinter dem Krankentransporter, als er losfuhr. Werner teilte schnell zwei Kollegen ein, die die Mutter ins Krankenhaus fahren sollten. Der Vater aber blieb. Schließlich wurde die jüngere Schwester, Joselyn, noch vermisst, und die Beamten brauchten Informationen aus erster Hand. Vor Ort. Schnell. Nicht gerade feinfühlig, aber es ging vielleicht um ein Menschenleben, und der Vater kooperierte, so gut es eben ging in dieser Situation. Werner befragte ihn zusammen mit seiner Kollegin Svenja Targas. Was sie zu hören bekamen, gefiel ihnen ganz und gar nicht. Er führte daraufhin etliche Telefonate und mobilisierte neben einer Ermittlungsgruppe und der Technischen Untersuchungseinheit Suchmannschaften mit Hunden und einen Helikopter.

Er weiß, dass er richtig und dass er schnell gehandelt hat, doch ein mulmiges Gefühl in ihm bleibt trotzdem. Bei einem normalen Vermisstenfall wartet man erst einmal ab, bevor man so eine riesige und kostenintensive Maschinerie in Gang setzt, denn in neun von zehn Fällen taucht das Kind schnell wieder auf. Aber hier liegt der Fall anders. Hier wurde ein Mädchen schwer misshandelt, und es ist davon auszugehen, dass die jüngere Schwester ebenfalls in Lebensgefahr schwebt. Anders an die Sache heranzugehen, wäre reine Idiotie gewesen. Das Problem ist, dass der Helikopter nicht in der Nähe ist und erst gegen acht Uhr mit ihm gerechnet werden kann. Also erst in einer Stunde. Ein anderes Problem ist, dass es keine Hunde gibt. Vorerst nicht.

Eigentlich vertritt Torsten Werner seinen Kollegen, Kriminalhauptkommissar Edmund Peters, der seit vorigem Jahr aufgrund einer Messerattacke zwangsbeurlaubt ist. Eine üble Geschichte, die seinen langjährigen Freund fast das Leben gekostet hätte. Das war ebenfalls hier, in Bad Bederkesa. Damals war Werner noch normaler Kriminalkommissar, wurde aber aufgrund der Geschehnisse und des Dienstausfalls seines Freundes zum Oberkommissar befördert und leitet die Schiffdorfer Dienststelle nun voraussichtlich so lange, bis Peters seinen Dienst wieder antritt. Falls der ihn wieder antritt.

»Guten Morgen, Torsten.«

Er schaut neben sich. Eine attraktive Frau um die dreißig, rothaarig, schlank und in einem dunklen Hosenanzug gesellt sich zu ihm. Ein süßliches Parfum dringt in seine Nase, was ein krasser Gegensatz zu dem herben, feuchten Duft des Waldes ist.

Katarina Schwank, Redakteurin bei der Nordsee-Zeitung. Man kennt sich, lernt sich zwangsläufig kennen, wenn es um Delikte und Verbrechen geht, die den Bürger interessieren. Katarina und Torsten kennen sich mittlerweile etwas mehr als zehn Jahre. Damals lief sie noch als Praktikantin bei einem älteren, sehr erfahrenen Reporter mit, und es ging um organisierten Fahrraddiebstahl. Werner weiß es noch, als wäre es gestern gewesen.

»Guten Morgen, Kati«, erwidert er müde und hebt andeutungsweise die Hand zum Gruß.

»Darf ich dir schon ein paar Fragen stellen, oder ist es zu früh?«

»Noch keine Fragen, bitte. Nur für dich zur Info.« Er reibt sich mit den Handballen die Augen und fährt fort: »Fünfzehnjähriges Mädchen und zwölfjährige Schwester auf Heimweg überfallen. Im Fleckenshölzer Wald am Alten Postweg. Richtung Siedlung am Wendelberg. Tatzeit etwa zweiundzwanzig Uhr und dreißig. Täter unbekannt, aber wahrscheinlich männlich. Von der kleinen Schwester, die nachweislich mitging, fehlt jede Spur. Mehr habe ich im Moment nicht für dich, Kati, und warte bitte, bis ich es autorisieren kann, in Ordnung?«

Die junge Frau macht sich Notizen, klappt anschließend ihren Block zu. »Ist okay, Torsten. Mach dir keinen Kopf. Hauptsache, ihr könnt arbeiten und findet die Kleine schnell. Ob sie weggelaufen ist? Vor dem Täter, meine ich?«

Er blickt ihr in die Augen, zögert. Schließlich antwortet er: »Ich weiß es nicht. Die Mädchen wurden ein Stück neben den Weg gezogen. Ins Laub. Man kann Schuhabdrücke von den Eltern und auch von dem Täter sehen. Aber keine kleinen Füße, Kati.« Er atmet einmal tief durch. »Keine kleinen Füße«, wiederholt er mehr zu sich selbst.

»Du meinst, sie wurde weggetragen?«

»Teddy geht davon aus, ja.« Theodor »Teddy« Holberg ist der Leiter der Kriminaltechnischen Untersuchungseinheit, kurz KTU. »Aber davon bitte ebenfalls noch kein Wort.«

Im Gegensatz zu manchen Fernsehfilmkommissaren ist es echten Polizeibeamten nicht gestattet, auf eigene Faust mit den Medien zu reden. Es sei denn, sie wurden explizit für diese Aufgabe abgestellt.

Sie nickt. »Geht klar.« Und nach einem kurzen Seitenblick fragt sie: »Kann ich dir irgendwie helfen? Geht es dir gut?«

Er reibt sich nervös seine Hände und schaut in den Himmel, sucht nach dem Helikopter, aber außer ein paar Vögeln und losen Wolkengrüppchen kann er nichts entdecken. Schließlich nickt er ihr nur verkniffen zu, zwingt sich ein Lächeln ab und lässt sie stehen, um sich mit einem Teil der Kollegen auszutauschen, die gerade von der ersten Nachbarschaftsbefragung kommen.

*

»Sie sind aber früh dran«, sagt die junge Arzthelferin fröhlich, als sie die Praxistür aufschließt. »Wir öffnen frühestens in einer Viertelstunde, Herr Richter. Um Punkt acht Uhr.«

»Ja, ich weiß. Entschuldigung. Mir ist nur so seltsam zuwege. Ich konnte nicht mehr schlafen, mir ist schlecht, und ich dachte, die frische Luft tut mir gut.« Ich fasse mir fahrig an meinen Kopf, meine Hände zittern. »Hätte nicht gedacht, dass es schlimmer wird.«

Sie schaut mich mitleidig an. »Oje. Sie sehen auch gar nicht gut aus. Kommen Sie rein.«

Der Rest ist schnell erledigt. Ohne großes Theater schreibt mein Doktor mich für diese Woche krank, verordnet mir Bettruhe und ein Beruhigungsmittel, da ich ihm von schlaflosen Nächten und innerer Unruhe berichtet habe. Laut seiner fachlichen Diagnose bin ich überarbeitet und hätte mir zudem wohl noch einen grippalen Infekt eingefangen.

Wenn *der* wüsste, was ich mir eingefangen habe.

Das Problem mit meiner Arbeit wäre also gelöst. Ich hätte heute garantiert nicht seelenruhig die Post ausfahren können und so tun, als wäre nichts gewesen.

Wieder draußen vor der Praxis, atme ich einmal tief durch. Ich blicke zum Himmel und sehe in der Ferne einen Helikopter über den Süden Bederkesas fliegen. Jetzt registriere ich auch das Motorengeräusch. Irre, was hier gerade in Gang kommt.

Ich entschließe mich, schnurstracks nach Hause zu gehen, um Miriam davon zu überzeugen, dass ich nichts mit den Mädchen zu tun habe. Und gerade das stelle ich mir äußerst schwierig vor. Sie hatte so einen wissenden Blick, als sie mir sagte, dass ich wüsste was los sei, scheinbar traut sie mir ja doch einiges zu. Diese Frau könnte mir noch einiges an Scherereien bringen, wenn ich sie nicht im Zaum halte. Dass meine geheimnistuerische Art sie eigentlich schützen soll, kann sie ja nicht ahnen.

Unterwegs versuche ich mir plausible Erklärungen für mein Verhalten und nicht zuletzt mein Aussehen von vergangener Nacht zu überlegen. Leider will mir partout nichts Vernünftiges einfallen. Ich könnte ihr vielleicht sagen, dass …

»Gesegnete Grüße, Jonas«, flötet mich plötzlich mein Nachbar Johannes an, und ich schrecke aus meinen Gedanken. Wo kommt der denn mit einem Mal her?

»Guten Morgen«, entgegne ich knapp und will an ihm vorbeigehen.

»Was ist mit dir? Du siehst aus, als sei dein Biorhythmus gestört.«

Er ist etwa gleich groß, gut einen Meter achtzig, und hat blonde Haare, die in einem straffen Seitenscheitel gekämmt sind. Er ist Anfang vierzig und trägt stets dunkle Stoffhosen mit grauem Pullover. Der Kragen eines weißen Hemdes schaut an seinem Hals hervor. Selten habe ich ihn in etwas anderem gesehen, aber ich muss zugeben, dass es ihm steht. An und für sich ist er eine attraktive Erscheinung. Wenn der und seine Trulla nur nicht so herzergreifend dämlich wären, könnte man bestimmt was mit denen anfangen.

»Mir geht es wirklich nicht gut, Johannes. Entschuldige wegen gestern.« Es geht mir erstaunlich leicht von den Lippen, denn eigentlich würde ich ihm noch ganz andere Dinge an den Kopf werfen, aber ich will nicht unnötig auf mich aufmerksam machen.

»Oh Bruder«, erwidert er in einem eigenartigen Singsang und breitet theatralisch die Arme aus, »das macht doch nichts. Dir geht es nicht gut, das sehe ich doch. Aber weißt du was? Selig sind die, die da Leid tragen; denn sie sollen getröstet werden.« Er schaut mich erwartungsvoll an.

»Und?«, frage ich irritiert.

»Das ist ein Spruch aus der Bergpredigt. Nachzulesen in Matth…«

»Ah, alles klar, Hannes. Ich will nach Hause«, unterbreche ich ihn. »Sei mir nicht böse, aber ich muss mich hinlegen.« Ich lasse ihn stehen und höre nur noch einen Teil seiner Segnungsgrüße.

Ziemlich am Ende der Gröpelinger Straße biege ich in den Alten Postweg ein. Auch von hier aus komme ich zu meinem Haus, das in einer Siedlung im Süden Bederkesas liegt. Auf dem Weg zum Arzt hatte ich noch den Umweg genommen, aber irgendwie zieht es mich jetzt doch in die Nähe des Tatortes, oder wie auch immer man das nennen mag, was die Polizei keine hundert Meter Luftlinie von meinem Haus abgesperrt hat.

Am Evangelischen Bildungszentrum winkt mich von Weitem jemand zu sich. Ein erschöpft aussehender Mann über vierzig hält mir seine Marke unter die Nase und stellt sich als Kriminaloberkommissar Werner vor.

»Und Sie sind?«, fragt er mich.

»Jonas Richter. Ich wohne ein Stück die Straße hoch. Im Walddrosselweg.«

Er nickt, macht sich eine Notiz. »Haben Sie schon mit jemandem gesprochen? Mit einem von meinen Leuten, meine ich.«

Ich schüttele den Kopf. »Nein. Ich komme gerade vom Arzt. Mir geht es nicht besonders heute Morgen.«

Er schaut mich interessiert an. »Ah ja? Was fehlt Ihnen denn?«, fragt er mich betont langsam.

Ich trete unweigerlich ein Stück zurück. »Nur ein grippaler Infekt, sagt der Arzt.«

»Im Sommer? Bei diesen Temperaturen?« Er mag erschöpft aussehen, aber seine Augen sind hellwach. Das Dröhnen des Helikopters kommt näher.

»Äh …«, stammele ich. »Sieht so aus.«

Er fixiert mich eine Weile, und ich habe das Gefühl, unter seinem Blick zu schrumpfen. Ahnt er etwas? Verhalte ich mich ungewöhnlich? Wahrscheinlich kann er in mir lesen wie in einem Buch. Mir wird schlecht.

»Sie haben mitbekommen, was hier passiert ist?«

»Ja, klar. Wie gesagt, ich wohne gleich dahinten.« Ich deute mit meinen Arm zur Siedlung. Der Helikopter kreist jetzt fast über uns, es ist ohrenbetäubend und unangenehm.

»Und was haben Sie dahinten mitbekommen?«, schreit Werner.

»Nichts. Nur was im Radio zu hören war. Dass zwei Mädchen überfallen wurden.« Der Hubschrauber entfernt sich, so dass ich nicht mehr ganz so schreien muss.

Er hebt überrascht eine Augenbraue. »Überfallen?«

»Genau«, sage ich. »Heute Nacht.«

»Mehr nicht?«, fragt er.

»Nicht dass ich wüsste. Ich hab es nur so am Rande mitbekommen. Sie wissen ja, mir geht's nicht so gut.«

»Das sagten Sie, ja.« Er kritzelt wieder etwas in sein Notizheft.

»Gibt es noch mehr?«, möchte ich von ihm wissen.

Er räuspert sich und blickt mich forschend an. »Sie haben scheinbar überhört, dass das eine Mädchen vermisst wird. Die jüngere Schwester.«

»Oh. Die kleine Josie?«, entfährt es mir.

Drei uniformierte Beamte nähern sich uns. Ich werde unruhig, während er mich interessiert fragt: »Sie kennen die Mädchen?«

»Natürlich. Hier kennt fast jeder jeden.«

»Was wissen Sie über die beiden?«

»Nicht wirklich viel. Man läuft sich über den Weg. Grüßt sich. Das ist alles.« Die Uniformierten sind bei uns angelangt. Einer der Beamten flüstert dem Kommissar etwas ins Ohr, der daraufhin kurz nickt.

»In Ordnung. Walddrosselweg Nummer?«, fragt er mich, scheinbar nicht mehr ganz so interessiert.

»Neunzehn.«

»Okay. Erholen Sie sich gut. Wahrscheinlich kommt später noch ein Beamter vorbei, um Ihnen ein paar Fragen zu stellen.« Er tippt sich an den Kopf, wendet sich ab und geht mit den anderen Beamten wieder in Richtung Wald. Scheinbar haben sie etwas gefunden. Das schließe ich zumindest aus der Gestik der Polizisten.

Verunsichert setze ich meinen Weg fort. Josie wird vermisst? Wie kann das denn sein? Gut, der Radiobericht war fast zu Ende, als ich ihn mir heute Morgen angehört habe, und in der Praxis hat keiner über die Vorfälle gesprochen.

Nachdenklich biege ich in meine Straße ein und kann schon von Weitem sehen, dass zwei Beamte gerade meine tiefreligiöse Nachbarin Rebecca an der Haustür befragen.

Auch sie ist meistens in Grau- und Schwarztönen gekleidet, wie ihr Mann. Meistens mit einem langen Rock und einer Bluse. Sie ist recht hübsch. Ich schätze sie auf Anfang bis Mitte dreißig. Klein, zierlich, sportliche Figur. Und sie hat lange blonde Haare. Eigentlich ein Männertraum. Wäre sie nicht so gottverliebt, würde ich sie sicherlich sympathisch finden.

Als ich auf einer Höhe mit ihnen bin, jubelt sie mir entgegen: »Gesegnete Grüße, Nachbar.«

Boah … echt jetzt? Ich hebe kurz die Hand zum Gruß und zwinge mir ein Lächeln ab. Peinlich.

Jetzt muss ich mir schnellstens eine gute Geschichte überlegen, denn wahrscheinlich kommen die Beamten gleich zu mir, wenn sie mit Rebecca fertig sind, und ich weiß nicht, wie Miriam reagieren wird, wenn die Befragung losgeht.

Wird sie schweigend zuhören und alles bestätigen, was ich sage?

Wohl kaum.

*

»Moin, Eric.« Buck betritt den Verkaufsraum von seinem Freund Eric Harmann.

»Moin, Buck«, erwidert dieser, schenkt ihm ein freundliches Lächeln und sortiert gerade ein paar Schlüssel auf seinem Verkaufstresen. »Was treibt dich denn hierher?«

Eric Harmann ist Ende dreißig, von smarter Erscheinung. Er ist Inhaber eines Geschäfts für Sicherheitstechnik. Aber auch Schlüsseldienst, Gravuren und Messerschärfen gehören zu seinem Angebot. Die Einheimischen und die Leute aus dem Umkreis kommen gerne zu ihm, und das Geschäft blüht. Jeder möchte ein Stückchen Sicherheit zu Hause, und Harmann weiß sehr gut, was die Leute brauchen, wenn sie ihn aufsuchen.

»Machst du mal bitte weiter, Paul?« Eric schiebt den Schlüsselsatz zu einem jungen Mann hinüber, der leise vor sich hinsummt, während er Buck beobachtet.

»Wo ist Michaela?«, fragt Buck und nickt dem jungen, etwa achtzehnjährigen Mann zu.

»Ihr geht es nicht so gut. Das ganze Wochenende über klagte sie über Übelkeit.«

»Schwanger?«, fragt Buck knapp und wenig interessiert.

Entgeistert erwidert Eric den Blick seines Freundes. »Ähm. Nein. Ich denke nicht. Hab ich bis jetzt noch nicht drüber nachgedacht. Moment.« Er wendet sich dem jungen Mann zu und erklärt ihm langsam, wie er die Schlüssel zu sortieren hat.

»Alles klar, Paul?«, fragt er schließlich.

»Hhm ...«

»Wirklich?«

»Hhm ...«

Eric winkt seinen Freund nach hinten. Er weiß, dass Buck selten vorbeikommt, um zu plaudern. Er füllt Wasser in die Kaffeemaschine und fragt: »Was ist los?«

»Ich habe ein Problem.«

Eric hält sofort inne und schaut seinen langjährigen Freund an. Er weiß, dass Buck keine leeren Phrasen in den Raum wirft. Wenn er etwas zu sagen hat, dann hat das auch Gewicht, denn der Riese redet nicht mehr als nötig.

»Erzähl«, erwidert Eric. Er ist gut einen halben Kopf kleiner als sein Freund und muss deshalb ein wenig nach oben schauen, wenn sie miteinander reden.

»Hast du von den beiden Mädchen gehört?«

»Natürlich.«

Zögernd sagt Buck: »Nun, ich bin wahrscheinlich der Letzte, der sie gesehen hat.«

»Tatsächlich? Was ist passiert?«

»Nichts weiter. Oben am Alten Postweg bin ich ihnen mit Buko über den Weg gelaufen. Die Kleine hat den Hund getätschelt, und dann sind sie weiter.«

Eric weiß sofort, was seinem Freund Kopfschmerzen bereitet. »Du weißt nicht, ob du es den Polizisten sagen sollst?«, fragt er.

Buck nickt.

»Mach es!« Er beugt sich nach vorne und redet eindringlich auf ihn ein: »Du weißt am besten, wie beschissen das Leben manchmal mit einem spielt. Wenn du es nicht sagst, dann kommen sie irgendwann zu dir und fragen dich, warum du ihnen diese Information vorenthalten hast. Das macht dich hochgradig verdächtig. Sie wissen es, weil dich irgendjemand in der Nähe gesehen hat. Du weißt, was ich meine?«

Buck weiß es. Er hatte denselben Gedanken. Er weiß auch, dass es besser ist, mit offenen Karten zu spielen. Auch wenn es ihm gegen den Strich geht. Er wollte nur noch die Bestätigung von seinem besten Freund.

Seit Eric ein Junge war, sind die beiden ein eingeschworenes Team, und extreme Situationen in der Vergangenheit haben die beiden eng zusammengeschweißt.

Ein gewalttätiger Stiefvater, eine Freundin, die zu viel über Buck wusste, und der Mord an seiner Mutter waren Hürden in Erics Leben, die er zusammen mit Buck gemeistert hatte. Wobei er seinem Freund beim Geheimhalten eines abgrundtief dunklen Geheimnisses zur Seite stand und natürlich immer noch steht. Und das, obwohl dieses Wissen noch heute eine ungeheuer schwere Last ist. Kein Mensch außer ihm weiß, was Buck eine Zeitlang wirklich war.

»Du hast ja recht. Ist trotzdem eine ganz schön beschissene Situation, Eric.«

»Ich weiß. Aber wie man sich auch dreht und wendet, der Arsch ist immer hinten.«

»Was soll das heißen?«

»Keine Ahnung. Sagt man so.« Eric zuckt die Schultern. »Wie man es auch macht oder angeht, es endet immer gleich blöd.«

»Wahrscheinlich. Du kommst mit?« Für einen Außenstehenden mag die Frage schroff und lieblos klingen. Eric kennt aber die feinen Nuancen in Bucks tiefer Stimme und weiß, dass ihm viel daran liegen würde, dass er mitkommt. Als Unterstützung.

Eric nickt, und sie gehen wieder in den Verkaufsraum.

»Paulchen. Ich muss für eine Weile weg. Soll ich den Laden dichtmachen, oder kann ich ihn auflassen?« Er spricht sehr langsam, damit sein Helfer die Informationen verarbeiten kann.

Paul Eilers ist seit etwa einem halben Jahr bei Eric beschäftigt. Eine Beschäftigungsmaßnahme, der Eric sofort zugestimmt hatte, als die Bitte an ihn herangetragen wurde, einen gehandicapten jungen Mann in das Berufsleben einzuführen. Obwohl die Bezeichnung ›ins Berufsleben einführen‹ ein bisschen hochgegriffen ist. Paul ist geistig beeinträchtigt, und auch seine Motorik läuft nicht rund. Einfachste Arbeiten müssen ihm genauestens erklärt werden, und selbst dann ist noch nicht garantiert, dass er sie in vollem Umfang ausführt.

Aber das ist Eric nicht wichtig. Er mag den Jungen. Er kennt ihn schon sein ganzes Leben, wohnt er doch nur ein paar Häuser weiter. Die meisten Kunden kennen ihn ebenfalls und finden es gut, dass der kleine Eilers eine Aufgabe bekommen hat, bei der noch ein kleines Taschengeld für ihn rausspringt. Auch dessen Eltern sind froh, dass ihr Spross diese Chance bekommen hat und er ein wenig Struktur außerhalb des Elternhauses genießen kann. Eine Win-win-Situation sozusagen.

»Ja, Herr Harmann.«

»Was denn? Auflassen?«

»Hhm …« Er grinst.

»Oder lieber schließen?«

Paul schüttelt heftig den Kopf.

»Was machst du, wenn jemand kommt, Paul? Jemand, der etwas Wichtiges möchte.«

»Aufschreiben.«

»Oder?«

»Warten lassen?«, fragt der Junge vorsichtig.

»Genau, Paul. Lass sie warten.«

Paul freut sich, gibt quietschende Geräusche von sich und streichelt seine rechte Wange.

»Du machst das schon.« Zu Buck gewandt: »Komm.«

*

Ich schließe die Haustür auf und betrete unseren Flur. Immer noch grübelnd, was ich Miriam erzählen soll.

Wie aufs Stichwort kommt sie aus der Küche gestürmt und drischt mit ihren Fäusten auf mich ein.

»Was hast du gemacht, was hast du gemacht?«, wirft sie mir gepresst entgegen, während ihre Hände das Stakkato von Schlägen fortsetzen. Ich halte sie unter Mühen fest und ziehe sie nahe an mich heran. Ich überrage sie um eine halbe Kopflänge.

»Was ist los? Was soll das?«

Sie entspannt sich, starrt mich aber mit funkelnden Augen an.

»Die Mädchen. Die Polizei war hier und hat Fragen gestellt. Über die Mädchen. Über uns.«

Dann waren sie also schon bei uns.

»Was hast du ihnen erzählt?«, frage ich, während ich sie langsam loslasse.

»Das interessiert dich wohl, was?«, fragt sie mit einer Spur Gehässigkeit, die mich aber nicht trifft, da ich sie gewohnt bin und sie mittlerweile an mir abprallt.

»Natürlich«, erwidere ich tonlos.

»Nichts, du Irrer. Rein gar nichts. Wir waren zu Hause und haben nichts mitbekommen.« Sie dreht sich um und begibt sich wieder in die Küche. Ich folge ihr. »Was denkst du denn? Meinst du, ich will sehen, wie der Name unserer Familie in den Schmutz gezogen wird?« Mit einem Mal wirkt sie wieder beherrscht. Ganz die kühle Ehefrau, die sie mir gegenüber schon seit zehn Jahren gibt. »Also«, fährt sie fort. »Was hast du angestellt? Was haben wir zu befürchten? Sprich!«

Sprich!

»Gar nichts. Ich schwöre«, erwidere ich.

»Du schwörst«, sagt sie verächtlich und lässt mich nicht aus den Augen.

Ich setze mich auf die Eckbank und lege meine Hände auf die Tischplatte.

»Du hast auch vor einem Pfaffen geschworen, mir ein guter Ehemann zu sein. Und? Bist du es?« Theatralisch breitet sie ihre Arme aus. »Nicht im Geringsten. Wo warst du heute Nacht? Warum waren deine Hände blutig? Wieso stankst du nach Kotze?«

»Wo? Warum? Wieso?«, äffe ich sie nach. Ich hab genug von ihrer Überheblichkeit. Schließlich ist sie an unserem verschissenen Eheleben genauso schuld wie ich. Ich habe es dem Pfaffen geschworen? Natürlich. Sie aber auch.

Empört schaut sie mich an und will etwas sagen, aber ich komme ihr zuvor: »Lass es einfach.«

Einen Moment blicken wir uns an. Zornerfüllt. Vielleicht auch mit einer Spur von Hass. Ich würde gerne etwas Abmilderndes sagen, aber seltsamerweise entfernt sie sich wortlos aus der Küche und steuert das Wohnzimmer an.

Lässt sie mich tatsächlich in Ruhe?

Ist es wirklich so einfach?

*

Kriminaloberkommissar Werner spricht mit einem der Streifenbeamten, die den Auftrag hatten, die Nachbarn zu befragen. Die Beamten haben provisorische Büroräume in dem Bildungszentrum errichtet, da eine Menge an Polizeiarbeit hier vor Ort erledigt werden muss und ihre eigentliche Dienststelle in Schiffdorf für zeitnahes Zusammenarbeiten zu weit entfernt liegt. Aber anstatt drinnen hält der Ermittlungsgruppenleiter sich lieber draußen auf. Hier fühlt er sich wohler, hat alles im Blick. Außerdem tut ihm die frische Luft ganz gut, steckt die schlaflose Nacht doch noch in seinen Knochen.

Zu einem älteren Beamten sagt er gerade: »... recht normal wirkend. Richter hieß der, glaube ich.« Er schaut auf seinen Notizblock und nickt. »Genau. Jonas Richter. Jeans, blauer Pulli, braune Haare. Nicht sonderlich auffällig.«

»Ja, der kam gerade, als wir diese religiöse Tante befragt hatten. Bei dessen Haus waren wir kurz vorher. Seine Frau war da. Angenehme Erscheinung.« Er schüttelt nachdenklich den Kopf. »Die haben den Abend zu Hause verbracht und nichts mitbekommen. Sollen wir noch mal hin?«

Werner überlegt kurz, wirft einen Blick die Straße entlang und stutzt. Er erkennt einen alten Bekannten wieder, und sofort steigt ein Gefühl der Abneigung in ihm auf.

»Chef?« Der Streifenbeamte wartet geduldig.

»Nee, lass mal. Sammelt alle Informationen und erstellt eure Berichte. Ich komme gleich rein.«

Der Beamte nickt und entfernt sich.

Werner geht zu der Absperrung, wo Eric Harmann steht. Letztes Jahr hatte er diesen Mann in der Mangel gehabt, als es darum ging, herauszufinden, wer Werners Freund und Kollegen Peters die Kehle aufgeschnitten und abschließend das Messer in die Brust gejagt hatte.

Obwohl „in der Mangel gehabt" es nicht so ganz trifft, wenn er es richtig bedenkt. Harmann war nicht eine Sekunde in der Mangel gewesen, ganz im Gegenteil. Frech war er. Er hatte Werner sogar noch verhöhnt und beleidigt. So zumindest hatte Torsten Werner es empfunden.

Er gesellt sich zu ihm. Den Mann neben Harmann kennt er nicht persönlich, er weiß aber, dass es sich um diesen Buck handeln muss. Ein Mann von beachtlicher Körpergröße und Körperbau, dessen Name einige Male während der Untersuchungen damals fiel.

»Was treibt *Sie* hierher, Harmann?« Werner verzichtet bewusst auf Begrüßungsfloskeln. »Wollen Sie wieder für Verwirrung sorgen? Ein paar Beamte bei der Ausübung ihrer Arbeit behindern?« Er wird bis heute das Gefühl nicht los, dass Eric Harmann mehr mit dem Mord an der eigenen Mutter und dem Mordversuch an KHK Peters zu tun hat, als er damals bereit war zuzugeben.

»Und Sie, Werner? Nach alter Gestapo-Manier wieder ein paar unschuldige Bürger am Ausquetschen?«, kontert Harmann.

»Harmann«, blafft der Kommissar. »Reißen Sie sich zusammen, Mann.«

Ein paar umstehende Kollegen schauen überrascht auf.

Werner weiß selbst, dass er in Verhören gerne den harten Bullen raushängen lässt. Bei einigen Verdächtigen wirkt das auch sehr gut. Aber er glaubt nicht, dass er seine Kompetenzen als Staatsbediensteter überschreitet, nur weil er etwas lauter wird. Oder ausfallend. Oder vielleicht auch ein bisschen bedrohlich wirkt.

Eine Weile starren die beiden Männer sich feindselig an, dann klärt sich Werners Blick, und er entspannt sich. Er hat keine Zeit für Hahnenkämpfe. »Also, was wollen Sie?«

Auch Erics Miene entspannt sich rasch, und er entgegnet: »Ich habe eben meinen Freund informiert, dass hier zwei Mädchen überfallen wurden. Also das, was ich im Radio gehört habe. Er kann Ihnen vielleicht weiterhelfen.«

»Soso. Und Sie sind Herr Buck, richtig?« Werner reicht ihm die Hand, über die Absperrung hinweg. Der Riese greift ohne Zögern zu.

»Ja.« Nach einem kurzen Blick zu seinem Freund, sagt er: »Ich habe die beiden gesehen.«

»Tatsächlich? Wann? Wo?« Und nach einem angedeuteten Blick auf die Uhr: »Und warum kommen Sie jetzt erst zu uns?«

»Er hat es mir doch eben erst erzählt.« Buck deutet auf seinen Freund.

Torsten Werner schaut zwischen ihnen hin und her.

Er weiß nicht, was er von diesem seltsamen Paar halten soll. Was verbindet die beiden? Der Große macht nicht gerade den klügsten Eindruck. Harmann hingegen schon. Was will ein kluger Kopf wie Eric Harmann mit einem Riesen als Freund, der mindestens zehn Jahre älter und nicht gerade die hellste Kerze auf der Torte ist? Er will nicht weiter darüber nachdenken, sondern bittet sie in das provisorische Hauptquartier der Ermittlungsgruppe, um sich anzuhören, was sie zu berichten haben.

Nachdem die zwei Männer Platz genommen haben und Buck seine Geschichte zum Besten gegeben hat, herrscht eine Weile Stille.

»Das ist alles?«, fragt Kriminaloberkommissar verwundert, mit einem Hauch Gereiztheit in der Stimme. »Mehr haben Sie nicht zu erzählen? Ich dachte Sie kommen mit brauchbaren Hinweisen, so geheimnisvoll, wie Sie getan haben. Damit kann ich nicht viel mit anfangen.« Er steht auf und stellt sich neben Buck und Eric.

Buck schaut seinen Freund an und hebt die Schultern. »Mehr weiß ich nicht«, sagt er beinahe entschuldigend.

Werner blickt ihn mit hochgezogenen Brauen an.

»Mehr weiß er nicht«, fügt Eric noch einmal erklärend hinzu.

Werner winkt ungeduldig ab. »Das hab ich verstanden, Herr Harmann, danke. Hätte jetzt nur mit mehr gerechnet, so wie Sie hier angekommen sind. Zu zweit.« Er schüttelt den Kopf und lässt hörbar die Luft entweichen. »Es war trotzdem richtig, dass Sie zu uns gekommen sind, Herr Buck. Mein Kollege wird Ihre Personalien aufnehmen und noch einmal Ihre Aussage protokollieren, in Ordnung?« Er klingt ein wenig wohlwollender.

Buck nickt nur. Eric streckt sich und fragt: »Mich brauchen Sie doch nicht mehr, oder? Kann ich gehen? Ich muss zurück in mein Geschäft.«

»Sie hab ich hier *überhaupt* nicht gebraucht, Herr Harmann. Warum sind Sie überhaupt mitgekommen?«, will Werner wissen.

»Nur so, Kommissar Werner. Ich wollte schauen, ob Sie wenigstens diesmal alles im Griff haben.«

»Kriminaloberkommissar für Sie. Und ja, ich habe alles im Griff.« Er steuert um den Schreibtisch und setzt sich. »Hauen Sie bloß ab, Harmann. Wo Sie sind, da gibt's nur Probleme.«

Die beiden Freunde werden von einem Uniformierten nach draußen begleitet, und Werner bleibt in sich gekehrt zurück. Er starrt auf die Schreibtischplatte und macht sich seine eigenen Gedanken.

Zwei Mädchen. Die eine im Krankenhaus, aufgrund massiver Gewalteinwirkung. Die jüngere vermisst. Kampf und Schleifspuren am Tatort. Keine Fußabdrücke, die man verwerten kann. Die Hunde haben eine Spur aufnehmen und verfolgen können. Leider nur bis zum Waldrand, an der

Häusersiedlung, dort verliert sie sich wieder. Keine Reifenspuren auf dem Weg am Waldrand, aber ein blondes Büschel Haare, das an einem Brombeerstrauch hing. Ob es von dem Mädchen stammt, kann man bis dato noch nicht sagen.

Der Letzte, der die beiden gesehen hat, ist scheinbar dieser Buck. Aber andere Personen hat er angeblich nicht gesehen. Macht ihn das verdächtig? Genauer schauen sollte man schon, denkt er. Auch wenn er nicht glaubt, dass Nachforschungen zu dieser Person etwas bringen.

Werner legt seinen Kopf in die Hände. Er wünschte, Peters wäre hier, denn ihm traut er die Bearbeitung von solchen Fällen mehr zu als sich selbst. Die ganze Geschichte ist ihm eine Nummer zu groß. Er hat Angst davor, etwas zu übersehen, einen Fehler zu machen. Jeder seiner Kollegen würde dann sehen, dass er für eine Führungsposition wie diese nicht geschaffen ist. Sie würden hinter seinem Rücken reden, ihn auslachen und verhöhnen. Einige werden sagen, dass sie es von vornherein prophezeit hätten, dass er versagt. Vielleicht laufen sogar schon Wetten darüber, wie lange er wohl durchhalten wird.

Denn auch wenn das Team in der Schiffdorfer Behörde eine harmonische Truppe ist, so weiß er doch, dass genügend andere ebenfalls qualifiziert genug sind, die kommissarische Leitung zu übernehmen, so lange Edmund Peters krankgeschrieben ist. Weil Torsten Werner mit ihm befreundet ist, denken einige wahrscheinlich, das wäre sein Bonus gewesen. Womit sie wahrscheinlich gar nicht so falsch liegen.

Das Klingeln seines Smartphones reißt ihn aus seinen Gedanken.

»Werner«, meldet er sich. Dann hört er eine Weile zu. Seine Augen verengen sich zu Schlitzen. »Kein Zweifel? Wer weiß noch davon?« Er zückt seinen Notizblock. »Warten Sie bitte, ich will das noch abgleichen, und dann werde ich es weiterleiten. Auf Wiederhören.« Er legt auf und bläst seine Wangen auf.

Wenn er gedacht hat, dass dieser Fall schrecklich kompliziert ist, dann hat er aber maßlos untertrieben.

Er hört seine Kollegin Kommissarin Svenja Targas vor der Tür reden und ruft sie herein.

»Ich brauche unser Team in zehn Minuten im Aufenthaltsraum, Svenja«, sagt er.

»Was ist los? Du siehst beunruhigt aus.«

»Das bin ich auch.« Er blickt sie offen an. »Das Krankenhaus hat mich eben angerufen. Sie haben an Kimberly etwas Ungewöhnliches entdeckt. Das könnte uns zwar Hinweise auf den Täter geben, aber im Großen und Ganzen macht es mir eher Angst.«

»Nun sag schon. Was haben sie gefunden?«, fordert Svenja ungeduldig.

»Ein Abdruck im Nacken.« Seine Stimme wird brüchig. »Kimberly hat einen deutlichen Abdruck im Nacken. Scheinbar von zwei Elektroden, wie sie an Elektroschockgeräten zu finden sind. Du weißt, was das heißt?«

Svenja Targas braucht nichts zu erwidern, denn jeder Polizist in Norddeutschland weiß, was das zu bedeuten hat.

Wie es aussieht, bleiben ihnen fünf bis sieben Tage, um das Mädchen zu finden.

*

»Mama?«, flüstert Joselyn ängstlich in die Dunkelheit. Sie ist gerade wachgeworden und hat sofort bemerkt, dass sie liegt. Dass sie weich liegt. Nur rühren kann sie sich nicht. Sie weiß nicht, wo sie ist, warum es dunkel ist und vor allem so leise. Nichts ist zu hören außer dem pulsierenden Geräusch in ihren Ohren, das, wie sie weiß, von dem Blut kommt, das durch ihre Adern fließt.

Sie hebt wieder an, etwas fester diesmal: »Kimmy?«

Ihre Arme kann sie nicht bewegen. Ihr Herz schlägt schneller, das Blut in den Ohren wird lauter, und sie bekommt Angst.

»Mama!«, schreit sie. Sie spürt, dass sie in einem geschlossenen Raum ist. Panik durchströmt ihren kleinen Körper. Ihre Augen werden feucht und ihr Körper fängt an zu beben.

Nach einigen kurzen und heftigen Atemstößen lauscht sie wieder in die Stille. Dann ein Geräusch. War das ein Auto? Ein Lkw? Sie konzentriert sich noch mehr, vergisst beinahe zu atmen.

Nein. Es muss etwas in diesem Haus gewesen sein. Dumpf. Klar. Aber dennoch weit entfernt. Sie kann keine Vergleiche ziehen. Erneut beginnt sie zu schreien.

»Mama!«

Ein Poltern. Weit entfernt. Schnelle Schritte, die rasant näherkommen und immer lauter werden. Hastiges Klimpern von Metall. Eine Tür wird geöffnet. Der Luftdruck verändert sich. Andere, neue Luft erreicht ihre Nase. Es riecht nach Essen.

Sie weiß nicht, ob sie etwas sagen soll. Sie horcht weiterhin in den Raum hinein. Sie fühlt, dass hier etwas nicht stimmt. Ihr ist schlecht. Wer auch immer die Tür geöffnet hat, er rührt sich nicht. Scheint nur dazustehen. Oder ist er schon wieder weg?

Josie überwindet sich zu einem kurzen »Hallo«.

Stille. Wieder diese Stille. Sekundenlang.

Plötzlich ein Flüstern. Unverständlich für Josie, aber dennoch ganz nah.

Sie nimmt ihren Mut zusammen, holt tief Luft und schreit: »Mama!«

Polternde, laute Schritte. Sie kommen schnell näher.

Reflexartig zieht sich ihr kleiner Körper zusammen.

3

Bad Bederkesa, 9. September 2006

»Schatz! Lass uns heute Spaß haben«, rief Jasmin aus dem Badezimmer. »Lass uns irgendetwas Verrücktes machen!«

Mirko Reich lümmelte auf dem Sofa und brummte etwas, das vielleicht Zustimmung bedeuten sollte. Genauso gut hätte es aber auch Ablehnung sein können. Im Fernseher lief eine Reportage über US-Marines. Genau sein Interessengebiet und definitiv keine Sendung, bei der man ihn stören sollte.

Beschwingt kam Jasmin aus dem Bad. Es war Samstagmorgen. Wochenende. Ein Grund, gute Laune zu haben, denn ihr Freund, ein häufig außerhalb schlafender Berufssoldat, hatte den Tag über frei. Erst am Abend musste er wieder in die Kaserne, damit er am nächsten Morgen seinen Dienst antreten konnte. Ein Grund mehr für Jasmin, die verbleibende Zeit sinnvoll und ausgiebig zu nutzen.

Sie setzte sich zu ihm und gab ihm einen Kuss auf die Stirn. »Hey«, hauchte sie. »Wozu hast du Lust?«

»Eigentlich zu gar nichts«, murmelte er, ohne den Blick vom Bildschirm zu nehmen. Als er am Vorabend nach Hause kam, empfing sie ihn in einem Hauch von Nichts. Sie umgarnte ihn, schmiegte sich an ihn und zog Mirko anschließend ins Schlafzimmer, wo die folgende halbe Stunde ganz ihm gewidmet wurde.

Das reichte ihm. Damit war seine Anforderung an ein schönes Wochenende – oder vielmehr eines freien Tages – vollends erfüllt.

»Mirko. Komm schon. Das Wetter ist spitze. Einkauf und Haushalt habe ich gestern schon erledigt«, entgegnete sie. Wütend verschränkte sie ihre Arme vor der Brust. »Ich möchte etwas unternehmen«, sagte sie mit Nachdruck. »Dieses blöde Bundeswehrzeugs kannst du dir auch ein anderes Mal anschauen. Das läuft doch jeden Tag.«

»Marines«, erwiderte er gedehnt. »Das sind Amis.«

»Mir doch egal, wo die herkommen. Ich will mit dir was machen.«

Mirko zu etwas animieren, war schon immer schwierig. Seit jeher war sie die treibende Kraft in ihrer Beziehung. Und das nicht nur im Positiven.

Mittlerweile waren sie seit neunzehn Jahren ein Paar. Zusammen zur Schule gegangen, gemeinsam einige Dorffeste besucht, und im Sommer 1987 kamen sie, nach einem Besuch in der Diskothek Roes im Nachbarort, im zarten Alter von fünfzehn Jahren zusammen.

Die ersten Jahre waren aber nicht leicht für Mirko. Jasmin war keine Kostverächterin, und ihr war damals nicht ganz klar, was oder besser wer gut für sie war. Sie war extrovertiert und sehr gesellig, um nicht zu sagen bedürfnisorientiert. Mit steigendem Alkoholkonsum auf Geburtstagen oder Schützenfesten nahm sie sich schon mal die Zuneigung, die sie brauchte o-der meinte zu brauchen. Und das nicht immer nur bei Mirko. Zahlreiche Affären wurden ihr nachgesagt. Ging es anfänglich noch um Fremdknutschen bei Feierlichkeiten, so war später von regelmäßigen Sextreffen die Rede, wenn er auf der Arbeit war.

Und er war häufig und lange auf der Arbeit.

Mirko wusste davon. Jeder im Ort wusste davon. Er stellte sie auch zur Rede, und einige Male beendete er die Beziehung. Aber nach ein paar Tagen fehlte sie ihm. Mirko liebte seine Freundin, konnte sich ein Leben ohne sie nicht vorstellen. Sie hatte so viele gute Seiten, die er nicht missen wollte. Also suchte er sie bei ihren Eltern auf und sagte ihr, was er zu sagen hatte. Sie bat ihn um Entschuldigung, versprach Besserung, und sie kamen wieder zusammen. Dann lebten sie weiter wie zuvor.

Sie wusste, für ihn stand von Anfang an fest, dass er mit ihr alt werden wollte. Sie war seine sprichwörtliche Traumfrau, und er vergab ihr scheinbar alles. Im Ort nannte man ihn den treudoofen Dackel.

Bis sich im April 1995 alles änderte.

Sie holte sich den schnellen sexuellen Kick bei dem Falschen. Rafael. Ein jüngerer Bekannter aus dem Ort. Sie entjungferte ihn sozusagen, da er vorher nicht einmal ansatzweise in die Nähe einer Frau gekommen war. Er war ein dicklicher Junge, optisch keinesfalls ansprechend, aber dafür wortgewandt. Jasmin ließ sich nach einer Party von ihm überreden, fand es sogar ganz niedlich, dass er ausgerechnet von ihr zum Mann gemacht werden wollte.

Das Problem, das sich aus diesem neuerlichen Fehltritt ergab: Er wollte anschließend mehr. Sie aber nicht. Für Jasmin war es eine einmalige Sache, und das sagte sie ihm auch.

Ein Fehler, wie sich schließlich herausstellte, denn dann nahm Rafael sich das, was *er* brauchte. Auf die harte Tour und erniedrigend für Jasmin. Er erpresste sie, stellte ihr nach. Sie fühlte sich richtig schlecht. Im körperlichen, aber auch im seelischen Sinne.

Als der Druck zu groß wurde, Rafaels Übergriffe zu extrem, da offenbarte sie sich Mirko, der anschließend zum ersten Mal in seinem Leben so etwas wie Tatendrang an den Tag legte. Gemeinsam lockten sie Rafael an einen abgelegenen Ort und verpassten ihm eine ordentliche Abreibung, so dass er eine längere Zeit im Krankenhaus verbringen musste.

Mirko kam Jasmin damals so männlich vor. Endlich hatte er gezeigt, wozu er in der Lage war, und hatte um sie gekämpft. Das war etwas, das sie die Jahre über so vermisst hatte. Sie schwor sich und ihm, ihre Eskapaden sein zu lassen und sich nur noch voll und ganz ihm hinzugeben.

Tatsächlich blieb sie ihrem Versprechen treu, und bis zu diesem Tag hatte sie nicht eine einzige weitere Entgleisung zu verbuchen. Leider verfiel aber ihr Traummann nach kurzer Zeit wieder in seinen normalen Trott – lieb, aber wenig bis gar nicht impulsiv oder erlebnisdurstig –, doch störte sie es jetzt nicht weiter. Sie hatte erkannt, was sie an ihm hatte. Nämlich einen Menschen, der ihr niemals wehtun würde, sie niemals anschreien würde und ihr immer treu war. Zudem sah er auch noch gut aus: braunes, volles Haar, kurz geschnitten, normal gebaut und durchschnittlich groß. Kein Schönling, dennoch ein attraktiver Mann. Sie konnte sich sehr gut vorstellen, den Rest ihres Lebens mit ihm zu verbringen.

»Wenigstens ein kleiner Spaziergang?«, hauchte sie ihm ins Ohr.

Widerwillig sagte er zu, da sie ja sonst eh keine Ruhe geben würde.

Die beiden bewohnten ein Haus zur Miete am Ortsausgang von Bad Bederkesa, Richtung Steinau. Das Wetter war für Anfang September noch sommerlich. Sie zogen sich etwas Leichtes über und gingen die Hauptstraße entlang zum Holzurburger Wald, dem größten Wald im Umkreis mit vielen ruhig gelegenen Wegen, auf denen man gut gehen konnte und manchmal stundenlang keiner anderen Person begegnete.

Mirkos Stimmung wurde tatsächlich mit jedem zurückgelegten Meter besser. Es tat gut, mal rauszukommen. Die Temperatur lag fast bei dreißig Grad, und die Luft roch herrlich nach gemähtem Heu.

Bekannte kamen ihnen entgegen und grüßten, während die beiden wie zwei Frischverliebte händchenhaltend nebeneinander gingen. Sie kamen am

Schützenhaus vorbei und gingen weiter in den Wald hinein, vorrangig auf Trampelpfaden, ein wenig abseits von den normalen Wegen. Die Luft hier war ein klein wenig kühler, aber duftete nach Moos und Laub. Der Gesprächsstoff ging ihnen nicht aus. Sie redeten über gemeinsame Freunde, Klatsch und Tratsch und von seiner Arbeit.

Er war als Berufssoldat ziemlich häufig unterwegs. Es kam vor, dass Mirko zwei Wochen auf irgendeinem Lehrgang war und gleich darauf ein Wochenende Wachdienst hatte, so dass sie sich über zwei Wochen nicht sahen.

Es war aber auch nicht sicher, ob er weiterhin in Dörverden seinen Dienst machen konnte, denn wenn die Vorgesetzten ihn für eine andere Stelle aussuchen würden, dann müsste er diese antreten. Egal wo. Von Norddeutschland bis Bayern, vom Ruhrgebiet bis nach Sachsen war alles möglich. Unverheiratete Männer ohne Kinder waren die Ersten, die es bei einer Versetzung traf. Das war das Einzige, das ihn an seinem Beruf störte.

Dörverden war von Bederkesa nicht allzu weit weg. Es lag ein Stück hinter Bremen und war in gut anderthalb Stunden mit dem Auto zu erreichen. Die Frage war nur, wie lange er dort stationiert bleiben würde. Es war schwer, eine konkrete Familienplanung anzugehen, wenn berufstechnisch noch viel in der Schwebe hing. Und er wollte gerne mit Jasmin weiter planen. Das sagte er ihr auch, als sie auf einem umgeknickten Baumstamm saßen, um eine kurze Pause einzulegen.

Freudig kreischend fiel sie ihm um den Hals. »War das ein Antrag?«

»Nein. Ich sagte nur, dass ich gerne weiter planen würde. Und dich auch heiraten möchte. Nur, es ist schwer zu planen, wenn man nicht weiß, wo man am besten leben und wohnen sollte. Auf Ewigkeiten eine Fernbeziehung führen, dazu habe ich keinen Bock.«

»Du willst mich also heiraten?«, war alles, was sie entgegnete.

»Hörst du mir nicht zu?«

»Doch. Du willst mich heiraten.«

Mirko wollte etwas erwidern, aber nach einem Blick in ihre vor Freude weit aufgerissenen Augen schluckte er den Satz runter, der ihm auf den Lippen lag, und nahm sie stattdessen in seine Arme.

So saßen sie eine Weile einfach nur da. Lauschten auf den Atem des anderen und spürten den Körper ihres Partners unter ihren Fingern. Jasmin ging schließlich einen Schritt weiter, nahm sein Gesicht in ihre Hände und küsste ihn ungestüm, was Mirko begeistert erwiderte.

Mit einem schnellen Blick vergewisserte er sich, dass niemand in der Nähe war, dann zog er Jasmin auf den blätterbedeckten Boden und fing an sie hastig auszuziehen

Die nächsten zwanzig Minuten gaben sie sich ganz ihrem Liebesspiel hin.

Sie waren dermaßen mit sich selbst beschäftigt, dass sie die riesige Gestalt gar nicht bemerkten, die keine zehn Meter entfernt über einen Busch starrte und sie überaus interessiert beobachtete.

*

Buck, der Forstbeamte aus Bad Bederkesa, hatte aus einiger Entfernung ihre Stimmen vernommen, und neugierig ging er daraufhin auf die Geräuschquelle zu, ahnend, dass es sich wahrscheinlich um ein Pärchen handelte, das sexuelle Abwechslung im Wald suchte. Es war nicht das erste Mal, dass er ein paar hormongesteuerte junge Leute dabei beobachtete. Scheinbar löste hölzernes Dickicht bei warmen Temperaturen etwas bei Pärchen aus.

Interessant fand er ebenfalls spätere Begegnungen mit den Umtriebigen, zum Beispiel beim Einkaufen oder einfach auf der Straße. Es war extrem unterhaltsam, wenn er die Frau an der Fleischtheke grüßte, die er ein paar Tage zuvor noch röchelnd auf dem Waldboden beobachtet hatte. Sie grüßte freundlich zurück und ahnte nicht, dass er so ziemlich jede markante Stelle ihres nackten Körpers benennen konnte.

Eine ganze Weile stand er direkt hinter ihnen, sieben oder acht Meter entfernt. Wie so häufig, wenn er bei einem Geschlechtsakt zusah, fragte er sich, was so faszinierend an dieser seltsam anmutenden Szene war. Er schaute gebannt auf den behaarten Hintern des jungen Mannes, der hektisch und scheinbar unkontrolliert zwischen den Beinen der jungen Frau agierte.

Er hatte keine Angst davor, entdeckt zu werden, schließlich war es sein Wald. Ihn ging es etwas an, was hier ablief, dafür wurde er von der Gemeinde bezahlt. Wie einfach es doch wäre, seine Drillingsbüchse ein Stück weit anzuheben, den Hebel zu spannen und das bleiche Gesäß mit kleinen harten Kugeln zu verunstalten.

Als er merkte, dass sie dem Finale entgegensteuerten, zog er sich langsam und leise zurück, bis er wieder außer Sichtweite war. Er wusste haargenau, wo er hintreten musste, um nur den kleinstmöglichen Laut zu machen. Einer der Vorteile, wenn man wie er jahrelang auf Jagd ging. Aber auch wenn er mit seinem Auto vorbeigefahren wäre, hätten sie ihn wahrscheinlich nicht bemerkt, dachte er amüsiert. Dafür waren sie zu sehr auf ihre Befriedigung fokussiert.

Auf dem Weg zu seinem Geländewagen, der etwas weiter im Wald stand, dachte er über die beiden nach. Er kannte sie. Er *er*kannte sie. Jasmin. Vor Jahren schon hatte er einmal das Vergnügen, sie beim Geschlechtsverkehr beobachten zu können. Es muss etwa neun oder zehn Jahre her sein. Sie war noch etwas fülliger, hatte kurze, rotgefärbte Haare. Der Mann, oder besser gesagt der Junge damals bei ihr war aber ein anderer. Rafael. Auch daran konnte Buck sich erinnern.

Es blieb ihm gut in Erinnerung. *Sie* blieb ihm in Erinnerung. Schon damals war er von ihr mehr als nur etwas angetan. Sie ging ihm nächtelang nicht aus dem Kopf. Und jedes Mal wieder, wenn er sie irgendwo im Ort sah. Er wusste, dass es auch diesmal nicht anders werden würde.

Doch es gab jetzt eine Option, die er früher nicht in Anspruch nehmen konnte. Seit Längerem plante und arbeitete er an etwas Außergewöhnlichem. Und in der Umsetzung war er schon so weit fortgeschritten, dass es bald in die Tat umgesetzt werden konnte. Ihm fehlte nur noch das passende Objekt dafür.

4

Bad Bederkesa, Montagabend

Die letzten Stunden habe ich mit Nachdenken verbracht. Und mein Fazit? Ich habe keins. Ich stecke fest.

Miriam ist seit einiger Zeit in der Küche und brutzelt etwas. Es riecht nicht mal schlecht. Ich sitze in meinem Lieblingssessel und starre aus dem Fenster. Wenn das Essen so schmecken würde, wie es riecht, dann wäre ich zufrieden. Aber das tut es sicher nicht. Sie ist keine besonders gute Köchin.

Der Türgong reißt mich aus meinen Gedanken, und ich schrecke hoch. Abends klingelt selten jemand bei uns, das kann nichts Gutes bedeuten. Kurze Zeit später höre ich Miriams Stimme. Freudig. Sie ruft meinen Namen.

Langsam raffe ich mich auf und begebe mich in den Flur. In der Haustür stehen Shannon, welch wunderbarer Anblick, und mein Bruder Sebastian, ein nicht ganz so erfreulicher. Er trägt eine graue Anzughose mit Längstreifen, ein blaues, schräg gestreiftes Hemd und eine gestreifte Krawatte. Ich hebe die Hand zum Gruß und frage mich, was er hier will. Hat Miriam ihn angerufen? Mit Sicherheit. Deswegen wohl auch das Essen.

»Hallo Jonas. Wie geht's?«, flötet er. »Du siehst ja gar nicht gut aus.«

»Du auch nicht«, erwidere ich bissig. »Siehst aus wie ne optische Täuschung mit deinen ganzen Streifen.«

Shannon kichert. Als er an sich herunterblickt, nutze ich die Gelegenheit, um mich wieder ins Wohnzimmer zu verdrücken, werde aber von meinem Feldwebel zurückgepfiffen.

»Er ist hier, um dir zu helfen, Jonas.«

»Wobei?«

»Bei dem, was dir heute Nacht passiert ist.«

»Was ist mir denn passiert?«, frage ich.

»Keine Ahnung.«

»Genau«, sage ich. »Wer sagt dir denn, dass ich Hilfe brauche?«

Sebastian schaltet sich ein: »Komm schon. Halt uns nicht für blöd.«

Er macht ein Schritt auf mich zu und verzieht das Gesicht. Schmerzen. In solchen Momenten sieht er bemitleidenswert aus. Selbst Shannon wendet den Blick ab.

»Rücken?«, frage ich, und er nickt.

»Vom Arsch bis zum Hals«, erwidert er grinsend.

Seit wann besitzt er so etwas wie Humor?, frage ich mich. Trotzdem gebe ich mich friedlich, und wir gehen in die Küche, wo Miriam bereits den Tisch gedeckt hat.

Die nächste halbe Stunde wird nicht viel geredet, was mir sehr lieb ist.

Das Essen schmeckt tatsächlich so, wie es gerochen hatte. Lecker. Es gibt Putenschnitzel, Knödel und Rotkohl. Dazu eine delikate Soße. Wenn Miriam will, dann scheint sie auch zu können.

Ich blicke schließlich von meinem Teller auf und in die Runde. Alle drei sind noch mit ihrem Essen beschäftigt. Zu beschäftigt.

»Was ist los?«, frage ich.

»Nichts«, antwortet Sebastian. »Wir warten, bis du dich öffnest.« Er hat nicht einmal zu mir aufgeschaut.

»Bis ich … Sag mal, ist das einer deiner Anwaltstricks? Soll das ein Scherz sein?«

»Wir geben dir die Zeit, die du brauchst«, schaltet sich meine Frau ein, ebenfalls ohne vom Teller aufzublicken. Was ist das denn für eine Art? Verwundert schaue ich zu Shannon, die gelangweilt ihre Schultern hebt und sich wieder ihrem Essen zuwendet.

»In unserem Schlafzimmer räumst du mir auch keine Zeit ein«, rutscht es mir heraus. »Warum jetzt?«

Shannon verschluckt sich an einem Stück Pute und hustet.

»Jonas.« Mein Bruder.

»Basti.« Ich.

»Was soll denn das?«

Mein Bruder scheint ehrlich erzürnt. Wenn ich ihn so ansehe, fällt mir auf, wie asymmetrisch sein Gesicht ist. Irgendwie so unfertig. Als wenn der liebe Gott bei Sebastians Fertigstellung abends früher Feierabend gemacht hätte und morgens vergessen hat, weiterzumachen.

»Geht dich jawohl nichts an.«

»Wir sind eine Familie.« Er wird lauter.

»Sind wir das?«, frage ich herausfordernd. Auch laut.

Er senkt seinen Kopf. »Sag nicht so etwas. Wir wollen dir helfen.«

Eine Weile starre ich ihn zornig an. Mir geht einiges durch den Kopf, was ich ihm jetzt entgegenschleudern könnte, aber ich halte mich zurück.

Stattdessen blicke ich erneut in die Runde. Warum eigentlich nicht? Er ist schließlich auch Anwalt. Zudem einer, den ich mir unter normalen Umständen gar nicht leisten könnte.

»Also gut«, sage ich schließlich, lege meine Serviette auf den Teller und fahre fort: »Gestern bin ich aus dem Haus, weil ich es hier mit Miriam nicht mehr ausgehalten habe.« Aus den Augenwinkeln sehe ich, wie sie sich aufrichtet, wahrscheinlich um etwas zu sagen, aber ich komme ihr zuvor: »Ja, genau. Wegen Miriam. Aber das spielt jetzt keine Rolle. Ich bin durch die Gegend gelaufen, ohne konkretes Ziel. Ich musste nachdenken. Keine Ahnung, wie lange.« Ich hole tief Luft. »Jedenfalls war es bereits fast dunkel, und ich war oben bei euch und im Fleckenshölzer Wald.«

»Du warst bei uns?«, fragt Sebastian. »Warum bist du nicht reingekommen? Wir hätten reden können.«

»Ich wollte nicht stören. Außerdem hattet ihr Besuch, hab ich doch gesehen.«

»Na, und?«, erwidert mein Bruder gereizt. »Du gehst ja wohl vor. Oder?« Er blickt auffordernd zu Shannon, die langsam nickt.

Hab ich gerade richtig gehört? *Ich* gehe vor? Das hätte er mir mal sagen sollen, als ich tausend Euro von ihm brauchte, um mein Konto wieder auszugleichen. Keinen Cent hatte er für mich über, der alte Drecksack. »Hör mal, ist ja nett von dir, aber ich wollte eh mit niemandem reden, und jetzt möchte ich gerne weitererzählen, denn sonst wird's ein echt langer Abend, okay?«

»Ich mein ja nur«, erwidert mein Bruder ernst.

»Ich bin also weiter, oben rum durch den Wald. Ich war schon unterwegs Richtung Haus, als ich Stimmen hörte. Keine zwanzig Meter entfernt liefen die beiden Bertram Kinder und alberten durch die Gegend. Ich wollte einfach weitergehen, als mir die zwei dunkel gekleideten Typen aufgefallen sind, die direkt hinter den Mädchen auftauchten. Ich hab keine Ahnung, wo die auf einmal herkamen. Der eine fiel über die beiden her und ich vor Schreck auf den Boden.« Meine Stimme senkt sich merklich.

Kann man Spannung greifen? In diesem Moment schon. Selbst Shannon hängt an meinen Lippen, die Gabel, garniert mit einem Stück Pute, hält sie auf halbem Wege zu ihrem Mund.

»Und?«, drängt sie schließlich.

»Ich war eine Weile erstarrt. Hörte diese Geräusche. Widerliche Geräusche. Dumpf. Erstickte Mädchenschreie. Dann wieder Ruhe. Ich wusste nicht, was ich machen sollte. Ich bekam es mit der Angst zu tun.«

»Weiter«, fordert Miriam.

»Ich wollte ihnen helfen, versteht ihr? Ich wusste, dass da etwas Schlimmes passiert. Ich … ich stand auf und sah diese Typen. Sie schauten in meine Richtung.« Meine Stimme wird brüchig, ich merke es selbst und räuspere mich.

»Wie sahen sie denn aus?«, fragt Sebastian.

Ich bedenke ihn mit einem strengen Blick. Mir fällt es auch nicht leicht, die Geschichte wieder hervorzukramen, also möchte ich nicht unterbrochen werden.

»Guck nicht so. Wie sah er aus? Was geschah dann?«

»Der eine Typ bei den Mädchen rief etwas und zeigte auf mich. Ich war wie erstarrt. Bis der andere auf mich zugerannt kam. Ich sprang auf und rannte los. Aber dann fiel ich über eine Ranke. Als ich mich wieder aufrappelte, war der Kerl schon da, rammte mich um, prügelte auf mich ein und setzte sich auf mich.« Ich muss einen Schluck Wasser trinken, bevor ich fortfahre: »Er hatte plötzlich eine Pistole in der Hand und hielt sie mir direkt an die Schläfe.« Ich berühre die Stelle, an die der Lauf gedrückt wurde, damit alle es sehen können. Die Geste verfehlt ihre Wirkung nicht. Alle drei hängen mit schreckgeweiteten Augen an meinen Lippen.

»Der Mann blickte zur Seite, scheinbar zu seinem Kumpel, und danach wieder auf mich. Er kam ganz nah an mein Gesicht. Ich konnte seine Augen sehen.« Die nächsten beiden Sätze versuche ich sehr langsam zu sprechen: »Dann fragte er, ob ich weiterleben möchte. Mit meiner Miriam.«

»Er wusste ihren Namen?«, fragt mein Bruder verwundert. Ich nicke nur, und er lässt geräuschvoll die Luft entweichen. »Was dann?«

»Er erhob sich, die Waffe aber immer noch auf mich gerichtet. Ich rutschte von ihm weg. Stand auf. Als der andere Typ das sah, rief er.«

»Was rief er?«

»Schieß, verdammt!« Ich sage es eine Spur zu laut. Miriam und Sebastian zucken zusammen. »Er rief: Schieß, verdammt!«

»Hat er geschossen?«, will Shannon wissen. Die Gabel immer noch auf halber Höhe haltend.

Ich nicke und ziehe mein Hemd hoch. Zu sehen ist ein langes Pflaster, das unterhalb meiner Achsel verläuft. Ein wenig getrocknetes Blut schimmert durch die obere Schicht.

»Er hat mich fast erwischt. Ich lief wie der Teufel und dachte nicht mehr an die Mädchen.«

Mir ist klar, wie es sich anhört. Feige. Schwach. Charakterlos. Ich habe die Mädchen im Stich gelassen. Nur um meinen eigenen jämmerlichen Arsch zu retten. Ich bin ein Vollversager. Ich habe einen Kloß im Hals, meine Augen füllen sich mit Tränen.

In der Runde ist es mucksmäuschenstill. Verständlich. Wenn mir jemand so etwas erzählt hätte, dann hätte ich mich auch gefragt, ob bei demjenigen nicht alle Türen im Kopf zu sind.

»Unfassbar«, sagt mein Bruder knapp.

»Sag an«, erwidere ich und wische mir die Augen trocken.

Pause. Alle starren auf ihre Teller, als wenn dort etwas anderes Interessantes zu finden wäre.

»Warum erzählst du es nicht der Polizei?«

»Sebastian. Warum wohl? Weil ich Angst habe, darum. Die haben auf mich geschossen. Das geht hier um mein, nein, um unser Leben. Die Polizei«, schnaube ich verächtlich, »glaubst du etwa, die werden mich schützen? Oder uns? Die denken doch eher, ich hätte was damit zu tun. Außerdem glaube ich nicht, dass sie mit meiner Aussage etwas anfangen könnten.«

Dem kann er scheinbar nichts entgegensetzen. Forschend blickt er mich an. Ob er mir glaubt?

»Wie sahen sie denn jetzt aus, Jonas?« Shannon. Es passt jetzt irgendwie nicht in diese ernste Runde, aber ich denke: Was für eine Stimme.

»Keine Ahnung. Beide waren schwarz oder zumindest dunkel gekleidet. Sturmhaube auf dem Kopf, wo nur zwei Löcher für die Augen waren. Mehr weiß ich nicht.«

Betretenes Schweigen. Mir fällt auch nichts mehr ein.

Dann wieder ein Satz von meinem schlauen Bruder: »Schon daran gedacht, unterzutauchen?«

Fragend schaue ich ihn an. Bin ich Jason Bourne, oder was denkt der Anwalt sich?

»Nun, er scheint dich erkannt zu haben. Vielleicht kennen sie euch sogar sehr gut. Was, wenn er seine Drohung wahrmachen möchte? Ihr seid in Gefahr.«

»Das sagte ich doch eben. Hörst du mir nicht zu?«

Miriam hingegen winkt energisch ab. »So ein Quatsch. Ich kann schon auf mich aufpassen.«

Ja, das kannst du bestimmt, denke ich und schüttele nur den Kopf. Ist es hier sicher für mich? Für uns? Soll ich die Cops einweihen? Was verdammt noch mal macht man in so einer Situation?

»Ich denke, du solltest erst mal ein wenig Abstand bekommen, Jonas. Von den Geschehnissen hier vor Ort. Vor der Polizei. Vor den Tätern. Komm zur Ruhe, warte ab, wie die Kripo sich schlägt. Vielleicht ist es schon bald überstanden.«

»Rätst du mir das als mein Anwalt?«

Ein Lächeln umspielt seine Lippen. »Nein. Als dein Bruder.«

Seltsamerweise fühle ich in diesem Moment eine starke Verbundenheit mit ihm. Es fühlt sich nicht schlecht an, und ich lasse es eine Zeitlang wirken. Er scheint es auch zu spüren, denn er sieht mich offen an.

»Hast du denn eine Idee, wo ich unterkommen könnte?«, frage ich ihn schließlich, nach einem kurzen Seitenblick auf Shannon.

Zu meiner großen Freude nickt er.

*

Buck sitzt derweil zu Hause an seinem Küchentisch und beobachtet gedankenverloren seinen Hund Buko, der gerade dabei ist, seinen eigenen Schwanz zu jagen. Normalerweise erfreut ihn das spielerische Tun seines Hundes, aber er ist besorgt über die Situation in Beers. Ein junges Mädchen ist verschwunden. Ihre misshandelte Schwester nicht zu vergessen. Dass die Polizei mit einer gefühlten Hundertschaft hier anrückt, ist zudem gar nicht in seinem Interesse.

Was ihm richtig Sorgen macht, ist der Typ, der dahinterstecken muss. Noch so ein Verrückter, der scheinbar keine Grenzen kennt. Es ist etwas über ein Jahr her, da haben Eric Harmann und er zwei komplett durchgeknallte Irre aus dem Weg geräumt, die Susanne, Erics Mutter, ermordet hatten.

Und nun rennt schon wieder jemand hier herum und verbreitet Angst und Schrecken. In Beers scheint es eine ziemlich hohe Psychopathendichte zu geben, denkt sich Buck und schüttelt den Kopf. Heißes Pflaster.

Er stellt Buko etwas zu fressen hin und begibt sich ins Wohnzimmer.

Dann holt er sich eine dicke Mappe mit Radierungen von Francisco de Goyas aus dem Schrank und setzt sich auf das alte beigefarbene Sofa. *Desastres de la guerra* – Schrecken des Krieges: zweiundachtzig Grafiken über Folter und Tod in den Zeiten des spanischen Bürgerkrieges, die sein Leben verändert haben.

Die Zeichnungen faszinieren ihn, denn sie sind so ehrlich und ungeschönt. So puristisch. Je nach Stimmungslage verstärkt sich das gerade vorhandene Gefühl, wenn er die Bildermappe durchsieht. In einem Moment wie diesen, in dem er ein wenig besorgt ist, beruhigen sie ihn. Langsam blättert er Seite um Seite.

Einige Zeit ist es her, seit er dem Nachstellen dieser Radierungen nachgegangen ist, überlegt er. Das Erstellen von *Tableaux vivants* bestimmte lange sein Leben. Und sie erfüllten ihn. Er seufzt.

Es gab für ihn keinen Grund mehr, loszufahren und seinen Begierden nachzugehen. Der 9. September 2006. Er weiß es noch wie heute. Damals holte er sich Jasmin in sein Leben.

Er denkt an ihre erste bedeutungsvolle Begegnung, als er sie bei ihrer Sex-Eskapade mit diesem dicklichen Burschen beobachtete. Wusste er damals schon, dass er sie besitzen würde? Nein. Natürlich nicht. Er wollte es, klar. Aber daran gedacht oder darauf gehofft, dass sie so viele Jahre an seiner Seite bleiben würde, hatte er damals nicht, denn erst später kam ihm die Idee mit dem Verlies. Erst als er sie das zweite Mal beobachten konnte, im Wald, mit Mirko, da wusste er, dass sie schon bald ihm gehören würde. Bedingungslos.

Noch am selben Abend holte er sie sich. Was für ein Rausch das damals war, er war mit nichts zu vergleichen. Dieser Adrenalinschub und die Vorfreude auf das, was kommen würde. Es war gewaltig. Intensiver als es jemals eine seiner Reisen gewesen war. Die Zeit, als er versuchte sie zu zähmen, war mühsam, aber Stimulation auf höchstem Niveau.

Leider hielt das Hochgefühl nicht ewig an, und ihr Dasein wurde mit der Zeit fast selbstverständlich. Jetzt, nach über acht Jahren sehnt er sich wieder nach etwas anderem. Nach etwas Außergewöhnlichem. Denn so befriedigend die Zeit mit Jasmin auch ist, den Blutdurst, der ihn zeitweise überkommt, kann sie nicht stillen.

Eigentlich möchte er nicht wieder losziehen, aber er merkt, dass er zunehmend unruhig wird. So wie früher.

Seit Susanne, Erics Mutter, tot ist, fehlt ein großer Teil in seinem Leben, der ihm willkommene Abwechslung und Sicherheit zugleich gab. Das ist jetzt über ein Jahr her, und ihr Fehlen wirkt sich dramatisch auf seinen Gemütszustand aus, was er nie gedacht hätte, denn ihre Beziehung war auf ein Minimum begrenzt, um es vor Eric geheim zu halten, und nur so tiefgehend, wie es bei gelegentlichen Sextreffen halt sein kann.

Jasmin und Susanne, denkt er wehmütig. Jede für sich trug dazu bei, dass er in der Spur blieb. Dass er zufrieden war. Und satt. Seit Erics Mutter nicht mehr für ihn greifbar ist, geht es mental stetig bergab, und er überlegt schon eine Weile, was er dagegen machen kann.

Er steht auf und wirft einen Blick aus dem Wohnzimmerfenster. Er kann die Straße in Richtung Ankelohe einsehen, dem Nachbarort von Bederkesa. Zwei uniformierte Beamte laufen auf dem Gehweg und gehen von Haus zu Haus. Sie sammeln Informationen. Stochern wahrscheinlich im Trüben. Vermisstes Mädchen. Misshandeltes Mädchen.

Was für ein Mensch vergreift sich denn an Kindern? Er wendet sich ab und schüttelt verständnislos den Kopf. Eine kranke Welt ist das, denkt er und geht in die Küche, um seinem Dauergast das Abendbrot zuzubereiten.

*

Abendliche Besprechung am Tag eins nach dem Vorfall. Kriminaloberkommissar Werner hat seinen festen Stab in einem umfunktionierten Aufenthaltsraum versammeln lassen.

Bis auf die Beamten, die noch mit Befragungen und Auswertungen beschäftigt sind, sind etwa sechzehn Kolleginnen und Kollegen anwesend. Zwei Mitarbeiter von seinem Team sind nur dafür eingeteilt, Anrufe entgegenzunehmen und festzuhalten, was an interessanten, fallbezogenen Informationen hereinkommt.

Werner steht an einen Schreibtisch gelehnt und schaut sorgenvoll auf die teils entsetzten, teils fassungslosen Gesichter seiner Kollegen. Gerade hat er ihnen von den Verbrennungen an Kimberlys Hals berichtet, die der Erkenntnis nach von einem Elektroschocker stammen. In dem hellen Konferenzsaal des evangelischen Bildungszentrums herrscht eine beklommene Stimmung.

Alle wissen um die Fälle von Entführung, Misshandlung und Ermordung der drei jungen Frauen im benachbarten Bremerhaven, die sich innerhalb der vergangenen zwei Jahre ereignet haben.

Jede der Frauen wurde in der Nähe eines Parks mit angrenzender Bewaldung entführt. Freunde oder Verwandte konnten Auskunft darüber geben, wo die betreffende Frau sich aufhielt, denn es handelte sich um Spaziergängerinnen oder Joggerinnen, die stets dasselbe Ritual hatten: sich abends in oder am Park aufzuhalten. Meistens zu vorgerückter Stunde, wenn es bereits dunkel wurde, da sie allesamt berufstätig waren.

Zwischen fünf und sieben Tage blieben die Frauen jeweils verschollen. Bis Spaziergänger die Frauenleichen in einem anderen Park fanden. Tot, entstellt, nackt und alle drei mit Verbrennungen eines Elektroschockers im Genick.

Die Ähnlichkeiten zu den jüngsten Vorkommnissen sind nicht zu übersehen.

Als Werner sich sicher ist, dass jeder der Anwesenden sich seine Gedanken zu der Tragweite dieser Information gemacht hat, fährt er fort: »Wir gehen bei Joselyn Bertram vom Schlimmsten aus. Entführung. Wenn wir falsch liegen, dann soll es mir recht sein. Wenn es also tatsächlich der oder dieselben Täter sind, dann bleiben uns etwa sechs Tage, um sie zu finden. Das ist Druck, und ich hoffe, wir sind als Team gesetzt genug, um das auszuhalten. Jeder von uns.«

Er räuspert sich, blickt in die Runde. Der richtige Zeitpunkt, um ein anderes Thema anzuschneiden, das ihm unter den Nägeln brennt: »Ich weiß, dass einige von euch bezweifeln, dass ich meinen Posten als kommissarischer Leiter dieser Truppe meinem Können zu verdanken habe, sondern eher der Freundschaft zu Edmund Peters. Da möchte ich jetzt gar nicht weiter drauf eingehen, aber nur so viel ...« Er richtet sich auf und fährt energisch fort: »Ich gebe mein Bestes. Ich weiß, dass andere meinen, es besser zu können und den Posten eher verdient hätten. Von mir aus. Kann gut sein. Aber Fakt ist, dass *ich* hier vor euch stehe, ob es uns nun passt oder nicht.«

Ein gezielter, strenger Blick von ihm geht zu Oberkommissar Roger Stahrmann, dem offenen Verfechter der *Ich bin allemal besser geeignet und hätte es mehr verdient*-These.

»Es geht hier um ein junges Menschenleben. Falls etwas schiefgeht, sitze ich eh nicht lange auf diesem Posten. Also lasst uns dieses Thema abhaken und professionell arbeiten, bis wir das Mädchen haben. Einverstanden?« Gelegentliches Nicken, teilweise auch verschränkte Arme, aber im Großen und Ganzen ist Werner mit den Reaktionen zufrieden.

»Weiter im Text. Ich habe ein wenig rumtelefoniert, Klinken geputzt und mit Bremerhaven gesprochen. Die meisten Fälle dieser Art gab es dort. Insgesamt vier, die zueinander passen könnten. Sie haben eine Sonderkommission, die sich schon von Beginn an, also seit zwei Jahren, mit dieser Serie befasst. Zwei Bremerhavener Kollegen werden morgen zu uns kommen, damit wir uns austauschen und sie uns gegebenenfalls unterstützen können. Abgesegnet von ganz oben. Fragen?«

»Kein LKA?«, fragt Svenja Targas.

»Momentan noch nicht. Die sind informiert, halten sich aber erst einmal zurück, weil wir mit Bremerhaven zusammenarbeiten. Die haben die größte Erfahrung in dieser Sache. Noch was?«

Als keine weiteren Fragen kommen, löst Werner die Runde auf. »Denkt dran. Die kleine Bertram ist jetzt am wichtigsten. Wir müssen sie finden.« Den letzten Satz sagt er mit Nachdruck, während seine Kollegen den Raum verlassen. Er merkt, dass er plötzlich sehr müde ist. Der Stress fordert seinen Tribut.

Er will sich gerade hinsetzen, als ein Mann den Raum betritt. Schwankend kommt er auf Werner zu. Er ist sichtlich betrunken. Torsten Werner kennt ihn sehr gut, es ist Thomas Reich. Polizeibeamter aus Bad Bederkesa. Er sieht schrecklich aus.

»Herr Reich. Was kann ich für Sie tun?« Werner geht ihm mit ausgestreckter Hand entgegen, hat aber Probleme dessen Hand zu fassen zu kriegen.

»Will wieder dabei sein«, lallt Reich. »Ich muss was tun. Mir fällt die Decke auf den Kopf.« Er verströmt eine deutliche Note seines Kneipenparfums: eine Mischung aus Alkoholdämpfen, Schweiß und Zigarettenrauch.

Werner muss sich zusammenreißen, um nicht das Gesicht zu verziehen. Er schüttelt den Kopf. »Sie sind keiner von meinen Leuten«, sagt er entschuldigend.

»Sie haben doch auch andere Kollegen aus der Beerster Abteilung hinzugezogen.«

»Das hatte ich nicht entschieden, Herr Reich. Ich hab nur angefordert.«

»Dann fordern Sie mich jetzt an«, brüllt Reich.

»Kommen Sie erst einmal wieder in die richtige Spur.« Auch Werner wird jetzt lauter. Er hat Mitleid mit dem Mann, aber er lässt sich nicht von ihm anfahren. »Sie sehen beschissen aus, Mann. Sind Sie in Behandlung? Reden Sie mit jemandem?«

»Ich brauche niemanden zum Reden. Mir geht es gut.«

»Nein, es geht Ihnen nicht gut. Es geht Ihnen überhaupt nicht gut. Es ist wirklich eine Tragödie, dass Ihr Bruder …« Er stockt.

»Mein Bruder, was? Was er gemacht hat? Es tut ihnen leid, dass er ein Mörder war? Ein Perverser?« Thomas Reich muss sich kurz am Schreibtisch festhalten. »Das war er nicht. Sie wissen gar nichts über ihn, Werner. Er hätte niemals so eine Show abgezogen. Nicht mein großer Bruder.«

Werner will sich nicht auf die Debatte einlassen und wendet sich ab.

Reich greift ihm an die Schulter. »Hören Sie, Kollege. Er konnte niemandem so etwas antun.«

Werner entzieht sich dem Griff und packt ihn am Kragen. »Was wollen Sie? Was ziehen Sie hier ab? Sie wollen nicht wirklich helfen, oder? Sie wollen uns von irgendetwas überzeugen. Ihr – Bruder – ist – tot.« Er schreit beinahe. »Begreifen Sie das! Er war komplett durchgeknallt. Wir haben belastende Fotos bei ihm gefunden, Tatwaffen, die Aussagen von Frau Dürkopp und Herrn Harmann.«

Thomas Reich blickt nur verächtlich: »Die haben irgendetwas mit ihm gemacht. Er war nicht so. Da will ihm jemand etwas in die Schuhe schieben.«

Torsten Werner lässt ihn los, kommt aber mit dem Gesicht ganz nah an Reich heran. »In die Schuhe schieben? Hören Sie mir jetzt mal gut zu«, sagt er. »Mein Freund und Kollege wurde von Ihrem Bruder beinahe ermordet. Das – ist – Fakt. Kommen Sie mir jetzt nicht mit irgendwelchem Bullshit, nur weil Sie nicht begreifen können, dass Ihr Bruder eine dunkle Seite hatte. Finden Sie wieder in die Spur! Holen Sie sich Hilfe. Ich weiß, es ist eine beschissene Situation für Sie. Aber nicht nur für Sie. Was ist mit Ihrer Frau? Ihren Kindern?« Sein Tonfall wird ruhiger, beinahe sanft. »Sie brauchen ihren Mann und Vater. Wenn ich es richtig in Erinnerung habe, haben Sie zwei Töchter. Sind Sie für sie da?« Er blickt ihn auffordernd an. »Sind Sie für sie da?«, wiederholt er leise und eindringlich.

Thomas Reichs Augen füllen sich mit Tränen. Er schüttelt den Kopf. »Sie wissen nicht, wie das ist, Torsten.«

»Nein, aber ich kann es mir vorstellen. Kommen Sie. Sie sind ein Guter. Lassen Sie die Vergangenheit ruhen, und schauen Sie nach vorne.« Er klopft ihm auf die Schulter. »Manchmal sieht man nicht, was sich direkt vor der eigenen Nase tut, Thomas. Sie trifft keine Schuld. Gehen Sie nach Hause, und ruhen Sie sich aus. Wenn Sie wieder so weit sind, dann kommen Sie zu mir, okay? Dann schauen wir, wie es mit Ihnen weitergehen kann, abgemacht?«

Thomas Reich schnäuzt sich, nickt und verlässt mit gesenktem Kopf den Raum.

Werner reibt sich die Stirn. Arme Sau, denkt er. Ein Polizist, der einen Mörder und Entführer als Bruder hatte. Innerhalb eines Jahres ist er zu einer Karikatur seiner selbst geworden.

Er bezweifelt, dass Reich mit so einem Rucksack voll Scheiße fertig wird. Auch wenn er es ihm wünscht.

*

Verrückterweise hat mein Bruder nichts dagegen, dass ich bei ihm schlafen möchte. Und das abgefahrenste: meine Frau auch nicht. Im Gegenteil. Sie hält es für eine gute Idee. Ich müsse aus der Schusslinie, waren ihre Worte.

Sorgt sie sich, oder will sie mich loswerden? Ich bin mir unsicher. In ihrem Blick liegt dieses Mal keine Verachtung oder Geringschätzung. Empfindet der alte Drachen doch noch etwas für mich? Aber warum kommt sie nicht mit? Nicht dass ich mich darum reißen würde, aber betrifft es sie nicht ebenso?

»Fährst du ihn hin, Schatz?«, fragt mein Bruder Shannon, die mit gespitztem Mund irgendein Geräusch zur Antwort gibt. Wahrscheinlich soll es Zustimmung bedeuten.

Er wendet sich zu mir. »Ich habe eine Wohnung in Bremerhaven. Goetheviertel. Voll eingerichtet. Dort kannst du ein paar Tage bleiben. Ach, was sag ich: so lange, bis sich die Wogen geglättet haben.«

Ich bin eine Weile sprachlos. Nicht wegen der Wohnung. Sorgt er sich etwa wirklich um mich? »Was ist mit Miriam?«, frage ich. »Sollte sie nicht auch mitkommen?«

»Ich kann auf mich selbst aufpassen«, erwidert sie schnell. »Außerdem habe ich ja wohl nicht im Wald rumgelungert und anderen Leuten bei Verbrechen zugeschaut.«

»Er wusste deinen Namen«, erinnere ich sie.

»Den kennen viele«, erwidert sie knapp.

Trotz der verlockenden Aussicht, ein wenig Freiraum und Abstand zu meiner Frau zu haben, nagen Zweifel an mir. Warum sollte ich flüchten? Was kann mir schon passieren? Die Täter haben bestimmt andere Sorgen und denken bestimmt nicht daran, jemanden zum Schweigen zu bringen, den sie schon einmal haben laufen lassen. Gut, es war wohl nicht ganz freiwillig, aber sie müssen doch einsehen, dass ich überhaupt nicht gegen sie aussagen könnte, da sie ja schließlich vermummt waren. Ich äußere meine Gedanken laut, stoße aber auf Widerstand.

Nun, gut. Wer nicht will, der hat schon. Ich packe mir ein paar Wechselsachen und Hygieneartikel in eine Sporttasche, während Miriam mir zahlreiche Essensvorräte in zwei große Plastiktüten stopft.

Eigentlich sollte sie mitkommen. Wäre doch eine Gelegenheit, um sich mal wieder etwas näherzukommen. Wie lang ist unser letzter gemeinsamer Ausflug her? Sieben oder acht Jahre? Aber vielleicht hat sie es ebenfalls auf ein wenig Abstand abgesehen, denn Abstand voneinander kann bekanntlich auch guttun. Habe ich mal irgendwo gelesen.

Die Verabschiedung fällt kurz aus, aber immerhin bekomme ich einen Kuss. Das hätte ich mir heute Morgen noch nicht vorstellen können, aber Miriam küsst mich tatsächlich auf den Mund. Fast bin ich geneigt, hier zu bleiben, aber dann fällt mein Blick auf die reizende Shannon, und jegliche Verwirrtheit ist dahin. Sollen mein Bruder und Miriam sich hier beratschlagen, bis ihnen die Köpfe rauchen, ich fahre in den Urlaub. So kommt es mir zumindest vor.

Die Fahrt in dem protzigen BMW X5 meines Bruders verläuft sehr still. Ich habe nicht das Bedürfnis zu reden, und Shannon sagt ja bekanntlich auch nicht viel.

Als wir nach einer halben Stunde Fahrt in der Goethestraße ankommen, wird sie aber richtig redselig. »So. Komm«, sagt sie und geht beschwingt zum Hauseingang.

Ich verweile noch ein wenig und blicke an den Fassaden der Häuser entlang. Von Beige über Gelb bis hin zu Rot erstrahlen sie im künstlichen Licht der Straßenlaternen. Obwohl erstrahlen das falsche Wort ist, da die Farben ziemlich verwittert sind.

In den Medien ist Bremerhaven-Lehe als Deutschlands ärmster Stadtteil bekannt, und die Arbeitslosenzahl hier ist die höchste im gesamten Bundesgebiet. Alles soll so heruntergekommen sein, dass sich nicht einmal anspruchslose Sozialhilfeempfänger hier einquartieren würden. Laut Presse liegt haufenweise Müll und Unrat auf den Wegen. Aber ich finde es gar nicht so übel. Kopfsteinpflaster, vereinzelt ein Bäumchen am Straßenrand und an der Ecke ein Eiscafé. Es wirkt ein wenig wie aus einer anderen Zeit. Müll und Dreck kann ich nirgends entdecken.

Was mag meinen Bruder bewogen haben, hier eine Wohnung zu kaufen? Günstiger Preis? Wohl weniger, denn darauf muss er bestimmt nicht achten. Ich kann mir vorstellen, dass seine Klienten, allesamt gut betuchte Bonzen, ihm einen Tipp gegeben haben. Vielleicht passiert hier in Bälde ja was. Hört man nicht zum ersten Mal. Günstig kaufen, renovieren und später teuer an irgendwelche Yuppies als trendige Wohnform verkaufen. Gab es, glaube ich, schon in jeder größeren Stadt. Aber in Bremerhaven?

Meine zauberhafte Begleitung steht im Hauseingang und sieht mich amüsiert an. Was mich irritiert: Sie wirkt irgendwie so … wissend. Komisch.

Sie hält mir die Tür auf, aber ich schaue mir noch einen kurzen Moment das Haus von außen an. Es hat ebenfalls einen alten, beigefarbenen Anstrich, der an einigen Stellen schon abblättert. Hinter keinem der Fenster brennt Licht.

Gemeinsam gehen wir durch das miefige Treppenhaus, hinauf bis ganz nach oben in den dritten Stock. Altes Holzgeländer, fast schon brüchig. Uralte und hässliche Aquarellbilder an den Wänden. Schiffe und Leuchttürme als Motiv. Die Raufasertapete ist vergilbt und löst sich schon an einigen

Stellen. Auf jedem Stockwerk hängt eine einzelne nackte Glühbirne aus der Wand und spendet ein wenig Licht.

Mein Bruder muss wirklich einen sehr heißen Tipp bekommen haben. Oder er wurde übers Ohr gehauen.

Im dritten Stock angekommen, schließt Shannon die schwere Holztür auf und lässt mich eintreten. Es ist stockdunkel, und ich versuche mein Handy aus der Tasche zu fummeln. Sie geht an mir vorbei und betätigt irgendwelche Schalter, denn plötzlich erstrahlt die Wohnung in wohliggedämpftem Licht. Mir fällt beinahe das Handy aus der Hand, die Tasche stelle ich erstaunt neben der Tür ab.

Damit hab ich nun gar nicht gerechnet. Ich weiß nicht, wie man das nennt. Loft, Penthouse. Keine Ahnung, ich bin nur Postbote. Aber ich weiß, dass das hier eine riesige, kostspielig hergerichtete Wohnung von über hundertfünfzig Quadratmetern ist.

Ich blicke von meinem Standort im geräumigen hellen Flur in beinahe jeden Raum. Die Küche vor mir, edel in Anthrazit gehalten, mit einem Küchenblock in der Mitte, grenzt nahtlos an ein riesiges Wohnzimmer mit einem etwa zwei Meter großen Flachbildfernseher, vor dem eine teuer aussehende Ledercouch positioniert ist.

Rechts von mir befindet sich eine halb geöffnete Milchglastür. Dahinter kann ich ein Teil von einer runden Badewanne erkennen. Selbst das Bad scheint größer zu sein als mein Wohnzimmer.

Zu meiner Linken befindet sich eine geöffnete Doppeltür aus Holz und gibt den Blick auf ein riesiges Bett frei. Es ist ungemacht. Scheinbar mache ich einen dümmlichen Gesichtsausdruck, denn Shannon kichert lauthals los.

Ich unterdrücke mein Erstaunen und bringe meine Sporttasche ins Wohnzimmer, wo ich sie auf ein großes, halbrundes Ledersofa lege.

»Muss ich dir die Wohnung erklären?«, fragt Shannon.

Ich schüttele den Kopf und betrachte die zahlreichen Bilder an den Wänden. Neumodisches Zeug. Halbnackte Männer und Frauen, eng umschlungen. In den verschiedensten Ausführungen, aber nicht obszön.

Diese Bilder und das Wissen, dass eine wunderschöne Frau hinter mir steht, lässt mir die Röte ins Gesicht steigen. Schnell gehe ich in die Küche, um mich umzusehen. Getränke im Kühlschrank. Fleisch und Scampis im Gefrierfach. Nudeln und Fertigsaucen im Schrank. Miriam hätte mir gar nichts einpacken müssen.

Ich gehe ins Schlafzimmer und fühle, dass Shannon mir folgt. Ein Spiegelschrank nimmt die komplette linke Seite ein. Ich öffne ihn, aber er ist komplett leer. Das überdimensionale Rundbett ist ungemacht. Auf dem hellen Teppich liegt etwas, das aussieht wie halterlose schwarze Strümpfe. Ich hebe einen auf. Bingo. Fragend schaue ich meine Begleitung an. Sie zuckt nur unbekümmert mit den Schultern und grinst.

»Was ist das hier?«, frage ich sie.

»Ein Rückzugsort«, sagt sie und nimmt mir den Strumpf aus der Hand, um ihn gleich wieder fallen zu lassen.

»Ein Rückzugsort?«, frage ich verblüfft.

»Ja«, erwidert sie nur, wendet sich ab und geht in den Flur.

Mehr Information werde ich wohl nicht erhalten, denn sie schickt sich an, die Wohnung zu verlassen. Ich eile ihr nach.

»Du willst schon gehen?«

Sie nickt, blickt mich noch einmal schmunzelnd an und entschwindet im Hausflur.

Verwirrt schließe ich die Tür und begebe mich ins Wohnzimmer. Auf dem Sofa sitzend, betrachte ich eine Zeitlang die Bilder an der Wand. Mein Kopf ist immer noch ganz heiß.

Dieses Ambiente. Diese Bilder. Halterlose Strümpfe. Shannon.

Ich öffne meine Hose, schließe die Augen und stelle mir Shannon nackt vor. Hier. In dieser Wohnung. Willig und bereit.

Der Rest geht wie von alleine.

*

Oberkommissar Werner sitzt mit über dem Kopf gefalteten Händen an seinem Schreibtisch und studiert einige Unterlagen über verdächtige Personen, die allesamt wegen Gewaltverbrechen gegen Frauen und Mädchen vorbestraft oder auffällig geworden sind und im Umkreis von fünfzig Kilometern um Bad Bederkesa wohnen.

Jede größere Polizeidienststelle in Niedersachsen hat ein Analyseteam, das aktuelle und offene Vorfälle erfasst und anderen Dienststellen über das Computernetz zur Verfügung stellt. Wenn in Bad Bederkesa ein Mord geschieht, der Ähnlichkeiten mit einem Delikt, zum Beispiel in Cuxhaven aufweist, dann kann das über das Analyseteam erkannt werden. Entgegen der landläufigen Meinung arbeiten die benachbarten Dienststellen Hand in Hand, und über den kurzen Dienstweg werden schon mal Informationen verglichen und ausgetauscht, die nicht selten zum Abschluss eines Falles führen.

Das Team um Svenja Targas hat gute Arbeit geleistet und für ihn einige Unterlagen zusammengestellt, mitsamt kurzen Vermerken zu den jeweiligen Personen.

Er atmet hörbar aus. Vierundzwanzig Stunden sind bereits vergangen, und er hat keinen handfesten Hinweis darauf, was mit der kleinen Bertram geschehen ist, geschweige denn, wo sie ist. Er hofft, wenigstens auf diese Weise einen Anhaltspunkt zu bekommen.

Wieder ein vielversprechender Kandidat. Rolf Lucke, 59 Jahre alt. Vermerk: *Verurteilt wegen schweren Missbrauchs eines fünfzehnjährigen Mädchens 2008. Haftstrafe von fünf Jahren in Verden abgesessen. Seit sechs Monaten auf freiem Fuß. Davor drei Anzeigen wegen sexueller Nötigung. Immer ging es um junge Mädchen. Wohnt bei seiner Cousine in Steinau. Arbeitssuchend. Kein Führerschein.*

Der würde hervorragend ins Profil passen, denkt Werner. Dass er keinen Führerschein besitzt, hat nichts zu sagen. Steinau ist nicht weit entfernt. Sechs Kilometer, wenn es hochkommt. Das ist leicht mit dem Fahrrad oder notfalls auch zu Fuß zu erreichen.

Er legt den Papierbogen auf den Stapel der in Frage kommenden Personen. Die Crux ist nur, dass fast alle, die er bis jetzt durchgeschaut hat – und das sind immerhin schon neun Verdächtige – auf diesem Stapel gelandet sind. Gerade mal zwei konnte er aussortieren, da der eine Herr über siebzig und der andere Mann nach einem Unfall querschnittsgelähmt ist.

Werner reibt sich die Augen. Erschöpfung macht sich in ihm breit. Er ist müde. Abgespannt. Trotzdem nimmt er sich das nächste Papier vor.

Helmut Warnke, 42 Jahre alt. Vermerk: *Bewährungsstrafe wegen versuchter Vergewaltigung. Anzeigen wegen Hausfriedensbruchs, Fahren ohne Führerschein, Körperverletzung. Arbeitssuchend. Lebt alleine in einer Wohnung in Schiffdorf.*

Zu weit weg, wenn er keinen Führerschein hat. Werner geht davon aus, dass der Täter Insiderwissen hatte. Er wusste, dass die Mädchen diesen Weg gehen würden. Ein Schiffdorfer ohne Fahrzeug und Ortskenntnis passt da irgendwie nicht rein. Er legt ihn auf den Stapel der erst einmal nicht zu kontrollierenden Personen und greift sich das nächste Papier. Er stutzt.

Melanie Tripisch, 39 Jahre alt. Vermerk: *Bewährungsstrafe von drei Jahren wegen Missbrauchs der zwölfjährigen Nichte. Anzeigen wegen schwerer Körperverletzung, Internetbetrug, Diebstahl, Verbreitung von kinderpornografischem Material. Bei der Körperverletzung benutzte sie einen Elektroschocker. Bewährung Anfang des Jahres ausgesetzt. Lebt zusammen mit ihrem Bruder in Cuxhaven.*

Das hätte er nicht erwartet. Eine Frau dieses Kalibers trifft man in seiner Laufbahn nicht sehr häufig, um nicht zu sagen: gar nicht. Elektroschocker. Körperverletzung. Internetbetrug. Vage, sehr vage, aber das Beste, was sie bis jetzt haben. Er legt sie auf den stetig wachsenden Haufen der Verdächtigen. Diesmal aber mit einem Vermerk für die Kollegen, diese Frau als eine der Ersten zu vernehmen und überprüfen.

Weiter geht's. Gregor Mund, 33 Jahre alt. Vermerk: *Dreijährige Bewährungsstrafe wegen schwerer Körperverletzung. Er hat im Park in Bad Bederkesa mit einem Elektroschockgerät einer jungen Frau aufgelauert und anschließend übelst attackiert. Verhandlung Anfang dieses Jahres. Lebt mit seiner Mutter in einem Haus in Bad Bederkesa. Aufgefallen wegen Körperverletzung. Führerschein eingezogen wegen mehrfachen Fahrens unter Alkoholeinfluss.*

Für Werner ist dieser Mann ebenfalls ein sehr heißer Kandidat, und er macht einen entsprechenden Vermerk.

Eine Stunde später ist er endlich fertig mit dem Stapel und besieht sich das Ergebnis: vier aussortierte Personen und sechzehn Verdächtige. Diese gilt es schnellstmöglich zu überprüfen. Das heißt, komplette Akteneinsicht, umgehend ein Team zur Wohnadresse schicken und befragen. Er schaut auf die Uhr. Viertel nach eins. Er seufzt. Aber nicht mehr heute.

Gerne würde er jetzt schon ein oder zwei vielversprechende Personen selbst überprüfen, aber auch wenn sie verdächtig sind und ein Mädchen eventuell in Lebensgefahr schwebt, so kann er nicht einfach zu denen hinfahren, zumindest nicht mitten in der Nacht, sie aus dem Bett klingeln und befragen. Einige von ihnen wohnen zudem nicht in seinem Zuständigkeitsbereich. Da bedarf es vorheriger Klärung. Er muss leider bis morgen warten.

Er hinterlässt für Svenja Targas und Kollegen eine Extranotiz, welche Personen sie sich zuerst anschauen sollten und wann er wieder hier aufschlagen wird. Svenja ist schon seit einiger Zeit in den Feierabend gegangen und wird wahrscheinlich schon in zwei bis drei Stunden wieder auf der Matte stehen.

Werner reibt sich die Augen, dann schwingt er sich aus dem Bürostuhl. Er packt seine Sachen zusammen, verabschiedet sich von ein paar Kollegen, die noch am Telefon Dienst schieben, und Roger Stahrmann, der heute Nacht die Verantwortung und Koordinierung übernimmt. Überraschenderweise fällt die Verabschiedung mit Stahrmann nicht einmal frostig aus.

Hat meine Ansage etwa Früchte getragen?, fragt er sich.

Noch vor zwei Tagen hatte Stahrmann im Kollegenkreis für Unruhe gesorgt, in dem er Werner als unfähig betitelte und noch andere unschöne Dinge sagte. Werner kam zufälligerweise vorbei, als Roger gerade beim Kaffeeplausch mit drei oder vier Kollegen ordentlich vom Leder zog. Er hörte nicht einmal auf, als Werner direkt neben ihm stand. Ein anschließendes Gespräch unter vier Augen verhärtete die Fronten nur.

Torsten Werner ist klar, dass Roger sich für geeigneter hält. Er hat ebenso viele Dienstjahre auf dem Buckel und einmal einen dicken Mordfall gelöst. Andererseits hatte er aber auch Riesenbockmist gebaut, als er als leitender Beamter während einer Observation mit geplanter Festnahme nicht greifbar war, weil eine Belastungszeugin sein Ding im Mund hatte. Ein Kollege erwischte die beiden in seinem Dienstfahrzeug, und es gab einen handfesten Skandal in der Truppe. Weniger bei den männlichen Kollegen, denn die meisten fanden es geradezu heroisch von ihm, da die junge Frau ziemlich attraktiv war. Teilweise wurde ihm sogar auf die Schultern geklopft, Werner hatte es selbst erlebt. Die Vorgesetzten und die Kolleginnen hatten mit seinem Verhalten das größte Problem. Stahrmanns Glück war, dass es nicht an die Öffentlichkeit geriet, sondern intern behandelt wurde.

Schnell ist Werner bei seinem Wagen und wirft die Tasche auf den Rücksitz. Auf der Fahrt nach Hause hadert er ein wenig mit sich, dann entschließt er sich, doch noch einen kleinen Schlenker zu machen. Ein Name aus der Liste lässt ihn nicht los. Er würde als Täter passen, wohnt quasi um die Ecke.

Er ruft sich die Adresse von Gregor Mund in Erinnerung. Höchstens zwei Minuten Fahrt, warum also nicht? Es kann nicht schaden, einen kurzen Blick zu riskieren.

Über die Umgehungsstraße fährt er durch den Kreisel wieder Richtung Innenstadt, lässt die Tankstelle links liegen und biegt kurz hinter der Autowerkstatt in die Hauptmann-Böse-Straße ein.

Nach einer kurzen Fahrt durch Waldgebiet, am alten Krankenhaus vorbei, biegt er gegenüber vom Sportplatz in den Margaretenweg ein. Dann noch ein paar hundert Meter geradeaus, und er hat sein Ziel erreicht.

Da die Straßenlaternen schon erloschen sind, kann er nicht viel erkennen. Schräger Jägerzaun, kleines Häuschen, ein Stück in den Wald gebaut, nicht beleuchtet. Eine schiefe Holzhütte steht im Vorgarten. Hier lebt Gregor Mund mit seiner Mutter. Massiver Angriff mit einem Elektroschockgerät. Draußen auf Bewährung.

Er weiß nicht, warum, aber irgendwie muss er diesen Mann jetzt unter die Lupe nehmen. Das vielzitierte Bauchgefühl hat sich bei dem Namen Gregor Mund in ihm eingestellt. Wenn er es richtig bedenkt, dann gab es das Bauchgefühl auch bei drei oder vier anderen Kandidaten, aber die wohnen halt nicht in der Nähe.

Werner schaltet den Motor aus und geht betont langsam zu dem Haus. Vor dem Zaun bleibt er stehen. Kleine Öffnungen in Bodennähe zeigen ihm an, dass das Haus unterkellert sein muss.

Er schaut sich um. Der nächste Nachbar etwa fünfzig Meter entfernt. Nirgendwo brennt Licht. Werner steigt ohne große Mühe über den schiefen Jägerzaun.

Hinter allen frontseitigen Fenstern sind dicke Vorhänge zu erkennen. Durch einen Spalt versucht er in das Zimmer zu spähen, kann aber aufgrund des Lichtmangels nichts erkennen. Nicht einmal den Standby-Punkt eines Fernsehers. Komplette Dunkelheit.

Er will gerade rechts um das Haus gehen, als er links von sich ein dumpfes, polterndes Geräusch hört. Er erstarrt vor Schreck, sammelt sich aber schnell wieder und drückt sich flink in die Nische der Haustür.

Was mache ich hier?, fragt er sich. Die Dienstwaffe zu ziehen, findet er übertrieben. Auch sich zu erkennen zu geben, wäre wohl zu viel des Guten, denn wahrscheinlich handelt es sich nur um einen Ast, der auf den Boden gefallen ist, schließlich ist hier Wald, und da gibt es solche Geräusche.

Oder etwa doch nicht?

Werner zögert.

Er hat hier nichts zu suchen, das weiß er nur allzu gut. Trotzdem lugt er um die Ecke und setzt einen Schritt vor den anderen. Hinter der Häuserecke ist natürlich nichts zu sehen. Mit einem kurzen Schnauben wendet er sich ab, um das Grundstück wieder zu verlassen. Verdächtiger hin oder her, das kann und darf nur auf der offiziellen Schiene laufen.

Er erschrickt abermals, als etwas auf ihn zufliegt. Kurz darauf ein wahnsinnig heftiger Schmerz an seinem Ohr. Fast zeitgleich wirft ihn etwas Richtung Boden.

Benommen schüttelt er den Kopf, doch bleibt ihm keine Zeit zu realisieren, was gerade passiert ist.

Das schwarze Etwas knallt ihm wiederholt auf den Rücken und auf den Kopf. Werner lässt geräuschvoll die Atemluft entweichen und dreht sich zur Seite. Im Halbdunkel kann er die Silhouette eines großen Mannes ausmachen. Er hat eine Schaufel in der Hand.

Dieser kurze Überblick reicht ihm, um wieder Herr seiner Sinne und Gliedmaßen zu werden. Als er sieht, dass der Mann erneut ausholt, dreht er sich auf die andere Seite und verpasst dem Mann im Rollen einen Tritt.

Der knickt ein, strafft sich aber sofort wieder, wirft sich direkt auf den am Boden liegenden Kommissar und bedeckt dessen Körper mit Schlägen.

Der Kommissar kann das angestrengte Knurren in der Kehle des Mannes gut vernehmen, auch die Fratze, die sich jetzt kurz vor seinem Gesicht befindet, ist deutlich erkennbar.

Werner kontert so gut wie möglich, kann jedoch nur einen geringen Teil der Schläge abwehren. Er versucht sich unter dem Mann herauszudrehen, doch der Kerl ist schwer. Plötzlich umschließen zwei riesige Pranken seinen Hals und drücken ihm die Luftzufuhr ab. Er will etwas sagen, aber kein Laut entrinnt seiner Kehle, und der Druck wird noch stärker.

Werner boxt zweimal, dreimal in die Seite des Mannes, doch scheint dieser das gar nicht zu bemerken. Der vierte Schlag trifft den Mann nicht einmal, sondern verharrt auf halbem Wege in der Luft. Schließlich verdunkelt sich Torsten Werners Sichtfeld, und sein Arm fällt schlaff zu Boden.

*

Joselyn fühlt sich leicht, als würde sie schweben. Dabei weiß sie doch, dass sie liegt. Oder etwa nicht?

Was war passiert? Sie hat keine Ahnung. Alles in ihrem Kopf ist so unklar. Nicht greifbar. Sie fühlt sich gut. Andererseits auch müde und bedrückt. Ob es ein Traum sein kann? Angestrengt versucht sie sich zu erinnern.

Jemand hatte ihr Essen gebracht. Nein, nicht jemand. Es waren zwei Personen. Wie bei ihrem Waldspaziergang. Ihrem Weg nach Hause. Da waren auch zwei. Mit einem Mal erfasst sie die Geschehnisse.

Kimberly. Wald. Männer. Hinter Kimberly. Ja. Da war was.

Sie versucht den Gedanken zu halten, zu Ende zu führen. Zu enträtseln, wo sie ist, und was mit ihr passierte, nachdem Kimberly …

Doch leises Flüstern verscheucht den Gedanken um Kimmy.

Wiederholt versucht Joselyn die Augen zu öffnen, aber irgendetwas hindert sie daran. Irgendwas liegt auf meinem Gesicht, denkt sie und versucht es mit der rechten Hand wegzuwischen. Aber sie kann ihre Hände, geschweige denn ihre Arme, nicht bewegen. Sie sind so schwer.

Was ist denn los?, fragt sie sich. Auch Aufrichten funktioniert nicht. Sie kämpft nicht dagegen an, sondern entspannt sich wieder.

Komischerweise muss sie an einen Schulkameraden denken. Wie sagte doch letztens der blöde Patrick zu ihr? Joselyn-Doppelkinn? War das so? Ja, das hatte er gesagt. Warum? Mag er sie denn gar nicht? Sie findet ihn eigentlich ganz nett. Wie kommt sie jetzt ausgerechnet auf Patrick? Sie muss lachen, weiß aber nicht, warum. Seltsam. Mit Kimberly hat sie auch viel gelacht. Bei Oma und Opa.

Kimberly.

Plötzlich hat sie erneut die Szene im Wald vor Augen. Ein Mann tauchte hinter Kimberly auf. Ein zweiter stand daneben. Er schlug auf ihre Schwester ein. Er traf auch sie.

Das war kein Traum.

Sie wird unruhig, versucht sich zu drehen und zu wenden.

Was war dann? Was war dann?, rasen die Gedanken durch ihren Kopf. Dann bin ich aufgewacht. Ich hatte keine Ahnung, wo ich war. Richtig. Ich konnte nicht sehen. Nur Hören. Schritte näherten sich. Eine Tür. Luftzug. Jemand drückte mir etwas auf mein Gesicht.

Das ist das Letzte, woran sie sich erinnert.

Aber nein. Jemand drückte ihr nicht aufs Gesicht. Man hat ihr etwas in den Mund getan. Ja. Eine Hand drückte ihr den Mund auf und steckte etwas zwischen die Lippen. Jemand gab ihr zu essen.

Jetzt bist du in Sicherheit – ein Mann hatte das gesagt. Sie wollte etwas erwidern, aber er hielt ihr sofort den Mund zu. Und da war noch jemand im Raum.

Wo sind Mama und Papa? Wo ist Kimberly? Wer ist dieser Mann, wer sind diese Leute?

Wie zur Antwort nimmt sie wieder diese Schritte wahr. Eine Tür öffnet sich. Die Luft verändert sich.

Die männliche Stimme begrüßt sie.

Ist es dieselbe wie vorhin?, fragt sie sich.

Die Schritte des Mannes kommen näher. Geräuschvoll. Schlurfend.

Wieder versucht Josie sich zusammenzukauern, aber ihr Körper reagiert nur minimal. Ihr Wohlgefühl ist wie weggeblasen.

Zitternd stimmt sie ihr Lieblingslied an. *Der Kuckuck und der Esel, die hatten einen Streit. Wer wohl am besten sänge …*

5

Bad Bederkesa, 9. September 2006

Nur in Mirkos Männershorts und mit ärmellosen Hemd bekleidet, hantierte Jasmin in der Küche. Sie war dabei, ein Drei-Gänge-Menü zu zaubern. Als Vorspeise gab es eine klare Rinderbrühe, nach dem Rezept ihrer Mutter. Die Suppe war bereits fertig, ebenso das Tiramisu, der Nachtisch.

Sie mühte sich gerade mit einem Kasseler Braten, Kartoffeln, Sauerkraut und Soße ab. Mirkos Leibgericht. Es war ein schöner Tag gewesen, und es sollte ein romantisches Abendessen werden. Auch oder gerade weil er danach schon wieder zur Arbeit fahren musste.

Die Stunden vergingen heute wie im Fluge. Nach dem Spaziergang waren sie nach Bremerhaven gefahren, um ein wenig zu shoppen.

Sie kauften beide nichts, sondern schlenderten nur herum, schauten sich die Auslagen in den Schaufenstern an und setzten sich anschließend mit einem Eis an die große Kirche, mitten in der Fußgängerzone. Ihnen ging der Gesprächsstoff nicht aus, und beide fühlten sich wohl an diesem sonnigen Samstag.

Was ist mir wichtig?, hatte sie sich gefragt und verstohlen zu Mirko gesehen, der genüsslich an der Eiswaffel herumknabberte. Eine feste, funktionierende Bindung? Ja, das stand ganz oben auf ihrer Liste. Sicherheit. Geborgenheit und Stabilität. Sie hatte leise vor sich hin geschmunzelt, doch Mirko hörte es und schaute sie überrascht an. Sie winkte ab.

Das Essen war fast fertig, sie bereitete die Teller zu, während sie über ihren weiteren Lebensweg nachdachte. Jasmin hätte vor fünf oder sechs Jahren nicht geglaubt, dass ihr diese Dinge wichtig werden würden. Geborgenheit. Stabilität. Sie war ein Miststück gewesen, und nur der Umstand, dass Mirko so hartnäckig und liebevoll an ihrer Seite geblieben war – trotz ihrer Fehltritte –, bescherte ihr eine offenere, angenehmere Sichtweise auf das Leben. Erst die Beziehung mit Mirko gab ihrem Leben einen richtigen Sinn.

Sie ging ins Wohnzimmer, zündete Kerzen auf dem Couchtisch an und holte die Teller. Dann setzte sie sich zu ihm auf das Sofa, und gemeinsam aßen sie zu Abend. Danach kuschelten sie engumschlungen, während im Fernseher irgendetwas lief, das Jasmin überhaupt nicht wahrnahm.

Denn sie war in ihre eigene, glänzende Welt versunken, in den Armen ihres zukünftigen Mannes.

*

Der Akkuschrauber drehte mit Leichtigkeit die letzte Schraube in die Decke. Buck stand mit freiem Oberkörper unter der Abdeckung aus Plexiglas und betrachtete sein Werk. Die Glühbirne war ausreichend geschützt.

Er nahm einen Hammer und klopfte zweimal gegen die Unterseite. Das wird halten, dachte er, stieg von seinem Tritt herunter und betrachtete den Kellerraum. Er maß etwa drei mal vier Meter. Die Toilettenschüssel war fest verankert. Ebenso der Waschtisch. Verputzter Unterspülkasten, so dass man nicht an die Leitungen herankam. Keine scharfen Gegenstände oder Kanten.

Kahle Wände und kahler Fußboden. Eine Fensteröffnung gab es nicht. In der linken Ecke lag eine ausgebreitete Rollmatratze mit Decke und Kissen. Zur Tür hin gab es einen fest verankerten, kleinen Tisch aus Hartholz. Daneben stand ein flexibler Hocker aus Hartplastik.

Die einzige Schwachstelle ist der Waschtisch, dachte er. Brach er, dann gab es viele scharfe Bruchstücke, benutzbar als Stichwaffe oder zum Schneiden. Aber wenn sein Gast nichts in die Hände bekam, womit man das Spülbecken zerstören konnte, so sollte das kein Problem sein.

Buck bewohnte ein Holzhaus, das voll unterkellert war. Irgendwann fing ihn der Gedanke an zu reizen, dass hier unten noch jemand leben könnte. Seitdem steckte er viel Zeit und Energie in sein Projekt.

Um seine Mitmenschen nicht darauf aufmerksam zu machen, dass im Keller auch nur irgendetwas gebaut wurde, entschloss er sich im Garten seine Terrasse auszubauen. Das erklärte die Materiallieferungen.

Er zog eine komplett neue Wand ein, legte elektrische Leitungen neu und verlegte Wasserleitungen.

Er schraubte Dämmmaterial auf die Innenwände, zog noch eine Wand davor und verputzte sie, so dass der Raum schalldicht wurde. Er testete es mit einer Musikanlage, nachdem die schwere Metalltür eingebaut war.

Der Ausbau zog sich über vier Monate hin, denn er musste ja nebenbei auch noch seine Terrasse erweitern. Mit Platten, Mauern und Dach.

Aber sein geplantes und strukturiertes Vorgehen zahlte sich aus. Nicht einmal sein Freund Eric hatte mitbekommen, was Buck sich da im Keller schuf, und der besuchte ihn einige Male.

Zufrieden brachte er Werkzeuge und Tritt aus dem Raum und schloss die schwere Metalltür. Sie war farblich an die Wand angepasst und besaß durch dick aufgetragene Farbe fast die Struktur des verputzten Mauerwerks. Nur wer genau hinsah, erkannte die drei Öffnungen, in die der Schlüssel gesteckt wurde, damit man einen kaum sichtbaren Öffnungshebel bedienen konnte. Damit die Täuschung perfekt war, schob er ein großes Metallregal mit Holzrückwand vor die Tür. Nichts ließ darauf schließen, dass sich ein geheimer Raum hinter dem Regal mit Konserven und Gartengeräten befand.

Es ist vollbracht, sagte er sich. Von ihm aus konnte die Belegung beginnen. Er war vorbereitet.

6

Bremerhaven, Dienstagmorgen

Die Nacht war herrlich entspannend. Es ist schon ein Unterschied, ob man auf einer hochwertigen Markenmatratze liegt oder auf einer achtzig Euro Outlet-Version.

Ich hatte einige Mühe, einzuschlafen, da mir viele Dinge durch den Kopf gingen. Ich hatte immer noch diesen Mann vor Augen, der mir die Pistole an die Schläfe drückte, und die Geräusche in den Ohren, die das Mädchen von sich gegeben hatte, als man über es herfiel. Es war schrecklich.

Ein weiterer Grund für das schlechte Einschlafen war sicher auch diese noble Wohnung. Reizüberflutung de luxe.

Ich trotte in Shorts in die Küche und mache mir als Erstes einen Kaffee.

Während die Maschine läuft, hole ich mir Brot und Aufschnitt und setze mich an der großen Kücheninsel auf einen Hocker. Es ist ein Teil der Lebensmittel, die Miriam mir eingepackt hat. Was sie jetzt wohl macht? Ob sie an mich denkt und mich vermisst? Ich denke nicht.

Als ich mir das Brot so ansehe und die Auswahl an Möglichkeiten zur Belegung desselben, entscheide ich mich, auswärts frühstücken zu gehen. Wenn ich schon mal hier bin, warum sollte ich es mir nicht auch mal gutgehen lassen.

Ich stelle den riesigen Fernseher an und zappe durch die Programme. Was für ein gestochen scharfes Bild. Wahnsinn. So etwas bekommt man bestimmt nicht unter drei Mille. Ich stelle auf Nachrichtenkanal und begebe mich ins Bad, um mich frischzumachen.

Als ich fertig bin, ist auch schon der Kaffee durchgelaufen, und der Duft durchströmt die ganze Wohnung. Ich setze mich mit meiner Tasse auf das Sofa. Oder besser: die Sofalandschaft. Es ist schon irre, was man alles kaufen kann, wenn man das nötige Kleingeld besitzt.

Die Türklingel lässt mich erschreckt hochfahren. Besuch?

Ich haste auf Zehenspitzen zur Tür, spähe neugierig durch den Spion und erblicke, welch schöne Überraschung, Shannon.

Eilig schließe ich auf und öffne die Tür, begrüße sie mit einem überschwänglichen Hallo. Sie nickt lächelnd und geht an mir vorbei ins Wohnzimmer, wo sie auf dem Sofa Platz nimmt.

»Was verschafft mir die Ehre?«, frage ich verwundert, nachdem wir uns knapp begrüßt haben. »Gibt es irgendetwas Neues?«

Sie schüttelt den Kopf. Ihr langes dunkles Haar sieht seidig aus, dezentes Make-up schimmert um ihre Augen. Die Lippen sind tiefrot geschminkt. Wie lange sie wohl morgens für den Anstrich braucht? Miriam legt keinen Wert auf solche Sachen. Nur wenn eine größere Festlichkeit ansteht, greift sie auch schon mal zur Puderdose. Nun ja, ein wenig mehr macht sie schon, und jedes Mal denke ich, dass es ihr gut steht.

Shannon schaut mich eindringlich an, scheint zu überlegen. Ich merke, wie mir die Hitze in den Kopf steigt. Mein Gott, was hat diese Frau für eine Anziehungskraft. Merkt sie vielleicht, dass ich gestern Abend … Nein. Blödsinn, so etwas zu denken. Betont lässig setze ich mich neben sie.

»Also, was gibt es, Shannon?«

»Nichts Besonderes. Hast du schon gefrühstückt?«

Ich verneine, und sie schlägt vor, nach unten ins Café Faust zu gehen.

»Dort gibt es hervorragendes Frühstück.«

Ich mache mich schnell ausgehfertig.

Im Café angekommen, nehmen wir uns einen Fensterplatz. Anfangs hatte ich mich gewundert. Faust. So heißt doch kein Laden. Jetzt verstehe ich aber, warum er so heißt. An der gegenüberliegenden Wand sind Verse aus Goethes Faust-Werk. Und dann klingelt es noch mal. Wir sind ja in der Goethestraße, im Goetheviertel. Da hat der Name schon Sinn. Tja, manchmal brauche ich halt ein wenig länger.

Ich bestelle mir ein Goethe-, Shannon entscheidet sich für das Gretchen-Frühstück, was schnell geliefert wird, und die nächsten Minuten verbringen wir schweigend.

Seltsamerweise fühle ich mich recht wohl. Ich beiße genüsslich in mein Lachsbrötchen, trinke einen Schluck Kaffee und beobachte vorbeiziehende Menschen. Shannon sitzt mir gegenüber und sieht sehr nachdenklich aus, was mich dann doch ein wenig irritiert.

Nach der zweiten Tasse Kaffee blickt sie mir schließlich direkt in die Augen und sagt: »Du bist in Gefahr, Jonas.«

Ich hätte beinahe losgeprustet, so überrascht bin ich. Sie klingt wie eine Topspionin. Wie eine Figur aus *Mission Impossible* oder so. Nur dass ich nicht Tom Cruise bin. Beseelt von dem hier vorherrschenden Ambiente, wage ich zu antworten: »Ich weiß, holde Freundin. Doch kümmert es mich? Mitnichten. Eines echten Mannes würdig, weiß ich die Gefahr zu erkennen und ihr zu trotzen.«

Sie scheint stinksauer zu sein und zischt mich an: »Laber nicht so einen Scheiß, du Idiot. Meinst du, ich mache Scherze?«

Vor Schreck lasse ich meine Gabel zu Boden fallen. Was hat *die* denn jetzt?

»Ich dachte, du hast wenigstens ein bisschen was im Kopf«, fährt sie fort, »aber scheinbar habe ich mich geirrt.«

»Nein, nein«, stammele ich, erstaunt, dass sie so viele Wörter kennt und sie auch in der richtigen Reihenfolge benutzen kann. »Ich hab was im Kopf, glaub mir. Ich hab nur einen Spaß gemacht.«

Mit hochgezogener Augenbraue schaut sie mich an und schürzt die Lippen. Dabei nickt sie sehr langsam. Ich weiß genau, was das heißt, diesen Blick sehe ich nicht zum ersten Mal. Geringschätzung. Nur bin ich ihn nicht von Shannon gewohnt. Einer eher spärlich beleuchteten Frau. Dachte ich zumindest. Ihr Verhalten heute ist seltsam, und ich erkenne sie kaum wieder. Was ist hier los? Was ist mit *ihr* los?

»Jonas, du bist ein Idiot«, stellt sie nüchtern fest und rührt mit dem Löffel in ihrem Kaffee. »Das Blöde ist nur, dass ich dich mag. Irgendwie.«

»Danke«, antworte ich verblüfft. Weiter weiß ich nicht. Ich versuche einzuschätzen, was sie mir da gerade erzählt.

»Ernsthaft. Du hast ein Problem, Jonas. Ein ganz großes.«

»Inwiefern? Geht es um die Mädchen? Weißt *du* etwa mehr?«, frage ich bissig.

Sie nickt. »Ja.«

Ich warte, aber es kommt nichts mehr. So verändert ist sie also doch nicht. »Und, Shannon? Was weißt du denn?«, frage ich genervt.

»Ich kann da schwer drüber reden. Aber sagen wir mal so: Ich habe eine Vermutung, wer diese beiden Männer sind. Die aus dem Wald.«

»Und warum erzählst du deine Vermutung nicht der Polizei? Wäre auch für mich besser.«

»Weil mir mein Leben lieb ist.«

»Du glaubst, dein Leben ist in Gefahr, wenn du der Polizei erzählst, wer die Kerle sind?«

Sie nickt. »Hundertprozentig.«

»Komm schon. Wer sind sie? Und woher weißt du, wer die sind? Nun tu nicht so geheimnisvoll, Shannon. Mit Andeutungen kann ich nichts anfangen. Denk an die Mädchen.«

»Ich vermute nur.« Sie trinkt einen Schluck Kaffee und scheint sich einen Ruck zu geben. »Also. Ich habe ja einige Zeit in der Kanzlei von Sebastian gearbeitet. Da ist mir etwas zu Ohren gekommen. Tuborg, der Partner von Sebastian, hat einige Mandanten, die nicht ganz sauber sind. Es ging damals um die Frauenmorde in Bremerhaven, und zwei Männer hatten scheinbar ein mächtig schlechtes Gewissen, als sie in der Zeitung lasen, dass man den Tätern mit einem Riesenaufgebot der Polizei auf den Leib rücken wollte und bei einem von ihnen schließlich die Beamten auch vor der Tür standen.« Sie trinkt erneut einen Schluck und wirft mir einen kurzen Blick zu. Scheinbar will sie sehen, ob ich sie ernst nehme. Das weiß ich ehrlich gesagt noch nicht, denn sie klingt wie eine Tratschtante. Sie spricht mit gesenkter Stimme und sehr eindringlich, fast verschwörerisch. Irgendwie passt das nicht zu der Shannon, die ich kenne. Zumal sie eben mehr Wörter an einem Stück gesagt hat als in dem gesamten letzten Jahr. Zumindest in meiner Gegenwart.

»Ohne Termin drängelten sie sich bei Tuborg rein und warfen den Klienten raus, der gerade bei ihm saß. Die schienen wirklich unter Druck zu sein, und das fand ich interessant. Ich habe dann ein wenig an der Tür gelauscht, um zu hören, was dort gesprochen wurde. Alles habe ich nicht mitbekommen, aber es reichte, dass ich mir ein Bild davon machen konnte.«

Ich lasse die Info kurz sacken. Frauenmorde. Was hat das mit den beiden Bertram Mädchen zu tun? Sieht sie einen Zusammenhang? Wenn ja, warum? Ich frage sie.

»Im ersten Moment natürlich nicht. Erst als gestern einer von den beiden bei uns geklingelt hat, wurde mir klar, dass es eine Verbindung gibt.«

»Die waren bei euch?«

»Ja. Einer von ihnen. Angeblich wollte er nur mal vorbeischauen, um Hallo zu sagen. Aber schnell kam er auf Sebastians Familie zu sprechen. Wie es ihr ginge, und ob er nicht auch einen Bruder hätte, und was der so macht.«

»Wieso kennen die mich?«, frage ich sie. »Und wann war das?«

»Spät. Sehr spät. Mitternacht? Ich hatte deinen Bruder von Miriam abgeholt, und wir waren gerade zu Hause.«

»Ja, und woher kennen die mich?«, frage ich noch mal, diesmal aber mit Nachdruck.

»Der eine hat dich doch scheinbar im Wald schon erkannt. Keine Ahnung, woher die dich kennen. Sie kennen auf jeden Fall Tuborg und deinen Bruder.«

»Das ergibt keinen Sinn.«

Sie zuckt teilnahmslos die Schultern. »Ich sage nur, was ich denke.«

»Das müssen wir der Polizei erzählen, Shannon. Es geht um ein misshandeltes Mädchen. Und Entführung.«

»Ich weiß. Aber willst du das wirklich tun? Die sind mächtig, Jonas. Geld. Macht. Einfluss. Nicht umsonst können sie sich einen Anwalt wie Tuborg leisten.«

»Was willst du damit sagen?«

Sie seufzt und verdreht die Augen. »Wer viel Geld hat, hat viele Freunde«, erklärt sie mir langsam. »Das heißt, dass sie mit Sicherheit nicht nur zu zweit sind. Dass sie wahrscheinlich Helfer haben. So viel Schutz kann die Polizei dir gar nicht bieten. Wahrscheinlich sind die schon in der Nähe und beobachten uns.«

Nervös blicke ich mich um. Will die mir jetzt einen Bären aufbinden, oder wie? »Habt ihr dem gesagt, wo ich bin?«, frage ich heiser.

»Natürlich nicht. Dann hättest du bestimmt schon Besuch von denen gehabt.«

Ich lasse mir ihre Informationen durch den Kopf gehen und komme erneut zu dem Schluss: »Das ergibt keinen Sinn.«

»Du brauchst es nicht ständig zu wiederholen, Jonas. Sinn. Unsinn. Fakt ist, dass du zwei Möglichkeiten hast: bedeckt halten oder zur Polizei gehen. Entscheide dich.«

Ich hätte nie gedacht, dass Shannon mich einmal bevormunden würde. Aber das ist jetzt nebensächlich. »Wer sind die beiden? Wie heißen sie?«

»Jürgen Adler und Eberhard Schwank«, erwidert sie und beißt in ihr Brötchen, während sie mich interessiert mustert.

Mir fällt fast die Kinnlade herunter. Adler und Schwank. Zwei richtig große Namen in Bremerhaven und Umgebung. Unter anderem Bauunternehmer, Hotelbesitzer, Speditionsbesitzer und Sparkassenvorstand. Per Du mit Politikern und allem, was über zwei Millionen im Jahr verdient. Bremerhavener Stadtadel. *Die* sollen sich die Hände schmutzig machen? Mit Mädchen? Das kann nur ein Witz sein.

»Und? Was willst du tun?«

Ein südländisch aussehender Mann geht an unserem Fenster vorbei. Er wirft mir einen kurzen grimmigen Blick zu. Meine Hände werden feucht.

Was ich tun soll?

Entgeistert starre ich sie an. Was ich tun soll.

Wenn ich das nur wüsste.

*

Oberkommissar Werner wird gleich am Eingang des Ausweichquartiers in Bad Bederkesa von Kollegin Svenja Targas in Empfang genommen.

»Mensch, Torsten, du bist spät. Zwei Kollegen aus Bremerhaven warten auf … wie siehst du denn aus?«, fragt Svenja entsetzt, nachdem sie sein Gesicht erblickt. Das linke Auge ist von geplatzten Adern durchzogen und wird von gelblich blauer Haut umrandet. Eine Schürfwunde ziert seine rechte Gesichtshälfte.

Werner winkt ab und deutet fragend auf sein vorläufiges Büro. Svenja nickt nur, immer noch erstaunt ob des Aussehens ihres Vorgesetzten.

»Guten Morgen, die Herren. Torsten Werner, Oberkommissar. Entschuldigen Sie die Verspätung, aber ich hatte heute Morgen einen kleinen Unfall.« Er reicht den beiden Bremerhavenern die Hand.

»Herbach, Hauptkommissar.«

»Neuhaus, Oberkommissar.«

»Danke, dass Sie gekommen sind. Wie Sie vielleicht wissen, haben wir eine Menge Druck. Ein Mädchen, elf Jahre alt, ist verschwunden. Die Schwester liegt nicht ansprechbar im Krankenhaus Reinkenheide. Sobald sie etwas sagen kann, werde ich informiert. Aber bis dahin müssen wir unter Hochdruck die kleine Josie finden.«

Er stellt seine Aktentasche ab und setzt sich den beiden gegenüber in den Bürostuhl. »Wie mir scheint, gibt es Parallelen zwischen einiger Ihrer Fälle und unserem Fall.« Er massiert sich kurz den Hals, da er langsam an

Stimme verliert. »Wie können wir zusammenkommen?« Er lockert seinen Krawattenknoten.

Herbach ergreift als Erster das Wort. Ein aufmerksam blickender Mann mittleren Alters mit Halbglatze und dunkel gerahmter Brille. »Wir haben einige Unterlagen mitgebracht, die wir mit Ihnen durchgehen könnten. Brauchen Sie nicht zu kopieren, haben wir zudem auf USB-Stick.«

»Gerne«, erwidert Werner.

»Kollege Neuhaus kann sich mit Ihrem Team zusammensetzen und über die relevantesten Aspekte informieren. Gleichzeitig haben Sie vielleicht ja auch etwas, das interessant für uns sein könnte. Gibt es schon irgendwelche Laborergebnisse? Wahrscheinlich nicht, oder?«

Werner schüttelt den Kopf. »Frühestens heute Nachmittag. Und selbst das wäre noch ein Wunder.«

Herbach nickt nur. Er kennt die Probleme mit den Laboren zur Genüge. Zu wenig Personal, zu wenig Ausrüstung, aber zu viel, was untersucht werden muss.

»Bringen Sie uns kurz auf den aktuellen Stand?«, fragt Daniel Herbach, und Werner umreißt den wahrscheinlichen Tathergang, den Einsatz von Hundestaffel und Hubschrauber und die Ergebnisse der Nachbarschaftsbefragung.

»Natürlich haben wir Zeitung und Radio informiert, einen Facebook-Aufruf gestartet und eine Hotline eingerichtet, die man vierundzwanzig Stunden täglich anrufen kann.«

»Die Hundestaffel ist wieder weg?«, fragt Sven Neuhaus, ein Mann Mitte dreißig mit Vollbart und Brille.

»Ja. Sie konnten Spuren bis zum Rande des Wohngebiets verfolgen. Danach nichts mehr. Auch der Hubschrauber konnte nichts entdecken. Achtzig Beamte haben die Umgebung durchforstet. Heute stehen uns sechzig zur Verfügung, wobei wir aber einen Teil für Straßenkontrollen abstellen werden.«

»Sie haben scheinbar alles mobilisiert, was machbar ist. Gleich von Anfang an. Respekt, Herr Werner.«

Diese Worte sind Balsam für Werners Seele. Herbach scheint älter als er selbst zu sein. Schätzungsweise Anfang fünfzig. Dazu ein Dienstgrad höher. »Dankeschön. Ich hatte einen guten Lehrer.«

»Edmund Peters?«, fragt Neuhaus. Als Werner zustimmt, nickt der Bremerhavener anerkennend und sagt: »Heftige Sache, letztes Jahr. Ich kenne Peters persönlich. Unsere Wege haben sich zwei- oder dreimal gekreuzt. Guter Mann. Wir haben die Geschichte mit Entsetzen verfolgt. Wie geht es ihm? Kommt er zurück?«

»Ich habe noch nichts Gegenteiliges von ihm gehört. Er muss sich das Sprechen erst wieder richtig angewöhnen. Viel reden kann er noch nicht, da der Wahnsinnige ihm den halben Hals aufgeschnitten hat. Aber ich schätze, dass Edmund nächstes Jahr wieder dabei ist.«

»Das ist gut.«

»Also«, wirft Herbach ein, »wie wäre es, wenn Sven … Entschuldigung ... wenn Herr Neuhaus sich mit Ihrem Team kurzschließt? Dann können wir beide auch noch ein, zwei Sätze wechseln, und wir schauen mal, was dabei rumkommt?«

»In Ordnung. Wollen wir uns duzen? Ich heiße Torsten.« Die beiden Kollegen bejahen, und Werner holt Svenja in den Raum.

»Svenja Targas, frische Kriminalkommissarin«, stellt er die Kollegin vor. »Kannst du Herrn Neuhaus mitnehmen? In den Konfi-Raum zwecks Austausch? Trommel bitte die Gruppenleiter zusammen, ja?«

»Gerne. Kommen Sie bitte.« Beim Rausgehen wirft sie noch einen Blick auf das Gesicht ihres Kollegen.

Als die beiden die Tür hinter sich geschlossen haben, entfährt es Herbach: »Was ist eigentlich mit deinem Gesicht passiert, Torsten? Das sieht ja schlimm aus. Und komm mir bitte nicht mit Unfall. Das war doch was Handfestes oder nicht?«

Werner setzt sich wieder und schürzt seine Lippen, wie ein beim Klauen erwischter Knabe. »Gestern Nacht hat mich ein Verdächtiger nicht losgelassen«, sagt er. »Gedanklich, meine ich.«

Herbach lehnt sich zurück. Ein wissendes Lächeln umspielt seine Mundwinkel. »Nicht nur gedanklich, wie mir scheint.« Er lacht lauthals. »Du bist bei ihm rumgeschlichen. Ohne Befugnis. Und hast dir eine Tracht Prügel abgeholt.«

»Ja«, erwidert Werner zerknirscht und befasst seine mit acht Stichen genähte Wunde auf der Stirn. »So in etwa. Er hat mich mit einem Spaten angegriffen.«

Herbach lehnt sich vor. »Erzähl!«

»Ach. Ich bin nur um sein Haus gegangen. Er war wohl auch draußen, hatte zuvor meinen Wagen gehört. Er wirft einen Stein in den Wald, ich dreh mich zum Geräusch, und er greift mich an. Von hinten.«

»Und hast schließlich ordentlich den Arsch vollgekriegt. Warum die Aggressivität? Kommt er in Frage?«

»Wohl eher nicht. Nachdem ich außer Gefecht gesetzt war und er daraufhin mein Portemonnaie durchsuchte, wurde er sogar freundlich und redselig. Scheinbar freute es ihn, mich umzuhauen, ohne dafür Konsequenzen erwarten zu müssen. Er wusste Bescheid.«

»Alibi?«

»Jupp. Sonntag war er auf Sauftour in Bremen. Kam gestern Mittag erst wieder. Er hat mir Handyfotos gezeigt. Da war nichts gefaked.«

»Warum die Vorsicht?«

»Er hat einer jungen Frau im Park aufgelauert und sie mit einem Elektroschocker attackiert und verprügelt. Ist dafür zur Bewährungsstrafe verurteilt worden. Natürlich weiß der gesamte Ort von der Sache. Du kannst dir vorstellen, was die Einheimischen von ihm und seiner Tat halten. Farb- und Stinkbomben auf sein Grundstück. Steine. Beschimpfungen. Einmal warfen sie sogar einen Molotow-Cocktail.«

»Eieiei«, wirft Herbach ein.

»Ja. Seitdem ist er, wie soll ich sagen, höchst sensibilisiert und motiviert.«

Herbach steht auf und klopft seinem Kollegen auf die Schulter. »Mach dir nichts draus. Könnte jedem von uns passieren. Das Bauchgefühl ist manchmal stärker als die Vernunft. Es liegt auch meistens richtig. Nicht immer, wohlgemerkt. Aber meistens. Wahrscheinlich hat er noch irgendeinen anderen Dreck am Stecken.«

»Nichts, was offensichtlich wäre. Jedenfalls nichts bei ihm zu Hause. Ich durfte zu ihm rein, meine Wunden notdürftig versorgen.«

»Da schau her«, lacht Herbach. Scheinbar ist er ein Mann, der sich gerne amüsiert und gute Geschichten zu schätzen weiß.

Obwohl es Werner peinlich ist, muss er mitlachen.

»Andere Frage. Seine Taten. War er allein unterwegs, oder hatte er Hilfe? Zu welchem Zweck hatte er die Frau angegriffen?«

»Er kannte sie. Sagt, sie hätten länger was miteinander gehabt. Aber sie hatte ihn beklaut und beschissen. Er wollte sich nur rächen und zur Rückgabe von fünfhundert Euro bewegen. Und er war natürlich allein.«

»Mit einem Elektroschocker?«, will Herbach verblüfft wissen.

Werner hebt entschuldigend die Hände, schmunzelt und fragt: »Warum fragst du? Ob er alleine unterwegs war?«

»Weil wir nicht nur einen Täter suchen.«

Fragend blickt Werner seinen Kollegen an.

»Es sind mindestens zwei.«

»Ist das sicher?«

»Zu fünfundneunzig Prozent, ja.«

»Konntet ihr die Suche eingrenzen?«

Herbach scheint zu überlegen, fixiert seinen niedersächsischen Kollegen. »Wir hatten da jemanden im Visier gehabt, aber den will ich hier noch nicht mit einbringen, da es eine heikle Sache war, an diesen Kerl heranzutreten.«

Werner wird hellhörig. Ein Verdächtiger, der als heikel gilt. Was haben die Bremerhavener Kollegen herausgefunden? Und wann wird Herbach ihn einweihen? Wie wichtig ist diese Information für seinen Fall?

Herbach spürt anscheinend, wie es in dem Gehirn von Werner rattert. »Später vielleicht, Torsten. Wir müssen erst schauen, wie die Rahmenbedingungen unserer Zusammenarbeit sind, okay?«

Ein wenig pikiert stimmt Werner zu. Er hofft, dass ihre Vorgesetzten sich schnell einig sind, denn viel Zeit bleibt ihnen nicht.

*

Shannon hat sich wieder verflüchtigt. Samt ihrem wundervollen Duft, der mir noch eine Weile in der Nase geblieben ist.

Ich versuche zu verarbeiten, was sie mir erzählt hat, und mache einen kleinen Spaziergang in die Innenstadt.

Jürgen Adler und Eberhard Schwank. Millionenschwere Typen, die sich selbst die Hände schmutzig machen? Und wofür? Um junge Mädchen zu entführen, zu missbrauchen und zu ermorden? Ich kann es mir schwer vorstellen, zumal sie sehr viel zu verlieren hätten. Ihr Vermögen zum Beispiel.

Ihr Ansehen. Die können sich mit ihrem Geld doch alles kaufen, was sie wollen, warum also so ein Risiko eingehen?

Ich erinnere mich an einige Zeitungsartikel und Fernsehberichte. Schwank und Adler, immer im Doppelpack, Förderer von Hilfsprojekten, Mittler zwischen verfeindeten Parteibonzen, Kulturförderer und Sponsoren für Sportvereine. Ich kann einfach nicht glauben, was Shannon mir da erzählt hat. Ich biege in die Bürgermeister-Smidt-Straße ein, die Einkaufpassage in Bremerhaven. Ich war lange nicht mehr hier. Abwesend steuere ich an den Läden vorbei. Brötchenduft dringt in meine Nase, Stimmengewirr in mein Ohr. Andererseits, warum sollte Shannon mir Geschichten erzählen? Und nebenbei, was haben die oberen Zehntausend manchmal für kranke Fantasien und Neigungen, das hört man immer wieder.

Jürgen Adler ist meines Wissens verheiratet, mit einer ehemaligen Miss Norddeutschland, Miss Nordsee oder was auch immer. Hier gibt es so viele Misswahlen, da steigt doch keiner mehr durch. Die beiden sind kinderlos. Adler gilt aber trotz Heirat auch als Mann, der nichts anbrennen lässt – wenn man dem Klatsch und Tratsch Glauben schenken darf, den man von Kollegen hört, die ihr Wissen aus der Boulevard-Zeitung Nummer eins haben.

Sein Freund Eberhard Schwank ist Besitzer von Schwank International, einem riesigen Logistikbetrieb im Überseehafen. Der ist ebenfalls verheiratet und hat zwei Söhne, die in seinem Betrieb arbeiten. Und eine Tochter, Journalistin bei der Nordsee-Zeitung.

Am länglichen Brunnen vor der großen Kirche mache ich halt und setze mich auf den Rand. Das Plätschern im Hintergrund beruhigt meine arg gebeutelte Seele.

Was soll ich mit Shannons Information anfangen? Was erwartet sie von mir? Mich bedeckt halten und die Polizei informieren? Verschwinden? Oder soll ich Privatschnüffler spielen und die beiden auffliegen lassen? Ich. Ein Schisser vor dem Herrn, der sogar vor seiner Frau kuscht, nur um keinen Wutausbruch ihrerseits ertragen zu müssen.

Ja, natürlich wäre ich gerne ein Held. Aber ich habe mit Sicherheit nicht das Zeug dazu. Nicht in diesem Leben.

Ich sehe es am Blick meiner Frau, der spricht Bände. Ich habe mich nicht so entwickelt, wie sie es sich einst ausgemalt hat. Ich weiß nicht, wie genau sie mich beschreiben würde, aber es ist bestimmt kein positiv behaftetes Wort wie Held.

Früher war ich ein smarter Typ. Agil, sportlich. Ich war für jeden Spaß zu haben. Wahrscheinlich dachte sie, dass ich mein ganzes Leben lang ein cooler Partner wäre. Ich hielt auch einige Jahre gut durch. Hatte Träume, Pläne und Ziele. Aber irgendwann holt dich die Wirklichkeit ein. Dann wachst du morgens auf und denkst: Ich wollte doch höher hinaus. Was mache ich hier unten?

Das Blöde am Leben ist, dass es unberechenbar ist. Immer kommt jemand und will Geld von dir. Rechnungen wollen bezahlt werden. Wir wollen reisen und die Welt sehen. Aber essen müssen wir auch. Und all das kostet.

Um eine Hochzeit und das alltägliche Leben finanzieren zu können, brauchst du einen festen Job. Du nimmst die erstbeste Ausbildung, die dir noch bleibt, denn du bist nicht der einzige Bewerber auf dem Arbeitsmarkt. Kein Mensch wartet auf dich. Schon gar nicht mit einem eher durchschnittlichen Realschulzeugnis. Das musste ich als Erstes lernen. Aber meine bessere Hälfte auch.

Ich ging zur Post, sie in den Textilverkauf. Vorerst. Für eine Weile.

So redeten wir es uns zumindest ein. Es wird schon etwas Besseres kommen. Aber es kam nichts anderes. Und schon gar nichts Besseres.

Das war anfänglich egal, denn wir hatten ja uns. Wir liebten und achteten uns noch immer. So sehr, dass wir unsere Gene zusammenführen wollten. Wir wollten Nachwuchs. Ein Baby und Stammhalter. Unsere besten Eigenschaften vereint in einem neuen kleinen Menschen.

Wir probierten, machten und taten alles, was uns zu Ohren kam. Mit Thermometermessung, Eisprungkalender, Spontansex, Sex nach Uhrzeit. Alles, was man aus diesen amerikanischen Komödien so kennt. Es fehlte nur der Kopfstand ...

Der Erfolg blieb aus. Irgendwann meinte Miriam, dass es an mir liegen müsse, denn bei ihr in der Familie waren alle höchst gebärfreudig. Das stimmte. Aber in meiner ja eigentlich auch. Okay, mein Bruder ist nun kein Prachtexemplar geworden, eher ein Prachtködel, aber ein Fall von Gebärunfreudigkeit war mir nicht bekannt. Egal, die eigenen Gedanken beiseite gewischt, denn ich liebte sie und wollte, dass sie glücklich ist. Also Spermiogramm machen lassen. Das Ergebnis: alles bestens.

Das verunsicherte Miriam, und sie ließ sich untersuchen. Das Ergebnis? Klar unfruchtbar. Nicht einmal mit Nachhelfen wäre es was geworden, meinte ihr Arzt. Das setzte ihr heftig zu. Sie sprach tagelang nicht, wollte alleine sein und weinte viel. Ich wollte ihr irgendwie beistehen, aber sie ließ mich nicht an sich heran.

Von da ging es nur noch bergab mit unserer Beziehung. Es war ihr größter Wunsch, und der sollte ihr nicht erfüllt werden. Manchmal ist das Leben halt ein Arschloch, oder wie sagt man?

Das Verrückte an der Sache ist, dass Miriam scheinbar mir die Schuld daran gibt, dass wir kinderlos sind. Zumindest verhält sie sich mir gegenüber so. Oder erinnere ich sie an ihre Unzulänglichkeit, Kinder zu bekommen, und sie kann es nicht ertragen? Ich weiß es nicht.

»Na, Sie scheinen ja ganz in einer anderen Welt versunken zu sein.«

Die tiefe Stimme reißt mich aus meinen Erinnerungen, und ich schrecke hoch.

Der Mann neben mir hebt abwehrend die Hände. »Entschuldigung, Kamerad. Ich wollte Sie nicht erschrecken.«

Einen kurzen Augenblick starre ich ihn nur an, dann ist mein Gehirn wieder im Hier und Jetzt. »Kein Problem«, erwidere ich. »Ich war nur in Gedanken.«

»Das habe ich gemerkt.« Er lacht. »So ein schönes Wetter und doch so trübselig unterwegs?«

Ich bin spontane Konversation mit Fremden nicht gewohnt. Sollte man bei meinem Job nicht erwarten, aber tatsächlich bin ich eher ruhig und höre meistens nur zu, wenn jemand mit mir redet, oder gar nicht hin, da in den seltensten Fällen wirklich jemand an mir, meinem Empfinden oder an meiner Meinung interessiert ist. Für die meisten Menschen bin ich Luft. Also brumme ich nur etwas vor mich hin, was der Mann dann auslegen kann, wie er will.

Offensichtlich legt er es falsch aus, denn er reicht mir seine Hand und stellt sich vor. »Kuno. Kuno Feldmann.«

Ich schlage zaghaft ein und erwidere: »Jonas Richter.«

»Du siehst aus, als ob du ein Bierchen vertragen könntest, Jonas.«

»Es ist Vormittag«, sage ich gespielt entsetzt. »Und wir kennen uns gar nicht.«

Er hebt seine breiten Schultern und breitet seine riesigen Arme aus. »Und? Das können wir ja ändern. Außerdem, hast du noch nie was von Frühschoppen gehört? Komm schon. Ich könnte einen Kameraden gebrauchen. Meine Alte zu Hause spielt schon wieder verrückt und lässt mich nicht mitspielen.« Er schmunzelt über seinen eigenen Witz. »Hey, ich wette, meine Olle unterscheidet sich nicht groß von deiner Ollen. Und schon haben wir einen gemeinsamen Nenner.«

Womit du wahrscheinlich recht hast, geht es mir durch den Kopf.

Ich sehe ihn mir ein wenig genauer an. Freundliches, offenes Gesicht. Ein riesiger Kerl in dunkler Jeans und Lederjacke, mit kurzen schwarzen Haaren, das über dem rechten Ohr grau durchsetzt ist.

Ich zögere, aber prompt haut mir seine Pranke auf den Rücken und gibt mir einen Schubs nach vorne, so dass ich schon fast wieder stehe. Mühsam finde ich das Gleichgewicht, und als ich aufblicke, steht er direkt vor mir und langt noch mal zu, diesmal auf meine rechte Schulter. »Keine Sorge, alter Knabe. Die ersten Runden gehen auf mich«, sagt er, während er brachial meine Schulterknochen knetet.

Widerstand scheint er eh nicht zu akzeptieren, also was soll's? Ich könnte ein wenig Abwechslung gebrauchen. Alkohol regt bekanntlich das Gehirn an. Als ich zögernd zustimme, huscht ein Lächeln über sein Gesicht, und freudestrahlend haut er gleich noch mal auf mein Schlüsselbein, so stark, dass mein Knie einknickt.

»Hier in der Bürger ist ne gute Kneipe, Kamerad. Die scheint mir für ein frühes Bier genau die richtige zu sein. So lasse uns dort lustwandeln.«

Doch ein wenig erfreut über die Abwechslung, trotte ich mit meinem neuen Freund den Weg zurück, den ich zuvor gekommen bin, gespannt, was der heutige Tag noch so hergibt.

*

»Frisch belegte Brötchen, Herr Wachtmeister. Hier. Mit Käse. Kochschinken. Salami. Alle mit Tomate und Salat.« Rebecca Rodiek deutet mit einer Hand auf die kunstvoll belegten Brötchen, die sie eigens für die Beamten geschmiert und auf ein großes Tablett drapiert hat.

Torsten Werner streicht sich durchs Haar und bläst die Wangen auf. »Eigentlich«, setzt er an, doch Rebecca unterbricht ihn: »Wenn Sie noch

Kaffee möchten oder ich Ihnen Marmelade bringen soll, dann sagen Sie es ruhig, Herr Wachtmeister.«

Svenja steht schräg hinter Werner im Flur der Bildungsstätte und kann sich ein Lächeln nicht verkneifen. Herbach bewegt sich etwas abseits und telefoniert, aber nach einem Seitenblick auf die Szene bilden sich ebenfalls kleine Lachfalten um seinen Mund.

»Frau Rodiek, es heißt Kommissar. Ich und meine Kollegen …«, versucht Werner forsch zu erwidern, aber Rebecca hört gar nicht hin und sprintet mit ihrem Tablett durch die vorbeieilenden Beamten und ermahnt sie zu essen.

»Jessus, Frau Rodiek«, hebt Werner erneut an.

»Rebecca«, schimpft sie zurück. »Mein Name ist Rebecca. Wie die Frau Isaaks. Und missbrauchen Sie den Namen des Herren nicht.«

»Wie auch immer«, erwidert er verärgert. »Wir arbeiten hier, und Sie können nicht einfach herummarschieren und alles durcheinanderbringen. Gestern die Getränke, da habe ich noch ein Auge zugedrückt. Aber das entwickelt sich hier ja zum reinsten Partyservice.«

»Hören Sie mir mal gut zu, Sie alter Miesepeter. Wie sollen Ihre Männer ihre Arbeit erledigen, wenn ihnen der Magen knurrt?« Langsam kommt sie auf Werner zu. Ihr Blick herausfordernd. An und für sich eine schöne Frau, denkt er.

»Ich leiste nur einen kleinen Beitrag für meine Mitmenschen. Ich schenke ein Stück Wärme und verlange nichts außer einem dankbaren Lächeln. *Das* wollen Sie mir nehmen? Das wollen Sie Ihren Leuten nehmen? Wirklich jetzt, Herr Kommissar?« Sie steht jetzt ganz nah vor Werner, der um ein Stück größer ist als Rebecca, aber sich innerlich gerade ein wenig klein fühlt. Er geht unbewusst einen Schritt zurück.

»In dieser finsteren Zeit, in der alle Menschen zusammenrücken und zusammenstehen sollten, wollen Sie allen Ernstes für Unmut sorgen?«

»Ich sorge nicht für Unmut, wenn ich Sie keine Brötchen verteilen lasse, Frau Rodiek.«

»Oh doch, das tun Sie.« Sie streckt ihm ihren Finger unter die Nase und bewegt ihn langsam hin und her. Ihre Stimme ist leise, drohend, ihre Augen zusammengekniffen. »Kommt her zu mir, alle, die ihr mühselig und beladen seid; ich will euch erquicken.« Sie blickt ihn herausfordernd an. Als Werner nicht reagiert, sagt sie: »Das ist aus Matthäus 11;28.«

»Sicher«, erwidert Werner. »Aber das ändert nichts an der Tatsache, dass …« Er stockt. Jemand rüttelt an seiner Schulter. Herbach, der Kollege aus Bremerhaven.

»Komm schon, Torsten. Ein wenig Licht in unserem Herzen kann nicht schaden, oder? Ich nehme gerne eins, liebe Rebecca.« Er greift sich ein Salamibrötchen und beißt geräuschvoll zu. Werner erwidert nichts.

Mit einem Geht-doch-Blick wendet sich Rebecca ab und verteilt weiter ihre Brötchen mit Segen unter den Beamten.

»Die tut doch niemandem was«, flüstert sein Kollege ihm zu.

»Ich weiß. Aber rechtlich …«

»Rechtlich. Sie hat doch nicht ganz unrecht. Es sind diese Kleinigkeiten, die uns unsere Arbeit erleichtern. Lass sie machen. Du musst lockerer werden.«

»Die kommt noch dreimal heute«, entsetzt sich Werner.

»Und? Dann sparen die Kollegen ihr Essensgeld. Manche Menschen brauchen diese Aufmerksamkeit und wollen auch ihren Beitrag leisten.«

»Ich habe keine Lust, mir alle zwei Stunden eine Predigt über den Erlöser anzuhören, Daniel.«

»Ich weiß«, lacht dieser. »Völlig umsonst gibt es halt nichts. Doch. Den Tod. Nee, warte. Selbst der kostet das Leben.«

Gemeinsam gehen sie nach draußen. Eine neue Erkundungsstaffel ist eingeteilt und abmarschbereit. Werner will sie ein Stück begleiten und selbst noch einmal einen Blick in den Wald werfen. Er hat noch nicht dieses Gefühl für den Fall. Er braucht einen Anhaltspunkt. Eine Spur, an der er ansetzen kann. Svenja und zwei Kollegen schickt er los, um die Personen zu überprüfen, von denen sie ihm eine Liste gereicht und die er markiert hat. Natürlich hat er Gregor Mund von der Liste gestrichen. Aber als Spur sieht er es nicht an. Er braucht etwas Handfesteres, denn Vorgesetzte und Staatsanwalt machen Druck. Auch sie wollen Informationen und Erfolge.

»Torsten.«

Werner dreht sich um. Die Presse. Katarina Schwank von der Nordsee-Zeitung eilt ihnen hinterher. Auch die machen ihm Druck. Ständig neue Anfragen, immer auf der Suche nach einer Story.

»Katarina. Was gibt es? Ich bin gerade etwas beschäftigt.« Er bedeutet Herbach, schon vorauszugehen. Der schaut sehr skeptisch zu Katarina. Werner bemerkt das verwundert, wendet sich aber der Reporterin zu.

»Was ist denn mit deinem Gesicht passiert?«, fragt sie besorgt.

»Kleines Missgeschick, nichts weiter.«

Misstrauisch schaut sie ihm in die Augen, wartet ab.

»Nichts Interessantes, Kati. Also, was gibt es?«, fragt er ungeduldig.

»Nur ein oder zwei Fragen. Ist es richtig, dass es einen Zusammenhang zwischen diesem und den Frauenmorden in Bremerhaven gibt?«, fragt sie schnell.

»Woher ...« Er stockt. »Wer sagt denn sowas?«

Sie bemerkt seine Verblüffung und setzt nach: »Ihr habt höchstens noch sechs Tage, richtig? Nein, warte, fünf. Waren es wirklich zwei Täter?«

»Kati, ich glaube nicht …«

»Komm schon, Torsten. Es ist doch offensichtlich«, unterbricht sie ihn und macht eine ausholende Geste. Ihr Blick bleibt eine Millisekunde auf Oberkommissar Roger Stahrmann hängen, der die beiden vom Haupteingang scheinbar teilnahmslos beobachtet. Aber für Werner lange genug, um zu erkennen, woher sie ihre Kenntnisse hat. Also spielt er doch nicht so offen mit. Wichser. Werner ist sauer. Zischend sagt er: »Daher weht also der Wind. Stahrmann?«

»Natürlich nicht …«

»Schiebt er dir diese Informationen zu? Du darfst das nicht verwenden, ist dir das klar? Wenn ich auch nur eine Zeile in deiner Zeitung lese, dann steckst du echt in Schwierigkeiten, Katarina. Bei aller Freundschaft.«

»Torsten, komm schon. Man sieht doch, dass …«

»So? Was denn?«, unterbricht er sie harsch. »Was sieht man? Hier ist gar nichts zu sehen, und wir haben noch keinerlei fallspezifische Informationen freigegeben. Nur zur Mithilfe aufgerufen. Also lass dich verdammt noch mal nicht von diesem Drecksack vor den Karren spannen.«

Katarina erwidert nichts, sondern blickt nur betreten zu Boden. Werner zeigt aggressiv mit der Fingerspitze auf Stahrmann, der sich schnell in den Haupteingang verzieht.

Kopfschüttelnd lässt er die Reporterin stehen, um sich der Gruppe wieder anzuschließen. Er hatte stets ein gutes Verhältnis zu Katarina Schwank. Ja, ein wenig ist er auch in sie verschossen, da sie genau der Typ Frau ist, bei dem er schon mal den einen oder anderen Vorsatz über den Haufen werfen würde. Aber diese Nummer eben ging ihm zu weit. Und das Ärgerliche daran ist, dass sie es besser hätte wissen müssen.

Er schnaubt verächtlich. Es gibt Dringlicheres. Eine Zahl taucht vor seinem geistigen Auge auf. Katarina hatte es ausgesprochen. Fünf.

Fünf Tage, um die Kleine zu finden. Höchstens.

Schlagartig bekommt er ein mulmiges Gefühl in der Magengegend.

*

»Hört sich nicht so gut an, Kamerad.« Kuno legt mir eine Hand auf die Schulter und drückt sie leicht. Wir sitzen in einer Kneipe mitten in der Fußgängerzone. Von unserem Sitzplatz aus können wir die vorbeieilenden Menschen sehen. Bepackt mit Tüten und Taschen. Im Kaufrausch.

Wir reden gerade über mein verkorkstes Leben. Über meine Probleme mit Miriam, meine eigene Unfähigkeit, irgendetwas Bedeutendes zu erreichen oder gar anzustreben.

Ich weiß nicht, wo Kuno auf einmal herkam, aber er ist ein Engel. Er hört mir zu. Er urteilt nicht über mich. Wir sind mittlerweile beim vierten Bier und dem zweiten Kurzen. Da ich selten trinke, merke ich den Alkohol recht gut.

Ich bin ein wenig betreten, denn das Reden über mein Leben kann schon recht trübselig sein. Reicht ja meistens schon, wenn ich nur darüber nachdenke. Ich verabschiede mich von meinem neuen Freund mit den männlichen Worten, dass ich kurz eine Stange Wasser in die Ecke stellen gehe.

»Ja, mach mal«, erwidert Kuno gedankenverloren und trinkt noch einen Schluck.

Ich gehe schwankend in den hinteren Bereich der hübsch eingerichteten Spelunke und erledige mein Geschäft. Als ich wieder zurückkomme, spricht Kuno gerade in sein Mobiltelefon und steckt es weg, als er mich kommen sieht.

»Wichtig?«, frage ich ihn.

Er winkt ab. »Bloß meine Olle. Wollen wir noch einen?«

»Klar.«

Als wir unsere Gläser bekommen, frage ich ihn: »Und du, Kuno? Was gibt es aus deinem Leben zu berichten? Wieso nennst du mich eigentlich immer Kamerad. Bist du Soldat?«

Er lacht. »Nicht mehr. Aber das ist hängengeblieben. Stört es dich?«

Ich verneine und frage: »Wo denn? Marine?«

»Warum? Weil ich in Bremerhaven lebe?«

»Ist naheliegend, oder?«

»Ja. Nein. Ich war bei der Fremdenlegion.«

Ich verschlucke mich fast an meinem Bier. »Du warst bei der Fremdenlegion?«

»Hört sich gut an, was?« Er lacht.

»Auf jeden Fall. Wie bist du denn auf die Idee gekommen? Ich meine, wie kommt man dazu?«

»Ich war damals jung. Verwirrt, wild und leicht zu beeindrucken. Dazu kamen falsche Freunde, und ruckzuck war ich auf der schiefen Bahn. Die Luft wurde hier sehr dünn für mich.«

»Du kommst aus Bremerhaven?«

Er nickt. »Ich war gerade mal achtzehn. Ich hatte durch ein paar krumme Dinger genug Mark in der Tasche, musste aber aus diversen Gründen eine Weile die Stadt verlassen. Mich zog es schon immer in den Süden. Ich schlug mich bis Straßburg durch. Dort gab es eine Informationsstelle der Fremdenlegion. Ich schrieb mich ein, man schickte mich nach Aubagne, ins Hauptquartier. Et voilá. Ich war drin.« Er trank einen großen Schluck Bier und wischt sich den Mund ab.

»Einfach so?«

»Natürlich nicht. Erst musste ich Sportprüfungen und psychologische Tests bestehen. Außerdem wurden Gespräche geführt. Motivationsgespräche nannten die das.«

»Wie lange warst du da?«

»Fünfzehn Jahre. Danach hat's mich wieder hierher verschlagen. Warum, weiß der Teufel.«

»Musstest du fünfzehn Jahre dort dienen?« Ich komme mir vor wie ein kleiner Junge, der seinen Vater oder Lehrer ausfragt. Aber so einen interessanten Menschen treffe ich ja sonst eher selten.

»Nein. Fünf Jahre musste ich anfangs abreißen. Danach konnte ich mich entscheiden. Raus oder verlängern. Ich entschied mich für zweimal fünf.«

»Warst du im Krieg? Musstest du jemanden töten?« Das war vielleicht ein bisschen vorschnell, denn er verzieht missmutig seine Miene, hebt die mächtigen Schultern und trinkt einen weiteren Schluck. »Das ganze Leben ist ein Krieg, mein Freund. Komm. Lass uns von was anderem reden. Wo schläfst du denn heute?«

Wie zuvor meine Stimmung, so ist scheinbar auch die seine in den Keller gerutscht. Also lasse ich die Fragerei und erzähle ihm von der Wohnung meines Bruders. Davon, dass ich da eine Zeitlang beherbergt bin.

»Ja, hallo. Wie kommt denn dieses?«

Dieses Mal ist es an mir abzuwinken. »Lange Geschichte«, erwidere ich knapp.

»Was dagegen, wenn ich heute bei dir penne?«, fragt er unvermittelt und mit einem kurzen Seitenblick.

Ich überlege kurz. Warum eigentlich nicht? Er hat Probleme mit seiner Frau. Wer will es ihm verübeln, mal ein bisschen Luft zu holen? Woanders als zu Hause. Also ich jedenfalls nicht. Ich lade ihn ein und freue mich über sein strahlendes Lächeln.

7

Bremerhaven, Dienstagnachmittag

»Weissu, Kuno, du bist echt in Ordnung«, sage ich und klopfe dem großen Mann auf die Schulter.

»Du auch, Jonas.« Zusammen gehen wir unsicheren Schrittes durch die Fußgängerzone. »Und was fangen wir jetzt mit dem angebrochenen Tag an?«

»Ich habe Hunger.«

»Da ist ein Chinese.« Kuno deutet auf das Restaurant rechts von uns.

»Oh, nee. Ich will doch keine Katze auf dem Teller, Kuno«, entrüste ich mich.

»Sondern?«

»Weiß nicht. Lass uns doch zum Penny. Holen wir uns noch was zu trinken und ein paar Pommes oder so. Können wir ja bei mir eben zubereiten.«

»Gute Idee.«

Wir decken uns beim Discounter ein, öffnen jeder eine Dose Bier und gehen gemächlich zu meinem Übergangszuhause. Fast hätte ich meine Probleme vergessen, so wirkungsvoll war der Zeitvertreib mit meinem neuen Kumpel. Aber irgendwie kommt die Geschichte immer wieder durch, und der neuerliche Gedanke an die beiden Mädchen und den wahrscheinlichen Tätern trübt meine Stimmung, und so trotten wir eine Weile nebeneinander her, ohne ein Wort zu wechseln.

Plötzlich fragt Kuno ernst: »Also, Kerl. Was ist los?«

»Was meinst du?«

»Dich beschäftigt doch etwas.«

»Hab ich dir doch erzählt. Frau und so. Alles nicht so leicht.«

»Ich denke, da ist noch mehr. Du kannst nem alten Veteranen nichts vormachen. Schieß los!«

»Vielleicht später«, erwidere ich und beäuge einen Mann, der gegenüber von meiner Wohnung lungert, halb versteckt hinter einer Häuserecke. Ist der etwa wegen mir hier? Der kommt mir bekannt vor.

»Wer ist das?«, fragt Kuno.

Entgeht dem denn gar nichts? Ich hebe die Schultern. »Keine Ahnung.«

Oben angekommen, schmeiße ich den Ofen an, um die Pommes Frites zu backen, während Kuno die Wohnung inspiziert. Er pfeift beeindruckt durch die Zähne. »Alle Achtung. Ist dein Bruder reich, oder was?«

»Er ist Anwalt. Verdient wohl ganz gut. Hey, wir haben auch noch Scampis. Willst du?«

Kuno verneint, lässt sich auf das Sofa fallen und schaltet den Fernseher an. »Pommes reichen.«

Ich gehe zum Fenster und schaue, ob der Typ noch da ist. Fehlanzeige. Ich entspanne mich ein wenig. Als ich mich umdrehe, merke ich, dass Kuno mich fixiert. »Alles klar?«, fragt er, seltsam gedehnt.

»Logo«, antworte ich.

Den Rest des Nachmittags verbringen wir mit essen, ein paar Bieren und fernsehen.

Und ehe ich mich versehe, fallen mir die Augen zu.

*

Kuno schaut hinüber zu dem schlafenden Jonas. Er beobachtet eine Weile die gleichmäßige Bewegung des Brustkorbs, dann erhebt er sich und inspiziert noch einmal die Wohnung.

Gründlich diesmal.

Als Erstes betritt er das Schlafzimmer. Er schaut in den Kleiderschrank und die Nachttische, öffnet Schubladen, guckt unter dem Bett. Interessiert betrachtet er die Frauenstrümpfe. Einer auf dem Bett, neben dem Kopfkissen, der andere auf dem Fußboden. Er nimmt den Strumpf vom Bett, hält ihn an seine Nase und inhaliert den Duft mit geschlossenen Augen. Er lächelt, reibt das zarte Gewebe zwischen Daumen und Zeigefinger. Dann legt er ihn wieder zurück. Erneut wendet er sich dem Kleiderschrank zu. Etwas irritiert ihn, aber er weiß nicht, was.

Schließlich geht er den Flur hinunter ins Bad. Aber nicht ohne vorher nach Jonas zu schauen. Der liegt jedoch genauso da wie zuvor.

Kuno durchforstet die Badezimmerschränke. Bis auf zwei verpackte Zahnbürsten, eine prall gefüllte Kulturtasche und eine Packung Flüssigseife ist hier nichts zu finden. Er geht ins Wohnzimmer zurück, beobachtet Jonas einen Moment lang und begibt sich zur Anbauwand. Schubladen und

Schränke sind leer, nichts von Interesse. Eine Weile steht er mit in die Seite gestemmten Armen da und überlegt. Der Kleiderschrank fällt ihm wieder ein.

Er geht zurück ins Schlafzimmer und stellt sich vor den riesigen Spiegelschrank. Er öffnet die Türen, doch innen herrscht gähnende Leere.

Ganz rechts, zur Wand hin, befindet sich noch eine riesige Spiegelfläche, aber Kuno kann sie nicht öffnen. Er untersucht sie von oben bis unten. Im Innenraum ist der Schrank zu Ende, aber die Spiegelfläche geht noch etwa einen Meter weiter, bis zur Wand, mit der sie bündig abschließt. Nach oben schließt der Schrank ebenfalls bündig mit der Decke ab. Er klopft und drückt an verschiedenen Stellen, doch nichts passiert. Es hört sich hohl an, mehr nicht.

Einfach nur um die Wand auszufüllen?, fragt er sich. Wieso wird hier Platz verschenkt? Dann bemerkt er eine dunkle Stelle an der Tapete, in etwa zwei Meter Höhe und direkt am Schrankende. Bingo, denkt er, geht direkt darauf zu, hält jedoch sofort in der Bewegung inne, als er aus dem Wohnzimmer ein Räuspern vernimmt.

*

Angeschlagen räkele ich mich auf dem Sofa, die Augen halb geöffnet.

»Wie sieht's aus?«, fragt Kuno. Direkt vor mir stehend.

Ich brummele etwas, das ich selber nicht verstehe, und reibe mir Gesicht und Nacken. Wie lange hab ich geschlafen? Ein Blick aus dem Fenster zeigt mir, dass es noch hell ist.

»Hier«, sagt Kuno und reicht mir eine Dose Bier. »Dann geht es gleich besser, Kamerad.«

Unwillig setze ich die Dose an und nehme einen großen Schluck, bevor ich mich ins Badezimmer verziehe. Als ich wieder herauskomme, geht es mir schon ein wenig besser, bin aber noch unsicher auf den Beinen. »Und was machen wir jetzt?«, frage ich. »Hast du auf irgendetwas Lust?«

Kuno schüttelt den Kopf. »Keine Ahnung. Kleine Kneipentour? Oder wir verdrücken noch die paar Biere hier und holen uns dann Nachschub.« Er deutet auf die beiden Plastiktüten, neben und auf dem Wohnzimmertisch.

»Gute Idee«, erwidere ich.

Wir machen es uns abermals auf dem Sofa gemütlich, prosten uns zu und zappen durch die Fernsehlandschaft. Wir bemerken, dass wir Bezahlfernsehen haben. Tolle Sache. Ich mache uns einen Film an. Leo DiCaprio in *Wolf of Wallstreet.* Irre witzig. Ich mag den Schauspieler gerne. Auch wenn es kein Männerfilm ist oder Männer ihn meistens schlechtreden, mag ich doch auch *Titanic*, wo er super gespielt hat. Vor Kurzem sah ich ihn in dem Film, in dem er einen behinderten Jungen spielt. Da war er richtig gut. Irgendwie erinnerte er mich da an den jungen Eilers, der bei Eric Harmann im Geschäft arbeitet. Paul heißt er. Die Ähnlichkeit ist verblüffend.

Ich öffne mir eine weitere Dose Bier. Zwischenzeitlich sehe ich auf mein Telefon. Vier verpasste Anrufe von Miriam. Vermisst sie mich? Wohl kaum. Eher Kontrolle.

Ich lege das Telefon beiseite und begebe mich auf die Toilette. Nach meinem Geschäft und ein paar Spritzer Wasser ins Gesicht höre ich Kuno rufen.

»Jonas. Hast du etwa Weiber bestellt?«

Verblüfft komme ich aus dem Bad und erblicke Shannon, die in der Wohnungstür steht und mich wutentbrannt ansieht. »Wer ist der Kerl?«, zischt sie. »Und was hat er hier zu suchen?«

Kuno kann den Blick nicht von ihr lassen und schürzt beeindruckt die Lippen, die geöffnete Tür noch in der Hand. »Komm doch rein«, schnalzt er. »Ich stelle mich gerne ausführlich vor.«

»Einen Scheiß wirst du. Raus hier.«

»Ist das deine Frau?«, fragt Kuno teils verblüfft, teils anerkennend.

Ich schüttele den Kopf. »Meine Schwägerin. Shannon. Das ist Kuno. Ein Freund von mir.«

»Ein …« Sie bringt den Satz nicht zu Ende, stürmt auf mich zu, packt meinen Arm und zieht mich ins Schlafzimmer. Als sie mich loslässt, merke ich, dass ich noch ein wenig nachwanke.

»Was denkst du dir eigentlich, du Idiot? Wir überlegen, wie wir dir helfen können, geben dir eine Zuflucht, versuchen dich zu schützen, und du schleppst wildfremde Männer in unser Appartement?«

»Kuno ist in Ordnung.«

»Gar nichts ist der. Du kennst den Mann doch überhaupt nicht. Wenn er nun einer von …« Sie dämpft ihre Stimme. »Wenn er einer von Schwanks oder Adlers Leuten ist? Schon mal dran gedacht?« Shannon klopft tatsächlich mit ihrer Faust gegen meine Stirn.

»Nee. Glaub ich nicht.«

»Du sollst dich bedeckt halten, verdammt. Nicht in unserem Haus mit wildfremden Kerlen eine Dose Bier nach der anderen zischen. Schmeiß ihn sofort raus! Sonst kannst du gleich selber einpacken und wieder zurück nach Bederkesa. Zu deiner Liebsten.« Den letzten Satz spricht sie sehr verächtlich aus.

Ich weiß nichts zu erwidern und starre sie nur an. Leichter, süßlicher Duft dringt in meine Nase. Shannons Parfum.

»Du riechst echt gut«, konstatiere ich.

»Laber keinen Mist, und schmeiß den Typen raus«, keift sie.

»Ich geh schon von alleine, kein Problem.« Kuno steht im Türrahmen und hat schon seine Jacke an. Ich will etwas erwidern, aber er winkt nur ab und verlässt grußlos die Wohnung.

»Siehst du. Kein Problem«, wage ich festzustellen.

»Was weißt du schon«, giftet sie zurück.

»Und was jetzt?«, frage ich freundlich. »Möchtest du etwas trinken, Shannon? Ein Bier vielleicht?« Ich zwinkere ihr zu, in der Hoffnung, dass es smart rüberkommt.

Sie sieht mich interessiert an. Ein Lächeln bildet sich um ihre Mundwinkel. Einmal mehr frage ich mich, wie mein Bruder diese Frau gewinnen und auch noch behalten konnte. Ein Rätsel.

»Du bist scharf auf mich, oder?« Sie kommt ganz nah an mich heran. Ihr Duft dringt noch stärker in meine Nase, und meine Knie werden weich. Schwitze ich? Ich stammele unverständliches Zeug, merke, dass mein Herz wie wild schlägt. So nah war mir selbst meine Frau seit Jahren nicht.

Mit der Fingerspitze streicht sie mir langsam über die Brust. Ich merke, wie meine Jeans zwischen den Beinen enger wird. Diese Frau. Ein Traum.

»Kann dein Schwanz etwa tanzen?«, fragt sie und greift beherzt in meinen Schritt. Sie kommt mit ihrem Gesicht ganz nah an meines, als sie verächtlich flüstert: »Du könntest mir nie das geben, was ich brauche, Postbote.«

Schnell bin ich wieder auf dem Boden der Realität zurück und blicke beschämt zur Seite. Verdammt.

Wahrscheinlich hat sie recht. Was denke ich mir eigentlich? Ich bin immerhin verheiratet. Egal, wie es momentan läuft. Es ist nicht richtig, andere Frauen anzuhimmeln, während das Eheweib zu Hause hockt und sich Sorgen macht.

Obwohl … macht Miriam sich Sorgen? Wohl eher nicht. Trotzdem hat sie das nicht verdient.

Shannon schnaubt noch einmal verächtlich und wendet sich ab. An der Wohnungstür befiehlt sie über die Schulter: »Reiß dich zusammen, Jonas. Sebastian und ich sind bis Donnerstag früh auf Geschäftsreise. Halt die Füße still!« Dann verschwindet sie.

Eine Weile schaue ich noch die geschlossene Tür an, dann gehe ich ins Wohnzimmer, um aufzuräumen.

Ich denke, ich habe mich wirklich unmöglich benommen. Sollte ich es nicht besser wissen und meinen Platz in der Nahrungskette kennen? Was treibt mich Esel an, es bei einem Einhorn zu versuchen? Verzweiflung? Ich will die Tüten in die Küche bringen, aber Kuno hat scheinbar schon alles zusammengepackt und hinter den Küchenblock gestellt.

In der Küche könnte ich noch ein wenig klar Schiff machen, entscheide mich aber dagegen. Ich fläze mich auf das Sofa und zappe durch die Kanäle. Mein Blick bleibt auf dem Handy ruhen.

Irgendwie vermisse ich sie ja schon. Meine Frau. Wir waren noch nie über Nacht getrennt gewesen, und das wird jetzt schon die zweite.

Schnell greife ich mir das Gerät und wähle die Nummer von unserem Heim.

*

»Warum hast du so grantig geschaut?«, fragt Werner seinen Bremerhavener Kollegen Herbach.

Sie kommen gerade von der Tatortbegehung zurück und machen es sich im provisorischen Büro gemütlich. Das Licht wird weniger, die Sonne ist im Begriff unterzugehen. Werner schaltet die Beleuchtung ein.

»Was meinst du?«

»Als die junge Frau von der Nordsee-Zeitung kam. Du hast so skeptisch geschaut. Oder sauer. Ich weiß nicht. Was war los?«

»Die junge Dame ist mir ein Dorn im Auge, Torsten.«

»Darf ich den Grund erfahren, oder ist es etwas Persönliches?«

»Nein, es ist eigentlich kein Geheimnis«, erwidert Herbach. »Und da wir ja jetzt offiziell zusammenarbeiten«, er deutet auf sein Smartphone, »können wir uns auch richtig austauschen.«

Vor etwa zwanzig Minuten hatte ihn der Stabsleiter der Bremerhavener Polizei angerufen und grünes Licht für eine uneingeschränkte Zusammenarbeit mit den Niedersachsen gegeben.

Solche gemischten und bundeslandübergreifenden Ermittlungsgruppen sind nicht selten, denn Bremerhaven und auch Bremen liegen mitten im Land Niedersachsen. Straftäter kümmern sich nicht um Zuständigkeitsbereiche.

»Sie ist die Tochter von Eberhard Schwank.«

»Ich weiß«, merkt Werner an. »Gründer und Chef von Schwank International. Dicker Fisch.«

In diesem Moment kommt Svenja in den Raum, Werner bedeutet ihr, sich zu ihnen zu gesellen, nachdem er sich durch Blickkontakt versichert hat, dass es für Herbach in Ordnung ist.

Als sie Platz genommen hat, fährt Werner fort: »Millionenschwer. Aber auch ein ganz großer Förderer der Stadt, wie ich gelesen habe.«

»Schon richtig.« Herbach reibt sein Kinn. »Aber er hat auch Dreck am Stecken, glaub mir. Und deswegen habe ich auch seine Tochter nicht gerne um mich herumdackeln.«

Werner lehnt sich zurück. Nach einem fragenden Blick von Svenja, sagt er erklärend: »Eberhard Schwank.« Zu seinem Bremerhavener Kollegen gewandt: »Was genau hat er angestellt?«

Herbach setzt sich kerzengerade auf und holt tief Luft. »Also, pass auf. Letztes Jahr im Sommer bekamen wir in der Leitstelle einen Anruf. Passanten hatten am Speckenbütteler Park eine unbekleidete junge Frau aufgefunden. Leila Schmidt. Sie rannte weinend und schreiend umher, hatte überall blaue Flecke, blutete stark aus Schnittwunden am Körper, und ihr Gesicht war fürchterlich entstellt. Eine sehr junge Frau, gerade mal siebzehn.« Er steht auf und geht ein paar Schritte. »Die Passanten hielten sie fest, gingen mit ihr zum nächstbesten Haus und informierten uns. Die junge Frau war total verängstigt, regelrecht verstört. Du hättest sie sehen sollen, es war erschütternd. Die Leute hatten Probleme, sie im Zaum zu halten. Als die Kollegen der Schutzpolizei ankamen, brachte sie kein Wort heraus. Klar, dass sie sofort in ein Krankenhaus gebracht wurde. Aber die Ärzte kamen nicht an sie ran, und noch Tage später saß Leila nur apathisch auf ihrem Bett. Selbst ihre Eltern beachtete sie nicht.«

»Sie war traumatisiert«, konstatiert Svenja. »Habt ihr Spuren bei ihr sichern können?«

Herbach schüttelt den Kopf. »Nichts. Nada.« Er setzt sich wieder hin. »Zwei oder drei Wochen später dann endlich eine Regung. Und was für eine. Die Eltern schieben sie mit dem Rollstuhl durch das Krankenhausgebäude, wie so häufig, um mit ihr spazieren zu gehen. Am Zeitungsstand bleiben sie stehen, sie erblickte wohl ein Foto auf Seite eins der Nordsee-Zeitung, wie mir die Mutter später berichtete. Und als wenn sie von einer glühenden Nadel gestochen worden wäre, springt sie auf und rennt laut weinend durch das Krankenhaus. Als Pfleger sie einfangen, reißt sie sich Haare heraus, tritt um sich, schreit, ist kaum zu bändigen.«

»Schwank?«, fragt Werner, und Herbach nickt.

»Groß auf der ersten Seite. Überreichte dem Schifffahrtsmuseum grinsend einen Scheck über fünfzigtausend Euro.«

»Das reichte für eine Vernehmung?«, fragt Svenja.

Herbach schüttelt betrübt den Kopf. »Keine Vernehmung. Auch keine Hausdurchsuchung. Beides hat uns der Staatsanwalt nicht genehmigt. Aufgrund einer Überreaktion könne man keine Schlüsse ziehen, war sein Statement. Außerdem müsse man bei solchen Persönlichkeiten sehr behutsam auftreten. Wir hatten es schließlich mit freundlichem Anfragen versucht, aber Schwank hat geblockt, wollte nicht mit uns reden, da er momentan eine schwere Zeit durchzustehen hatte. Er verwies auf seinen Anwalt, und der teilte uns dann mit, dass Schwank seine gesamte Energie für seine Frau brauchte und wir ihn nicht mit so einem hanebüchenen Unsinn konfrontieren sollten. Tatsächlich war seine Frau zu dieser Zeit schon bettlägerig. Krebs.«

»Aber du glaubst ihnen kein Wort?«, fragt Werner.

»Nein. Wie du bei deinem nächtlichen Ausflug zu einem Verdächtigen hatte auch ich ein Bauchgefühl. Mehr noch. Wir hatten ja schließlich die Reaktion des Mädchens. «

Svenja schielt zu Werner herüber, schluckt aber die Frage, die ihr auf der Zunge liegt, herunter.

Herbach fährt fort: »Ein Kollege und ich sind abwechselnd dann und wann an seinem Haus vorbeigefahren oder haben hier und da Informationen über Schwank eingeholt. Sind in sein Büro, haben Angestellte ein wenig nach ihrem Chef ausgefragt. Nach nicht einmal zwei Tagen durften wir bei unserem Dienststellenleiter vorsprechen. Schwanks Anwalt war ebenfalls zugegen. Was dort geredet wurde, könnt ihr euch wohl vorstellen.«

Torsten Werner nickt. »Ihr solltet euch fernhalten.«

»Fernhalten, aufhören, Informationen zu sammeln, alles. Ich traue diesem Typen nicht, Torsten. Irgendwas ist da. Aber ich habe keine Handhabe gegen ihn. Wir brauchen schon etwas Handfestes, um dem Kerl beizukommen. Und da kommt ihr jetzt ins Spiel. Ich hatte gehofft, dass wir noch mehr Indizien durch deinen Fall zusammenbekommen. Etwas besseres als ein Mädchen, das aufgrund eines Bildes ausrastet.« Er klatscht einmal heftig in die Hände. »Und nun haben wir die Erlaubnis, eng zusammenzuarbeiten. Wo ich auf Grenzen gestoßen bin, da könnt ihr frisch und unbedarft ans Werk gehen.«

»Aber wir haben nichts, was mit Schwank zu tun haben könnte«, wirft Svenja ein, verwundert über den plötzlichen Enthusiasmus und Tatendrang ihres Kollegen. »Niemand, der Zeuge des Verbrechens war. Niemand, der seinen Wagen oder was auch immer gesehen hat. Wir wissen doch nicht einmal, ob es wirklich eine Verbindung zu euren Fällen gibt. Wir haben gar nichts.«

»Ihr habt doch noch gar nicht in diese Richtung nachgehakt. Oder seid ihr von Tür zu Tür gegangen und habt explizit nach einem schwarzen Mercedes SL gefragt?«

»Natürlich nicht«, sagt Werner.

»Siehst du? Neue Möglichkeiten. Und ich weiß«, er drückt sein Zeigefinger immer wieder fest auf den Oberschenkel, »dass unsere Fälle zusammengehören, vertrau mir. Und Schwank hängt mit drin. Bauchgefühl.«

»Hoffentlich ist deins besser als meins«, sagt Werner.

»Du meinst also, dass wir uns Schwank vornehmen sollen? Dass wir …« Weiter kommt Svenja jedoch nicht, denn Herbach unterbricht sie: »Ganz genau. Versteht ihr? Mit euch haben wir wieder ein paar Möglichkeiten. Wir hatten damals die richtige Fährte, das weiß ich. Aber Politik und Vetternwirtschaft haben uns einen Strich durch die Rechnung gemacht.« Er blickt von einem zur anderen. »Also. Was meint ihr?«

Werner braucht nicht lange nachzudenken. »Dass wir uns die Finger verbrennen werden. Aber wir stehen eh mit dem Rücken zur Wand. Wir müssen alles in Betracht ziehen, und das sieht mir zumindest nach einer kleinen Spur aus. Ich hoffe, du hast recht, Daniel. Denn ich schätze, dass wir heftigen Wind von vorne bekommen werden.«

»Einen Orkan, lieber Torsten. Einen Orkan. Aber deine Chefs mussten dich bisher nicht bremsen. Du kannst die ersten Schritte also unbesorgt unternehmen. Aber wir müssen effektiv sein und genau überlegen, wie wir vorgehen, bevor sie uns erneut die Tür vor der Nase zuhauen und uns zurückpfeifen.«

Werner und Svenja tauschen besorgte Blicke, aber ihre Zweifel werden sie nicht bremsen können, das wissen sie beide. Es ist das Einzige, was sie haben.

»Heute brechen wir hier alle Zelte ab«, erklärt Torsten Werner schließlich. »Es gibt vor Ort nichts mehr, das wir tun können, also zurück zur Dienststelle nach Schiffdorf. Wir überlegen uns bis morgen etwas, Daniel.«

»Mehr will ich gar nicht.« Daniel klopft seinem Kollegen jovial die Schulter.

Werner hofft, dass sein Bremerhavener Kollege mit seinem Verdacht richtig liegt. Wenn die Nacht vorüber ist, dann bleiben ihnen höchstens noch vier verfluchte Tage, um das Kind zu finden. Bei dem Gedanken daran durchströmt ihn ein Schauer.

*

Wieder wird Josie wach. Etwas hat sie in ihrem Schlaf gestört. Ihre Gedanken sind träge, schwer und geleeartig. Ist sie zu Hause? In ihrem Bett?

Sie versucht ihre Augen zu öffnen, aber sie sind zu schwer. Kurz dämmert sie wieder weg. Eine gefühlte Minute später ist sie wieder wach. Rühren kann sie sich nicht, wie sie schnell merkt. Sie liegt auf der Seite. In einem Bett. Es ist weich und sehr warm, aber es riecht ein wenig muffig. Ich muss Pipi, denkt sie.

Kurz erschrickt sie, als sich eine Hand auf ihren Kopf legt und sie streichelt. Langsam. Es ist schön. Sie drückt ihren Kopf tiefer ins Kissen, die Augen immer noch geschlossen. Muss ich nicht bald in die Schule?, geht es ihr durch den Kopf. Aber dann fällt ihr ein, dass ja Ferien sind. Richtig. Sie erinnert sich an den Besuch bei Oma und Opa.

Und plötzlich ist alles wieder da. Kimmy. Überfall. Eine männliche Stimme.

Joselyn versucht sich aufzurichten, wird aber behutsam wieder zurückgedrückt. »Pschhh …«

Das kleine Mädchen erstarrt vor Schreck. Sie merkt, wie die Bettdecke angehoben wird. Irgendjemand legt sich neben sie und deckt sie beide wieder zu. Warum kann sie nichts sehen? Sie merkt, wie sie zittert. Unkontrolliert zucken Arme und Beine. Ein erneutes »Pschhh« lässt sie abermals zusammenschrecken. Ihr Kopf wird erneut gestreichelt.

Josie kann das Wasser nicht mehr halten und entleert sich im Bett. Das scheint der Person nichts auszumachen, denn sie rückt sogar näher an das Mädchen heran. Ein Arm legt sich um sie. Sie kann die warme Haut spüren. Den fremden Geruch wahrnehmen. Sie weiß, dass es niemand aus ihrer Familie ist. Ihr kleines Herz rast. Die nasse Matratze fühlt sich ekelig und kalt an, aber sie traut sich nicht, wegzurutschen. Sie will, dass er sie in Ruhe lässt, sie will zu ihrer Mama. Zu ihrem Papa und zu Kimmy.

8

Bad Bederkesa, 9. September 2006

Es war Zeit, aufzubrechen. Die Uhr zeigte kurz nach neun an, und er musste noch seinen Seesack packen, den er zu jeder Heimfahrt mitbrachte.

Langsam und unwillig erhoben sie sich vom Sofa.

»Ätzend, auf einen Samstagabend zur Arbeit zu fahren«, schmollte Jasmin.

»Ich weiß«, erwiderte Mirko. »Dafür stimmt das Geld.«

»Und du bist gerne bei diesem Verein. Lieber als bei mir.« Sie bewarf ihn mit zusammengeknüllten Socken. Er warf zurück und stürzte sich auf sie, so dass sie wieder auf das Sofa fielen. Lange Zeit blickten sie sich nur an, keiner sagte ein Wort. Nach einem innigen Kuss erhob er sich wieder und packte seinen Seesack weiter. Verliebt sah sie ihm dabei zu.

»Und was treibst du noch so, wenn ich weg bin?«, fragte er sie.

»Ich geh gleich zu Bett. Morgen wollte ich gerne zu Mama. Dann brauch ich nicht zu kochen.«

»Faules Stück.«

»Soll ich was für dich mitessen?«

»Gerne. Deine Mutter kocht um Längen besser als du.« Sie lachten beide.

Jasmin brachte ihn noch zum Wagen. Sie verabschiedeten sich wie zwei Frischverliebte und freuten sich auf Montagabend, wenn er wieder nach Hause kommen würde. Sehnsüchtig und zufrieden schaute sie ihm nach.

Als er außer Sichtweite war, drehte sie sich um und machte sich auf den Weg zurück ins Haus. Ein Rascheln zu ihrer Rechten erregte ihre Aufmerksamkeit. Sie blieb stehen. Schaute angestrengt zur dunklen Hecke. Auf dem Boden meinte sie eine Bewegung zu sehen und ging langsam darauf zu. Das Geräusch verstummte. Sie stoppte und wartete eine Weile, aber es kam nichts mehr. Sie wollte gerade wieder umdrehen, als es erneut raschelte. Und auch eine Bewegung konnte sie wieder ausmachen. Ein wenig weiter rechts. Sie bückte sich.

Ein Igel. Recht groß. Er verharrte umgehend in einer Art Starre. Sie hatte schon seit Ewigkeiten keinen Igel gesehen und freute sich. Jasmin kniete sich hin und fuhr vorsichtig mit ihrer Hand über die Stacheln. Sofort zog sich der stachelige Körper weiter zusammen und nahm eine kugelförmige Gestalt an.

Was für beeindruckende Tiere es gibt, dachte sie, stand wieder auf und ging ins Haus, um zu schauen, ob sie etwas Essbares für den kleinen Igel hatte. In der Küche öffnete sie den Kühlschrank. Auf der Suche nach den gekochten Eiern, irritierte sie eine Lichtveränderung. Sie drehte sich um und erschrak. Eine riesige Gestalt stand ihr gegenüber und packte ihr blitzschnell an die Kehle. Sie versuchte zu schreien, doch kein Laut kam über ihre Lippen.

Jasmin schlug um sich, trat mit den Füßen nach dem Mann, doch zeigte es keinerlei Wirkung. Seine Pranken hielten ihren Hals fest umschlossen, ihre Füße berührten nicht einmal den Boden. Der Kühlschrank drückte in ihren Rücken. Ich kenne dich, ging es ihr durch den Kopf. Unser Förster. Warum tust du das?

Sie strampelte noch eine Weile, wurde panisch, schlug kraftlos auf seine Schultern. Mit jedem Hieb wurde sie schwächer. Jasmin blickte ihm in die Augen und wusste, dass es mit ihrem Leben vorbei sein würde. Anstatt Zorn, Aggressivität oder Angst strahlten seine Augen nur Teilnahmslosigkeit aus. Als wenn er etwas Nebensächliches tat. Sie wusste, dass es hier, in dieser Küche enden und dass er, der Riese, ihr das Leben nehmen würde.

Ihr Sichtfeld verschwamm. Farben liefen ineinander über, und mit einem Mal war alles Schwarz.

*

Buck konnte sein Glück kaum fassen. Nach kurzer Gegenwehr glitt sie in die Bewusstlosigkeit. Behutsam legte er sie auf den Boden. Er zog eine Spritze aus seiner Beintasche hervor, die er ihr in den Hals stach. Anschließend drückte er den Kolben durch.

Er ließ von ihr ab und sah sich in der Küche um. Ein Handy lag auf der Anrichte. Er entfernte den Akku und steckte es sich in die Hosentasche, dann löschte er das Licht.

Die nächste halbe Stunde verbrachte er damit, einen Koffer zu suchen und diesen mit Kleidung und Hygieneartikeln zu füllen. Er agierte ruhig und bedächtig. War er doch schon weitergekommen, als er es noch am Morgen gedacht hätte.

Er war eigentlich nur bei ihrem Haus, um zu schauen, wie seine Auserwählte lebte, was sie für Rituale hatte und welche Rolle ihr Freund spielte.

Buck war gerade ans Fenster geschlichen, als sie sich vom Sofa erhoben, um den Seesack des Jungen zu packen. Sofort kribbelte es in Bucks Eingeweiden, die einzige körperliche Regung, wenn er eine Chance witterte. Hatte er es richtig interpretiert? Verließ der junge Mann die Wohnung, um woanders zu nächtigen? Sehr wahrscheinlich, denn es handelte sich um Bundeswehrkleidung.

Er hatte versucht, so nahe wie möglich an sie heranzukommen, als sie sich voneinander verabschiedeten. Gegenseitige Liebe, Freude auf Montagabend, soviel hatte er verstanden. Das Kribbeln wurde stärker. Wenn er diese Chance nicht nutzte, wer wusste, wann sie jemals wiederkommen würde.

Buck huschte durch die offene Wohnungstür, als der Junge den Wagen gestartet hatte, und wartete, bis sie wieder hereinkam. Der Rest war relativ einfach.

Nun war die Tasche gepackt. Er ging noch einmal von Zimmer zu Zimmer, überlegte, was eine Frau mitnehmen würde, die fluchtartig ihr Haus verließ. Im Wohnzimmer fand er ein Fotoalbum. Er nahm es, drückte es noch in die Tasche rein und klemmte sie unter seinen Arm.

Er löschte überall das Licht. Eine Weile stand er über dem leise atmenden Körper, bis er sich an die Dunkelheit gewöhnt hatte. Schließlich wuchtete er Jasmin über seine Schulter und ging zur Vordertür.

Jetzt kam der schwierigste Teil: ungesehen in sein Haus kommen. Er warf einen Blick auf seine Armbanduhr. Dreiundzwanzig Uhr. Aus der Ferne konnte er Motorengeräusche hören. Er blickte rechts und links in die Straße rein, doch niemand war zu sehen.

Zehn, vielleicht fünfzehn Minuten brauchte er zum Feldweg, der ein wenig außerhalb von Bederkesa lag und wo er seinen Lada Geländewagen geparkt hatte. Wenn er zügig ging – und nicht unterbrochen wurde – fünfzehn Minuten höchste Aufmerksamkeit.

Er hatte den Wagen bewusst an einem Feldweg abgestellt, denn man kannte ihn. Niemand wäre misstrauisch geworden, denn Bucks Arbeit machte es zeitweise notwendig, auf solchen Wegen zu halten. Auch nachts. Wildtiere haben keine festen Schlafenszeiten.

Bei dem Gedanken an Schlafen, fiel ihm das Sedativ ein. Normalerweise benutzte er es, um größeres Wild ruhigzustellen, das eingefangen und neu umgesiedelt werden soll. Er hatte immer mal wieder eine aufgezogene Spritze dabei. Warum, wusste er auf Anhieb nicht zu sagen. Unbewusste Vorahnung? Hatte er nicht lange schon auf so eine Gelegenheit gewartet?

Er schob die Gedanken beiseite und rechnete sich aus, wie lange Jasmin noch schlafen würde. Eine Viertelstunde wäre eng, sehr eng.

Mit einem Stofftaschentuch zog er die Tür zu, um keine Fingerabdrücke zu hinterlassen. Hätte er gewusst, dass er heute so weit kommen würde, dann hätte er seine Lederhandschuhe mitgenommen.

Schließlich ging er schnellen Schrittes die Hauptstraße entlang. Als er das Firmengelände eines Busbetriebes passierte, kläffte ein Hund. Buck zog das Tempo an. Glücklicherweise war das Anwesen eingezäunt.

Hin und wieder warf er einen Blick über die Schulter. Autos hätte er gehört, doch was, wenn sich ein Fahrradfahrer lautlos näherte? Er musste höllisch aufpassen, vorausschauend denken und handeln.

Wie aufs Stichwort kam ihm ein Wagen entgegen. Er fluchte. Entfernung etwa sechshundert Meter, schätzte er. Eine scharfe Kurve lag zwischen ihnen, somit leuchtete das Auto in eine andere Richtung. Noch.

Er überlegte nicht lange und stieg schnell über die Leitplanke. Das Gelände dahinter war stark abschüssig, und er musste sich bemühen, um das Gleichgewicht zu halten. Kurzerhand nahm er Jasmin von der Schulter und ließ sie hinunterrollen. Er selbst rutschte hinterher und legte sich auf sie, die Augen zur Straße gerichtet. Unmöglich, ihn hier zu entdecken.

Jasmin rührte sich unter ihm. So schnell hatte er nicht damit gerechnet. Zeitgleich fuhr das Auto vorbei. Er erhob sich ein Stück und warf einen Blick auf die junge Frau. Noch längst nicht wach, aber auch nicht mehr richtig weg.

Er zog scharf die Luft ein und schaute sich um. Wenn er hier unten neben der Straße ginge, würde er auch seinen Wagen erreichen. Es würde nur etwas länger dauern. Aber er bräuchte nicht auf den Verkehr zu achten.

Dieses Mal trug er sie vor sich auf den Armen, die Tasche geschultert. Das Gras war hoch, der Boden uneben. Dementsprechend langsam kam er voran. Einmal musste er über einen schmalen Entwässerungsgraben hüpfen. Jasmin bewegte sich, fing an zu stöhnen.

Buck biss die Zähne zusammen und erhöhte wieder das Tempo. Es war nicht mehr weit. Er überwand einen Stacheldrahtzaun und musste erneut über einen Graben springen. Kurz vor seinem Geländewagen knickte er um und landete auf den Knien, Jasmin aber weiter vor sich hertragend. Er unterdrückte jeglichen Laut und stand wieder auf. Der Schmerz war ziemlich heftig. Aus der Ferne hörte er ein Auto. Die Tasche rutschte herunter und behinderte ihn beim Gehen.

Zwanzig Meter bis zum Lada. Er presste Jasmin fester an sich. Sie reagierte, in dem sie ihre Arme und Beine unkontrolliert anspannte. Das Auto kam näher. Wurde langsamer.

Es wird doch nicht ..., ging es Buck durch den Kopf, doch da blinkte es auch schon und bog genau in den Feldweg ein, in dem sein Wagen stand.

Buck fluchte innerlich. Er legte sich mit Jasmin auf den Boden, bedeckte sie halb mit seinem Oberkörper. Sie rührte sich stärker. Scheinbar ließ die Wirkung bei ihr rasant nach. Er machte sich so schwer wie möglich, legte ihr eine Hand auf den Mund und beobachtete das Auto, das sich langsam seinem Geländewagen näherte. Schweiß lief ihm die Stirn hinab.

Buck traute seinen Augen nicht. Das darf doch nicht wahr sein, dachte er, als er die Signallichter auf dem Dach des Wagens erkannte.

Tatsächlich passierte ein Streifenwagen im Schritttempo seinen Lada, hielt kurz an und fuhr langsam weiter. Ihre Hand griff nach seinen Haaren, und er erschrak. Das Polizeiauto war etwa zwanzig Meter weitergefahren.

Er wartete noch einen Moment, bis er sicher war, nicht mehr im Rückspiegel bei diesen Lichtverhältnissen gesehen zu werden, wuchtete Jasmin und die Tasche wieder auf die Schulter und sprintete zu seinem Lada. Er riss die Heckklappe auf und legte sie hinein. Gedanklich verfluchte er das Kofferraumlicht, löste die Tasche von seinen Schultern und stellte sie neben Jasmin. Über das Dach konnte er die Rücklichter des Streifenwagens sehen. Sie blendeten rot auf. Wurden weiß. Kamen näher.

Das Innenlicht hatte ihn verraten. Er schimpfte sich einen Idioten. Gleichzeitig öffnete Jasmin die Augen und gab undefinierbare Laute von sich. Sechzig Meter. Fünfzehn Sekunden, mehr nicht, errechnete er.

Er griff über die Rücksitzbank und zog die Tasche mit der Drillingsbüchse hervor. Schnell riss er den Reißverschluss auf und entnahm das Gewehr. Jasmin stöhnte. Er drückte sie unsanft beiseite und zog eine Wolldecke unter ihrem Körper hervor.

»Was«, drang es schwach aus ihrem Mund. Buck schulterte das Gewehr und hieb dreimal fest in ihr Gesicht. Kurz und heftig. Blut zeichnete sich auf seiner Hand ab, aber die Frau war ruhig. Schnell breitete er die Decke über sie aus und schloss den Kofferraum.

Keine Sekunde zu früh. Neben ihm kam der Streifenwagen zum Stehen. Das Gesicht hinter dem offenen Fenster kam ihm bekannt vor.

»Na, Herr Buck. So spät noch am Arbeiten?« Angenehme, männliche Stimme.

»Herr Reich. Hallo. Ja. Leider«, entgegnete er missmutig. »Aber ich bin scheinbar nicht der Einzige, dem das Sofa heute verwehrt bleibt.«

»Ja ... Bereitschaftsdienst und Familienstreitigkeiten in Steinau«, sagte Thomas Reich, der Bruder von Jasmins Freund Mirko. »Und Sie?«

»Schweine.«

Fragend und ein wenig verstört schaute der Polizeimeister erst seinen Kollegen auf dem Beifahrersitz und dann den Förster an.

»Eine Gruppe Wildschweine soll sich hin und wieder aus dem Wald trauen«, erklärte Buck.

»Wildschweine?«, fragte Reich. »Haben wir doch schon seit Ewigkeiten nichts mehr von gehört.«

»Doch schon«, entgegnete Buck. »Nur blieben sie bislang im Wald.« Er nahm das Gewehr wieder von der Schulter und öffnete die Seitentür, um es hineinzulegen.

»Sie haben Spuren gefunden?«

Buck nickte nur.

»Gefährlich?«

»Ich denke nicht.«

Reich erwartete noch ein wenig mehr Information, aber als er merkte, dass nichts mehr kommen würde, räusperte er sich und sagte: »Nun, dann wollen wir auch mal. Ist schon spät.«

Wiederum nur ein Nicken vom Förster.

»Einen schönen Abend noch, Herr Buck.«

»Danke, gleichfalls.«

Langsam entfernte sich der Streifenwagen. Buck setzte sich ins Auto, legte die Hände auf das Steuer seines Lada und atmete ein paarmal tief durch. Erneut begann sich Jasmin zu rühren.

Erbost starrte er in den Rückspiegel, startete den Wagen und fuhr auf schnellstem Weg nach Hause.

9

Bremerhaven-Lehe, Mittwochnacht

Ich kann nicht schlafen. Mein Blick fällt auf meine Armbanduhr, und die Leuchtziffern zeigen mir an, dass es fast halb zwei ist.

Nachdem Shannon gegangen war, hatte ich mit Miriam telefoniert. Anfangs klang sie schnippisch und vorwurfsvoll, wie immer. Ich trank nebenbei Bier, hielt also meinen Pegel hoch und war recht unempfänglich für Schimpftiraden. Nach kurzer Zeit kam aber überraschenderweise so etwas wie ein Gespräch zustande. Sie erzählte mir, was es Neues in Bezug auf die Bertram Kinder gab. Von der Kleinen keine Spur, die große Schwester war jedoch wach und wurde bereits von den Beamten vernommen.

Die Information hatte sie von der guten Seele Rebecca. Die wusste es wiederum von den Nachbarn der Eltern und so weiter. Bad Bederkesa ist halt ein Dorf. Informationen gehen schneller von Tür zu Tür als das Internet durch Glasfaserkabel.

Tatsächlich fragte sie mich am Ende, wie es mir ginge. Nach einem vorschnellen *Super* aus meinem Mund entstand eine längere Pause. Schnulzenautoren würden diese Pause als bedeutungsschwanger bezeichnen, für mich war es einfach die Leere, die uns schon so lange begleitet, in allen Bereichen unseres Zusammenlebens.

Scheinbar musste sie sich zusammenreißen, um ein gepresstes »Das klingt doch gut« hervorzubringen.

Nach ein paar Minuten weiterem Smalltalk stellte sie mir dann die Frage, ob ich sie nicht auch ein wenig vermissen würde. Es klang zaghaft und forschend zugleich. Beinahe verängstigt. Als ob sie damit rechnete, dass etwas Negatives aus meinen Mund kommen würde.

Aber da war mir nicht nach. Ich war schon immer ein friedliebender Mensch, der auf Harmonie bedacht ist. Ich widerspreche nicht. Ich verletze nicht. Erst die unerträgliche Situation zu Hause hat mich ein wenig spitzfindiger gemacht, wahrscheinlich aber nur als eine Art Selbstschutz.

Meine Antwort kam von Herzen, und ich meinte es vollkommen ernst: »Natürlich vermisse ich dich. Schon seit ein paar Jahren.«

Dieser Satz schien gesessen zu haben, denn abermals entstand eine längere Pause. Sie legte scheinbar ihre Hand über das Mikrofon, aber ich konnte dennoch gedämpft hören, dass sie schluchzte.

Nach einer Weile meinte sie, dass auch ich ihr fehlen würde, und dass es ihr leidtäte. Sie wüsste, was sie für ein Drachen mir gegenüber war. Ich kommentierte es nicht, sondern hörte einfach nur zu. Etwas, das ich sehr gut beherrsche. Zuhören, sacken lassen und nichts erwidern. Dieses Mal war es jedoch aus einem anderen Grund. Ich wollte mir keine Luft machen. Ich wollte sie nicht demütigen, beschimpfen oder auf ihre Fehler aufmerksam machen. Die kennt sie selbst zur Genüge.

Wir verblieben so, dass ich mich morgen im Laufe des Tages von Shannon oder meinem Bruder nach Hause bringen lasse. Und dass ich zur Polizei gehe, um auszusagen, was ich gesehen hatte. Das Ganze war eine Schnapsidee, und wir haben total überreagiert, als ich nach Bremerhaven geflüchtet bin. Heute erschließt sich mir kein Sinn mehr daraus, und Miriam geht es ähnlich.

Man muss einfach mal Flagge zeigen, seinen Mann stehen, Mut zur Lücke haben oder was es sonst noch für heroische Sinnsprüche gibt.

Aber es ist etwas dran. Tu das Richtige. Das soll ab jetzt mein Motto sein. Rette deine Ehe. Kümmere dich. Bilde dich weiter, und bleib nicht nur der ewige Postzusteller. Der Kinderwunsch klappt nicht. Na und? Es gibt andere Möglichkeiten. Es muss sie geben. Wichtig ist, dass meine Frau und ich wieder zusammenfinden. Denn schon als Teenager war uns klar, dass wir zusammengehören. Wie konnten wir uns nur so aus der Bahn werfen lassen? Und wieso hilft erst eine räumliche Trennung, um das endlich zu verstehen?

Ich schlage gerade die Bettdecke zur Seite, da meine Blase drückt, als ich ein leichtes Schaben an der Wohnungstür vernehme.

Verwirrt setze ich mich auf. Oder habe ich mich verhört? Nein. Da war es wieder. Ein leicht schabendes Geräusch. Macht sich jemand an dem Schloss zu schaffen?

Shannon.

Aber was sollte die um diese Uhrzeit an der Tür herumwurschteln?

Einbrecher?

Mit Schwung erhebe ich mich von der luxuriösen Liegewiese und gehe auf Zehenspitzen durch den Flur. Das Licht lasse ich aus. An der Tür angekommen, schaue ich durch den Spion, kann aber nichts erkennen, da alles schwarz ist. Das Türschloss gibt klackende Geräusche von sich, und ich schätze, dass es gleich geöffnet sein wird. Was tun? Die Tür vorher aufreißen? Abwarten?

Das laute Geräusch der Entsperrung nimmt mir die Entscheidung ab. Nackt wie ich bin, springe ich ins Wohnzimmer und kauere mich hinter der Tür. Blicke mich um. Alles ist sehr dunkel, da ich die schweren Vorhänge zugezogen hatte, als ich zu Bett ging. Nur die Standby-Lichter von Fernseher und Receiver geben mir Orientierungshilfen, ebenso die Uhr vom Backofen auf der anderen Seite des Raumes. Die Küchenzeile scheint mir plötzlich geeigneter als Versteck.

Ich hechte rüber, öffne vorsichtig eine Schublade und nehme mir ein Küchenmesser. Man weiß ja nie. Ich hocke mich hinter den Küchenblock und lausche auf Geräusche. Ein leises Klick sagt mir, dass die Tür wieder geschlossen wurde. Ich atme sehr flach, kann das Blut in meinen Ohren pulsieren hören, jedoch kein Geräusch aus dem Flur. Vorsichtig spähe ich über die Arbeitsplatte, aber jenseits des Türrahmens ist es stockfinster. Was, wenn es der Typ oder die Typen aus dem Wald sind? Was hab ich mir nur dabei gedacht? Warum habe ich nicht gleich die Polizei gerufen?

Das Handy. Es müsste noch auf dem Wohnzimmertisch liegen. Ich muss es riskieren. Ich hole tief Luft und gehe geduckt um den Küchenblock herum. Dann beschleunige ich meinen Schritt, bleibe aber mit dem Oberkörper so tief wie möglich.

Auf halber Strecke zum Tisch bemerke ich eine Bewegung zu meiner Linken. Ich beschleunige noch einmal, meine rechte Hand schmerzt, so sehr drücke ich den Griff des Messers.

Und dann prallt etwas mit gewaltiger Wucht gegen meinen Oberkörper. Ich fliege zur Seite und lande auf dem Rücken. Das Messer habe ich noch in der Hand. Dann sehe ich den noch schwarzen, riesenhaften menschlichen Umriss, der erneut auf mich zukommt. Ich habe Angst. Und scheinbar verleiht Angst wirklich Flügel, denn ich springe ihm entgegen, das Messer vor meinen Körper haltend.

Etwas trifft meinen Unterschenkel, und ich knicke ein, ich beschreibe mit dem Messer aber einen weiten Halbkreis. Der dunkle Schatten schreit auf. Schimpft. Und spricht mich mit Namen an.

»Jonas! Hör auf!«

Ich stocke, kann die Stimme nicht zuordnen. Frage ihn: »Wer bist du?«

»Na, wer wohl. Alter, du hast mich erwischt.« Er stöhnt auf. Es hört sich an, als würde er sich auf den Boden setzen. Ich eile zur Lampe am Wohnzimmerschrank und betätige den Fußschalter. Das grelle Licht blendet mich. Ich erfasse, dass der Mann schemenhaft erneut auf mich zugehechtet kommt. Wie eine große dunkle Wand, unaufhaltbar.

Instinktiv reiße ich die Arme hoch und gehe in Abwehrposition. Seine Hand greift mein Handgelenk und schlägt es gegen eine Kante des Wandschranks. Ein fürchterlicher Schmerz breitet sich in meinem Unterarm aus. Ich lasse das Messer fallen.

Gleichzeitig packt er mich an der Kehle und drückt zu. Meine Augen sind tränengefüllt, meine Sicht behindert. Ich spüre, wie meine Hand losgelassen wird und seine Faust mein Gesicht trifft. Kurz wird mir schwarz vor Augen. Ich halte mich auf den Beinen, aber nur, weil er mich mit der anderen noch am Hals festhält.

Mein Blick klärt sich langsam, und ich versuche zu erkennen, wer mir das antut, aber meine Beine versagen ihren Dienst, und ich sacke auf den Boden. Plötzlich ist es wieder dunkel. Er hat das Licht ausgemacht.

Wie dumm ich doch bin. Was hatte ich denn erwartet? Dass Shannon mich besuchen kommt? Warum war ich nur so arglos, so unbedarft?

Ich könnte mich ohrfeigen, aber das übernimmt mein Gegenüber für mich. Ich höre nur das dumpfe Klatschen und spüre den Schmerz. Dann nichts mehr.

*

»Der liegt gut geknebelt auf dem Bett.«

Pause.

»Gesehen? Schätze schon.«

Scheinbar ein Telefonat. Es hat mich geweckt. Ich habe Schmerzen, bin gedanklich aber voll da. Wie lange war ich weg?

»Ich habe eine gute Ahnung, was ich mit ihm machen kann … Erzähl … Warum nicht hier?«

Plant der Typ gerade meinen Tod? Meine Arme sind auf den Rücken gebunden. Ich reiße an den Fesseln, doch nichts rührt sich. Ich versuche mich zu drehen. Das geht ein bisschen, aber ich starre jetzt nur auf den Schlafzimmerschrank. Bringt mir also nichts.

»Bist du sicher? ... Die werden auch hier suchen …«

Ich blicke mich in dem Spiegel an. Er hat mir meine Klamotten übergezogen, also war ich nicht nur fünf Minuten weg.

Ich schwinge die geknebelten Beine über den Rand und setze mich auf die Bettkante. Sofort wird mir schwarz vor Augen. Schätze, ich habe ordentlich etwas abbekommen.

»Könnte funktionieren«, ertönt es aus dem Wohnzimmer. »Dann bring ich ihn da hin.«

Ich sehe mein Gesicht im Spiegel. Blutverkrustete Nase, ziemliche Verfärbungen auf meiner linken Gesichtshälfte. Ich habe keine Zeit, groß darüber nachzudenken, ich muss hier weg. Mit Schwung richte ich mich auf und kann mich gerade noch so halten, ohne auf das Bett zurückzukippen. Ich überlege meinen nächsten Schritt, doch aus dem wird wohl nichts werden, da mein Peiniger in der Tür steht.

»Setz dich hin«, sagt er nur. Es klingt ein wenig gelangweilt, wie er es sagt.

»Was wollen Sie von mir?« Ich betrachte ihn genau. Er ist sehr groß und stämmig, beinahe so wie Kuno, vielleicht ein bisschen mehr. Das Gesicht kommt mir bekannt vor, aber ich kann ihn nicht einordnen. Er hat hellgraue, kurzgeschorene Haare und einen Hals, der dicker scheint als der Kopf selbst. Das rechte Auge ist fast geschlossen, während das linke weit geöffnet ist. Scheinbar eine alte Verletzung.

»Setz dich, habe ich gesagt.«

Widerwillig gehorche ich. Er muss in meinem Alter sein. Vielleicht ein bisschen älter. Anfang vierzig. Ich bin nicht gut im Schätzen.

Lange Zeit steht er einfach nur da. Fixiert mich. Betrachtet mich wie ein lästiges Insekt. Diese Teilnahmslosigkeit in seinem Blick macht mir Angst. Ich denke, er weiß sehr gut, was für eine Ausstrahlung er hat. Ist er ebenfalls ein Ex-Militär wie Kuno? Vom Auftreten würde es passen.

»Wie spät ist es?«, wage ich zu fragen.

Der Mann lacht überrascht auf. Es klingt gruselig. »Warum willst du das wissen?«

»Na, weil …« Ich muss kurz überlegen. Soll ich verraten, dass diese Bude meinem Bruder gehört? Lieber nicht. Den lass ich lieber außen vor. »Die Hausbesitzerin wollte heute früh kommen.«

Er scheint zu überlegen, schürzt seine Lippen und schaut auf die Uhr. »Ich denke nicht, dass sie dich mitten in der Nacht besuchen kommt. Oder habt ihr was miteinander?« Er grinst schief.

»Was wollen Sie, verdammt?« Nichts scheint diesen Kerl aus der Ruhe zu bringen. Moment mal. Hatte ich ihn nicht mit dem Messer verletzt?

»Ich muss wissen, was du gesehen hast. Was hast du in dem Wald beobachtet?«

Also war er dabei. Hat er mir wahrscheinlich die Kanone an den Kopf gehalten? Wollte der Mann mich da schon töten?

»Nichts. Ich bin nur spazieren gegangen. Brauchte frische Luft, mehr nicht. Gar nichts habe ich gesehen. Es war ja fast dunkel.« Panik steigt in mir auf.

»Und hattest du irgendwelche Ambitionen, das irgendjemandem zu erzählen, Kamerad? Was hattest du vor?«

Auch dieser Typ benutzt das Wort »Kamerad«. Dazu seine aufrechte Haltung und diese Ausstrahlung. Lässig, doch sprungbereit. Erhaben. Sein ganzes Auftreten signalisiert mir eins: gefährlich.

»Nein, natürlich nicht«, erwidere ich hastig. Ich schätze, ich werde diese Nacht nicht überleben. Ich habe sein Gesicht gesehen, kann ihn identifizieren. Keine schönen Aussichten.

Es sieht so aus, als ob ihm dasselbe durch den Kopf geht. Er taxiert mich sehr lange, und ein sadistisches Lächeln umspielt seine Mundwinkel.

Soll ich es wagen? In ihn reinrennen und abhauen?

Er scheint meine Gedanken zu lesen, strafft sich und kommt auf mich zu. Jetzt kann ich sehen, dass ich ihn mit dem Messer erwischt hatte. An der Seite hat er einen faustgroßen Fleck mit Blut, das dunkelblaue Hemd ist zerschnitten. Aber es sieht nicht aus, als ob es ihn beeinträchtigen würde. Aus dem hinteren Hosenbund zieht er eine Pistole. Ich bin kein Fachmann, aber ich weiß sofort, dass sie echt ist.

»Du hast mir ganz schön Kopfzerbrechen bereitet, weißt du das? Nicht nur, dass es mit den Mädchen so beschissen lief.«

»Haben Sie mir die Waffe an den Kopf gehalten?«

Er lacht. »Ja, das habe ich. Du bist ein ganz schöner Windhund, wenn du Angst hast.«

»Sie hätten mich getötet?«, frage ich, verblüfft über seine Offenheit.

»Ja, das hätte ich. Aber nichts für ungut. Wie sagt man so schön? Ist ja nichts Persönliches. Ich denke, du bist eigentlich ein guter Kerl mit einem großen Herz, Jonas.«

Er hockt sich neben mich und tätschelt mein Knie. Ich weiß nicht, was ich darauf erwidern soll. Wenn er mich dort schon umbringen wollte, dann habe ich jetzt auch nicht die geringste Chance.

»Sie sind ein Mörder?«, frage ich ihn schließlich.

»Nein, das bin ich eigentlich nicht«, sinniert er, während er mich von schräg unten anschaut. Er steht auf und geht ein paar Schritte durch den Raum, dann setzt er erneut an: »Unter Mörder verstehe ich vielleicht etwas anderes als du. Wenn es einem höheren Zweck dient, dass man ein Leben nehmen muss, dann ist es meiner Meinung nach kein Mord. Verstehst du?«

»Welchen höheren Zweck verfolgen Sie denn?«

Er schaut mich an. Lacht. »Das ist jetzt egal, mein Freund. Du warst leider zur falschen Zeit am falschen Ort. Zudem wolltest du heute zur Polizei rennen. Du hast eine gefährliche Tür aufgestoßen, und nun musst du die Konsequenzen tragen.« Er betrachtet sich kurz im Spiegel, dann wendet er sich mir wieder zu. »Nun, Jonas. Wir müssen gehen. Und sei lieb.«

Komischerweise hat dieser Moment, in dem er auf mich zukommt, etwas Intimes. Verbindendes. Ich habe keine Chance. Er weiß das und hat die volle Kontrolle. Wir beide wissen, was folgen wird, und das verbindet uns irgendwie. Durch sein erklärendes Gerede und seiner ruhigen Art ist der fremde Mann mir mit einem Mal so vertraut wie ein langjähriger Freund, der in meine Geschichte eingreift. Wenn auch im negativen Sinne.

»Auf geht's, Kamerad.« Er beugt sich zu mir herunter.

Ich merke, wie ich automatisch kleiner werde.

*

Kommissar Werner zwingt sich dazu, aus dem Bett zu steigen. Draußen ist es noch dunkel. Er hat keine Ahnung, wie spät es ist, aber das ist ihm auch egal.

Nachdem er am vergangenen Abend gegen neun Uhr nach Hause in seine Wohnung in Schiffdorf kam, hat er sich gleich ins Bett gelegt und ist seltsamerweise sofort eingeschlafen. Irgendwann holt der Körper sich, was er braucht. Wenn er jetzt mitten in der Nacht wach wird, dann heißt es doch nur, dass er genug geruht hat. Warum also nicht schon den Tag beginnen?

Er kocht Kaffee und legt zwei tiefgefrorene Brötchen in den Ofen. Nachdem er geduscht hat, fühlt er sich wunderbar erfrischt und setzt sich an den Küchentisch, um zu frühstücken. Er stellt das Radio an, und der Nachrichtensprecher vom NDR gibt bekannt, dass es halb vier Uhr morgens ist.

Werners Gedanken kreisen nur um den Fall. Der Druck, dem er ausgesetzt ist und den er sich selbst macht, ist gewaltig.

Während er sich Kaffee einschenkt und seinen Laptop öffnet, geht ihm der Name Schwank durch den Kopf. Eberhard. Und vor allem Katarina. Gleichzeitig fällt ihm das unkollegiale Verhalten von KOK Roger Stahrmann ein.

Dass ihm der Unmut und Neid einiger Kollegen entgegenschlagen würde, war ihm klar. Aber dass Stahrmann ihm absichtlich Steine in den Weg legt, um seine Führungsrolle zu untergraben, hätte er nicht erwartet.

Natürlich ist Stahrmann ein guter Polizist, und er ist fast genauso lange im Dienst wie Werner. Er hätte es mit Sicherheit auch verdient, diesen Posten zu übernehmen, aber das gibt ihm kein Recht, die Ermittlungen zu behindern, in dem er der Presse Informationen zukommen lässt. Auch wenn es bis jetzt keine Auswirkungen auf ihre Arbeit hat, aber so etwas macht man nicht, und er hat damit ganz klar seine Kompetenzen überschritten.

Werner fragt sich, ob er erneut das Gespräch mit ihm suchen soll, entscheidet aber, dass andere Dinge Vorrang haben, und gibt den Namen Eberhard Schwank in die Suchleiste von Google ein. Weit über eine Million Einträge. Er geht direkt auf den Wikipedia-Eintrag und hangelt sich durch die Daten. Dasselbe macht er mit Katarina Schwank, obwohl über sie weit weniger zu finden ist und im Grunde nichts dabei ist, was er nicht schon weiß.

Werner hat von Dienst wegen ein Facebook-Profil mit falschem Namen und sucht die beiden dort ebenfalls. Heutzutage muss dieses Medium mitgenutzt werden. Facebook kann sehr nützlich sein und spielt eine große Rolle, wenn es um Identifizierungen geht. Wenn zum Beispiel kein aktuelles Foto eines Tatverdächtigen vorliegt, kann man zu neunzig Prozent davon ausgehen, dass derjenige sich auf dieser Plattform tummelt. Meistens sogar mit richtigem Namen. Hat man einen Einsatz, in dem es um Festsetzung eines Täters geht, dann kann man ihn im Vorfeld schon studieren und später von anderen Personen unterscheiden, sei es durch das bloße Gesicht oder besondere Merkmale wie Tätowierungen oder Kleidung.

Werner trägt schriftlich einiges über Eberhard Schwank zusammen. Schaut sich dessen Freundesliste an, geht zurück zu Google und arbeitet sich durch die Bilder, während er nebenbei an seinem Brötchen knabbert.

Die Vita von Schwank ist beeindruckend. Er stammt aus ärmlichen Verhältnissen, mit vier Geschwistern, er alterstechnisch in der Mitte. Hat sich mit guten Noten durch die Schule katapultiert. Ein Studium angefangen, nebenbei immer gearbeitet. Durch seine Freundschaft zu dem von Hause aus gut betuchten Schulkollegen Jürgen Adler kam er in die richtigen Kreise, die für ihn sehr nützlich waren.

Er borgte sich Geld, baute Schwank International auf und verdiente ein Vermögen damit, Waren aller Art durch die Welt zu schippern.

Zweimal verheiratet. Seine erste Ehe blieb kinderlos. Die Frau nahm sich 1980 auf seinem Betriebsgelände das Leben, indem sie vom Hauptgebäude der Firma zehn Meter in die Tiefe sprang. Angeblich litt sie an Depressionen.

Mit dem Wissen um Herbachs Verdacht hinterlässt dieser Suizid bei Werner einen schalen Beigeschmack. Was mag sie in den Tod getrieben haben? Die Diagnose Depression ist immer schnell ausgesprochen, aber seiner Erfahrung nach steckt meistens noch ein anderer Auslöser dahinter.

Auch dass Schwank nur ein Dreivierteljahr später seine zweite Frau ehelichte, trägt nicht dazu bei, das positive Bild eines Saubermanns zu vermitteln.

Keine Frage, fasst er für sich zusammen, den müssen wir uns ansehen. Egal, was Herbachs Vorgesetzte sagen. Vielleicht sind seine eigenen Führungsleute da ein wenig offener.

Leider glaubt er selbst nicht so recht daran.

*

Ich habe Angst, aber seltsamerweise bin ich sehr ruhig.

Der Fremde öffnet mit einem Springmesser meine Fußfessel und bugsiert mich mit vorgehaltener Pistole aus der Wohnung. Meine Handfessel lässt er dran, so dass ich mit hinter dem Rücken fixierten Händen neben ihm hertrotte.

Es ist sehr früh morgens, und im Schutz der Dunkelheit laufen wir ein kurzes Stück zu seinem Wagen, einem Passat Kombi, in den er mich nun unsanft hineinstößt und mich dann anschnallt.

Ich blicke durch die Windschutzscheibe auf die Straße. Die Häuserfassaden werden von den Straßenlaternen in einem dezenten Gelb angestrahlt. Zwischendrin ein paar Bäume. Nur vereinzelt brennt in einer Wohnung Licht. Ich frage mich, wer dahinter wohnt, und was ihn um diese Zeit vom Bett fernhält. Irgendwie eine malerische Kulisse, die mir sehr gut gefällt.

Der Riese nimmt auf dem Fahrersitz Platz und startet den Wagen. Er will gerade in die Zollinlandstraße einbiegen, als uns fast ein Mofafahrer in die Seite fährt. Mein Fahrer kann gerade noch bremsen, so dass der Traumtänzer auf zwei Rädern uns gerade so verfehlt.

Entgeistert schaut mein Entführer mich an. »Kam der gerade aus der Einbahnstraße?«, fragt er mich, und ich zucke nur die Schultern.

Wen interessiert das noch? Wäre er in uns reingefahren, hätte ich vielleicht noch eine Chance gehabt, hier unbeschadet rauszukommen. Warum habe ich die Chance nicht genutzt? Rausspringen, Krach schlagen. Mit Sicherheit wäre mein Entführer abgehauen.

Ich schaue zu ihm hinüber und verwerfe den Gedanken sofort wieder. Wahrscheinlich hätte er mich *und* den Mofafahrer umgebracht. Mir scheint es nicht so, dass der Kerl lange fackeln würde, um seine Interessen zu wahren.

Er fährt über die Hafenstraße zur Autobahn, wo wir dann die Auffahrt Richtung Bremen nehmen. Die nächste Abfahrt fahren wir aber schon wieder runter.

Ich weiß nichts zu fragen, er hat nichts zu sagen. In stiller Eintracht lauschen wir auf das Geräusch des Motors und des Fahrtwindes.

Warum bin ich nur so ein Waschlappen?, geht es mir durch den Kopf. Wie ein Lamm, das zur Schlachtbank geführt wird. Willenlos, ergeben, schwach. Bin *ich* am Ende schuld und nicht Miriam? Schuld, dass unsere Ehe diesen Verlauf genommen hat?

Ich stelle mich sehr gerne als Normalo hin, rede es mir aber vielleicht nur ein. Denn wenn ich ein Normalo wäre, dann hätte ich bestimmt ein wenig mehr Arsch in der Hose und wäre nicht in dieser Situation.

Nein. Ich bin ein Vollversager. Ohne Ambitionen. Ohne besondere Fähigkeiten. Dass Miriam kritisch mit mir ist, hat vielleicht nur den Grund, etwas aus mir herauszukitzeln. Sie wollte, dass ich meinen Arsch wiederfinde. Dass mir Eier wachsen. Sie meinte es nur gut.

Vielleicht habe ich auch die Kinderlosigkeit wesentlich schlechter verkraftet als sie, habe es aber nicht gemerkt. Ich war zu sehr damit beschäftigt, ihre Fehler zu suchen. Dass sie immer mehr resignierte, kann eigentlich nicht verwundern. Was soll man als Frau im besten Alter mit einem Typ, der dynamisch ist wie eine Schildkröte auf Morphium?

Und wieso kommen mir diese Gedanken gerade jetzt? Warum nicht schon früher? Muss erst mein Leben bedroht werden, damit ich klarer sehen kann? Sehe ich überhaupt klar?

Ich wende mich an den Fremden: »Sind Sie verheiratet?«

Er blickt nur grimmig zu mir herüber und brummt: »Was geht dich das an?«

Also halte ich lieber meinen Mund. Scheinbar ist der Typ auf seine bevorstehende Aufgabe konzentriert und will nicht quatschen.

Wir fahren in Bramel ein, einen kleinen Ort bei Schiffdorf. Ich merke an, dass ich mal dringend Wasser lassen müsste. Er ignoriert mich. Mitten im Ort biegt er ab, fährt an Häuserzeilen vorbei und wieder aus dem Ort heraus. In einen nur für Landwirtschaft und Fahrräder freigegebenen Weg biegt er ein und fährt einige hundert Meter geradeaus.

In der Ferne kann ich ein Stück Himmel erkennen, der ganz leicht erhellt wird. Wie sinnbildlich. Ein neuer Tag bricht an, während ein Leben endet.

Links und rechts vom Weg befinden sich Maisfelder. Keine schöne Location, um die letzte Reise anzutreten. Vor einem großen grauen Eisentor mit dicker Kette bleibt er stehen und schaltet den Motor aus. Er blickt mich an. Eine Sekunde. Zwei. Ich merke, dass meine Blase ziemlich drückt. Drei. Vier. Langsam wird es lächerlich, und ich will etwas sagen, doch er kommt mir zuvor: »Rühr dich einen Zentimeter, und ich knall dich auf der Stelle ab, Jonas.«

Ich nicke schnell, und er steigt aus dem Wagen, um zum Tor zu gehen. Rechts und links davon kann ich meterhohen Maschendrahtzaun erkennen, dessen obere Enden mit Stacheldraht versehen sind. Das große Tor besteht aus senkrecht verlaufenden Streben und ist etwa sieben Meter breit.

Mir geht sein letzter Satz durch den Kopf. Völlig sinnfrei, wie ich finde. Ob er mich im Auto abknallt oder hinter diesem Zaun dürfte jawohl relativ egal sein. Bis auf die Sauerei im Wagen vielleicht. Das Resultat ist das gleiche. Außerdem muss ich pinkeln.

Was soll's? Scheiß drauf. Wenn es schon so endet, dann will ich es diesem Schweinehund auch nicht zu leicht machen.

Ich drehe mich mit dem Rücken zum Schloss des Anschnallgurts. Trotz gefesselter Hände funktioniert es relativ einfach, den Gurt zu lösen. Schnell drehe ich mich anders herum und greife an den Türgriff, stoße mit Schwung die Tür auf, schwinge meine Beine aus dem Auto und hechte aus dem Wagen.

Ich sehe nicht nach links und auch nicht nach rechts, sondern renne direkt in das Maisfeld. Ich laufe, schlage Haken, laufe weiter. Blätter klatschen mir ins Gesicht, hohe Furchen bilden Stolperfallen, aber ich kann mich auf den Beinen halten. Ich bin Postzusteller. Ich bin gut zu Fuß, rede ich mir ein. Aber es stimmt.

Ich komme vorwärts. Schnell vorwärts. Laufen, auch auf unebenem Boden und mit am Rücken gefesselten Händen, macht mir nichts aus.

Soldat. Pah. Vielleicht bin ich gar nicht so ein Vollversager.

Nach einer Weile bleibe ich atemlos stehen und horche.

Nichts zu hören. Von Ferne vernehme ich Straßenverkehr. Vorbeifahrende Autos und ein röhrendes Moped. Dann Rascheln. Oder war es nur der Wind? Behutsam gehe ich weiter, nehme den leichten Weg, mitten in einer Furche, zwischen den aufgereihten Maispflanzen. Dann ein lautes Geräusch zu meiner Linken, also drücke ich mich schnell rechts durch die Maisreihen, in die entgegengesetzte Richtung.

Nach ein paar Metern bleibe ich erneut stehen. Wieder ein Geräusch. Näher dieses Mal, noch lauter. Ich eile wieder in die entgegengesetzte Richtung. Hat er etwa meine Fährte aufgenommen? Ich wage nicht, mich umzusehen, höre aber ein lauttönendes Geraschel hinter mir und versuche schneller zu werden. Ich renne durch die hohen Pflanzen, meine Pumpe ist fast am Limit. Mein Körper ist klamm vom Schweiß und schreit nach mehr Sauerstoff.

Von Weitem kann ich eine etwas hellere Fläche durch den Mais erkennen. Ich renne weiter und überlege. Hört das Feld vielleicht dort auf? Ist das gut oder schlecht? Gut oder schlecht? Entscheide dich, verdammt.

Ich entscheide mich schnell für Ersteres und halte weiter auf das vermeintliche Ende des Feldes zu. Schweiß läuft jetzt auch meine Stirn herunter.

Ich stoppe kurz vor der letzten Reihe. Ich habe die Orientierung verloren, was die Distanz zu meinem Startpunkt angeht. Wie weit bin ich wohl gekommen? Lausche. Hinter mir ist nichts zu hören. Wo ist der Kerl geblieben?

Ich verharre still und in Kauerhaltung. Eine Sekunde. Zwei.

Verdammt, wieso höre ich nichts mehr? Ich sehe im schwachen Licht die Straße, keine zehn Meter von mir und dem Maisfeld entfernt. Ist es dieselbe Straße, über die wir gekommen sind oder eine andere? Ich kann es nicht sagen.

Nach einer halben Minute mache ich schließlich einen Schritt nach vorne, halte den Atem an. Rechts von mir Geraschel.

Und dann geht alles blitzschnell.

Eine dunkle, bewegliche Wand stürmt von außerhalb des Feldes direkt auf mich zu. Meine Beine versagen ihren Dienst. Er stößt mich mit aller Härte um, ich lande im Dreck. Meine Rippen schmerzen.

Seine Hand packt mich am Hemdkragen und schleift mich aus dem Feld auf ein Stück Rasenfläche. Ich wehre mich, winde mich, versuche ihn mit den Füßen zu treffen. Er lässt mich auf den Rasen fallen, bückt sich und schlägt mir mit der Faust ins Gesicht. Zweimal. Dreimal. Ich sehe und höre nichts mehr, spüre nur noch den Schmerz.

Nach einer Weile merke ich, wie mein Oberkörper sich aufrichtet. Er hebt mich auf meine Beine, die geben nach, und ich sacke wieder nach unten, doch er hält mich, auf halbem Wege zum Boden, fest in seinem Griff. Sein Gesicht kommt ganz nah an meines, deutlich kann ich sein derangiertes Auge sehen, das mich wutentbrannt anblickt. »Du kleiner Pisser«, zischt er mich an. »Das wirst du bereuen, das schwöre ich dir.«

»Was wollen Sie von mir?«, schreie ich ihn an. »Ich habe Ihnen nichts getan! Lassen Sie mich in Ruhe!« Ich merke, wie mir Blut aus der Nase läuft. Er antwortet nicht, sondern schiebt mich, halb stützend, vor sich her. Mir laufen Tränen übers Gesicht, und ich fange an zu schluchzen.

»Du bist tatsächlich eine Totalnull, Jonas. Weißt du, wie ich dich gekriegt habe?« Er lacht. »Du bist mir direkt in die Arme gelaufen. Ich konnte dich meilenweit hören und brauchte mich kaum vom Fleck bewegen. Ein paar Dreckklumpen und Steine waren alles, um dich in meine Arme zu treiben, du Idiot.«

Die Geräusche. Er hat einfach mit Klumpen geschmissen. Und ich Blödmann dachte, er wäre mir auf den Fersen. Ich bin wie ein Irrer durchs Maisfeld gehetzt, während er einfach nur dastand und Dreck hinter mir herwarf.

Gedemütigt lasse ich mich von ihm führen. Die Tränen laufen weiter meine Wangen herunter, als wir das Tor erreichen und er sich am Schloss zu schaffen macht. Er blickt zurück zum Wagen, entscheidet aber, dass wir zu Fuß weitergehen.

Die Dunkelheit weicht langsam den ersten Lichtstrahlen. Hohe Hügel zeichnen sich links und rechts von uns gegen den Himmel ab. Selten in Norddeutschland und wahrscheinlich nicht natürlich. Er deutet auf einen von ihnen und erklärt: »Alte Flakstellungen. In den Neunzigern aufgegeben. Keine Sau kommt hier raus.«

Ich bin irritiert. Welche Art von Information soll das denn jetzt sein? Und was soll ich damit anfangen? Der Mann nervt mich. »Interessiert mich einen Scheiß«, entgegne ich.

Verwundert schaut er mich an. »Was ist mit dir denn los? Auf einmal mit Eiern?« Er lacht.

»Warum machen Sie das?«

»Ich denke, das weißt du.«

»Ich habe nichts gesehen.«

»Du bist trotzdem ein Risiko.«

»Woher wussten Sie, wo ich war?«

»Recherche.«

»Wer ist der andere Kerl?«

»Halt's Maul. Da lang!« Er schiebt mich um eine Erhebung. Dahinter befindet sich eine kleine Ansammlung von Bäumen. Zwischen ihnen ist eine tiefe Grube ins Erdreich gegraben. Ich kann nicht sehen, was sich auf dem Boden befindet, das Licht ist noch zu schwach.

»Sagen Sie mir wenigstens, wo das Mädchen ist. Geht es ihr gut? Lassen Sie sie gehen?«

Er wirkt genervt, als er sagt: »Ich konnte sinnlose Quatscherei noch nie ausstehen. Knie dich hin!«

Es hat keinen Zweck. Ich tue, was er sagt. Es ist ein beschissenes Gefühl, zu wissen, dass es zu Ende ist. Die Show geht weiter, immer weiter, doch ich klinke mich jetzt aus. Ich werde nie erfahren, wie es weitergeht, was aus meinen Leuten wird, und wie die Welt in ein paar Jahren aussieht. Es ist zum Kotzen. Ich möchte doch noch eine Weile leben. Erneut packt es mich.

Ich springe auf, überrasche ihn und stoße in ihn rein. Mein Überlebenswille ist noch einmal entflammt. Er schlägt mit der Pistole nach mir, wankt kurz. Ich überlege schnell. Rennen oder Angriff? Dieses Mal entscheide ich mich für Letzteres und ramme ihn erneut. Er schlägt mir auf den Kopf, ich kippe vornüber.

Er setzt sich auf mich, dreht mich auf den Rücken und drückt mir seine Waffe in den Mund.

»Du kleiner Arsch«, zischt er, holt die Pistole wieder aus dem Mund und zieht den Schlitten durch. Ich schließe die Augen. Denke an Miriam und meinen Bruder. Denke an das arme vermisste Mädchen. Wenigstens habe ich es versucht.

Eine starke Vibration durchfährt mich, und dann ist der Druck auf meinem Körper plötzlich verschwunden. Ich öffne die Augen. Jemand hat sich auf den Typ gestürzt. Nein, er schlägt mit einem Knüppel auf ihn ein.

Kuno. Mein Gott, es ist Kuno.

Ich versuche mich aufzurichten, behalte die beiden im Auge, falle aber wieder hin. Dann ein erneuter Versuch und ich stehe.

Der Typ hat sich gefangen, rappelt sich auf, sucht etwas. Die Waffe. Kuno holt wieder aus, aber der Mann reagiert schneller, stürzt sich auf ihn, bevor Kuno zum Schlag ansetzen kann. Sie rangeln auf dem Boden. Dumpfe Schläge, Männerkeuchen. Es klingt animalisch.

Ich muss ihm helfen, renne hinüber und suche die Waffe. Ein harter Tritt haut meine Füße unter mir weg, und ich falle erneut.

Unbeschreiblicher Schmerz in den Rippen. Ich schreie auf und versuche mich wegzudrehen, dann dämmert es mir. Ich bin direkt auf die Pistole gefallen. Ich winde mich auf den Rücken, taste nach dem kühlen Metall, halte es schließlich in den Händen und rufe nach Kuno.

Er kommt nicht. Ich wende mich dem Keuchen zu. Sie greifen sich gegenseitig an die Kehle. Drücken, quetschen und pressen am Hals des anderen. Zwei riesige Menschen im Clinch. Das Bild hat etwas Erhabenes, so leicht erhellt von der aufgehenden Sonne. Ich muss unsinnigerweise an Titanen denken.

Doch schnell bemerke ich, dass Kuno scheinbar die Kraft ausgeht. Er geht in die Knie. Ich springe auf, die Waffe hinter dem Rücken haltend, und renne mit gesenktem Oberkörper und voller Wucht in den Mann hinein. Das bringt mir ein paar heftige Schläge ein, aber ich merke zufrieden, wie mir die Waffe aus meinen Händen gerissen wird. Kuno. Kurze Zeit später ertönt ein Knall. Dreck fliegt mir ins Gesicht. Ich höre Kuno fluchen, dann dumpfe Schritte auf Gras, die sich entfernen. Ein weiterer Knall und wieder schimpft mein großer Freund. Herrlich.

Ich lasse mich auf den Rasen fallen, schließe meine Augen. Ich lebe, verdammt noch mal. Ich lebe!

Ein Auto wird gestartet, der Motor heult auf. Er fährt rückwärts. Lange Zeit. Es klingt schrecklich, der arme Motor. Ich lache.

Auf einmal verkrampft sich mein Magen. Ich würge und erbreche mich schließlich. Meine Hände zittern wie Espenlaub. Kälte breitet sich in meinem Körper aus, und erneut muss ich mich übergeben.

Ich bin wahrlich nicht geschaffen für so eine Aufregung. Aber dann muss ich auch schon wieder lachen.

*

Werner ist früh zu seiner Dienststelle unterwegs, kauft sich noch ein paar Snickers und Mars in Kallis Kiosk. Junggesellennahrung, hatte sein Freund und Kollege Peters immer zu ihm gesagt. Wie es ihm wohl geht? Vielleicht sollte er sich mal bei ihm melden.

Auf dem Revier sind schon ein paar Leute anwesend und gehen wortkarg über die Flure. Gelegentlich hört man einen Gruß, aber das war es dann auch schon.

Svenja kommt ihm auf dem Weg zu seinem Büro entgegen. Frisch. Gutgelaunt. Sie hat eine immense Energie, denkt Werner. Immer früh am Arbeitsplatz und eine der Letzten, die nach Hause geht. Beeindruckend. Sie ist ihm nicht unähnlich, die frischgebackene Kommissarin. Die Erste, die sich freiwillig meldet. Immer an vorderster Front. Kaum Privatleben, keine Beziehung. Der Job geht immer vor.

Vielleicht sollte er mit ihr reden und ihr sagen, dass es mit der Zeit schwerer wird, dieses Leben aufrechtzuerhalten. Der Dienst ist schön und gut, aber die Zeit dazwischen kann einsam und bedrückend werden, wenn man nicht für Ausgleich sorgt, zum Beispiel in Form eines Partners.

Er sieht es an sich selbst und vielen anderen Kollegen. Alleine essen. Meistens etwas Einfaches, da Nahrungsaufnahme nebensächlich geworden ist. Es lohnt nicht, für sich selbst großartig zu kochen. Kaum Gespräche mit anderen Personen, außer vielleicht hartnäckigen Freunden oder der besorgten Mutter. Niemand, an den man sich kuscheln kann, wenn der Tag beginnt oder der Arbeitstag geendet hat.

Und morgens holt man sich sein Junggesellenfrühstück vom Kiosk.

Ruckzuck ist man über vierzig und fühlt sich unfähig, noch eine Beziehung aufzubauen. Man kam jahrelang sehr gut alleine zurecht. Jeder Partner ist erst einmal wie ein Fremdkörper und stört den Tagesablauf. Beziehung ist einerseits schön, andererseits aber auch gewöhnungsbedürftig. Man muss sich arrangieren, und das ist auf Dauer anstrengend.

Mit der Zeit verliert der Partner dann das Interesse an einem, da das ewige Arrangieren zur Last wird. Das Verliebtsein hört schnell auf, die Arbeit steht immer noch im Mittelpunkt. Man ist zu festgefahren in seinem Alltag, seinen Ritualen. Das Einzige, über das man vernünftig reden kann, ist die Arbeit, aber die interessiert den Partner nicht besonders, da der Job als Polizist eh schon zu viel Raum in der Beziehung einnimmt. Also schweigt man viel. Findet keinen Zugang zueinander.

Schließlich offenbart der Partner einem, dass es ganz schön war, es aber irgendwie nicht passt. Es kann auch sein, dass sie einfach auszieht und einem per SMS mitteilt, dass sie einen anderen hat. Werner kennt beide Szenarien und noch zwei oder drei weitere.

Keine schönen Aussichten für eine attraktive junge Frau.

Wenn die Situation passt, will er sich mit ihr zusammensetzen. Aber nicht jetzt.

»Der Raum ist fertig. Hast du die Namen für mich?«, fragt sie. Sie gehen zu seinem Büro.

»Ja, hier.« Werner zieht eine Liste aus der Tasche. Der Raum, den sie meint, ist für die Beamten der Ermittlungsgruppe. Nur die sechzehn Personen auf der Liste erhalten einen Schlüssel und können sehen, was an Flipchart und Tafel angebracht ist. Das Besprechungszimmer für Information und Austausch.

Keine tatrelevante Information darf von dort nach draußen oder an andere Kollegen dringen. Das ist in Ermittlungsgruppen so, wird im Fernsehen aber selten oder nie gezeigt.

Es wird nicht so gehandhabt, weil den anderen Kollegen misstraut wird, sondern weil man nicht sicher sein kann, wer das liest, sieht oder hört und es anschließend, vielleicht nicht einmal bewusst, weitergibt. Das soll mit diesem Ermittlungsgruppenraum verhindert werden.

»Schon einen Plan für heute, Chef?«

Er setzt sich hinter seinen Schreibtisch und fährt den Computer hoch.

»Um acht Uhr Treffen zum Austausch mit allen Kollegen. Ich fahre anschließend mit Herbach zu Schwank. Du hast die Info von ihm ja gestern mitbekommen. Schauen wir uns den Mann mal an.« Er klickt durch seine E-Mails. »Neuhaus hat eine Notiz dagelassen. Er schreibt, dass er alle relevanten Informationen, die sie zu ihren Fällen in Bremerhaven haben, auf unser Laufwerk T gesendet hat. Stahrmann soll sich damit befassen. Vielleicht findet er was oder kann weitere Verbindungen herstellen.« Er bemerkt Svenjas Blick aus den Augenwinkeln. »Haben wir in Bederkesa alles soweit geräumt?«

»Ein paar Unterlagen sind noch in der Wache dort.«

»Hast du schon was von Teddy gehört? Irgendwelche Infos von ihm?«

»Nein, leider nicht. Aber ich schätze, er wird gleich kommen und kann dann selbst berichten.«

Neben der Schwank-Spur hofft Werner immer noch, dass der Leiter der Technischen Untersuchungsgruppe irgendetwas für sie hat, mit dem sie arbeiten können.

»Zwei Leute sollen zum Krankenhaus, noch mal mit der kleinen Bertram sprechen. Frau und Herr Bertram werden noch betreut?«

Sie nickt. »Claudia fährt einmal am Tag zu ihnen.«

Svenjas Telefon klingelt. Überrascht schaut sie auf das Display und nimmt den Anruf entgegen.

»Hallo Roger. Ähm … ich weiß nicht. Das sag ihm doch selber, er sitzt direkt neben mir.« Sie reicht Torsten Werner das Handy und sagt leise: »Stahrmann.«

»Torsten hier. Guten Morgen. Was gibt's, Roger?«

»Ich fahre durch nach Beers. Wir haben da noch ein paar Sachen liegen, und ich wollte mit dem Telefondienst sprechen.«

»Was soll das? Du kannst nicht einfach auf eigene Faust irgendwelche Dinge übernehmen, für die ich andere verplant habe.« Werner wird zornig.

»Dann musst du dich den Abend vorher mal mit deinen Kollegen richtig austauschen und nicht einfach nach Hause fahren«, blafft Stahrmann ihn an.

»Aber ...« Werner fehlen fast die Worte. »Du sollst die Bremerhavener Daten auswerten. Und wieso rufst du mich nicht persönlich an?«

»Such dir einen anderen Idioten dafür, ich bin fast in Bederkesa. Und ich habe dich angerufen. Heute Morgen. Was kann ich dafür, dass du nicht rangehst?« Stahrmann holt hörbar Luft. »Nur, weil du unfähig bist, zu führen, Torsten, können wir den Fall nicht in den Sand setzen. Das werde ich Tannhäuser auch sagen.« Er legt auf.

»Dieser arrogante Arsch.« Das letzte Wort schreit Werner heraus und ist kurz davor, das Handy gegen die Wand zu pfeffern.

»Torsten«, beschwichtigt Svenja. Sie legt ihre Hand auf seinen Arm.

»Der macht, was er will! Der arbeitet total gegen mich und will mich bei Tannhäuser anschwärzen! Das darf nicht wahr sein!«

»Er will deinen Platz. Koste es, was es wolle«, konstatiert Svenja und schüttelt den Kopf.

Werner zieht sein Telefon aus der Tasche. Tatsächlich. Drei Anrufe. Einer von Stahrmann.

Verkniffen schaut er zu Svenja, die nur abwinkt und ihm zuzwinkert.

»Wir haben andere Sorgen«, sagt sie und geht aus dem Raum.

Recht hat sie, denkt Werner. Das Mädchen geht vor.

*

Ich liege immer noch auf dem Boden, freue mich, dass ich am Leben bin. Zwei Hände fassen mir behutsam unter die Arme und heben mich auf meine Beine. Die Schmerzen sind wie weggeblasen. Ich blicke zu Kuno auf.

»Alles in Ordnung?«, fragt er mit zusammengekniffenen Augen, und ich nicke. Er zieht ein Klappmesser aus seiner Hosentasche und durchtrennt die Plastikfessel.

»Wie kommst du denn hierher? Wie hast du mich gefunden?«, flüstere ich, beinahe ehrfürchtig. Der Mann muss wahrlich ein Engel sein.

»Erzähl du mir erst einmal, was hier los ist! In was bist du da reingeraten?«

»Lange Geschichte«, entgegne ich, während ich mir die Handgelenke massiere.

Er greift sein Handy, tippt ein paarmal darauf herum und hält es sich ans Ohr. »Ja. Kannst du uns abholen? ... Alles in Ordnung. Du findest den Weg? Mitten im Ort links abbiegen, ja. Alles klar. Bis gleich.« Er steckt es wieder ein, haut mir auf die Schulter und sagt lächelnd: »Taxi ist unterwegs.«

»Kuno, wie kommst du hierher?«, will ich erneut von ihm wissen.

»Nachdem deine Shannon mich rausgeschmissen hatte, wollte ich eigentlich nach Hause. Aber da war dieser Typ. Der, den du gesehen hattest, als wir in die Wohnung gingen, du erinnerst dich? Saß einfach im Auto. Komm.« Er deutet zum Tor. »Dachtest wohl, ich bemerke das nicht. Auch als du oben aus dem Fenster geguckt hast, um zu schauen, ob der Kerl noch da war. Kam mir komisch vor. Ich dachte mir, Kuno, irgendetwas läuft hier.«

Nebeneinander gehen wir den Weg zurück, gespannt lausche ich seinen Ausführungen.

»Da saß also dieser Kerl. Und da ich von Natur aus neugierig und misstrauisch bin, suchte ich mir eine Ecke, in der er mich nicht sehen konnte, und beobachtete ihn.« Er drückt mit seiner Hand die linke Körperhälfte und verzerrt leicht sein Gesicht. Scheinbar hat er etwas abbekommen.

»Ich wartete und wartete. Schließlich stieg er aus, dackelte einmal am Haus vorbei, setzte sich wieder rein. Ich sah deine Shannon abziehen und wartete wieder. Als bei dir schließlich das Licht ausging, telefonierte er wieder und machte sich auf den Weg zu deiner Wohnung. Er sprach davon, dich jetzt holen zu wollen, und legte auf. Äußerst suspekt, das Ganze. Wieso wollte er dich holen? Wo wollte er mit dir hin?«

»Warum bist du nicht ebenfalls reingekommen? Hinter ihm reingehuscht?«

»Hast du dir die Türen mal angesehen? Da wäre ich nie im Leben durchgekommen. Die Haustür ist solide, mein Freund, und Schlösser knacken ist nicht mein Ding, dafür habe ich viel zu dicke Finger.« Er streckt seine pfannengroßen Pranken aus. »Also, was sollte ich tun? Ich musste unbedingt wissen, wo er mit dir hinwollte, scheinbar hatte er finstere Absichten, und da konnte ich dich doch unmöglich im Stich lassen. Und was war die beste Lösung?«, will er triumphierend wissen.

Fragend schaue ich ihn an und hebe die Schultern.

»Mein Smartphone, Jonas. Ich klemmte mein Smartphone unter seine Frontschürze.«

»Was soll das bringen?«

»GPS«, erklärt er fröhlich. »Handyortung. Ist doch klar.«

Ich kenn mich da nicht sehr gut mit aus, aber ich weiß zumindest, dass es das gibt. Klingt schlüssig.

»Dann bin ich fix nach Hause, ich wohne ja nur zwei Straßen weiter, hab das Handy meiner Schnecke genommen und bin mit meinem Mofa zurück, damit ich mich an eure Fersen heften konnte.«

»Mit dem Mofa?«

»Ja. Ich sehe gerade, wie ihr losfahrt und wäre fast noch in euch reingebrettert.«

»*Du* warst das.« Ich bin baff. »Aber wieso mit einem Mofa? Hast du kein Auto?«

»Doch«, entgegnet er kleinlaut, »aber ich darf im Moment nicht fahren.« Es entsteht eine kurze Pause. »Egal. Als ich sah, dass ihr über die Autobahn fahrt, rief ich meine Schnecke an. Die war stinksauer, kann ich dir sagen, aber das ist jetzt wurscht. Sie verfolgte schließlich mein Handy über Laptop. Sagte, dass ihr die nächste Ausfahrt schon wieder runter seid. Ich also mit Vollkaracho durch die Stadt.«

»Am Laptop?«, frage ich verwundert.

»Ja. Die Handyortung, Jonas. Sag ich doch. Wenn man es verliert oder es geklaut wird.«

»Hattest du keine richtigen Sender? Du warst doch Soldat.«

»Quatsch, Kerl. Was soll ich denn damit? Den Weg meiner Frau verfolgen, wenn sie shoppen geht? Ich bitte dich.«

»Tschuldigung. Aber genial, dein Einfall mit dem Handy.«

»Ich weiß. Aber hätte auch nach hinten losgehen können. In Drangstedt zum Beispiel ist ein Funkloch. Wäre er da mit dir hingefahren, ich hätte dich nicht gefunden. Oder stell dir vor, das Handy wäre durch die Erschütterungen rausgerutscht. Ziemlich viele Unwägbarkeiten.«

Ich mag gar nicht dran denken. »Dann hat deine Frau dich hierher gelotst. Ist das Signal so genau?«

»Bis auf fünf oder zehn Meter, ja. Als sie mir sagte, dass ihr euch nicht mehr bewegt, brauchte ich noch fünf oder sechs Minuten zu euch.«

»Dein Mofa fährt schneller als fünfundzwanzig, oder?«

Er lacht. »Ja, ein wenig. Aber um die Zeit ist es durch die Stadt fast schneller als über die Autobahn. Der Rest ist schnell erklärt. Mofa etwas abseits abgestellt. Hinter euch hergegangen, als er das Tor aufgeschlossen hatte und dich auf diesen Platz führte. Den Rest kennst du.«

»Wahnsinn, Kuno. Das war große Klasse. Ich schulde dir mein Leben.«

»Du schuldest mir vor allem erst mal eine Erklärung.«

Während wir auf seine Frau warten, erzähle ich ihm von meinem Erlebnis im Fleckenshölzer Wald, meiner Flucht nach Bremerhaven und was der Kerl mit mir angestellt hat. Auch dass Shannon mir von Schwank und Adler erzählt und mich gewarnt hat.

»Scheint ja doch eine Nette zu sein, deine Shannon«, ist sein Kommentar. »Dachte, sie ist ein Drache. Wenn auch ein hübscher. Mann, Jonas. Das ist aber echt eine derbe Geschichte.«

Von Weitem kann ich ein Auto ausmachen. Das muss seine Schnecke sein.

»Was rätst du mir?«

»Natürlich Polizei«, antwortet er prompt. »Aber erst holen wir mal lieber deine Frau ab.«

Ich erstarre. Und überlege.

Verdammt, er hat recht. Miriam. An sie habe ich gar nicht gedacht. Was, wenn der Kerl es jetzt auf sie abgesehen hat? Sie ist in Gefahr.

*

Kollegen einteilen, Berichte tippen, Telefonate führen und E-Mails schreiben. Werner hetzt von einer Aufgabe in die andere. Nebenbei versucht er für sich und Herbach einen Schlachtplan auszuarbeiten, der ihnen Zugang zu Schwank gewährt. Aber es fällt ihm nicht wirklich etwas Plausibles oder Effektives ein.

Werner hat Svenja und eine Kollegin losgeschickt, um mit der jungen Frau zu reden, die wohl die erste Entführte war, und die Schwank in der Zeitung erkannt haben soll. Leila Schmidt. Er hofft, dass Svenja einen Draht zu ihr kriegt und ihn mit etwas Handfestem überrascht, bezweifelt es aber.

Er weiß, dass er keine Handhabe gegen diesen vermögenden Mann hat. Die reichsten sind gleichzeitig die schwierigsten Gesprächspartner, und nichts anderes als ein Gespräch wird es werden. Keine Vernehmung, keine Befragung. Ein Gespräch, eine Plauderei dessen Beginn und Ende von Schwank bestimmt wird, da sie nichts außer einer Vermutung gegen ihn haben.

Erneut klingelt das Telefon. Tannhäuser. Sein Chef. Es ist ein kurzes Gespräch. Wenn Werner im Laufe des Tages kurz Zeit hätte, dann solle er doch mal bei ihm reinschauen. Werner bejaht und knallt den Hörer auf. Roger Stahrmann. Hat der doch tatsächlich beim Chef vom Leder gezogen.

»Dieses intrigante …« Werner könnte platzen, schluckt seinen Zorn aber herunter.

Herbach klopft an seiner Bürotür und kommt rein. »Und? Haben wir was vor, oder warten wir ab?«

»Wir warten noch auf Rückmeldung von Svenja.«

»Das wird nichts bringen. Die Zeit rennt.«

»Meinst du, ich weiß das nicht?« Werner kann kaum an sich halten. Seine Nerven liegen blank. Er versucht sich zu sammeln. »Natürlich rennt die Zeit. Aber hier gibt es auch noch tausend andere Sachen, die erledigt werden müssen, Herr Kollege.«

Herbach entgeht der bissige Unterton keineswegs, wendet sich wortlos ab und schließt langsam die Tür hinter sich.

Kriminaloberkommissar Werner legt den Kopf in die Hände. Atmet tief ein und aus. Beruhigt sich. Konzentriert sich auf das Wesentliche. Atmen.

Telefon.

»Werner.« Immer noch Gereiztheit in der Stimme.

»Ich bin es, Torsten. Edmund. Grüß dich.«

»Edmund.« Werner setzt sich auf, freudig überrascht.

»Wie sieht es aus bei dir? Störe ich gerade?« Peters Stimme klingt kratzig. Aber dass er überhaupt sprechen kann, ist bemerkenswert, schließlich hat der Wahnsinnige ihm den halben Hals aufgeschnitten und ihm als Sahnehäubchen das Messer noch in den Brustkorb gestoßen. Ein Wunder, dass der Mann überhaupt noch lebt.

Es war eng, sehr eng, denkt Werner. Hätte der unsympathische Eric Harmann nicht Peters' Wunden zugedrückt, die Nerven behalten und eiligst den Notruf gewählt, dann wäre sein Freund jetzt nicht mehr unter ihnen.

»Nein, du störst nicht, Edmund.«

»Du stehst sicherlich unter starkem Druck, kann ich mir denken. Ich verfolge den Fall sehr genau. Kann ich dir irgendwie zur Seite stehen?«

»Ich wüsste nicht wie. Wir haben keine Spur von dem Mädchen. Die Schwester weiß gar nichts. Niemand hat etwas gesehen. Die Spuren, die bis jetzt ausgewertet sind, haben rein gar nichts ergeben. Aber es ist ja auch erst ein Teil davon bearbeitet.« Er legt eine Pause ein, fragt sich, ob er seinem Freund davon berichten soll und entscheidet sich schließlich dafür. »Und zu allem Überfluss sägt Roger Stahrmann an meinem Stuhl und schwärzt mich bei Tannhäuser an. Bei dem darf ich heute noch vorsprechen. Ich bin bedient, echt.«

Peters sagt eine Weile nichts. Dann: »Okay. Vergiss Tannhäuser. Um den kümmere ich mich. Du hast einen Fall zu lösen, und da sind solche internen Streitigkeiten Gift. Ich glaube an dich, Torsten. Du schaffst das. Du bist doch unser Terrier, schon vergessen? Beiß dich fest.« Peters hustet stark. Will etwas sagen, aber es kommt nur ein Krächzen aus seinem Mund. Scheinbar ist er es nicht gewohnt, viel zu reden, und es ist noch nicht alles verheilt. Es hört sich grausig an.

Trotzdem bildet sich ein Lächeln auf Werners Gesicht. Sein Freund glaubt an ihn. Werner schätzt, dass Peters um seinen schlechten Stand in diesem Fall Bescheid weiß. Deshalb der Anruf, deshalb die motivierenden Worte.

Er hört, wie Peters etwas trinkt, bevor er fortfährt: »Entschuldigung. Der Stahrmann ist ein Arsch. Der wollte schon immer etwas Besseres sein, als er eigentlich ist. Mach dir keine Sorgen wegen dem. Kümmere dich erst einmal um den Fall. Sonst hast du nichts?«

Werner erzählt ihm von Herbachs Verdacht gegen Schwank.

»Hhm … Das Mädchen habt ihr sicher schon aufgesucht?«

»Svenja ist gerade zu ihr hingefahren.«

»Du hast doch guten Kontakt zur Tochter. Setz doch erst einmal bei ihr an, dann höre, was Svenja zu erzählen hat, und zuletzt schlagt ihr bei Schwank auf. Vergiss die Welle, die er schlagen kann. Lass dich nicht bremsen.« Je länger er redet, desto schwieriger ist er zu verstehen. Armer Kerl.

»An die Tochter hatte ich auch gedacht, aber da ist im Moment bisschen Funkstille. Ich habe sie angeblafft, weil Stahrmann mit ihr gesprochen hatte und sie das verwenden wollte.«

»Egal. Nutze das, Torsten.«

Er hat recht. Hier geht es um mehr, als um die Gefühle eine Reporterin. »Weißt du etwas über Schwank, Edmund? Was hältst du von ihm?«

»Kann ich nicht sagen. Ich hatte kaum Berührungspunkte mit ihm. Aber eins kann ich dir sagen: Wenn einer aus dem Nichts ein kleines Imperium errichtet, geht das meistens nicht ohne Blutvergießen. Ich würde dieser Spur auch nachgehen. Ist vielleicht das Beste, was ihr habt.«

Eine weitere Pause folgt, und Werner lässt ihm Zeit.

»Ich hatte dich immer ein wenig gebremst, Torsten. Sozusagen die Handbremse gezogen. Es gibt nichts, was du nicht wüsstest. Du bist kein schlechterer Ermittler als ich oder Stahrmann. Im Gegenteil. Es wird Zeit, dass du die Handbremse löst. Dann bist du am besten.«

Sie plaudern noch eine Weile über Peters' Gesundheitszustand und die Aussicht auf seine Rückkehr. Da Peters mittlerweile aber erhebliche Mühe hat, die Sätze verständlich wiederzugeben, beenden sie das Gespräch.

Werner starrt noch eine Weile auf den Apparat und dankt seinem Freund in Gedanken. Peters hat sein Feuer wieder entfacht. Das Feuer, von dem Torsten Werner dachte, es sei erstickt, aufgrund des ganzen Mülls von Stahrmann und der Last des Falls.

Jetzt denkt er anders.

Stahrmann? Kein Problem.

Tannhäuser? Um den kümmert Peters sich.

Jetzt hat das Mädchen Priorität, und ihnen bleiben weniger als vier Tage. Das muss reichen.

Telefon. Energisch greift er den Hörer.

»Werner.«

»Hallo, Torsten. Katarina hier.«

»Kati?« Werner wird hellhörig. Gibt es solche Zufälle?

»Ja. Du, es tut mir leid. Und du hattest vollkommen recht, als du sauer auf mich wurdest.«

»Schon gut, Kati. Kannst du in mein Büro kommen? Ich muss mit dir reden.«

»Jetzt?«, fragt sie verwundert.

»So schnell wie möglich. Es ist wichtig.«

»Puh … eigentlich ist es gerade ganz schlecht.« Sie klingt nervös oder zumindest gereizt.

»Du hast *mich* angerufen, und ja, es ist sehr wichtig.« Als sie nichts erwidert setzt er nach: »Für Stahrmann hattest du auch Zeit.« Er merkt, wie sich seine Hand um den Hörer verkrampft.

Kurze Pause, dann: »Okay, ich komme, so schnell es geht.« Aufgelegt.

Na also. Vielleicht kann sie ihm die eine oder andere Information liefern. Er merkt eine Veränderung an sich. Der Druck macht ihn jetzt stärker. Effizienter. Seine Gedanken gehen in jede Richtung. Fast vergessene Informationen treten wieder zutage.

Er verlässt das Büro, schaut den Flur hoch und runter, dann ruft er: »Daniel. Kommst du mal, bitte?«

Kurze Zeit später sitzt Herbach vor ihm.

»Ich habe keine Zeit, euer Material zu sichten. Was war die Meinung eures Fallanalytikers zu den sieben Tagen? Nach ungefähr sieben Tagen wurden die Leichen der Mädchen abgelegt. Warum? Warum eine Woche? Und wieso öffentliche Parks?«

Auch Herbach entgeht die agilere Art Werners nicht, und er muss lächeln, bevor er antwortet: »Öffentliche Parks sind leicht zugänglich. Nachts kaum besucht, selbst in einer Stadt. Von sportlich aktiven Personen einmal abgesehen. Und die, die dort rumlungern, haben häufig nichts Gutes im Sinn. Würden also wahrscheinlich die Klappe halten, sollte ihnen etwas auffallen.«

»Außerdem fallen fremde Autos um Parks herum weniger auf, da eh viele dort stehen.«

Herbach nickt. »Und die sieben Tage? Er war sich nicht sicher. An eine tiefere Bedeutung hatte er nicht geglaubt. Es hätten auch acht oder sechs sein können.«

»Warum?«

»Er geht davon aus, dass die Mädchen einfach …«, er muss sich sammeln, bevor er fortfährt, »dass sie einfach zu fertig waren. Nicht mehr zu gebrauchen.« Er senkt betreten den Blick. »Sie waren zerstört.«

»Zu fertig wofür? Sex?«

»So etwas in der Art schätze ich, ja.«

»Sie waren nicht mehr zu gebrauchen«, sagt Werner, mehr zu sich selbst. Wieder an Herbach gewandt: »Da müssen sich aber zwei gefunden haben, die total auf einer Wellenlänge liegen. Äußerst selten, denke ich.«

»Ja, das stimmt.«

»Wenn es zwei sind, oder vielleicht sogar mehr Personen, dann geht es bestimmt nicht nur um den Sex, die Misshandlung oder die Vergewaltigung. Der zweite oder wegen mir der letzte Kerl hätte dann nur noch einen gebrochenen Körper, den er missbrauchen könnte. Ist das befriedigend?«

»Hast du eine Ahnung«, antwortet Herbach voller Verachtung. »Es geht immer noch ein Stück perverser.«

»Stimmt leider. Aber ich stelle mir vor, dass es eine eingeschworene Gemeinschaft sein muss. Eine Sekte zum Beispiel. Habt ihr so etwas bei euch? Oder Okkultisten, die übers Ziel hinausgeschossen sind und Gefallen daran gefunden haben?«

»Nichts dergleichen, keine Spur. Ich glaube auch nicht, dass die lange geheim geblieben wären.«

»Kommerziell?«

»Du meinst die, die Frauen verkaufen?«

»Nein. Oder vielleicht das auch. Aber ich meinte Filmmaterial. Wenn sie die Frauen gefilmt hätten. Da gibt es doch mit Sicherheit einen Markt, oder?«

»Es gibt für alles einen Markt, Torsten. Aber ich weiß, du denkst an Filme wie Daisy's Destruction oder Dafu Love. Snuff-Filme« Als er sieht, wie Werner nickt, fährt er fort: »Wie wollen wir das prüfen? Im Darknet wurde geschaut, klar. Wir haben einschlägige Tauschbörsen besucht, Filmmaterial gesichtet und Gesichter verglichen, aber keine unserer getöteten Mädchen entdeckt. Konnten wir in Bremerhaven mit unseren Möglichkeiten tief graben? Nein, natürlich nicht. Das mussten wir an Land und Bund abgeben und die sind zwar gut ausgerüstet, aber hoffnungslos unterbesetzt. Es dauert zudem ewig, bis man in die richtigen«, er zeichnet mit den Fingern zwei Anführungsstriche in die Luft, »Kreise aufgenommen wird.«

»Die richtig kranken Sachen bekommt man dort nur zu sehen, wenn man sich als vertrauenswürdig erweist, klar«, sagt Werner leise. Lauter dann: »Wenn man sich als vertrauenswürdig erwiesen hat und dann jede Menge Geld hinblättert.«

»Das stimmt, ja. Wie gesagt. Unsere Möglichkeiten sind begrenzt.«

»Es ist zum Verrücktwerden. Habt ihr schon Rückmeldung aus Bremen oder Wiesbaden erhalten?«

»Nein. Wie gesagt, die haben alle Hände voll zu tun.«

»Egal. Wir haben hier ein kleines Mädchen, das vielleicht bald tot sein wird, wenn nichts geschieht. Mach Druck, schmier ihnen Honig um den Mund, egal. Wir brauchen ihre Hilfe. Sende die Fotos der Mädchen noch mal hin, leg Fotos der kleinen Bertram bei. Die müssten jawohl merken, wie dringlich es ist.«

»Okay, ich versuch mein Bestes.«

»Wo ist eigentlich dein Kollege heute? Neuhaus.«

»Der muss dann und wann noch mal nach Bremerhaven, da er parallel einen alten Fall am Laufen hat. Schätze, er stößt später hinzu. Willst du was Bestimmtes von ihm?«

»Nein, Quatsch. Hatte mich nur gerade gewundert, dass ich ihn noch nicht gesehen habe. Also. Ich warte noch auf Svenja und Katarina. Der Tochter von Schwank. Anschließend schauen wir, was wir haben, und nehmen uns gegebenenfalls Eberhard Schwank vor, okay? Was meinst du?«

Herbach grinst schief und reckt den Daumen. Jetzt kommt Schwung in den Fall.

*

»Kannst du nicht ein bisschen schneller fahren, Else?« Kuno wirkt unruhig.

Ich sitze auf dem Rücksitz ihres alten VW Golf und versuche zum dritten Mal mit dem Telefon von Else meine Frau zu erreichen. Aber sie nimmt nicht ab. Ich bin ebenfalls sehr unruhig.

Else, oder besser Ellen, wie Kuno mir seine Frau vorgestellt hatte, sammelte uns am Ortsschild von Bramel ein. Kurz erläuterte er ihr, worum es ging und was wir vorhatten. Sie nickte nur ab und zu, stellte aber erstaunlicherweise keine Fragen, während sie den Wagen Richtung Bad Bederkesa lenkte. Ihr einziger Kommentar lautete: »Wo du auch immer reingerätst.«

Sie scheint eine taffe Persönlichkeit zu sein. Mitte vierzig, dunkles Haar, das sie zu einem Pferdeschwanz gebunden hat. Ihre Haut ist gut gebräunt, und sie hat strenge Gesichtszüge und eine spitze Nase. Eine attraktive, zierliche Frau, bei der ich mich frage, was sie an einem grobschlächtigen Kerl wie Kuno findet. Gleichzeitig frage ich mich, was Miriam eigentlich an mir findet. Oder gefunden hat.

Wir passieren gerade den Kreisel kurz vor Beers, und ich lotse Ellen zu unserem Haus.

Ich springe aus dem Wagen, als sie in unserer Auffahrt hält, und warte gar nicht erst auf die beiden. An der Haustür klingele ich Sturm und taste gleichzeitig mit der anderen Hand meine Jeans ab, um den Schlüssel hervorzukramen. Verflixt. Sie öffnet nicht. Schlüssel habe ich auch nicht. Der dürfte noch in Sebastians Wohnung liegen.

Mittlerweile sind auch Kuno und Ellen bei mir angekommen. »Und?«, fragt Kuno.

»Siehst du doch«, antworte ich gereizter als beabsichtigt.

Der Keller.

Ich renne ums Haus, in der Hoffnung, dass sie wieder einmal die Kellertür nicht abgeschlossen hat. Ein Geheimversteck für den Zweitschlüssel haben wir nicht.

Bingo. Ich stürme durch die Kellerräume. Rufe Miriam und haste die Treppe hoch. Im Flur verschlägt es mir die Sprache, und stocksteif bleibe ich vor dem Garderobenspiegel stehen. Wir kommen zu spät. Was ich im Auto schon geahnt hatte, wird zur Gewissheit.

Ein Schatten lässt mich aufblicken, und ich sehe, dass Kuno und Ellen immer noch vor der Haustür stehen. Ich lasse sie rein.

Kuno schaut mich an und sagt nichts. Er geht an mir vorbei und sieht den roten Schriftzug auf dem Spiegel: *WEHE!!!*

Zwei Silben, eindeutige Botschaft. *Halt die Füße still, sonst ...*

Ich mag gar nicht dran denken. Wieder dreht sich mir der Magen um. Jahrelange Ereignislosigkeit – und nun das. Innerhalb von vier Tagen ist mein gesamtes Leben auf den Kopf gestellt worden. Mehrfach. Welcher normale Mensch kann so etwas verkraften? Ich jedenfalls nicht. Ich fange an zu weinen. Schon das zweite Mal an diesem Tag.

Ich merke, wie Kuno mich behutsam umfasst und ins Wohnzimmer bugsiert. Er setzt mich auf das Sofa und holt mir ein Glas Wasser. Ellen setzt sich neben mich und streichelt mir den Rücken. Sie geben mir die Zeit, die ich brauche.

Es klingelt an der Tür, und ich erschrecke. Ängstlich schaue ich zu Kuno hoch, der beruhigend eine Hand hebt und mir bedeutet, sitzen zu bleiben. Ellens Griff wird fester. Sie drückt mich an sich, während ihr Mann die Tür öffnet.

»Oh … ähm. Einen gesegneten guten Morgen«, höre ich die helle Stimme meiner Nachbarin. Ich entspanne mich ein wenig, Ellens Griff wird weicher.

»Ich bin Rebecca, von nebenan. Und, ähm, Sie sind?«

»Kuno«, antwortet dieser knapp und fügt nichts weiter hinzu, so dass eine Pause entsteht.

Rebecca weiß scheinbar nicht, wie sie mit der Situation umgehen soll, denn sie beginnt rumzustammeln. »Ich … ich wollte zu Miriam. Oder Jonas. Sind sie da?«

Ich eile zur Tür und antworte: »Ja. Was gibt es, Rebecca?«

Sie scheint erleichtert. »Ich wollte nur fragen, ob bei euch alles in Ordnung ist.«

»Warum denn das?«, frage ich und reibe mir die Tränen aus den Augen.

»Keine Ahnung. Autos fahren auf eurer Auffahrt hin und her. Du rennst kreidebleich um euer Haus. Ich dachte, es stimmt was nicht.«

»Hast du das Auto heute Morgen gehört? Hast du was gesehen?«

»Nein. Nur gehört. Ist etwas mit Miriam?«

»Ja.« Ich stocke. »Verdacht auf Blinddarm«, ist das Einzige, was mir einfällt. Alles zu beschönigen und verneinen, hätte sie vielleicht nur misstrauisch gemacht. Nachher rennt sie noch zu den Bullen, und das möchte ich im Moment nicht.

»Oh. Wie geht es ihr? Weißt du schon was?«

»Wir fahren gleich hin. Ich weiß noch nichts.«

»Wenn ihr irgendetwas braucht, dann …«

»Ja, danke.« Ich schließe die Haustür und gehe mit Kuno zurück ins Wohnzimmer. Wir setzen uns.

»Also«, nimmt Ellen den Faden auf. »Was nun? Ziehen wir das alleine durch, oder überlassen wir es der Polizei?«

Verständnislos schaue ich sie an. Was will sie durchziehen?

»Deine Frau zurückholen«, sagt sie.

»Wie willst du das denn anstellen?«

»Kunos Handy. Find my mobile. Wir wissen zumindest, wo sein Auto steht.«

»Falls es die Fahrt überlebt hat«, entgegnet er.

»Wir wissen aber nicht, ob es der Kerl von heute Morgen war«, werfe ich ein. »Im Wald waren sie zu zweit.«

»Stimmt. Aber der eine führt uns vielleicht zum anderen«, sagt Kuno, und Ellen stimmt ihm zu: »Mehr haben wir nicht.«

Sie haben recht. Wir können zumindest das Auto orten. Geistesgegenwärtig renne ich zur Fensterbank und fahre unseren Laptop hoch. »Könnt ihr es hiermit finden?«, frage ich hoffnungsvoll.

»Klar«, erwidert Kuno. »Wir brauchen uns nur in das Konto einloggen.«

Ein Hoffnungsschimmer. Bleibt noch zu klären, ob wir die Polizei mit einbeziehen. Ich frage die beiden, die nicht lange überlegen müssen.

»Ja«, antworten sie unisono.

»Die Zeit der Geheimniskrämerei ist vorbei«, erklärt Kuno noch.

»Und was ist mit ›Wehe‹?«

»Diese Drohung bleibt doch eh bestehen, Jonas. Ob mit oder ohne Polizei. Ich weiß nicht, wo der Kerl jetzt ist und was er mit ihr macht, aber ich denke, sollten wir oder die Bullen in seine Nähe kommen, dann macht er eh kurzen Prozess mit ihr. Aber lass uns erst einmal schauen, wo mein Handy jetzt ist, okay? Und lass uns davon ausgehen, dass es der Irre von heute Morgen war.«

Offene Worte sind nicht mein Ding. Mir fröstelt bei dem Gedanken an kurzen Prozess. Ich schiebe Kuno den Laptop hin, und er loggt sich auf seinem Samsung-Account ein. Gespannt warte ich, dass sich seine Seite aufbaut. Er klickt sich durch einige Felder und gibt erneut ein Kennwort ein. Eine Karte baut sich auf, zentriert sich über einem blauen Punkt.

»Wie genau ist es?«

»Etwa auf fünf bis zehn Meter, schätze ich. Sagte ich dir aber schon heute Morgen. Für unsere Zwecke dürfte es reichen.«

Ich kann die Gegend nicht benennen. Sieht mir aus, als wenn er auf einer Straße unterwegs ist. Kuno verkleinert den Ausschnitt. Namen werden sichtbar. Debstedt. Keine Straße, sondern Autobahn. Der blaue Punkt steht mitten auf der Autobahn. Hat der eine Panne? Ich schaue fragend zu Kuno.

Der winkt ab. »Keine konstante Verbindung. Ich muss ihn jedes Mal neu suchen und bestimmen lassen.« Er wiederholt die Suche.

Der Punkt hat sich etwa einen Zentimeter nach Norden bewegt. Er ist auf dem Weg zurück nach Bad Bederkesa. Kuno fordert eine neue Positionsbestimmung an. Richtig. Gerade nimmt er die passende Abfahrt. Aber wo zum Teufel kommt er her?

Ich frage Kuno, ob er sehen kann, wo er vorher war.

Er verneint. Nur den aktuellen Standort, lautet seine Antwort.

Ellen wirft ein, dass sie das aber über den Google-Account herausfinden können.

»Else, du bist genial«, jubelt Kuno und hämmert etwas in die Tasten.

Nebenbei erklärt er, was sie meint: »Auf deinem Android-Smartphone musst du automatisch ein Google-Konto errichten, um Apps herunterladen zu können. Dieses Konto speichert deine Bewegungsdaten, zeigt dir auf, was in deiner Nähe ist und was weiß ich noch alles.«

Er klickt sich durch die Seiten, kommentiert: »Persönliche Daten. Google-Aktivitäten verwalten. Das ist es.« Klick.

»Zeitachse in Google Maps. Besuchte Orte anzeigen. Ja.« Klick.

»Zeitachse. Heute.« Klick.

Erneut baut sich eine Karte auf, mit geraden blauen Linien. Ich bin etwas enttäuscht. Gerade Linien? Der ist doch nicht im Flugzeug geflogen.

Ich sage das Kuno, aber der hört scheinbar nicht zu, sondern erklärt nur: »Hier, Uhrzeit stimmt. Da waren wir in Bramel. Dann ist er nach Bremerhaven zurück.«

Kuno hat recht. Links von der Karte ist aufgezeigt, wo sich das Auto befunden hat und wie lange. Jeden Eckpunkt hat der Dienst gespeichert. Ist ja Wahnsinn. Bremerhaven – Bramel – Bremerhaven. Kuno zoomt weiter rein.

»Verdammt«, entfährt es ihm. »Das kann alles sein. Krankenhaus, Marinegebäude, normale Wohnung.« Er deutet auf den Bildschirm. Die blaue Linie endet mitten auf der Pestalozzistraße. Ein paar graue, ebenfalls gerade Linien gehen im Zickzack von der blauen Linie ab. Was soll das denn jetzt? »Ich dachte Google ist so genau?«

Kuno zuckt die Schultern. »Ich weiß es nicht. Dachte ich auch. Wahrscheinlich nicht so genau, wie wir dachten. Vielleicht kann die Polizei das besser?«

»Mit Sicherheit«, wirft Ellen ein. »Jedenfalls wissen wir schon mal, dass es Bremerhaven, Abfahrt Mitte ist und irgendwo im Umkreis von fünfzig Metern um die Pestalozzistraße. Fast bei uns zu Hause, Kuno.«

Der nickt kurz und fragt mich: »Wo wohnt Schwank?«

»Am anderen Ende der Stadt. Eine Villa im Speckenbütteler Park«, entgegne ich, während Kuno wieder mit der Maus herumklickt. Er schaut sich den blauen Punkt an, der auf dem Weg zurück nach Bad Bederkesa ist.

»Jonas, was machen wir? Es ist deine Frau.«

»Lass uns zur Wache, Kuno.«

Er holt tief Luft und schiebt seiner Frau den Laptop zu. »Hältst du uns auf dem Laufenden?«, fragt er sie.

Sie gibt ihm einen Kuss und wünscht uns viel Glück.

*

»Svenja. Was gibt es?« Werner sitzt hinter seinem Schreibtisch und starrt aus dem Fenster. Es klopft an seiner Bürotür. Katarina Schwank. Er bedeutet ihr, kurz zu warten, und sie schließt die Tür hinter sich.

»Ich habe mit der Mutter von Leila Schmidt gesprochen. Ihrer Tochter geht es mittlerweile wieder recht gut. Sie redet wieder. Aber nicht ein Wort über die Nacht im Park, sagt sie.«

»Konntest du mit Leila reden?«, fragt er hoffnungsvoll.

»Sie schlief noch, und die Mutter wollte es nicht.«

Werner weiß, dass Svenja die Dringlichkeit angesprochen hat, deswegen verkneift er sich einen Kommentar in diese Richtung. »Hat sie sonst noch etwas gesagt? Irgendwas, das uns weiterhelfen könnte? Hast du sie auf Schwank angesprochen?«

»Ja. Sie vermutet auch, dass es etwas mit ihm zu tun hatte. Schließlich habe sein Foto die halbe Zeitung eingenommen.«

»Nordsee-Zeitung, richtig?«

»Ja. Was soll ich nun machen, Chef?«

»Du hast deine Kontaktdaten dagelassen?«

»Klar.«

»Dann kommt erst einmal zurück. Ich habe gerade Schwanks Tochter hier, und vielleicht fahren wir ihn selbst im Anschluss mal besuchen.«

»Okay, bis gleich.«

Werner legt auf und ruft Katarina herein.

»Hallo Torsten.«

»Hallo Kati.« Sie sieht blass aus, denkt er und bietet ihr einen Platz an.

»Wenn es wegen Stahrmann …«, hebt sie an, aber Werner unterbricht sie: »Nein. Vergiss Stahrmann. Es geht um deinen Vater.«

Sie zuckt unmerklich zusammen. »Was ist mit ihm?«

»Du weißt von den Ermittlungen letztes Jahr?«

Sie nickt vorsichtig, sagt aber kein Wort.

»Deine Meinung?«

»Meine Meinung?«, bringt sie krächzend hervor. »Alles eine fiese Hetzkampagne.«

»Warum?«

Sie zählt es an den Fingern ab. »Weil er Geld hat. Weil er mächtig ist. Weil er unbequem ist. Die Reaktion einer Gestörten auf ein beliebiges Foto hat ja wohl keinerlei Aussagekraft.«

Einer Gestörten? Torsten Werner verschlägt es für einen Moment die Sprache. »Kati, wie kannst du so etwas sagen? Die junge Frau wurde schwer misshandelt. «

»Weil ich es nicht mehr hören kann, Torsten. Die Sache hängt ihm bis heute nach. Geschäftspartner tuscheln und distanzieren sich. Und kaum ist ein anderes Mädchen, ganze dreißig Kilometer von Bremerhaven entfernt, wohlgemerkt, verprügelt worden, da fällt sein Name wieder. Was soll das? Lasst meinen Vater in Ruhe, und macht euren Job.«

»Ich mache meinen Job, keine Bange, Kati.«

»So, na denn. Also wusstest du dann auch, dass Leila vorher schon ein Miststück war? Saufen, kiffen. Ständig wechselnde Freunde. Mit fünfzehn eine Abtreibung? Wusstest du das?« Sie redet sich in Rage.

»Das spielt jawohl keine Rolle.«

»Doch spielt es«, keift sie. »Wer weiß, in welchen Kreisen sie verkehrt hatte. Musste ja mal schiefgehen. Aber mein Vater hat da rein gar nichts mit zu tun.«

»Du als Tochter siehst das bestimmt so.«

»Natürlich. Und außerdem: Ihre Mutter hatte Papa einen Brief geschickt, mit der Aufforderung, ihr fünfhunderttausend Euro zu geben, sonst würde sie sämtliche Zeitungen aktivieren und überall verbreiten, dass er ein perverser Schläger und Pädophiler sei. Zum Beispiel auf Bewertungsportalen seiner Firma, auf Facebook und was weiß ich, was die Alte da alles herausgekramt hatte.«

»Was hat dein Vater gemacht?«, fragt Werner.

»Er hat auch seine Möglichkeiten, das glaub mal. Jedenfalls droht die ihm nicht mehr.«

»Was soll das heißen, Kati? Was hat er getan?«

»Keine Ahnung. Er meinte nur, dass sie ihn in Ruhe lässt. Würde mein Vater mir und Mama davon erzählen, wenn er etwas zu verheimlichen hätte?«

Wenn ihr alle unter einer Decke steckt, natürlich würde er das, denkt Werner. Er ist ein wenig verwundert über die Art von Katarina. Sonst ist sie eher eine liebe, ausgeglichene Person, doch auf ihren Vater angesprochen, mutiert sie zur Furie.

»Hast du vielleicht sonst irgendwas für mich, Kati?«

»Nicht dass ich wüsste, Torsten.« Seinen Namen spricht sie mit einem ätzenden Unterton aus.

»Komm schon. Es geht um ein entführtes Mädchen. Dir ist doch wohl klar, dass ich fragen muss, oder?«

»Hast du ja jetzt.«

Werner weiß nichts zu erwidern, ihm fehlen die Worte. Bei ihr kommt er scheinbar nicht weiter.

»Sonst noch was?«, fragt sie knapp.

Werner winkt ab, und Katarina macht Anstalten, zu gehen.

»Weißt du, wo dein Vater gerade ist?«

Mit offenem Mund starrt sie ihn einen Moment an. »Fick dich, Herr Kommissar«, blafft sie ihn an und geht.

Torsten Werner schnappt seine Jacke. Auf dem Flur kommt gerade Svenja herbeigelaufen. Er starrt zur anderen Seite und erblickt Herbach, der scheinbar schon auf ihn wartet. Er winkt beide zu sich.

»Dann lasst uns mal Herrn Schwank besuchen.«

10

Bad Bederkesa, 9. September 2006

Buck stellte seinen Wagen in die Auffahrt und schaltete den Motor aus, dann zwängte er sich schnell zwischen den Sitzen auf die Rückbank und griff über die hintere Lehne in den offenen Kofferraum. Er packte Jasmin an der Kehle und drückte zu. Sie wehrte sich heftig.

Jasmin hatte während der Fahrt zu seinem Haus schon angefangen Krach zu schlagen. Scheinbar verarbeitete ihr Körper das Sedativum recht gut. Ebenso den anschließenden Knock-out. Sie schien ihm ein zäher und widerspenstiger Mensch zu sein. Buck mochte das, aber hier vor seinem Haus konnte er keinen Radau gebrauchen. Schmatzende Geräusche kamen aus ihrem Mund, ihre Augen schienen beinahe aus den Höhlen zu springen, dann erschlaffte sie. Er hielt den Druck noch zehn Sekunden, dann ließ er sie los.

Er vergewisserte sich, dass die Luft rein war, ging nach hinten, zog sie aus dem Kofferraum und ging eilends zur Haustür.

Er hatte es geschafft. Er legte Jasmin vor sich auf den Flurboden und lehnte sich mit dem Rücken an die Tür. Er schloss seine Augen.

Als sie wieder anfing, sich zu rühren, zog er sie unsanft in die Küche. Aus dem Kühlschrank holte er eine weitere Spritze, die er ihr in den Oberarm stach. Kurze Zeit später war Jasmin wieder ruhig.

Er trug sie ins Wohnzimmer, legte sie auf seinem alten Sofa ab. Schnell ging er noch einmal nach draußen zum Wagen, um ihre Tasche zu holen. Die schmiss er gleich von oben direkt in den Keller. Er nahm sich eine Rolle Klebeband aus der Abstellkammer und ging zurück ins Wohnzimmer.

Mit ein paar Streifen fixierte er behutsam ihre Hände und Füße, dann verschloss er ihren Mund.

Buck nahm Platz im Sessel gegenüber dem Sofa. Mit einem kurzen Blick vergewisserte er sich, dass die Vorhänge geschlossen waren. Schließlich wandte er sich seinem Gast zu.

Sie war eine recht gutaussehende Frau, wie er fand. So nah war er ihr noch nie gewesen. Eine andere Schönheit als die Models auf den Covern.

Irgendwie herber. Ein wenig maskuliner. Ihr Becken war das, was man gebärfreudig zu nennen pflegte, also ein wenig breiter. Einladender.

Er saß etwa zwei Meter von ihr entfernt, aber er konnte ihren Duft riechen. Er schloss seine Augen, entspannte sich endlich und griff sich in den Schritt. Er war hart.

Aber damit wollte er sich jetzt nicht beschäftigen. Er genoss die Vorfreude. Und zu der Vorfreude kam der Triumph hinzu. Der Triumph, etwas Außergewöhnliches erreicht zu haben. Wesentlich schneller als geplant und von einem intensiveren Gefühl begleitet, als er gedacht hatte.

Er fragte sich, wie lange ihr Verschwinden wohl unbemerkt bleiben würde. Könnte der Schutzpolizist Thomas Reich zu einem Problem werden? Schließlich war sie die Freundin seines Bruders. Und alltäglich war das nächtliche Zusammentreffen mit ihm auch nicht. So etwas bleibt in Erinnerung. Wie intensiv würde also untersucht werden? Dinge, die er leider nicht vorhersagen konnte, also ließ er es, sich Gedanken darüber zu machen.

Ihm fiel das Lied von diesem Sänger ein. Falco. Nicht dass er ein großer Musikfan war, aber dieses Lied fand er wirklich gut. Und passend.

Sie kommen. Sie kommen, um dich zu holen. Aber sie werden dich nicht finden, niemand wird dich finden. Du bist bei mir.

Genau so lautete es. Auch dass Jasmin und Jeanny beide mit J anfingen, schien wie ein Zeichen zu sein. Bestanden beide Namen nicht auch aus sechs Buchstaben?

Er glaubte natürlich nicht wirklich an Zeichen, er war Realist. Keine Sternenbilder oder Sternzeichen beeinflussten sein Leben. Keine Zeichen bestimmten seinen Weg. Er alleine war für die Dinge in seinem Leben verantwortlich und kein höheres Wesen. Auch keine Sonnen, die Lichtjahre entfernt waren und auch keine zufälligen Übereinstimmungen mit irgendeinem Lied, das ein kokssüchtiger Österreicher verfasst und gesungen hatte.

Er hörte, wie sie sich bewegte, und öffnete die Augen. Sie war aber noch weggetreten von dem Sedativ. Das Zucken des Beines, unbewusst. Also genoss er ihren Anblick noch eine Weile, bis sie wirklich Aufwacherscheinungen zeigte. Eine Bewegung des Fußes. Dann des Kopfes. Fünf weitere Minuten später, öffnete sie ihre Augen. Glasig wanderte ihr Blick über das Stück Sofa vor ihr, dann fasste sie ihn ins Auge.

Er saß seelenruhig in seinem Sessel und beobachtete sie ebenfalls.

Zunächst schien sie ihn nicht zu erkennen, schien nicht zu realisieren, was mit ihr passiert war. Nach kurzer Zeit kam dann die Erkenntnis.

Schlagartig spannte sich ihr Körper an. Sie wand und krümmte sich. Erstickte Laute traten aus ihrem geschlossenen Mund. Sie warf den Kopf hin und her, versuchte sich aufzurichten.

Buck unternahm erst einmal nichts. Erst als sie auf ihren Beinen stand, ging er langsam zu ihr und tippte sie mit seiner riesigen Hand ganz sachte an, so dass sie wieder auf dem Sofa landete. Diesmal aufrecht sitzend.

Er beugte sich zu ihr hinunter, packte sie mit der linken Hand im Nacken und zog mit der rechten ein Springmesser aus seiner Beintasche. Das führte er an ihren Mund.

Jasmin riss die Augen weit auf, schielte voller Angst auf das Messer und wagte nicht, auch nur die kleinste Bewegung zu machen.

Langsam und vorsichtig schnitt er ein kleines Loch in das Klebeband, das sich auf den Lippen abzeichnete. Dann ließ er von ihr ab und ging einen Schritt zurück.

Durch dieses Loch konnte sie sich wenigstens ein bisschen artikulieren.

»Herr Buck. Was soll das? Was wollen Sie?«, waren ihre ersten, etwas genuschelten Worte.

Ungerührt hörte der Riese zu, antwortete aber nicht.

Tränen füllten Jasmins Augen, und sie fragte ihn ein weiteres Mal, doch er antwortete wiederum nicht, zeigte aber mit der Messerspitze auf sie.

Sie sank kraftlos in sich zusammen.

Buck stierte sie weiterhin an. Überlegte, schätzte ab. Er wusste, dass sie sofort flüchten würde, sobald sie Gelegenheit bekam. Aber was für ein Gegner war sie? Wie viel Feuer, wie viel Lebenswille und vor allem Überlebenswille steckten in ihr?

Er wusste, dass er sie zähmen musste. Sie gefügig machen. Sie brechen. Er musste ihr von Anfang an klarmachen, dass er in der besseren Position und sie sich in einer ausweglosen Situation befand.

Buck ging von einem langen, harten Kampf aus. Aber er war bereit, ihn anzugehen. Wenn er es darauf anlegen würde, hätte er sie in einem Monat so weit, dass ihr nie wieder in den Sinn kommen würde, dieses Haus zu verlassen – auch wenn alle Türen für sie geöffnet wären. Aber gleichzeitig wäre sie auch so stark gebrochen, dass er nichts mehr mit ihr anfangen könnte. Ein Häufchen Fleisch, ohne Eigenantrieb, ohne Nutzen.

Er hatte einige Frauen in dieses Stadium gebracht. Er wusste, wie es geht. Aber er wollte es nicht mit Jasmin. Er wollte, dass sie ihn eine lange Zeit begleitete, dass sie seine Weggefährtin wurde, denn all die Mühe sollte sich ja auszahlen.

Er macht einen Schritt auf sie zu, packte sie an den Haaren und zog sie hoch. Sie wehrte sich. Strampelte, fing an zu schreien. Er schlug mit seiner Faust in ihr Gesicht. Kurz und heftig. Sie hielt inne, stöhnte. Ein weiterer Schlag ließ sie verstummen.

Er warf sie über seine Schulter und ging durch den Flur zur Kellertür. Er schaltete das Licht an, dann stieg er mit ihr hinab. Unten angekommen, legte er sie kurz auf den Boden, um das Regal beiseite zu schieben und die schwere Metalltür zu öffnen.

Dann trug er sie, wie der Bräutigam seine Braut, über die Schwelle ihres neuen Heimes.

Er grinste.

11

Bad Bederkesa, Mittwochmorgen

Wir fahren mit Ellens Golf in den Ort. Ich fahre, da Kuno ja im Moment die offizielle Erlaubnis fehlt. Wir beide hängen unseren eigenen Gedanken nach und sprechen kein Wort miteinander.

Ich fahre in den Kreisel und nehme gleich die erste Ausfahrt, um auf den Parkplatz zu fahren, der sich vor der örtlichen Polizeidienststelle befindet. In einiger Entfernung kann ich die imposante Burg ausmachen, für die Beers bekannt ist. Ich schalte den Motor ab und bleibe eine Weile reglos sitzen.

Kuno unterbricht als Erster die Stille: »Und? Bist du bereit?«

Ich hebe meine Schultern. »Ich weiß nicht. Ich bin mir nicht sicher. Und du?«

Er lacht humorlos. »Ich bin mir auch alles andere als sicher.«

Ich versuche gerade das Für und Wider abzuwägen, als Kunos Handy klingelt. Er geht ran. »Ja? Dein Ernst? Das müsste rechts von uns sein. Danke, Schatz.« Er legt auf.

Ich schaue ihn fragend an.

»Else. Sie sagt, der Typ ist auch hier. Müsste von dort kommen.«

Kuno zeigt in die Richtung rechts von uns. Mein Herz pocht wie wild.

»Was, wenn er sie noch bei sich hat?«

»Ich weiß nicht, Jonas.«

»Soll ich reinrennen und den Beamten Bescheid sagen?«

»Bis die merken, was du willst, und in die Gänge kommen, ist der schon über alle Berge.«

»Was sollen wir denn jetzt machen?«, frage ich aufgebracht. So ein Stress ist nichts für mich.

»Bleib ruhig. Er muss ja gleich kommen. Wir warten ab. Starte den Wagen.«

Auch wenn Kuno entspannt klingt, seine Körperhaltung sagt etwas anderes. Er schaut aus dem Seitenfenster. Ich lasse den Wagen wieder an.

»Da ist er«, sagt er plötzlich. Und richtig. Der Passat. Fährt langsam um eine Kurve und kommt auf dem Parkplatz der Volksbank zum Stehen. Die

Fahrertür öffnet sich. Schnell mache ich den Motor wieder aus. Ich sinke tiefer in meinen Sitz, aus Angst, er könnte mich sehen.

Der Mann geht langsamen Schrittes auf uns zu, schaut aber beim Gehen auf sein Handy. Weiß er, dass wir hier sind? Kann auch er uns orten?

Ich teile Kuno meine Befürchtung mit. »So ein Quatsch. Womit soll der uns denn orten?« Er schüttelt den Kopf.

Tatsächlich biegt er zehn Meter vor uns ab und läuft um die Wache herum und geht scheinbar in die Volksbank.

Entschlossen schaue ich zu Kuno, der einen einfältigen Gesichtsausdruck macht. Zwei Sekunden vergehen, dann springe ich aus dem Wagen.

»Jonas!«, höre ich es noch gedämpft von Kuno, aber ich stoppe nicht, sondern renne direkt zu dem Wagen dieses Fieslings.

Ich spähe auf der Fahrerseite ins Innere, aber es ist nichts von Miriam zu sehen. Ich gehe nach hinten und schaue durch die Heckscheibe. Die Kofferraumabdeckung des Kombis ist halb zugezogen, so dass ich wunderbar hineinsehen kann, erblicke aber nichts außer einem roten Benzinkanister.

Verflucht noch mal.

Ich laufe zurück zu unserem Golf.

»Nichts?«, fragt Kuno, und ich schüttele den Kopf.

»Er hat sie also nach Bremerhaven gebracht. Dann lass uns hier einfach warten und schauen, was er macht.«

»Kuno, wir können doch nicht einfach warten. Was wenn es mehrere Leute sind? Wenn sie ihr etwas antun, während wir hier sitzen?«

»Was willst du denn machen? Wir wissen nicht, wo sie ist. Sie könnte überall sein. In einer Wohnung. In einem Garten. In einem Keller. Wir wissen es nicht.«

»Ja. Du hast recht«, muss ich schließlich zugeben. »Also, was machen wir?«

»Wir hängen uns an ihn dran.«

»Vorhin meintet ihr beide noch, dass wir die Polizei einschalten sollen.«

»Das haben Else und ich vorhin gemeint. Ich finde es nun so effektiver. Er rechnet nicht mit so etwas. Ist vielleicht unaufmerksam. Wir brauchen ihm nur zu folgen und ihn zu überraschen.«

»Nur.«

»Ja. Nur.« Er dreht sich zu mir. »Wir packen das, Jonas. Mit der Polizei wird es nur komplizierter und gefährlicher für deine Miriam.«

Der Mann kommt um die Ecke gebogen und steckt sich Scheine in sein Portemonnaie. Er war tatsächlich in der Bank.

Wir ducken uns tiefer in den Sitz, während wir beobachten, wie er wieder in den Wagen steigt und losfährt.

»Häng dich vorsichtig ran«, flüstert Kuno, während er sein Handy erneut hervorholt und eine Nummer wählt. »Planänderung«, sagt er schließlich. »Wir hängen uns ran, Else. Scheint mir die bessere Variante.« Er hört einen Moment zu, dann: »Mache ich. Keine Sorge, Schatz.«

Langsam steuere ich den Wagen vom Parkplatz und fahre in die Richtung, die der Fremde genommen hat.

»Ist Else die Koseform von Ellen?«, frage ich, einfach um nicht stumm dazusitzen.

»Nein. Da vorne ist er. Fährt an der Kirche vorbei.« Er deutet in die Richtung des Passats. »Es gibt da diese Sage. Von einer reichen Bürgerstochter und einem Handwerker.«

»Kuno und Else?«

»Ja, genau.«

»Kenne ich nicht.«

»Kommt aus Spangenberg in Nordhessen.«

»Sie waren verliebt und durften nicht heiraten?«, rate ich einfach mal drauflos.

»Anfangs nicht, nein. Ihre reichen Eltern wollten einen ebenso reichen Sohn für ihre Tochter, keinen gewöhnlichen Handwerksburschen. Aber nach einer Weile gaben sie dem Druck ihrer Tochter nach, unter der Bedingung, dass Kuno und Else eine Frischwasserquelle vom anliegenden Bromsberg in den Ort leiteten, da das Örtchen fernab von frischem Wasser war.«

Der Passat fuhr zwei Wagen vor uns, aus Bederkesa hinaus. Im Kreisel fuhr er die erste wieder ab.

»Und?« Ich möchte mehr von der Geschichte hören.

»Sie erklärten sich einverstanden. Gruben und hackten tagein und tagaus. Vierzig Jahre dauerte es, bis sie das Wasser so ins Dorf geleitet hatten.«

»Vierzig Jahre?«, frage ich überrascht.

Kuno nickt. »Nun hätten sie heiraten können, aber die beiden waren so erschöpft und ausgelaugt von dem Knuff, dass sie sich am Ende ihrer vollbrachten Arbeit in die Arme fielen und starben.«

Ich bin baff. »Kuno, das ist eine traurige Geschichte. Überhaupt nicht schön. Sie haben sich totgeackert und bekamen nicht das, was sie sich wünschten. Da würde ich meine Frau aber nicht so nennen.«

»Das ist richtig, Kamerad. Aber sie erinnert uns auch daran, dass es mit ihren Eltern ähnlich war. Auch sie waren gegen unsere Beziehung. Wir wollten aber nicht, dass es so endet. Die Erinnerung als Mahnung.«

»Ähm. Okay.« Mir fällt darauf nichts Vernünftiges ein, das ich erwidern könnte, also fahre ich schweigend weiter.

In einiger Entfernung kann ich am Straßenrand einen Polizeibus ausmachen und zwei Personen, die den Verkehr mustern. Verflixt. Bei meinem Glück halten die uns bestimmt an.

Ich sehe, wie der Passat mit dem Fiesling vor uns in die Bremsen geht und langsamer wird, aber von dem Polizisten durchgewunken wird. Der Wagen vor mir darf auch passieren.

Und, ach wie sollte es anders sein? Ich werde an die Seite gewunken. Kuno gibt ein entnervtes Geräusch von sich, während ich unser Auto an den Straßenrand lenke.

»Kennst du zufälligerweise auch die Bedeutung deines Namens, Jonas?«, fragt er mich nicht sonderlich freundlich.

»Ja, so ungefähr. Kommt von Jonah. Der Friedfertige oder Friedliebende. Irgendetwas in der Art.« Ich fummele an meiner Jeans herum, merke aber schnell, dass ich keine Papiere bei mir habe. In der Ferne sehe ich, wie der Passat in den nächsten Kreisel biegt und meinem Blick entschwindet. Ich könnte kotzen.

Er schaut mich an. Von der Seite nähert sich der Beamte.

»Das passt ja«, sagt Kuno. »Aber ich meinte die Bedeutung von Jonas in der Seefahrt.«

Ich schüttele irritiert den Kopf, während ich das Seitenfenster herunterlasse.

»Guten Tag. Führerschein und Fahrzeugpapiere, bitte.«

*

Am Tor zur Villa von Eberhard Schwank macht das Trio, bestehend aus den Beamten Svenja Targas, Daniel Herbach und Torsten Werner, halt.

Auf der Fahrt hatte der Bremerhavener Ermittler die beiden Schiffdorfer Beamten noch einmal über alles in Kenntnis gesetzt, was er wusste. Ebenso teilte Werner die Informationen mit ihnen, die er durch Katarina Schwank erhalten hatte.

Ohne dass die drei klingeln müssen, öffnet sich das große schmiedeeiserne Tor wie von Zauberhand. Überrascht sehen sie sich an, bis Werner mit den Schultern zuckt und das Schwanksche Gelände betritt.

Kanadische Eichen, links und rechts von dem hell geschotterten Weg, ragen meterhoch in den Himmel und weisen ihnen den Weg zu einem großen, offenen Platz, in deren Mitte sich ein stattlicher Brunnen befindet. Drei dunkle Edellimousinen stehen nebeneinander in Richtung Hausfront und glänzen, als kämen sie direkt aus der Werkhalle.

Weiße Steine, die Beete umrahmen, Rosenbögen und Zierzäune stechen sofort ins Auge. Alles edel und zusammenpassend.

Der Platz vor dem Haus ist riesig. Das Schiffdorfer Polizeigebäude könnte hier locker noch einmal aufgebaut werden, denkt Werner, während er beeindruckt den Blick zum Haus wendet.

Ein dreistöckiges Gebäude mit beigefarbener Fassade, weißen Fensterelementen und einer riesigen Eingangstür lässt die drei Beamten wissen, dass hier Macht und Geld zu Hause sind.

Rechts von ihnen arbeitet ein grün angezogener, älterer Herr an einem Beet. Werner versucht zu erahnen, wie weitläufig das Grundstück ist, aber er sieht keinerlei Zäune oder Mauern, die ihm als Anhaltspunkt dienen könnten.

An der Tür angekommen, begrüßt sie eine dunkelhäutige junge Frau. Tatsächlich in einem Outfit, das man aus amerikanische Filmen kennt.

»Guten Morgen«, erwidert Werner. »Kripo Schiffdorf. Wir möchten zu Herrn Schwank, wenn es möglich ist.«

»Mein Herr erwartet Sie bereits«, sagt die junge Frau und bittet die drei hinein.

Werner läuft ein Schauer über den Rücken. *Mein Herr erwartet Sie bereits.* Wie in einem James-Bond Film, wo der Bösewicht den Agenten schon längst auf dem Radar hatte und ihn nun hereinlässt, um ihn aus dem Weg zu räumen. Gut, dass ich nicht alleine bin, denkt er.

Sie werden durch eine große Halle geführt, hell und sauber. Eine riesige Treppe, wie man sie aus Opernhäusern kennt, bahnt sich mitten in der Halle ihren Weg nach oben.

Die Türen sind mindestens drei Meter hoch, bemerkt Werner. Dann werden sie von der hübschen jungen Frau gebeten, ein gemütliches, dunkel gehaltenes Zimmer zu betreten.

Schwank steht mitten im Raum, umgeben von schweren Ledersofas und Sesseln. In einem von ihnen sitzt ein weiterer Mann und mustert sie interessiert. Werner erkennt ihn sofort. Schwank winkt sie herein. Es riecht nach abgestandenem Rauch.

Nachdem alle Platz genommen haben, eröffnet Schwank das Gespräch. Stehend. Mit weit ausholenden Gesten.

Schauspieler, geht es Torsten Werner durch den Kopf. Der Mann genießt die Aufmerksamkeit.

»Guten Morgen, die Dame«, er wendet sich mit angedeuteter Verbeugung Svenja zu, dann: »Herr Werner, Herr Herbach.« Ein kurzes Nicken. »Was ist mit Ihrem Gesicht passiert?«

Torsten Werner winkt nur ab.

»Ähm, okay. Wir waren gerade in einer Besprechung. Vielleicht kennen Sie Herrn Adler?«

Jürgen Adler nickt, hebt gelangweilt seine Hand zum Gruß.

»Meine Tochter erzählte mir, dass Sie kommen. Nun, ich muss sagen, dass ich ein wenig überrascht bin. Fehlt mir doch jeder Bezug zu Bad Bederkesa, wenn wir mal davon absehen, dass ich mich etwas schwer damit tue, junge Mädchen zu misshandeln und Kinder zu entführen.«

Svenja fühlt sich nicht wohl, rutscht unruhig hin und her. Auf so eine direkte Einleitung ist sie nicht gefasst gewesen. Auch Werner weiß vor Überraschung nichts zu sagen, nur Herbach sieht sich offensichtlich gelangweilt die Einrichtung an. Schließlich blickt er zu Schwank und fragt: »Nur etwas?«

»Bitte?«

»Sie tun sich *etwas* schwer damit?«

»Herr Herbach. Wir hatten ja schon ein- oder zweimal das Vergnügen. Es wundert mich, dass Sie und Ihr Kollege, wie hieß er gleich noch, Neuhaus? Dass Sie beide überhaupt noch Dienst tun. Zudem war ich mir unsicher, ob ich Sie überhaupt hier hereinlassen sollte. Aber nun gut. Ich bin ein

Mann der offenen Worte. Mir liegt daran, jeden Zweifel, den Sie, mein lieber Herr Herbach, an meiner Person haben, auszuräumen.«

Es klingt bissig und vorwurfsvoll, wie er mit dem Bremerhavener Ermittler spricht. Svenja und Werner schauen sich fragend an, spüren, dass da vielleicht mehr sein könnte, als Herbach ihnen verraten hat.

»Zu Ihrer Information. Ich tue mich nicht nur schwer damit, Mädchen Leid zuzufügen, es ist auch ausgeschlossen, dass ich so etwas mache. Es sollte eine kleine Spitze sein. Wenn es für Sie missverständlich war, dann entschuldige ich mich.«

»Sie wissen also, warum wir hier sind.« Werner klinkt sich schnell ins Gespräch ein. Zum einen will er Herbach nicht die Gesprächsführung überlassen, zum anderen merkt er, dass es zwischen den beiden nicht gerade harmoniert. »Was sind Ihre Gedanken zu dieser Geschichte?«

»Meine Gedanken«, wiederholt Schwank und geht betont langsam zu einem Sessel und setzt sich. Dieser Sessel ist höher und breiter als die anderen beiden im Raum, wahrscheinlich um die eigene Person über die anderen zu erheben. »Ich denke, dass da ein sehr gestörter Mann unterwegs ist, den man schnell fassen sollte. Meistens wird es ja eher schlimmer und heftiger als umgekehrt.«

»Ein Mann?«, fragt Svenja Targas interessiert.

»Sicher. Oder glauben Sie, eine Frau wäre dazu imstande? Sicher nicht.«

»Haben Sie auch eine Meinung dazu, Herr Adler?« Herbach lehnt sich zu dem Geschäftsmann hinüber. Während Schwank körperlich groß, imposant und etwas schwammig wirkt, mit grauem Haarkranz, der sich um eine Glatze schlängelt, und einem aufgedunsenen Gesicht, ist Jürgen Adler das genaue Gegenteil. Um die ein Meter siebzig groß, volles, dunkles Haar, spitze Gesichtszüge, tiefliegende Augen und dürr in der Gestalt. Das Einzige, das sie gemeinsam haben, ist ein teurer Anzug, ansonsten scheinen sie das genaue Gegenteil voneinander zu sein.

»Ich stimme meinem Freund zu«, antwortet er mit hoher Stimme und ohne jemanden im Raum anzusehen.

Werner wartet einen Moment, doch es kommt nichts mehr von Adler. Kurz. Knapp. Scheinbar ist der Mann nicht erfreut und fühlt sich von dem Trio gestört. Es entsteht eine Pause, in der jeder den anderen ansieht, aber keiner etwas sagt. Unangenehm und bedrückend.

Das läuft ja prächtig, denkt Werner, und ihm gehen plötzlich die Worte von Peters durch den Kopf: Handbremse lösen.

Edmund hat recht. Sie können hier nicht im Schonwaschgang arbeiten, dazu fehlt ihnen die Zeit.

Schwank will gerade etwas sagen, aber Werner kommt ihm zuvor: »Lassen wir das Herumgeplänkel. Sic wissen scheinbar, warum wir in diesem Fall zu Ihnen kommen, haben Sie ja eben selbst gesagt. Ganz ausräumen können wir den Verdacht gegen Sie nicht, da das Mädchen, Leila, über besagte Nacht nicht redet.«

»Ausräumen nicht, aber bestätigen auch nicht. Herr Werner«, Eberhard Schwank richtet sich in seinem Scssel auf, »das Mädchen hat auf ein Bild von mir in der Zeitung reagiert. Na und? Vielleicht sehe ich dem wahren Peiniger ähnlich. Vielleicht hatte sie gar nicht auf das Bild reagiert, sondern auf irgendeinen Satz, oder es hatte überhaupt nichts mit dieser Zeitung zu tun.«

»Das Bild. Die Reaktion des Mädchens. Die räumliche Nähe zu Ihrem Haus. Sie verstehen, warum wir hierherkommen müssen?«

Schwank nickt bedächtig. »Leider ja. Aber ich dachte, dass ich künftig nicht mehr mit solch einem hanebüchenen Unsinn konfrontiert werde.«

»Wo waren Sie Sonntagabend, wenn ich fragen darf?«

»Mit meinem Freund Jürgen zusammen.« Er deutet auf Adler. »Wir waren hier und haben uns die Zeit mit Billard, guten Gesprächen und einem exquisiten Cognac vertrieben.«

»Kann das jemand bestätigen?«

»Meine Frau natürlich.«

»Wie geht es ihr? Ich hörte von ihrer Situation.«

»Nicht sehr gut. Sie ist ans Bett gefesselt. Aber wir kämpfen.«

»Wie kann sie dann bestätigen, dass Sie beide den ganzen Abend hier waren?«

»Wir haben eine Gegensprechanlage installieren lassen. Dann und wann meldet sie sich, oder ich höre, ob bei ihr alles in Ordnung ist.« Schwank wirkt ein wenig gereizter, was Werner keinesfalls entgeht.

»Das Hauspersonal kann es nicht bestätigen?«

»Nein, ich denke nicht. Ab zwanzig Uhr abends fahren sie in der Regel nach Hause.«

»Niemand, der Ihnen in der Nacht zu Diensten ist? Niemand, der sich um Ihre Frau kümmert?«, fragt Herbach übertrieben erstaunt.

»Doch, Simona ist noch hier.«

»Simona? Die Dame, die uns hereingelassen hat?«, fragt Svenja.

Eberhard Schwank nickt. »Ja. Sie hat ein Zimmer im ersten Stock. Sie darf ebenfalls ab acht Uhr Feierabend machen, wenn nichts anliegt. Und am Sonntag lag nichts an.«

»Dürfen wir ihr auch ein paar Fragen stellen?«, will Werner von ihm wissen.

»Ich wüsste nicht, was das bringen soll, Herr Werner. Sie war auf ihrem Zimmer.«

»Wie wissen Sie das, wenn Sie doch Billard gespielt haben?«

»Weil sie immer in ihrem Zimmer ist, Herrgott.« Schwanks Gesicht ist puterrot. Scheinbar muss er sich ziemlich zusammenreißen.

Interessante Reaktion, denkt Werner. »Wie haben Sie Leilas Mutter, Frau Schmidt, ruhiggestellt? Ich hörte, sie hat Sie erpresst. Was haben Sie getan?«

Ehe Schwank darauf eingehen kann, ergreift Jürgen Adler das Wort: »Sie sind schon mächtig verzweifelt, oder? Mit was für unwichtigen Sachen Sie sich beschäftigen. Haben Sie ehrlich nichts anderes?«

»Ob etwas wichtig oder unwichtig ist, entscheiden nun mal nicht Sie, Herr Adler.«

»Oh doch, Herr Werner.« Adler beugt sich nach vorne. Grinst ihn an. »Das entscheide ich. Ihr gesamtes Auftreten, mit drei Personen wohlgemerkt, ist eine einzige Posse. Sie haben nichts und wollen unbedingt etwas konstruieren, wo es nichts zu konstruieren gibt.«

»Nichts liegt mir ferner, als …«

»Halten Sie die Klappe! Sie platzen hier unangemeldet rein, stehlen einem beschäftigten Mann die Zeit. Einem Mann, der äußerst gut zu dieser Stadt ist. In jedweder Hinsicht.«

»Hören Sie mal«, protestiert Werner, doch abermals kommt Adler ihm zuvor, lauter diesmal, aggressiver: »Nein. SIE hören. Der Mann war mehr als kooperativ, und jetzt reicht es.«

»Jürgen«, wirft Schwank ein, aber Adler winkt ab. »Lass nur, Eberhard. Ihr Chef ist der Herr Tannhäuser, richtig?«, erneut an Torsten Werner gewandt, dem das Gehabe von diesem Kerl ganz schön gegen den Strich geht.

»Ja, und?«

»Guter Mann. Guter Bekannter. Weiß er, dass Sie hier sind und Luftschlösser bauen?«

»Ich baue keine Luftschlösser. Ich ermittle.«

»So«, sagt Adler übertrieben anerkennend. »Sie ermitteln. Dann genießen Sie die Zeit, in der Sie noch ermitteln dürfen, Sie aufgeblasener Kerl. Wem mein nächster Anruf gilt, dürfte Ihnen wohl klar sein, hab ich recht?«

Werner lässt sich nicht provozieren, sondern entgegnet nur trocken: »Wirft ja auch kein gutes Licht auf Sie beide."

»Was?«

»Ein paar unangenehme Fragen und Sie rennen zum Telefon. Was soll das?« Auch Werner beugt sich jetzt vor. Svenja und Herbach beobachten schweigend den Dialog. »Ein kleiner aufgeblasener Polizist hat so eine Wirkung auf Sie, dass Sie ihn gleich zurückpfeifen lassen? So etwas lässt mich misstrauisch werden.«

»Es geht nicht darum, was Sie tun, mein Lieber. Sondern darum, wie Sie es tun. Ein wenig mehr Taktgefühl und Respekt hätte Ihrem Auftreten nicht geschadet. Nur so als Tipp. Und jetzt gehen Sie bitte.«

Werner blickt hinüber zu Schwank, der mit geschürzten Lippen vor sich hin nickt.

Herbach, der die ganze Zeit nur beobachtet hat, erhebt sich und geht schnellen Schrittes an den Stuhl von Eberhard Schwank. Bevor irgendjemand es realisieren oder überhaupt reagieren kann, greift der Beamte in dessen Haare und zieht den Kopf ganz nah an sein Gesicht. Schwank quiekt laut, hört aber auf, als ihm der Kommissar etwas in Ohr zischt, das Werner nicht verstehen kann.

Adler reagiert als Erster und schreit empört den Polizisten an: »Sind Sie von Sinnen? Lassen Sie den Mann in Ruhe!«

Nachdem Werner endlich realisiert hat, was da gerade passiert, rennt er zu seinem Kollegen und versucht ihn wegzuzerren, aber der hat noch ein Haarbüschel in seinen Händen und lässt nicht locker. Schwank schreit ein weiteres Mal auf.

»Daniel!«, schreit Werner schließlich.

Svenja steht abseits und schaut irritiert auf die absurde Szene. Adler rennt keifend um das Sofa, ruft nach Hilfe und zückt sein Handy.

Mit einem kurzen heftigen Ruck lässt der Bremerhavener Beamte von dem fülligen Mann ab, der plötzlich wie am Spieß schreit.

»Dich krieg ich am Arsch, du Drecksack!«, brüllt Herbach Schwank zum Abschluss entgegen.

Werner packt seinen Kollegen und schubst ihn Richtung Ausgang.

Schwank bleibt sitzen, krümmt sich und befühlt mit schmerzverzerrtem Gesicht seinen Kopf, während Adler hinter den dreien herrennt und üble Verwünschungen ausstößt.

Werner weiß nicht, wie viel Einfluss diese beiden Männer wirklich haben, aber er weiß, dass das eben nicht ohne Konsequenzen bleiben wird. Für keinen von ihnen. Sie finden den Weg alleine raus, ignorieren die junge Bedienstete und hasten über den großen Platz.

Er bemerkt, dass Herbach das Büschel Haare in seiner Handfläche mustert. Anschließend vergewissert der Kollege sich, dass Svenja nichts davon mitbekommt, und schiebt es schnell in die Hosentasche. Dann schaut er verstohlen zu Werner, aber der blickt bereits zurück zum Haus.

Adler steht am Fenster und sieht ihnen zornig hinterher. Anschließend wählt er eine Nummer und nickt seinem Freund aufmunternd zu.

*

»Ruf Ellen an! Ich will wissen, wo der Kerl steckt«, raune ich Kuno zu, während ich den Motor starte.

Der Streifenbeamte hat uns geschlagene fünfundzwanzig Minuten aufgehalten. Führerschein und Ausweis konnte ich ihm natürlich nicht geben, da beides in meinem Portemonnaie in Sebastians Wohnung liegt, also schrieb er diese Ordnungswidrigkeit gleich erst mal auf und belehrte mich. Kuno hatte natürlich alles am Mann.

Nachdem er meine Daten aufgenommen hatte und mich darauf verwies, dass ich Post bekommen würde, wollte er tatsächlich noch Verbandskasten und Warndreieck sehen. Glücklicherweise war beides in Ordnung – danke, Ellen –, aber als ich schließlich dachte, wir könnten endlich weiter, da fragte der junge Mann mich auch noch nach meinem Verbleib in den Tagen ab Sonntag aus. Ich erklärte ihm, dass wir Montag schon mit Kollegen von ihm gesprochen hatten, da ich gleich oben am Bildungszentrum wohne, doch schien ihn das nicht großartig zu interessieren. Ob mir irgendetwas aufgefallen sei, wollte er wissen, und ich musste mich zusammenreißen, um nicht unhöflich zu werden.

»Sie sagt, er ist noch in Bederkesa. Das Signal stand eine ganze Zeit still, oben, in der Nähe von einem Krankenhaus oder so. Jetzt ist er wieder Richtung Innenstadt unterwegs.«

In der Nähe vom Krankenhaus? Meint sie das Altenheim? Es war tatsächlich einmal ein Krankenhaus, dort ist aber schon seit Langem ein Altenheim und eine psychiatrische Wohngemeinschaft drin untergebracht. Meine Nachbarn Rebecca und Johannes arbeiten dort. Haus Karolienhöhe. Das große Hauptgebäude wird vom Roten Kreuz genutzt, aber da gibt es noch zwei weitere, etwas kleinere Gebäude, dic leer stehen. Ein Hinweis?

Ich entscheide, wieder in den Ort zu fahren. In der Mattenburger Straße bremse ich ab, als Kuno aufschreit und wild gestikulierend auf den dunklen Passat zeigt, der gerade auf dem Parkplatz beim Rossmann hält. Ich fahre langsam ein Stückchen weiter und halte am Straßenrand.

Ich werfe über meine Schulter einen Blick zu dem Wagen. Der Mann scheint zu telefonieren. Ein Auto hupt direkt hinter mir, und ich zucke zusammen. Langsam kommt es auf meine Höhe gefahren, und ich sehe, wie das Seitenfenster herunterfährt, während es direkt neben mir zum Stehen kommt. Ich drücke mich tiefer in den Sitz, verunsichert, was jetzt folgt. Wurden wir etwa auch die ganze Zeit beobachtet? Ich schiele zu Kuno, der ebenfalls an Größe verloren zu haben scheint.

»Ey, geht's noch, du Vogel? Zehn Meter weiter sind Parkplätze, du Knallidiot!«, motzt ein junger Mann aus seinem Wagen und fährt weiter, nicht ohne mir vorher noch eine obszöne Geste zu zeigen.

Laut ausatmend richte ich mich wieder auf und blicke erleichtert meinen Freund an. Wir beide müssen lachen. Dann schaue ich wieder zu dem Passat, doch dessen Innenraum ist jetzt leer. Verflixt. Ich reihe mich langsam wieder in den Verkehr ein. Den Kreisel bei der Kirche umrunde ich einmal komplett, um in die entgegengesetzte Richtung zu fahren. Wir nähern uns wieder dem Rossmann-Markt.

Seit einer gefühlten Ewigkeit haben Kuno und ich nicht mehr gesprochen, aber das ist in Ordnung so. Vor dem alten Postgebäude ist ein freier Parkplatz, und ich stelle den Wagen dort ab.

Sehen können wir den Passat nicht.

»Glaubst du, er ist in den Rossmann gegangen?«, frage ich meinen Begleiter.

»Kann gut sein«, antwortet der. »Fahr lieber noch mal weiter. Wir sehen hier gar nichts. Und wenn er wieder vom Parkplatz herunterfährt, dann blickt er uns direkt ins Auto.«

Kuno hat recht. Das war von mir nicht zu Ende gedacht. Wieso sieht eine Verfolgung in den Filmen immer so einfach aus? Abstand halten. Parkbucht suchen und das Objekt beobachten.

Ich starte den Wagen und fahre ein Stück an. Wie aus dem Nichts kommt der miese Typ um die Ecke und stellt sich direkt vor den Wagen, so dass ich fest die Bremse treten muss, damit ich ihn nicht überfahre. Er starrt uns erbost an. Dann geht er langsam um den Wagen, bedeutet mir, das Fenster herunterzulassen, und beugt sich ein wenig zu mir herein. Seine Arme stützt er auf der Tür ab. Für einen Außenstehenden mag es so aussehen, als wenn zwei Kumpel sich begrüßen.

Aber das Letzte, was wir sind, sind Kumpel.

»Ihr beide seid wohl ein Stückweit wahnsinnig, oder?«, fragt er betont lässig. Kuno und auch mir, fällt nichts ein, das wir erwidern könnten.

Er packt mich blitzschnell an der Schulter und zieht mich zu sich rüber. »Fahrt mir hinterher, dann können wir reden.« Er schubst mich heftig zurück.

»Was machen wir jetzt?«, frage ich Kuno, während ich dem Mann hinterher schaue.

»Na, was wohl? Wir folgen ihm.«

»Und wenn er uns umbringen will?«, frage ich entgeistert.

»Womit denn?«, grinst Kuno. »Wie viele hat er wohl davon, was meinst du?« Er zieht die Pistole aus seinem hinteren Hosenbund. An die hatte ich gar nicht gedacht. Er hat heute Morgen damit schon einmal auf den Typen geschossen.

Langsam biegt der Passat auf die Hauptstraße ein, und ich hänge mich dran. Er fährt vorbei an der Moortherme und nimmt den Weg an der mittelalterlichen Burg vorbei. Aus der Ferne sehe ich, wie der Ritter Roland, eine steinerne Statue, uns mit erhobenem Schwert Spalier steht. Wie passend. Zwei Soldaten und ein Ritter. Und ein Postbote.

Auf der Gröpelinger Straße biegt er nach links ab, fährt eine Weile geradeaus und nimmt dann den Weg nach Ankelohe, ein kleines Dörfchen vor

Bad Bederkesa. Kuno und ich sind wiederum still. Großen Gesprächsbedarf haben wir nicht, weil wir uns beide fragen, was jetzt auf uns zukommt.

In einer Kurve etwas vor Ankelohe zweigt ein Wirtschaftsweg ab. Ein Plattenweg, der direkt am Bederkesaer See entlangführt. Der Typ nimmt genau diesen Weg.

Zur Vorsicht verlangsame ich das Tempo, um die Umgebung genauer beobachten zu können, und der Abstand wird ein Stück größer. Andere Autos sind nicht zu sehen, trotzdem werde ich das Gefühl nicht los, dass es ein Hinterhalt ist.

Als hätte Kuno meine Gedanken erraten, sagt er: »So schnell wird er bestimmt niemanden mobilisiert haben. Keine Bange, der will uns nur vorschreiben, was wir zu tun haben. Dass wir nicht Detektiv spielen sollen, uns ein bisschen drohen, und das war's.«

»Dein Wort in Gottes Ohr.«

»Der hat damit nix zu tun.«

Nach etwa zweihundert weiteren Metern stellt der Mann seinen Wagen mitten auf einer weiteren Gabelung ab. Langsam fahre ich bis auf etwa zwanzig Meter heran. Ich ziehe nur die Handbremse, den Motor lasse ich an.

Kuno nickt mir aufmunternd zu, und gemeinsam steigen wir aus. Der Mann kommt uns entgegen, bleibt schließlich kurz vor uns stehen, als Kuno seine Hand hebt und befiehlt: »Bleib stehen! Das reicht.«

Eine gefühlte Ewigkeit mustern wir uns gegenseitig. Er scheint sich andere Sachen angezogen zu haben. Das Hemd ist nicht dasselbe wie das von heute Nacht.

»Ihr habt mich also gefunden, herzlichen Glückwunsch.« Er stellt sich ein wenig aufrechter hin, und scheinbar versucht er Kuno einzuschätzen, denn sein Blick ruht ausnahmslos auf ihm.

»Wo ist meine Frau?«, frage ich, hektischer als beabsichtigt.

Er grinst mich an. »Das erzähle ich dir bestimmt nicht, Kumpel.«

»Mach keine Faxen«, wirft Kuno ein. Ruhig. Besonnen. »Willst du für eine Fremde sterben?«

»Wow. Also ehrlich.« Der Typ scheint belustigt. »Was sind das denn für Töne? Wer bist du denn? Charles Bronson?« Er lacht lauthals auf. »*Ein Mann sieht rot* oder was?«

Kuno macht zwei schnelle Schritte auf den Mann zu, dem schnell das Lachen vergeht und der sofort eine Abwehrposition einnimmt. Seine rechte Hand greift blitzschnell hinter den Rücken.

»Nervös?«, will Kuno wissen.

»Komm mir nicht zu nahe!«

Mein Freund nickt nur und geht einen Schritt zurück. Scheinbar wollte er nur austesten, ob der Mann bewaffnet ist. Respekt. Wenn es jetzt hart auf hart kommen würde, wäre also nur die Frage, wer von beiden schneller ist.

Der Mann grinst erneut. »Also, es läuft so: Ihr verpisst euch aus meinem Dunstkreis. Ihr folgt mir nicht. Ihr sucht mich nicht.«

»Was hätten wir davon?«, wage ich zu fragen, doch die Antwort war schon im Vorfeld klar.

»Deine Frau bleibt am Leben. Das hättest du davon, Bürschchen.«

»Und wie lange?«

»Solange wir es für richtig halten.«

Misstrauisch schaue ich ihn an.

»Ich sehe, du zweifelst.«

»Natürlich. Heute Nacht wolltest du mich noch töten. Ich glaube nicht, dass du dein Wort hältst.«

»Das war heute Nacht. Ich denke, wir haben hier eine Patt-Situation. Ich möchte euch nicht unbedingt hier erschießen, so gerne ich es auch täte.« Er schielt kurz zu Kuno rüber, dann zu mir: »Andererseits könnt ihr nichts unternehmen, ohne dass deine Frau stirbt.« Wieder dieses hässliche Lächeln.

»Du hast doch gesehen, dass ich nicht alleine arbeite. Ein Wort von mir und deine Frau bekommt ein hübsches Loch in ihren Hals gestochen. Dasselbe gilt, wenn ich mich nicht zu einer verabredeten Zeit melde. Kein Mensch wird sie finden, das schwöre ich euch.« Er macht eine Pause, lässt die Worte ihre volle Wirkung entfalten. Mit gesenkter Stimme fügt er hinzu: »Ihr wisst gar nicht, worauf ihr euch eingelassen habt.«

»Ich will sie wiederhaben.«

»Ist mir klar.«

»Wie kann das laufen?«

»Ich weiß es ehrlich gesagt noch nicht.«

Ich habe die Schnauze voll von diesen Spielchen. Ich möchte in mein langweiliges altes Leben zurück. Zusammen mit Miriam. Ich glaube, man muss erst einmal den Verlust spüren, um zu merken, wie gut man es eigentlich hatte. Ich schaue rüber zu Kuno, der mit den Schultern zuckt. »Ein Wort von dir, Jonas. Ein Wort und ich leg ihn um.« Er meint es todernst.

Der miese Typ lächelt nicht mehr, scheint ebenfalls zu merken, dass Kuno keine Witze macht. Er spannt seine Muskeln an, um vorbereitet zu sein. Ich schüttele schnell den Kopf. Dennoch geht Kuno ein Stück näher an ihn heran und zischt: »Mach ja keine Spielchen, Kamerad. Zu gegebener Zeit treffen wir beide aufeinander. Unabhängig von Jonas.«

Der Mann steht Kuno körperlich in nichts nach. Er macht ebenfalls einen Schritt auf meinen Freund zu, so dass bestenfalls ein Blatt Papier zwischen ihre Nasen passt.

»Klingt interessant. Ich bin dabei. Sag mir nur, wann und wo.«

»Regle vorher aber deinen Nachlass. Heute Morgen hast du schon einmal den Kürzeren gezogen«, brummt Kuno, ohne mit der Wimper zu zucken.

Unruhig tapse ich von einem Fuß auf den anderen.

»Ich will meine Frau zurück«, sage ich. Die beiden beachten mich gar nicht, starren sich weiter an. »Bitte«, werfe ich flehentlich ein. Beide entspannen sich. Geringfügig.

»Ich mache euch einen Vorschlag. Gebt mir eine Woche.« Er wendet sich von Kuno ab. »Bis dahin sind die Wogen geglättet. Du bekommst deine Frau wieder, versprochen. Ohne Wenn und Aber. Nur gib uns die Zeit.«

»Du lässt sie einfach gehen?«

Er nickt. »Ja. Da ihr nichts über uns wisst, könnt ihr nie sicher sein, dass einer von uns euch nicht erledigt. Das scheint mir Motivation genug, nicht zu den Bullen zu rennen.«

»Dann kannst du sie jetzt schon gehen lassen.«

»Nein. Noch bist du zu sehr auf Krawall gebürstet. Außerdem muss sich das mit dem Mädchen noch klären. Wir brauchen Zeit.«

Die kleine Bertram. Ich hatte sie total vergessen. Das arme Ding. Was sind das für Menschen? »Warum tut ihr sowas?«, frage ich. Er zuckt nur seine Schultern.

»Hast du einen Namen? Du kennst meinen. Wie soll ich dich nennen?«

Er überlegt kurz. »Nenn mich Ismael.« Er grinst.

»Moby Dick?«, frage ich.

»Passt zu Jonas«, entgegnet er. »Ich werde mich bei euch melden.«

»Wie?«

Erneut dieses hässliche Grinsen. »Warte ab. Ich erwisch dich schon.« Er deutet mit seiner Rechten eine Pistole an. Wie einfallsreich und sinnbildlich. Der Kerl kotzt mich an.

Er geht zu seinem Wagen, wendet ihn und fährt grüßend an uns vorbei.

Kuno und ich bleiben noch eine Weile wortlos stehen. Tränen sammeln sich in meinen Augen. Ich drehe mich ein Stück weg, damit Kuno nicht mitbekommt, wie sehr mich dieser ganze Quatsch belastet.

»Lass uns zurück zu Else«, sagt er leise und legt mir sanft eine Hand auf die Schulter. »Sie macht sich bestimmt schon Sorgen.«

Wir fahren zurück zu meinem Heim. Bedrückt. Ohne Hoffnung.

*

»Was war da drinnen mit dir los, verdammt?« Werner hat sich den ganzen Weg bis zu ihrem Wagen zurückgehalten, doch jetzt platzt es aus ihm raus. »Die werden uns von dem Fall abziehen, ist dir das klar?«

»Der hat Dreck am Stecken«, kontert Herbach. »Siehst du das nicht?«

»Du kannst den Mann trotzdem nicht attackieren. Wie unprofessionell ist das denn? Was ist in dich gefahren, Daniel?«

Svenja hält sich ein Stück abseits lieber bedeckt und beobachtet die beiden nur.

»Unprofessionell, wie in anderer Leute Garten herumschleichen, meinst du wohl!«

»Das kannst du nicht vergleichen!«

»Kann ich nicht?«, fragt Herbach verächtlich. Es entsteht eine Pause, in der sie sich nur mustern.

»Habt ihr euch jetzt beruhigt?«, wirft Svenja ein. »Können wir dann?«

Sie steigen in den Wagen und schweigen eine Weile, bis Torsten Werner endlich das Wort ergreift. »Was war da los?« Der Kommissar fährt den Wagen auf die Autobahn. Er ist angesäuert. »Was ist zwischen euch gelaufen?«

»Nur das, was ich dir erzählt habe, mehr nicht.« Herbach sagt es forsch, um einen Punkt zu setzen. Scheinbar möchte er nicht weiter darauf eingehen. Werner fügt sich. Vorerst.

»Aalglatt sind die beiden ja schon. Undurchsichtig«, wechselt er das Thema.

»Was hast du erwartet?«, fragt Herbach bissig. »Wir hatten nur diese eine Chance. Ein zweite wird es nicht geben. Nicht ohne Beweise.«

»Wo sollen die herkommen? Wir können uns keine schnitzen.«

Herbach blickt ihn direkt an, sagt aber kein Wort. Er scheint etwas abzuwägen, denkt Werner.

»Unsere einzige Möglichkeit ist das Mädchen. Leila«, sagt Svenja. »Nur, wie kommen wir an sie heran?«

»Versuch es einfach noch mal, Svenja. Lass dir was einfallen. Die Mutter muss doch zu erweichen sein. Lass dich zur Not von Claudia unterstützen.«

Claudia Schütz ist Psychologin und arbeitet hin und wieder mit der Schiffdorfer Polizei zusammen, wenn es um Kontaktaufnahme oder Befragungen geht, die sensibel angegangen werden müssen. Auch die Eltern von der kleinen Bertram betreut sie, seit die Dienststelle sie angefordert hat.

Im Polizeigebäude empfängt sie auf dem Flur ein aufgebrachter Mann, der Werner gleich am Kragen packt. Dieser ist überrumpelt, aber schnell erkennt er, um wen es sich handelt, und bedeutet Herbach mit einer Handbewegung, fernzubleiben.

»Wo ist sie? Verdammt, wo ist sie? Was machen Sie die ganze Zeit?« Der Mann trommelt Werner mit der rechten Faust auf die Brust, während die andere weiterhin den Kragen festhält. Er klingt weinerlich. Werner zerreißt es das Herz. Mit einem Kopfnicken schickt er Herbach und Svenja weiter. Dann greift er vorsichtig die Hände von Torben Bertram, dem Vater von Joselyn und Kimberly. »Kommen Sie, gehen wir in mein Büro.«

Unterwegs läuft ihnen Tannhäuser über den Weg, der Leiter des Führungsstabs. »Auf ein Wort, Herr Werner.« Doch der Kommissar schüttelt den Kopf und geht mit dem leise weinenden Vater in sein Büro.

Werner setzt ihn auf einen Stuhl, holt dem Mann ein Glas Wasser und nimmt ihm gegenüber Platz.

Nach einem kleinen Schluck setzt Herr Bertram erneut an: »Was machen Sie? Wo ist sie?«

Werner versucht ihn zu beruhigen. »Wir arbeiten mit allem, was uns zur Verfügung steht, Herr Bertram. Wir haben auch schon die eine oder andere Spur, die wir weiterverfolgen. Aber es braucht seine Zeit, wie Sie sicher verstehen.«

»Ich will meine Tochter zurück.«

»Natürlich. Das wollen wir auch, glauben Sie mir.«

»Wieso informiert uns niemand? Warum erzählt uns keiner was?«

Weil wir selbst nichts wissen, denkt Werner. Er sagt: »Sie müssen verstehen, dass wir nicht jede Information mit Ihnen teilen können. Wir müssen vielen Spuren nachgehen, Informationen sammeln und auswerten, sie bestätigen oder verwerfen. Was, wenn wir Sie unnötig aufregen? Sie sollen zur Ruhe kommen.«

»Zur Ruhe?«, fragt Bertram entsetzt. »Wie soll ich zur Ruhe kommen? Meine Älteste liegt im Krankenhaus. Mit Prellungen, Platzwunden. Verstört und verängstigt. Meine Frau schläft nicht, ist total am Boden zerstört, hat Angstattacken. Ich selbst habe Angstattacken, Herr Kommissar.«

»Ich weiß, dass es schwer ist, Herr Bertram. Geben Sie uns Zeit, bitte. Wir tun unser Bestes. Wir haben uns sogar schon Unterstützung aus Bremerhaven geholt, wegen dieser Sache.« Im selben Moment, in dem er es ausspricht, bereut er es wieder und könnte sich ohrfeigen.

»Dieser Sache? Meine Tochter ist eine Sache? Und wieso Bremerhaven, ich denke …« Bertram verstummt, blickt Werner fassungslos an. Nach einer gefühlten Ewigkeit fragt er: »Es gibt eine Verbindung zu Bremerhaven? Die Mädchenmorde?« Wenn er schon den Eindruck eines erschütterten Mannes gemacht hat, als er im Flur stand, so hat sich dieses Bild noch intensiviert. Er ist gebrochen. Hat die Hoffnung verloren.

Er erhebt sich, und ohne Werner anzuschauen, sagt er leise: »Bitte finden Sie meine Kleine. Bitte.«

»Das werde ich«, erwidert der Kommissar und hofft es wirklich.

Torben Bertram verlässt mit gesenktem Kopf das Büro.

Werner will es sich gerade hinter seinen Schreibtisch setzen, als Tannhäuser, ohne anzuklopfen, hereingestürmt kommt.

»Kollege Werner, ich warte schon eine Weile auf Ihren Besuch.« Der große, hagere Mann um die sechzig baut sich vor Werner auf, die Hände in die Seiten gestemmt.

»Herr Tannhäuser, es gibt momentan einiges zu tun. Wir müssen einen Fall aufklären.«

»Das ist mir durchaus bewusst. Nur frage ich mich momentan, ob Sie der richtige Mann dafür sind. Ich erhielt soeben einen Anruf.« Er geht zurück zur Bürotür und schließt sie, bevor er fortfährt: »Nein. Ich hatte zwei Anrufe. Beide nicht sehr erbaulich.«

Torsten Werner setzt sich auf seinen Schreibtischstuhl. Die Arme vor der Brust verschränkt. Telefonanruf Nummer eins kann er sich schon denken, wer das war. Schwank. Oder Adler.

»Ein geschätzter Freund rief mich an und erzählte mir von einer unfreundlichen Befragung durch drei Beamte.«

»Wir müssen jeder Spur nachgehen.«

»Aber doch nicht bei Schwank«, poltert der Leiter des Führungsstabs los. »Und dann noch mit drei Beamten, wobei der eine noch handgreiflich wird. Haben Sie eine Ahnung, was diesem Mann blüht? Der wird sich noch umschauen. Man könnte meinen, Sie sind gerade erst in den Polizeidienst aufgenommen worden.«

»Wir können so einen Hinweis nicht außer Acht lassen.«

»Natürlich können Sie das. Aufgrund der Reaktion einer verwirrten Frau? Ich bitte Sie.« Er geht langsam zum Fenster und blickt hinaus, während er fortfährt: »Und was ist das für eine Geschichte mit Herrn Mund?«

»Mund?«, fragt Werner überrascht. Ihm fällt keine passende Antwort ein.

»Ja, Mund. Gregor Mund. Ein Kollege informierte mich, dass Sie um sein Haus herumgeschlichen sind und eine Schlägerei mit ihm angefangen haben.«

Torsten Werner stockt, weiß nicht, was er antworten soll.

»Sagen Sie, sind Sie eigentlich von Sinnen? Wir können von Glück sagen, wenn der Kerl uns nicht verklagt. Nur dem Kollegen Stahrmann ist es zu verdanken, dass der Mann keine weiteren Schritte gegen uns unternimmt.«

Werner merkt, wie ihm das Blut in den Kopf steigt. Wie kam Stahrmann denn auf Gregor Mund? Er hatte ihn auf der Liste der Verdächtigen extra durchgestrichen.

Dann dämmerte ihm, dass genau das Roger Stahrmann wohl animiert hat. Das und der Umstand, dass Werner sichtbare Zeichen einer Auseinandersetzung im Gesicht trug. Deswegen auch die eigenmächtige Fahrt von Roger am Morgen nach Bad Bederkesa. Der Mann torpediert ihn, wo es nur geht.

Etwas ruhiger, aber keineswegs freundlicher entgegnet Tannhäuser: »Ich denke, Sie wissen, dass Kollege Stahrmann meine erste Wahl war, als es darum ging, die Stelle von Edmund Peters kommissarisch zu besetzen. Leider habe ich aus Respekt gegenüber Peters Ihnen den Posten gegeben, da *er* Sie für geeigneter hielt.«

Er dreht sich wieder zu Werner, verschränkt ebenfalls die Arme. Sein faltiges, herrisch wirkendes Gesicht fixiert den Kommissar. »Zwei dicke Schnitzer, Herr Kollege, und Ihr demoliertes Gesicht. Hinzu kommt, dass einige andere Kollegen sich nicht ausreichend informiert fühlen. Das kann ich in einem solch medienwirksamen Fall nicht tolerieren.« Er hält vier Finger in die Luft.

»Sie wollen mich rauskicken?«

»Besser wäre, Sie erkennen selbst, dass Sie derzeit nicht in der Lage sind, ein Team unter diesem Druck zu führen.«

Werner entgeht der wohlwollende Ton, den sein Vorgesetzter plötzlich anschlägt, keineswegs. Tannhäuser ist bekannt dafür, andere von etwas zu überzeugen, was sie eigentlich gar nicht wollen.

»Vergessen Sie es. Freiwillig gehe ich bestimmt nicht. Nur weil es Ihrem reichen Kumpel nicht passt, unangenehme Fragen zu beantworten. Oder weil ein anderer, von mir überprüfter Verdächtiger benutzt wird, um mich dumm dastehen zu lassen.«

»Keiner will Sie dumm dastehen lassen.«

»Oh doch. Von Anfang an arbeitet Stahrmann gegen mich, anstatt mit mir zu arbeiten.«

»Hören Sie auf, anderen die Schuld zu geben. Schauen Sie bei sich selbst, und tragen Sie die nötigen Konsequenzen, verdammt.«

»Nein«, entgegnet Werner stur.

»Dann muss ich für Sie diese Entscheidung treffen. Ich lasse nicht zu, dass Sie den Ruf unserer Truppe schädigen.« Er baut sich vor Werner auf. »Ich enthebe Sie der Leitung dieser Ermittlungsgruppe. Ab jetzt wird Kollege Stahrmann die Ermittlungen leiten, und da Sie beide nicht sehr gut miteinander auszukommen scheinen, werden Sie an anderer Stelle eingesetzt, damit es keine Disharmonien im Team gibt.«

Werner weiß nicht, was er sagen soll. Er ist sprachlos. Damit hat er nicht gerechnet. Einen ordentlichen Anpfiff. Natürlich. Aber Enthebung seiner Aufgaben? Tannhäuser zieht tatsächlich alle Register.

»Ich bitte Sie, eine ordentliche Übergabe mit Herrn Stahrmann zu machen und dann für den Rest der Woche erst einmal zu Hause zu bleiben, um den Kopf klarzukriegen. Es wird noch einiges auf Sie zurollen, und damit meine ich nicht nur den Angriff von Herrn Herbach auf Herrn Schwank, zu dem Sie wahrscheinlich noch Stellung beziehen müssen. Nehmen Sie sich ein paar Tage, ich denke, Sie haben noch genug Überstunden, die Sie abbauen können.«

Nach einem übertrieben bedauernden Blick wendet sich Tannhäuser ab und verlässt das Büro.

Torsten Werner ist es gewohnt, alleine zu leben. Alleine essen, alleine die Freizeit zu verbringen und zu Bett gehen. Es macht ihm nicht viel aus. Nur jetzt, in diesem Moment, alleine hinter dem Schreibtisch, da fühlt er sich einsam wie seit Ewigkeiten nicht mehr.

*

Ich stelle den Wagen auf unsere Auffahrt und sehe, wie Rebecca, unsere aufmerksame Nachbarin, sich anschickt, zu uns herüberzukommen.

»Die geht mir sowas von auf den Keks«, sage ich mehr zu mir als zu Kuno.

»Die sieht doch hübsch aus. Was ist dein Problem?«

»Dass sie überall ihre Nase reinsteckt und ihr tiefreligiöses Gehabe. Das nervt.«

Wir steigen aus, und schon flötet Rebecca von Weitem: »Warte, Jonas, warte!« Sie trägt einen Präsentkorb und beeilt sich, uns zu erreichen. An ihrem verunsicherten Blick, den sie Kuno zuwirft, kann ich sehen, dass sie meinen großen Freund nicht richtig einzuschätzen weiß. Sie holt nicht einmal Luft, während sie uns erklärt: »Ich habe etwas für Miriam. Von Johannes und mir. Nur eine Kleinigkeit. Wie geht es ihr denn?«

»Super, Rebecca. Vielen Dank. Mach dir keine Gedanken.« Ich wende mich zum Eingang, aber Rebecca stellt sich mir in den Weg und hält mir den Korb hin. »Doch, das machen wir. Eine Operation ist immer ein Eingriff in die Gesundheit. Johannes und ich schließen sie auch in unsere Gebete mit ein.«

»Das ist wahnsinnig nett von euch«, erwidere ich und nehme das Geschenk an. Schokolade, Wurst, Kekse, Taschentücher und ein kleines Büchlein mit Sprüchen, die Kraft geben sollen. So verspricht es jedenfalls der Titel.

»Wo liegt sie denn? Können wir sie besuchen?«

»Das halte ich für keine gute Idee, Rebecca. Sie braucht jetzt erst mal Ruhe. Und ehrlich gesagt, bin ich auch ein bisschen kurz angebunden.«

Sie macht ein verkniffenes Gesicht. Blickt zwischen mir und Kuno hin und her und fragt: »Was ist los, Jonas? Ich spüre negative Schwingungen.«

»Du spürst …«, setze ich entgeistert an, doch sie unterbricht mich.

»Wenn du Probleme hast, dann kannst du dich gerne an uns wenden.« Sie wirft einen vorwurfsvollen Blick Richtung Kuno und verschränkt ihre Arme vor der Brust. Sie kennt ihn nicht, weiß nichts über ihn, und das scheint sie zu verärgern. Aber ich werde sie jetzt bestimmt nicht aufklären.

Ich bedanke mich schnell und nicke meinem Freund zu, dann lasse ich sie einfach stehen, um ins Haus zu gehen. Ellen öffnet uns die Tür, und bevor ich eintrete, schaue ich noch einmal zu meiner Nachbarin zurück, die uns argwöhnisch hinterherschaut. Hoffentlich kommt sie nicht auf dumme Gedanken.

»Die ist ja schräg«, stellt Kuno fest, als er anfängt, den Präsentkorb zu durchsuchen. Er entscheidet sich für die Kekse.

»Ja, das ist sie. Hab ich dir doch gesagt. Ich hoffe, dass sie nicht zur Polizei rennt und denen sagt, dass wir negative Schwingungen verbreiten.«

Kuno verschluckt sich fast an einem Butterkeks, während er anfängt zu lachen. »Meint die das ernst?«, fragt er, als er sich etwas gefangen hat. Ich nicke nur.

Wir setzen uns ins Wohnzimmer und beratschlagen, wie wir weiter vorgehen.

»Hier bleiben hat keinen Sinn«, wirft Ellen ein. »Deine Frau ist wahrscheinlich in Bremerhaven.«

»Ich weiß gar nicht, ob ich noch irgendetwas unternehmen will«, sage ich. »Du hast ihn gehört, Kuno. Er will sie freilassen, wenn wir nichts unternehmen.«

»Und das glaubst du ihm?«, fragt mein großer Freund höhnisch. »Sei doch nicht so naiv, Junge. Der will Zeit gewinnen, um eine passende Lösung für sein Problem zu finden.« Er greift sich einen weiteren Keks. »Und zu deiner Information: Sein Problem sind wir.«

Das Gefühl hatte ich natürlich auch, aber irgendwie möchte ich es nicht wahrhaben. Ich kann nicht glauben, dass der Kerl so abgebrüht ist und drei Menschen ermorden würde, nur um seinen Arsch zu retten. Oder wessen

Ärsche auch immer hinter dieser Geschichte stecken und gerettet werden müssen.

Kuno scheint meine Gedanken zu lesen, denn er sagt eindringlich: »Heute Morgen wollte er dich exekutieren. Denkst du etwa, der ändert seine Meinung so mir nix, dir nix?« Er schnippt mit seinen Fingern in der Luft. »Nachdem die ein Mädchen und deine Frau entführt haben? Ein anderes Mädchen liegt wegen denen im Krankenhaus. Wenn einer etwas zu verlieren hat, dann die.«

Ich lasse mir seine Argumente durch den Kopf gehen, während er fortfährt: »Er braucht nur Zeit. Er informiert womöglich seinen oder seine Kumpel, und dann sehen sie zu, dass wir von der Bildfläche verschwinden. Deine Frau ist nur das Druckmittel, damit wir erst mal die Füße stillhalten, bis sie einen ordentlichen Plan haben. Danach sind wir dran. Du, deine Miriam und sicherlich auch ich.« Mit einem Seitenblick zu Ellen ergänzt er: »Und wahrscheinlich auch meine Else, wenn sie ordentlich arbeiten.«

»Ja, aber was willst du denn jetzt tun?«, frage ich verzweifelt.

»Angreifen, was sonst? Wir haben keine andere Möglichkeit.«

»Wie angreifen? Wir wissen nicht einmal genau, wo er sie festhält. Nicht einmal mit deinem Handy. Er kennt unser Auto. Entdeckt er es, bringt er Miriam um.«

»Ich will dir ja nicht die Hoffnung nehmen, mein Freund, aber hast du schon mal dran gedacht, dass sie vielleicht schon längst tot ist?«

Diese Worte treffen mich wie ein Faustschlag. »Wieso sollte er dann sagen, dass …«, stammele ich.

»Ablenkung. Irritation.«

Ich weiß darauf nichts zu erwidern, sondern starre nur vor mich hin.

»Das ist ein abgrundtief böser Mensch, das muss dir doch bewusst sein, oder? Bei dem musst du mit allem rechnen. Er will nicht, dass jemand da draußen herumläuft und weiß, was er getan hat. Das würdest du auch nicht.« Er lehnt sich zurück. »Wir sind jetzt mittendrin, Jonas. Aussteigen und rumsitzen ist schon längst nicht mehr. Nachdem du den Überfall im Wald gesehen hast, ist dein Leben keinen Pfifferling mehr wert. Mich wundert sowieso, dass du diese Begegnung überlebt hast. Wahrscheinlich hatten sie nicht mit Zuschauern gerechnet und waren überraschter als du.«

»Ich kann nicht glauben, dass er Miriam getötet hat.«

»Sollst du auch nicht. Ich wollte dir nur erklären, dass wir mit allem rechnen müssen. Aber wir erreichen nichts, wenn wir nur herumsitzen und darauf warten, dass er sie freilässt. Das wird nicht passieren.«

»Also tun wir was?«

»Bremerhaven. Zu der Wohnung deines Bruders oder in unsere. Von da aus können wir abends die Gegend abgehen. Im Schutz der Dunkelheit. Irgendwo im Umkreis von fünfzig Metern ums Goetheviertel muss sie sein.«

»Wir haben doch sein Nummernschild. Kommen wir nicht irgendwie darüber an ihn ran?«, fragt Ellen.

»Nur wenn du sehr, sehr gute Freunde bei der Zulassungsstelle oder der Polizei hast. Die Daten gibt keiner raus, glaub mir«, antwortet Kuno.

Nach kurzem Überlegen fällt mir ein, dass ich jemanden kenne, der uns weiterhelfen könnte. Ich berichte Kuno von meinem Einfall.

»Du denkst, er ist vertrauenswürdig? Der gibt das doch gleich weiter.« Kuno ist äußerst skeptisch.

»Früher bestimmt. Jetzt nicht mehr, schätze ich. Der ist total am Boden. Den nimmt keiner mehr ernst.«

»Ein Grund mehr, ihn lieber nicht ins Boot zu holen«, findet auch Ellen.

»Ich finde, er ist der Einzige, der uns konkret unterstützen kann. Lasst es uns doch versuchen. Wir müssen ihm ja nicht alles erzählen.«

»Das sowieso nicht. Also gut«, Kuno erhebt sich, »dann lass uns mal überlegen, was wir ihm erzählen.«

12

Bad Bederkesa, 11. September 2006

Er saß auf dem Hocker in ihrem Raum und beobachtete sie. Hin und wieder starrte Jasmin zornig zurück.

Zwei Tage war sie jetzt seine Gefangene, aber er hatte noch nicht ein Wort mit ihr geredet. In der ersten Nacht flehte sie ihn an, sie doch gehen zu lassen. Ruhig. Weinerlich. Laut und hysterisch. Sie hatte alle Gefühlslagen durchprobiert, aber er reagierte einfach nicht. Sie machte ihm Versprechungen, log das Blaue vom Himmel herunter, nur um eine Reaktion bei ihm hervorzurufen. Fehlanzeige.

Dann übernahm ihr Lebenswille die Kontrolle. Sie stürzte sich auf ihn. Sie sprang ihm an den Hals. Sie trat nach ihm und wollte ihm die Augen auskratzen. Er schlug sie kommentarlos nieder. Dann verließ er wieder den Raum. Kam nach ein paar Stunden zurück und starrte sie nur an. Sie suchte das Gespräch, doch er beobachtete sie nur. Sie hatte die Vermutung, dass er auf etwas wartete. Nur was sollte das sein? Sie klopfte die Wände ab, während er nicht da war, schlug gegen die Metalltür, warf den Hocker gegen die Wand und schrie aus vollem Hals. Nichts. Keine Reaktion von draußen.

Sie hoffte schließlich darauf, dass Mirko schon wieder zu Hause war und etwas unternehmen würde. Vielleicht suchten sie bereits nach ihr. Mirko war es gewohnt, dass sie täglich telefonierten. Mindestens zwei Anrufe blieben seit ihrer Verabschiedung aus. Und ihre Mutter. Sie waren zum Essen verabredet gewesen. Vielleicht hatte sie schon etwas unternommen.

Buck schien ihre Gedanken erraten zu können, denn plötzlich kam Bewegung in seine Mimik, und er sprach sie an. »Sie werden dich nicht finden, Jasmin«, sagte er mit seiner unnachahmlich tiefen Stimme.

»Woher willst du das wissen, du Monster?« Sie wollte nicht klein beigeben. Sie wollte es ihm so schwermachen wie nur möglich. Egal, was er vorhatte, er sollte nicht leicht an sein Ziel kommen.

»Weil sie schon hier waren. Deine Eltern. Die Polizei. Draußen traf ich auf deinen Freund.«

Jasmin war sprachlos. Wieso merkt keiner, dass mich dieser Typ entführt hat?, fragte sie sich. Sie sagte: »Du spinnst. Ein Irrer wie du gerät sofort in Verdacht. Jeder im Ort weiß, dass mit dir etwas nicht stimmt.«

Interessiert schaute er auf. »Tatsächlich?«, fragte er. »Was erzählen die Leute?«

Sie biss sich auf die Lippen. Ja, was erzählten die Leute? Gar nichts eigentlich. Der Forstbeamte war einfach da. Niemand kümmerte sich wirklich um ihn, es gab nichts Besonderes über ihn zu berichten. Sie hatte es wohl nur gesagt, weil er ihr selber schon immer seltsam vorgekommen war. Aber scheinbar nicht den anderen.

»Siehst du? Es gibt nichts zu erzählen.«

»Sie werden ganz Bederkesa auf den Kopf stellen«, erwiderte sie trotzig.

Er schüttelte den Kopf und zog einen Bogen Papier aus der Beintasche. Langsam ging er zu ihrer Matratze und legte die Blätter darauf ab. Ohne sie aus den Augen zu lassen, zog er einen Kugelschreiber aus der Hosentasche und legte ihn dazu.

Sie starrte nur wort- und verständnislos zu ihm auf.

»Ich gebe dir zwanzig Minuten. Du schreibst deinem Freund. Und du schreibst deinen Eltern. Dass du es nicht mehr ausgehalten hast. Dass du Zeit für dich brauchst. Ich denke, du weißt, was ich meine.«

»Das mache ich nicht.«

»Das war keine Bitte.«

»Ich mache es trotzdem nicht. Das wäre mein Todesurteil. Nein. Niemals.«

Er zog ohne ein Wort zu sagen seinen Gürtel aus der Hose und schlug mit weit ausholendenden Bewegungen auf sie ein. Als sie flehte, dass er aufhören sollte, ließ er von ihr ab und setzte sich wieder auf den Plastikhocker.

»Kurz und bündig. Beeil dich.« Er schien nach diesen heftig ausgeteilten Schlägen nicht einmal aus der Puste zu sein, während Jasmin am Boden kauerte und nach Atem rang.

Es dauerte einige Minuten, bis sie sich gefangen hatte. Sie überlegte, wie sie eine Botschaft mit in den Brief einfließen lassen konnte, aber Buck sagte: »Beeil dich. Und denk dran. Ich lese genau.«

»Warum tust du das?«, fragte sie weinend, doch er deutete nur auf das Papier.

Nach einer Weile hatte sie die beiden Briefe fertig. Ein wenig gekritzelt war es schon, so dass sie befürchtete, dass er es nicht akzeptieren würde und sie es neu schreiben musste. Doch es reichte ihm. Er ging hinaus.

Erneut kamen ihr die Tränen. Die Stellen, an denen der Gürtel sie getroffen hatte, schmerzten unsäglich. Aber noch mehr schmerzte sie die Gewissheit, dass sie sich soeben von der Welt da draußen verabschiedet hatte.

Sie kauerte sich auf der Matratze zusammen. Machte sich ganz klein. Ich habe es wohl verdient, sagte sie sich und vergrub ihr Gesicht in den Händen.

Sie musste eingeschlafen sein, denn anfangs realisierte sie erst gar nicht, wo sie war. Die Tür öffnete sich erneut, und das Geräusch schien sie geweckt zu haben.

Buck brachte ihr fertig geschmiertes Schwarzbrot und einen Becher mit Milch und stellte beides auf den Fußboden. Dann verließ er wieder den Raum. Ohne ein Wort zu sagen.

Sie entschloss sich, das Essen nicht anzurühren. Wenn es schon kein Weg hinaus gab, wenn sie schon niemand hier unten finden würde, dann wollte sie auch nicht mehr leben. Sie trat in den Hungerstreik.

13

Bad Bederkesa, Mittwochabend

»Mich lässt keiner mehr auch nur in die Nähe eines Computers«, sagt Thomas Reich, Schutzpolizist aus Bederkesa, aber derzeit vom Dienst freigestellt, weil er krankgeschrieben ist. Schon seit über einem Jahr.

Er stößt auf, und ich kann seinen alkoholgeschwängerten Atem riechen. Er sagt es nicht unfreundlich, eher ein wenig resigniert. Wahrscheinlich geht er davon aus, dass er nie wieder in den Dienst gehen wird. Er hat ein kariertes Hemd an, das schief zugeknöpft und voller Falten ist. Seine blonden Haare sehen fettig aus und stehen zu allen Seiten ab. Seinen Bart hat er seit Tagen nicht mehr geschnitten.

Wir sitzen bei ihm im Wohnzimmer auf dem Sofa. Ohne nachzufragen, was wir überhaupt wollten, hatte er uns drei – Ellen, Kuno und mich – einfach bis ins Wohnzimmer durchgewunken. Er selber war am Wanken. Auf die Frage, wo seine Frau Simone und die Töchter seien, hatte er nur gesagt, dass sie bei seinen Schwiegereltern seien. Er bot uns Getränke an, doch wir lehnten ab. Er selbst machte sich eine außerordentlich heftige Mischung aus Cola und Weinbrand.

»Aber du kannst es doch probieren. Ihr seid schließlich Kollegen. Bitte, Tommy.« Ich versuche es auf die weinerliche Art, die mir leicht fällt, da ich mich wirklich nicht zu verstellen brauche.

Er zuckt mit seinen Schultern. »Vielleicht.« Er nimmt einen Schluck. »Wenn du mir erzählst, um was es wirklich geht.«

Ganz so besoffen scheint er doch nicht zu sein, wenn er merkt, dass wir ihm einen Bären aufbinden wollen. Oder wir waren einfach nur schlecht, als wir ihm erzählt hatten, dass es um einen kleinen Parkrempler ging und wir dringend den Fahrzeugführer herausfinden müssen.

»Du glaubst mir nicht?«, frage ich ihn und schaue direkt in sein hohlwangiges, blasses Gesicht.

»Nöp.« Ein weiterer Schluck.

Ich blicke zu Kuno und Ellen, die direkt neben mir sitzen. Doch auch sie heben nur unentschlossen ihre Hände. Meine Entscheidung.

Ich hole tief Luft und blicke in seine glasigen, blutunterlaufenen Augen. »Es geht um die Bertrams. Und Miriam. Ich bin da in was reingeschliddert.«

Er kneift seine Augen zusammen und stellt das Glas auf den Tisch, das eigentlich auf dem Weg zu seinem Mund war.

»Bitte erzähl es nicht weiter. Ich habe Angst um meine Frau. Niemand außer uns darf etwas davon mitbekommen. Versprich mir das, Tommy.«

Er zieht seine Nase kraus. Eine Weile überlegt er, dann fordert er: »Erzähl! Wo bist du reingeschliddert?«

Ich fange am Sonntagabend an, als ich vor lauter Frust das Haus verließ. Erzähle von dem Angriff auf die beiden Mädchen, davon, dass der Kerl mich verfehlt hat und ich entwischen konnte. Von meiner Unterkunft in Bremerhaven, der Begegnung mit Kuno und meiner geplanten Hinrichtung. Ich lasse nichts aus.

Als ich geendet habe, schaut Tommy sich Kuno genauer an und sagt: »Kann er ja von Glück sagen, dass er Sie kurz vorher kennengelernt hat, was?« Er sagt es sehr gedehnt, glaubt wohl nicht an ein zufälliges Treffen. Auch ich schaue Kuno an.

Der nickt kurz und antwortet entschuldigend: »So ungewöhnlich ist das ja wohl auch nicht, oder? Zwei gebeutelte Seelen, die sich in der Stadt über dem Weg gelaufen sind. Und?«

»Nichts. Alles gut«, sagt Tommy. »Geniale Idee übrigens. Mit dem Handy.«

»Danke.«

»Und ich soll jetzt die Nummer für dich überprüfen lassen, damit ihr *was* machen könnt? Ihn oder sie überfallen?«

»Keine Ahnung. Ich denke schon, ja.«

»Klingt super. Du weißt aber schon, dass ich Polizeibeamter bin, oder?«

»Deswegen bin ich ja hier, Tommy. Du bist der Einzige, der mir helfen kann.«

»Das ehrt mich ja. Und ich will dir auch gerne helfen. Aber wie verkaufe ich das meinen Vorgesetzten?« Er nimmt einen weiteren Schluck seines grässlich stinkenden Weinbrand-Cola-Gemischs.

»Du musst ihnen ja nicht alles erzählen. Wir haben dich dazugerufen, als wir dort ankamen, oder was weiß ich. Es geht um meine Frau. Mir ist egal, wie die offizielle Version hinterher lautet. Ich will sie nur zurück.« Nach kurzer Überlegung lege ich nach: »Und vielleicht bringt dir das ja auch wieder ein paar Bonuspunkte bei deinen Chefs ein.«

Er blickt mich verärgert an, entspannt sich aber recht schnell wieder. »Hört sich nach Spaß an«, sagt er und leert sein Glas in einem Zug.

»Also hilfst du uns?«

»Ja.«

»Wie gehst du es an?«

»Ich brauche nur zu telefonieren. Ich habe so einige Kontakte, und man hilft sich ab und zu mal aus. Warte.« Er geht ins Esszimmer und holt sich ein schnurloses Telefon.

Ich sage ihm das Kennzeichen und die Marke des Wagens, inklusive Farbe. Er wählt bereits.

Nach ein paar Begrüßungsfloskeln fragt er den Kollegen am anderen Ende der Leitung nach Name und Adresse des Halters. Während der Kollege scheinbar irgendwo nachschauen muss, plaudern sie über gemeinsame Bekannte. Seltsamerweise hört man ihm nicht mehr an, dass er ordentlich getankt hat.

»Ah, okay. Danke, Horst. Ich werde mich revanchieren.« Tommy legt auf. Erwartungsvoll starren wir ihn an.

»Der Wagen gehört einer über sechzigjährigen Frau namens Breustedt aus Bochum. Seid ihr sicher, dass ihr mir das richtige Kennzeichen genannt habt?«

»Sicher«, antwortet Kuno, und ich nicke eifrig.

»Komisch ist es allemal. Eine Bochumer Dame mit Bremerhavener Kennzeichen, hm.«

»Vielleicht ihr Sohn?«, wirft Ellen ein.

»Mag sein«, entgegnet Tommy.

»Kannst du sie nicht durch den Computer jagen lassen? Oder wie sagt man?«, möchte ich wissen.

Tommy bläst seine Wangen auf. »Fahrzeughalter herausfinden ist eine Sache, Jonas. Eine Person zu durchleuchten eine ganz andere. Das kann Wellen aufwerfen. Wenn wir hier nichts über die Frau haben, dann haben wir ein Problem. Es muss ein offizieller Antrag nach Bochum gesandt werden. Über den Dienstweg und konkretem Verwendungszweck der Daten.« Er hebt entschuldigend die Hände. »Anderes Bundesland. Selbst wenn es ein Kollege für mich machen würde, was ich stark bezweifle, dann dauert es meistens immer noch einen Tag, bis wir die angeforderten Daten bekommen. Wenn es schnell geht. Und so viel Zeit haben wir wohl nicht, oder?«

»Nein«, presse ich krächzend hervor.

»Was bleibt uns dann?«, will Ellen wissen.

Beinahe gleichzeitig erwidern Kuno und Tommy: »Bremerhaven.«

Ich ergänze: »Wir müssen sie suchen. Oder besser gesagt, ihn suchen.«

»Wir sind zu viert. Das ist machbar.«

»Du willst mit?«, frage ich Tommy skeptisch. Er scheint zu wissen, was ich meine.

»Bis zu eurer Wohnung bin ich wieder nüchtern. Ich trinke auch nichts mehr.«

»Wir sind nur drei«, berichtigt Kuno, mit Seitenblick auf Ellen. »Sie bringe ich nach Hause. Das ist gleich um die Ecke.«

»Du spinnst wohl, Kerl. Ich werde bestimmt nicht zu Hause herumhocken, während ihr euch einen schönen Abend macht.« Die Kleinste von uns hat scheinbar den taffsten Charakter. Ich muss schmunzeln.

Kuno weiß anscheinend, dass er nicht gegen sie ankommt, denn er erwidert nichts. Wir schauen uns an, und ich will es noch einmal von Tommy, dem Polizisten, persönlich hören: »Machen wir das Richtige? Kriegen wir sie da raus?«

»Wenn wir Glück haben, nicht nur das«, antwortet er. »Ja, Jonas. Wir machen das einzig Richtige. Alles andere würde euren Ismael nur aufscheuchen und Miriam in Gefahr bringen. Und wahrscheinlich das Mädchen.«

»Dann mal los.« Ellen klatscht in ihre Hände und begibt sich zum Ausgang.

Mein Gott, wie sehr wünsche ich mir, dass Tommy recht hat.

*

»Der hat dich von dem Fall abgezogen?«, fragt Daniel Herbach erstaunt.

»Tu nicht so überrascht. Was hast du denn erwartet nach der Aktion bei Schwank? Schulterklopfen?« Werner ist nicht sauer. Er ist niedergeschlagen. Aber vielleicht auch ein bisschen froh, dass er nicht mehr die Verantwortung in diesem scheinbar aussichtslosen Fall hat.

»Wer übernimmt an deiner Stelle?«

Sie stehen nebeneinander am Fenster und beobachten den vorbeifließenden Verkehr.

»Roger Stahrmann. Ich mache gleich mit ihm eine Übergabe, und dann bin ich weg.«

»Es tut mir leid, Torsten. Wirklich.«

Skeptisch blickt Werner seinen Kollegen an. »Du hast mir nicht alles erzählt, Daniel.«

Lange schauen sich die beiden an. Das geschäftige Treiben auf dem Flur blenden sie aus. Werner versucht schon einige Zeit zu ergründen, was Herbach dazu bewogen hat, einen solchen Auftritt bei Schwank hinzulegen.

»Dir ist schon klar, dass es für dich hier auch nicht weitergeht? Tannhäuser wird dafür sorgen, dass jemand anderes geschickt wird. Wenn überhaupt.«

Herbachs Handy unterbricht ihre Konversation. Er geht ran. Werner konnte Sven Neuhaus' Namen auf dem Display erkennen.

»Ja? Brauchst du nicht, regele das vor Ort. Hier ist einiges passiert. Ich komme gleich zu dir.« Nach einer Pause: »Müssen wir anders machen. Aber warte, bis ich bei dir bin, dann erklär ich dir alles. Bis dann.«

Werner gibt ihm eine Sekunde, dann fragt er: »Und, Daniel? Was habt ihr hier abgezogen? Was ist da zwischen Schwank und dir? Oder Neuhaus?«

Sein Kollege starrt ihn an, scheint abzuwägen, was er antworten soll. Gerade als er zu einer Antwort anhebt, öffnet sich die Tür zu Torsten Werners Büro, und Tannhäuser steht im Türrahmen.

»Guten Abend, die Herren. Herr Werner, würden Sie bitte in den Besprechungsraum zwei kommen? Herr Stahrmann ist hier, und wir würden gerne die Übergabe in Angriff nehmen.«

Werner nickt nur.

»Ich muss auch, Torsten. Halt die Ohren steif.« Herbach klopft ihm mit entschuldigender Miene auf die Schulter und verlässt gleich hinter Tannhäuser das Büro.

Werner fühlt sich kraftlos, sackt gut und gerne vier Zentimeter in sich zusammen. Sein Telefon reißt ihn aus seinen trüben Gedanken.

»Ja, Werner hier.«

»Ich bin es, Svenja.«

»Hallo. Wo bist du?«

»Ich sollte doch mit Claudia noch mal zu Leila.«

Werner lehnt sich gegen seinen Schreibtisch. »Ja, und?«

»Claudia ist echt klasse. Sie hat die Mutter von der Dringlichkeit überzeugen können, so dass sie uns erlaubt hat, mit ihr zu sprechen. Falls Leila irgendwelche Überreaktionen gezeigt hätte, dann hätte sich Claudia ihrer angenommen.«

Nicht mehr deine Baustelle, denkt Werner bedrückt. Trotzdem ist er neugierig, was die beiden erreicht haben. »Und wie hat sie reagiert?«

»Ich habe mir die erste Seite ausgedruckt, wie du gesagt hast. Claudia hat ungefähr zwanzig Minuten versucht, einen Zugang zu ihr zu bekommen, und am Ende hat Leila freiwillig zugestimmt, sich die Seite und ein Foto von Schwank anzuschauen.«

»Ergebnis, Svenja«, drängelt er.

»Nichts. Keinerlei Reaktion auf den Zeitungsausschnitt und auch nicht auf das Foto.«

»Im Ernst?«

»Ja. Sie sagte noch ganz trocken, dass es dieser reiche Typ wäre und dass der öfter in der Zeitung wäre. Sie habe ihn jedoch nie persönlich getroffen. Ihrer Mutter stand auch der Mund offen. Dachte sie doch die ganze Zeit, es wäre Schwanks Foto gewesen, das sie so aufgeregt hätte.«

Gerne hätte er jetzt Herbach hier, um ihm von dem Ergebnis zu berichten. Ihm zu sagen, dass sie sich den ganzen Quatsch hätten sparen können.

»Meinst du, Claudia kriegt noch mehr aus ihr raus?«

»Sie ist noch oben bei ihr, ich wollte dich nur schnell informieren. Ich hoffe schon. Scheinbar hat sie einen guten Draht zu dem Mädel. Wir bleiben dran, okay? Ich sag dir Bescheid.«

»Ähm, Svenja. Warte.«

»Was denn?«

»Du brauchst mir nicht mehr Bescheid geben. Ich bin raus. Wegen unserem Auftritt bei Schwank.«

Längere Pause. Dann: »Tut mir leid, Chef.«

»Ist schon gut. Halte bitte künftig Roger auf dem Laufenden. Ich mache gleich eine Übergabe und nehme mir dann ein paar Tage Auszeit.«

»Alles klar.« Sie stockt. »Ich weiß jetzt gar nicht, was ich sagen soll.«

»Ist schon gut, Svenja. Macht einfach bei Leila weiter. Ich sag Stahrmann, dass ihr dort seid.«

Sie verabschieden sich. In seinem Kopf rotiert es. Was kann Leila damals so aufgebracht haben? Ein Wort? Ein anderes Foto? War es überhaupt wegen der Zeitung?

Er packt ein paar Unterlagen unter den Arm, nimmt seine Tasche und begibt sich grübelnd zum Besprechungsraum zwei, in dem ein ernst dreinblickender Tannhäuser und ein süffisant lächelnder Stahrmann sitzen. Er kostet seinen Triumph voll aus, das ist auf den ersten Blick erkennbar. Werner interessiert es nicht.

Er knallt seine Unterlagen auf den Tisch und setzt sich.

*

Ellen parkt den Wagen eine Querstraße weiter von Sebastians Wohnung entfernt. Es ist bereits dunkel, und so habe ich auch keine große Angst, von Ismael, oder wie auch immer der wirklich heißt, erkannt zu werden.

Es ist warm. Die Luft ist angenehm. Eine Gruppe von jungen Menschen zieht albernd an uns vorbei. Dann fragt Tommy etwas, an das ich bis jetzt überhaupt nicht gedacht habe.

»Hast du überhaupt einen Schlüssel?«

Ich stutze. Wir hatten ihm auf der Fahrt nach Bremerhaven alles bis ins Detail erzählt. Ebenso wie mein Handy dürfte der Schlüssel noch oben in der Wohnung liegen. Ratlos schaue ich meine Freunde an und hebe die Schultern.

Wir stehen vor dem Gebäude und starren die Fassade hoch. Kein Licht brennt hinter den Fenstern, also kommen wir nicht einmal hinter die erste Tür. Ja, wie kommen wir jetzt da rein? Meinen Bruder kann ich nicht anrufen, der jagt den Rest meines Trupps nach Hause. Mich wahrscheinlich ebenso. Und wenn nicht er, dann Shannon. Außerdem möchte ich es vermeiden, die ganze Geschichte noch einmal vorzutragen, mit dem äußerst wahrscheinlichen Ergebnis, dass Sebastian mir Steine in den Weg legt, der alte Korinthenkacker und Paragrafenreiter. Dann fällt mir ein, dass die beiden eh auf einer Geschäftsreise sind und morgen erst wiederkommen wollten. Ich könnte mich ohrfeigen. »Notöffnung?«, frage ich schließlich in die Runde.

»Kannst du belegen, dass du hier wohnst?«, will Ellen von mir wissen.

Ich suche auf den Klingelschildern vergeblich nach einem Namen. Sechs Klingelknöpfe, aber keiner beschriftet.

»Mein Portemonnaie, Handy, Schlüssel, alles oben.«

»Reicht«, sagt Tommy. Er macht auf mich den Eindruck, als ob ihm diese Aktion Spaß macht. Ein bisschen stinkt er noch nach Alkohol, und die eine oder andere Bewegung wirkt unkoordiniert, aber im Großen und Ganzen ist er wieder vorzeigbar. »Ich rufe einen her. Meinen Dienstausweis habe ich ja noch, das macht Eindruck und öffnet so einige Türen.«

Nachdem er mit seinem Smartphone einen Schlüsseldienst herausgesucht und kontaktiert hat, dauert es etwa zwanzig Minuten, bis ein junger Mann direkt vor dem Eingang hält. Er bringt seinen Werkzeugkoffer gleich mit.

»N'Abend. Sie haben angerufen?«, fragt er lax in die Runde.

Tommy ergreift das Wort. »Ja, der junge Mann hat sich ausgesperrt.« Er deutet in meine Richtung.

»Können Sie beweisen, dass Sie hier wohnen?«, fragt der rothaarige Mann kaugummikauend, der aussieht als sei er von einem Tennismatch direkt hierhergefahren. Er trägt weiße Turnschuhe, weiße Shorts und ein ebenfalls weißes Hemd am Körper. Fehlt nur noch der Tennisschläger.

»Ja, wenn wir drin sind. Mein Portemonnaie, Schlüssel und Handy sind oben.«

»Hhm …« Er blickt uns vier der Reihe nach an.

»Was heißt hier hm?«, will Kuno von ihm wissen.

»Ihr kommt mir komisch vor.«

»WIR kommen dir komisch vor, Boris?«, fragt Kuno erstaunt.

»Ich heiße nicht Boris. Wie kommen Sie darauf?«

Kuno taxiert den jungen Mann, der tatsächlich eine verblüffende Ähnlichkeit mit Bobbele Becker aufweist, von oben bis unten und will etwas erwidern, aber Tommy kommt ihm zuvor. »Das geht schon in Ordnung. Ich bin Polizist.«

»Ach so. Sie sind Polizist.« Boris mimt den Erstaunten, um dann nachzulegen: »Na, und ich bin vom Verfassungsschutz. Gar nichts geht in Ordnung.«

Kuno reißt der Geduldsfaden. Er macht einen schnellen Schritt auf den jungen Mann zu, packt ihn am Kragen und zischt: »Ich hau dir gleich deine Kartoffel vom Hals, Schneeweißchen. Mach die verdammte Tür auf!«

Ellen geht dazwischen und drückt Kuno beiseite, während sie fragt: »Wie läuft das denn sonst? Wenn die Kunden ihre Papiere in der Wohnung gelassen haben?«

Bobbele muss sich erst sammeln, bevor er stockend antwortet: »Meistens versprechen sie mir ein paar Euro extra. Für mein Vertrauen.«

Daher weht also der Wind. Hätte ich mir denken können, dass es dem Knaben nicht ums Prinzip ging. Ich stelle ihm fünfzig Euro extra in Aussicht, wenn er uns jetzt schnell reinlässt. Das scheint ihn einigermaßen zufriedenzustellen, denn er geht sofort zur Tür.

Kuno möchte einen Blick darauf werfen, was der Junge an der Tür macht, und stellt sich neben ihn. Der springt erschrocken zur Seite. »Halten Sie mir den Gorilla vom Leib«, keift er ängstlich.

Kuno geht missmutig zurück und lässt ihn seine Arbeit machen.

»Donnerwetter.« Der Junge pfeift anerkennend durch die Zähne, als er die Verriegelung betrachtet. »Sieht man auch nicht oft. Jedenfalls nicht hier in Lehe«, fügt er erklärend hinzu. Er braucht geschlagene zehn Minuten, bis die Tür sich öffnet. Er strahlt uns mit stolzgeschwellter Brust an und bittet uns herein.

Wir gehen hoch zu Sebastians Wohnung, in die der Junge relativ schnell hineinkommt – mittels einer flexiblen Plastikkarte. »Wäre sie richtig verschlossen gewesen, dann hätten wir ein Problem gehabt«, sagt er freudig zu mir, als er mir die Tür öffnet.

»Dankeschön.«

Ellen und Tommy schauen sich beeindruckt die Wohnung an, während ich mein Portemonnaie suche und fünfzig Euro herausnehme, um sie unserem Helfer zu geben. Als er mir anschließend die Rechnung ausstellt, möchte ich ihm am liebsten das Geld wieder wegnehmen. Zweihundertfünfzig Euro. Für fünfzehn Minuten Arbeit. Darauf angesprochen, erwidert er, dass es der normale Satz sei, und verabschiedet sich schnell. Wahrscheinlich um den dritten Satz mit Ivan Lendl zu Ende zu spielen.

»Und nun?«, fragt Ellen, während ich bereits mein Laptop hochfahre.

Tommy antwortet: »Wir schauen, ob er wieder in der Nähe ist. Wenn er schon hier ist, gehen wir auf die Suche. Wenn nicht, dann warten wir. Irgendwann muss er sich jawohl sehen lassen.«

Ich gebe den WLAN-Schlüssel vom Router ein. Passt. Während die Verbindung aufgebaut wird, checke ich mein Handy. Zwei verpasste Anrufe von Miriam. Drei von meinem Bruder und eine Textnachricht von Shannon.

Wo bist Du?

Kurz und knapp. Miriam brauche ich leider nicht zurückzurufen. Bei meinem Bruder werde ich mich morgen melden. Ich will ihm nichts von Miriams Entführung erzählen, aber er sollte wissen, was los ist.

»Soll ich uns was zu essen machen?«, will Ellen wissen, und ich muss grinsen. Die einzige Frau in unserem Team denkt ans Verköstigen. Schubladendenken? Aber recht hat sie. Wir müssen bei Kräften bleiben. Den Tag über habe ich nicht sehr viel zu mir genommen. Das Gleiche gilt für Kuno.

Zustimmendes Gemurmel ebenfalls von Tommy.

»Kannst du dich einloggen?«, frage ich Kuno, und er setzt sich sofort neben mich, um seine Daten einzugeben. Tommy kommt hinzu, und gebannt starren wir auf den Bildschirm.

»Das ist Bederkesa«, erklärt Tommy. Recht hat er. Etwas außerhalb von Beers befindet sich der blaue Punkt. Direkt am See.

»Das muss ungefähr da gewesen sein, wo wir mit ihm gesprochen haben«, ergänze ich.

»Verdammt!«, flucht Kuno. »Schau mal auf den Text.«

Ich schaue auf die Daten, die neben dem Punkt stehen. Letzte Ortung um 17.38 Uhr. Zu dem Zeitpunkt müssten wir uns mit Ismael getroffen haben.

»Der Akku ist leer«, vermutet Tommy, und Kuno nickt bestätigend.

»Und was machen wir jetzt?«, frage ich.

Tommy klärt mich auf: »Gute alte Laufarbeit. Er muss irgendwann hier aufschlagen. Wir gehen jeweils in Zweierteams raus und halten die Augen offen. Mehr können wir nicht tun.«

»Vorher wird noch gegessen«, verkündet Ellen und stellt eine Pfanne mit Sebastians Scampis auf den Tisch. »Nudeln kommen gleich. Setzt euch.«

Die nächsten zwanzig Minuten verbringen wir damit, unser weiteres Vorgehen zu planen, zu essen und Ellens Kochkünste zu loben.

Für kurze Zeit haben wir eine Art Leichtigkeit in unsere Gespräche gebracht, die sehr wohltuend ist. Leider sind solche Momente ebenso schnell wieder verflogen, wie sie kommen.

Kuno und ich machen uns für den ersten Rundgang fertig. Den zweiten werden Ellen und Tommy in Angriff nehmen. Wie lange wir uns abwechseln müssen, bis wir endlich einen Anhaltspunkt haben, steht leider in den Sternen. Aber ich denke, wir sind ein gutes Team. Und die Hoffnung stirbt bekanntlich zuletzt.

14

Bad Bederkesa, September 2006 bis August 2015

Jasmin rührte das Essen nicht an, das er ihr hinstellte. Nicht am ersten Tag und auch nicht an den folgenden. Sie hatte eine Ahnung, was er mit ihr vorhatte. Lieber würde sie sterben, als da mitzuspielen. In welcher Form auch immer. Also aß sie nichts von dem Essen, trank auch nichts von der Milch, die er ihr brachte, auch nicht aus dem Wasserhahn, der sich in ihrem Verlies befand.

Er brachte ihr jeden Tag kommentarlos ein frisches Mahl, wartete stets zwei bis drei Stunden, dann holte er das unangetastete Essen wieder heraus.

Sie hielt vier volle Tage und Nächte durch. Zum Schluss war es die Hölle. Ihr Mund war trocken, ihr Magen schmerzte. Sie fing an sich zu kratzen und zu schlagen, um die Schmerzen im Bauchbereich zu überdecken und die destruktiven Gedanken zu verdrängen. Sie dachte, sie würde den Verstand verlieren. Als er am vierten Abend eine kleine Platte mit Käsebroten auf den Fußboden stellte, hielt sie es nicht mehr aus, schaffte es nicht, weitere drei Stunden auf das verheißungsvolle Mahl zu starren.

Sie sprang auf und krallte sich in seinem Gesicht fest. Sie schrie, schlug um sich und trat nach ihm. Sie versuchte ihre letzten Kraftreserven zu mobilisieren. Leider konnte sie in ihrem Zustand nicht viel ausrichten. Die Tage ohne Nahrung und Flüssigkeit hatten ihren Körper derart gefordert, dass sie schon bei dem Sprung auf ihn Kreislaufprobleme bekam und ihr schwarz vor Augen wurde. Als sie sich in sein Gesicht gekrallt hatte, konnte er sie mühelos von sich wegschieben.

Er warf sie in die Ecke, in der ihre Matratze lag. Kraftlos, aber noch bei Sinnen sackte sie in sich zusammen. Für Buck war es aber kein Grund, von ihr abzulassen. Er hob sie hoch und achtete darauf, dass sie ihn ansah. Dann schlug er sie mit der Faust bis zur Bewusstlosigkeit.

Er schleppte sie mühelos zum Waschbecken und hielt ihren Kopf unter kaltes Wasser, damit sie wieder erwachte. Dann warf er sie erneut in die Ecke und bemächtigte sich ihrer so, wie er es sich schon so lange Zeit ausgemalt hatte.

Als sie wieder alleine war, wollte sie nur noch sterben. Aber nicht wegen der äußerlichen Wunden, die er ihr zugefügt hatte. In ihr war etwas zerbrochen. Sie erkannte, dass sie nie wieder das Tageslicht sehen würde. Dass sie nie die Kraft haben würde, durch Hungern aus diesem Leben zu scheiden. Hätte sie die letzten Tage immer noch ein Fünkchen Hoffnung gehabt, dass irgendjemand sie fand oder sie Buck überwältigen und flüchten konnte, so begrub sie diese Hoffnung jetzt. Sie kauerte sich zusammen und schlief ein.

Am folgenden Tag stand frisches Essen auf dem Fußboden. Sie hielt es nicht mehr aus und stürzte sich geradezu darauf. Sie aß so hastig, dass sie es beinahe wieder erbrochen hätte. Daraufhin aß sie langsamer und bedächtiger.

Stunden vergingen, Tage, Wochen, Jahre. Hin und wieder fragte sie ihn, welches Datum gerade war. Aber je länger sie in ihrem Gefängnis war, desto unwichtiger wurde ihr das Wissen um Wochentag und Jahreszahl. Erinnerte es sie doch nur daran, wie lange sie schon kein selbstbestimmtes Leben führte. Das machte sie traurig.

Sie hasste ihn, ohne Zweifel. Andererseits gab es Momente, da kam er in ihr Verlies und versuchte ein Gespräch mit ihr zu führen. Er war kein guter Redner. Schnell merkte sie, wenn er etwas auf dem Herzen hatte. Meistens saß er lange Zeit einfach nur da und starrte auf den Boden oder zur Seite. Erst als sie das Wort ergriff – zum Beispiel mit einer einfachen Frage, wie es ihm ginge –, taute er auf und begann ein wenig stockend über Themen zu reden, die ihn bewegten. Hauptsächlich ging es um seine Gemütsverfassung. Dass ihn etwas verwirrte oder ärgerte. Ihr wurde schnell klar, dass auch die größten Bestien ihre sentimentalen Momente hatten. Dass sie jemanden zum Reden brauchten.

Sie war über zwei Jahre seine Gefangene, da kam er nach unten und überreichte ihr wortlos Schokolade und etwas Gemütlicheres zum Anziehen. Eingepackt in weihnachtliches Geschenkpapier.

Es sei Heiligabend, sagte er schließlich. Scheinbar hatten die Feiertage etwas in ihm ausgelöst. Sie bedankte sich. Sie freute sich tatsächlich. Das dünne Nachthemd, das sie am Leib trug, hatte Löcher, hielt nicht warm, sondern bedeckte nur ihren Körper. Natürlich wusch er es, aber in der Zeit gab er ihr keinen Ersatz, so dass sie nackt warten musste, bis ihr Hemdchen gereinigt und getrocknet war.

»Gerne«, antwortete er. Nach einer langen Pause und nachdem sie den Schlafanzug übergestreift hatte, ergänzte er leise: »Ich hab noch nie Weihnachten gefeiert.«

Sie strich sich gerade über das feste, wärmende Material ihres neuen Kleidungsstücks und sah überrascht auf. »Warum nicht?«

»Ich halte nichts davon.« Wieder eine längere Pause, dann: »Meine Eltern hielten nichts davon.«

»Selbst als Kind kein Weihnachten? Keine Geschenke?«, fragte sie erstaunt.

»Nein.«

Diese Information riss ihr jetzt nicht die Füße weg, und sie wunderte sich ebenfalls nicht. Aber ein wenig traurig war es schon. Sie dachte an ihre eigenen Weihnachten. Mit ihrem Vater und ihrer Mutter. Das üppige Essen am Heiligen Abend. Die Aufregung, bis im Wohnzimmer endlich das Glasglöckchen klingelte. Das Stürmen zu den Geschenken und das Aufreißen des Papiers. Die wohlige Wärme im Haus, der Schnee draußen. Es war schön. Und egal, aus was für einem Elternhaus man kam, Weihnachten sollte jedes Kind kennen und lieben gelernt haben. Das war ihre Meinung.

Die Erinnerung daran trieb ihr die Tränen in die Augen. Buck saß auf seinem Stuhl und beobachtete sie. Dann ging ein Ruck durch seinen Körper, und er ging hinaus.

Am nächsten Tag dann noch eine Überraschung. Anstatt ihr Essen zu bringen, legte er ihr ein Seil um die Taille. Verband es mit seinem Oberkörper und zeigte auf den Ausgang. Sie war sprachlos. Zögerte. Er schob sie vorsichtig vorwärts. An der Tür blickte sie ängstlich zu ihm auf. Sie vermutete eine erneute Lektion, doch er nickte ihr zu, griff ihre Hand und sagte: »Bitte nicht.«

Sie verstand. In ihrem Kopf kreisten tausend Gedanken. Hauptsächlich ging es um Flucht und Kampf. Sie musste sich zusammenreißen.

Als sie einen Schritt in den angrenzenden Kellerraum tat, da war es wie die Reise in eine andere Welt. Die Luft war anders, der Geruch. Ewigkeiten hatte sie dieselben Stellen, in demselben Raum angestarrt, so dass alleine dieser neue Raum einer Reizüberflutung gleichkam. Ihre Knie wurden weich, und Buck stützte sie schnell.

Er fasste sie um die Taille und trug sie fast die Treppe hoch. Oben angekommen, bugsierte er sie ins Wohnzimmer. Eine Kerze stand auf dem

Couchtisch. Weitere brannten an einer Weihnachtstanne, die mit Glaskugeln und Silberlametta geschmückt in der hinteren Ecke stand. Aus einem CD-Player tönten Klänge von Bing Crosby.

Er bedeutete ihr, Platz zu nehmen. Sie war überwältigt. Sie zitterte. Er legte ihr behutsam seine riesige Hand auf den Unterarm und setzte sich neben sie. Eigentlich war es so krank, was er hier mit ihr machte, sie zu fesseln und an sich zu binden. Andrerseits war es ein Zugeständnis von ihm, an sie. Eine Belohnung oder Honorierung?

Von einem Beiwagen nahm er zwei abgedeckte Teller. Er stellte sie auf den Couchtisch ab und legte Besteck dazu. Dann entfernte er die Alufolie von den Tellern. Auf den Tellern lagen Stücke einer Ente mit Kartoffelknödeln, Soße und Rotkohl. Seine Bewegungen waren langsam, geradezu bedächtig. Dann forderte er sie auf, zu essen.

Eine Weile gingen ihr Fluchtgedanken durch den Kopf. Sie malte sich ihre Chancen aus, von ihm und von hier flüchten zu können. Da sie am Ende ihrer Überlegungen zu dem Schluss kam, dass es sinnlos wäre, geradezu tödlich, entschied sie sich, diesen Abend der Ruhe einfach zu genießen. So pervers es ihr doch schien.

Tatsächlich erfreute sie der Abend. War es doch eine willkommeine Abwechslung zu ihrem sonstigen Alltag, der eigentlich nur darin bestand, nicht durchzudrehen und in ihrem Gefängnis zu hocken.

Er schenkte ihr ein Buch, einen dicken Wälzer von Thomas Mann. *Buddenbrooks*. Sie hatte noch nie Bücher gelesen. Geschweige denn in den letzten zwei Jahren überhaupt eins in der Hand gehabt. Jetzt freute sie sich über diese Geste. Sie dankte ihm.

Den Rest des Abends schauten sie fern. Sie amüsierte sich, genoss sogar die Werbepausen, die voll mit kitschigen weihnachtlichen Spots waren.

Als er Anstalten machte, sie zurück nach unten zu bringen, überkam sie eine tiefe Traurigkeit. »Vielleicht machen wir das bald wieder«, sagte er, als er in ihrem Gesicht die Niedergeschlagenheit bemerkte.

Buck hielt Wort. Jedes Jahr zu Weihnachten nahm er sie mit nach oben. Sie hatte es sich immer und immer wieder im Vorfeld ausgemalt, wie sie flüchten könnte. Aber als es so weit war, verwarf sie den Gedanken an Flucht. Es waren schöne Feiertage. Berührende. An manchen kamen sie richtig ins Gespräch. Er erzählte über sich und seinen Lebensweg. Wie seine Vergangenheit aussah, was ihn geprägt hatte. Er weinte einmal. Sie tröstete ihn. Auch ein Monster war zerbrechlich, das wusste sie seitdem.

Seine körperlichen Übergriffe hörten natürlich nicht auf. Doch waren sie nicht mehr so schlimm wie am Anfang.

Und jeden Tag im Jahr freute sie sich auf die kommenden Weihnachtstage.

15

Bremerhaven, Donnerstagmorgen

In zwei Stunden Schichten sind wir die Nacht über abwechselnd durch das Leher Viertel getigert. Richtiggehend getigert. Immer sprungbereit, wenn sich ein Auto näherte. Immer vorsichtig, wenn wir um eine gut beleuchtete Häuserecke gingen.

Ich komme mit Kuno in die Wohnung. Was ich sehe, gefällt mir gar nicht. Tommy ist alleine im Wohnzimmer, mit einer Dose Bier am Hals. An und für sich nicht so schlimm. Aber auf dem Couchtisch stehen fünf weitere leere Dosen. Da hat er sich in den vergangenen zwei Stunden aber die Zeit zu vertreiben gewusst.

»Was soll das, Tommy? Kannst du es nicht einmal eine Nacht ohne Sprit aushalten?«, frage ich vorwurfsvoll.

Er hebt gleichgültig die Schultern. »Ich hatte Durst.«

»Dann trink Wasser, Kerl.« Kuno. Ebenfalls ein Stückweit angesäuert. »Wir brauchen dich nüchtern.«

»Ich bin nüchtern.«

»Einen Scheiß bist du. Also ehrlich.«

Mein Handy vibriert, und ich schaue auf das Display. Shannon.

»Wieder nix?«, fragt Tommy.

Ich schüttele den Kopf und öffne die WhatsApp-Nachricht.

Sind auf dem Rückweg. Alles in Ordnung?

Ich sende ihr einen erhobenen Daumen. Das muss reichen.

Kuno geht in die Küche und schmiert sich eins von den Brötchen, die wir eben vom Bäcker geholt haben.

»Ich weiß auch nicht, wie lange wir das hier noch machen sollen. Es führt doch zu nichts.« Die Ereignislosigkeit ist erdrückend und macht mich aggressiv.

»Hey!«, ertönte es aus der Küche. »Nun hör auf. Wirf jetzt die Flinte nicht ins Korn. Es ist die einzige Möglichkeit, um näher an den Burschen zu kommen, Kamerad.«

»Ich weiß. Aber es ist so ermüdend. Die ganze Nacht unterwegs und nichts erreicht. Mit fehlt meine Frau, Kuno.«

»Ich weiß. Wir finden sie. Reiß dich zusammen, bitte.« Tommy fragt er: »Hast du etwas erreicht? Wegen der Fahrzeughalterin?«

Der schüttelt den Kopf. »Nein, nichts.«

»Was hast du denn gemacht? Außer die Dosen zu leeren?«

»Ich habe ihren Namen gegoogelt«, empört sich Tommy. »Versucht ihre Telefonnummer herauszusuchen. Aber da war nichts. Dann habe ich die Adresse gegoogelt. Es ist ein Hochhaus, in dem zehn verschiedene Firmen sitzen und fünfzehn normale Haushalte. Da wird's keinen geben, der diese Dame kennt, glaub mir.«

»Versuchen müssen wir es trotzdem.« Kuno frage ich: »Sollten wir Ellen nicht nach Hause schicken?«

»Kannst du vergessen«, antwortet er. »Die lässt sich nicht davon abbringen, dir zu helfen. Ich gehe sie wecken.«

Dass uns die Ideen und Möglichkeiten fehlen, zerrt an meinem Nervenkostüm. Alles ist so vage. Kommt Ismael her? Wann kommt er? War er überhaupt hier, um Miriam zu verstecken? Ist sie nicht vielleicht schon tot und liegt in irgendeinem Straßengraben auf dem Weg nach Bremerhaven? Ich teile den dreien meine Befürchtungen mit, während wir frühstücken.

»Natürlich ist die Gefahr da, aber es ist unsere einzige Möglichkeit, den Ort herauszufinden. Aber wie gesagt, wenn der oder die spitzkriegen, dass Polizei im großen Stil um sie herumgeistert, dann ist Miriam in größerer Gefahr, als wenn wir es mit unserem Plan versuchen.« Trotz der Biere spricht Tommy relativ flüssig. Ich bin immer noch verärgert über sein Verhalten. Aber so lange, wie er am Trinken ist, braucht sein Körper den Alkohol wahrscheinlich schon. Von seinem Kopf ganz zu schweigen.

»Falls sie noch lebt«, gebe ich zu bedenken.

Ellen haut mir mit der flachen Hand auf den Hinterkopf. »Denk mal positiv. Du bist wirklich ein echter Jonas.« Zu Tommy sagt sie: »Komm schon. Unsere Runde.«

Ich starre den beiden vom Fenster aus nach, wie sie locker durch die Straße schlendern. »Was heißt das eigentlich? Echter Jonas?«, will ich von Kuno wissen. »Du hattest im Auto auch schon so was angedeutet.«

Kuno sitzt auf dem Sofa und schaut Nachrichten. Er lacht. »Ein Jonas war in der Seefahrt ein Unglücksbringer. Jemand, der das Unheil anzog. Bei tagelangen Flauten, vielen Unfällen und was weiß ich noch alles, kam schnell der Glaube auf, dass man einen Jonas an Bord hatte, der dafür verantwortlich war.«

»Wieso Jonas?«, will ich wissen.

»Kennst du nicht die Geschichte von Jonas und dem Wal? Aus der Bibel.«

»Ja, da klingelt was. Hatte der so viel Unglück?«

»Er hatte einen Auftrag von Gott erhalten, ist aber geflohen. Auf seiner Flucht fällt Jonas vom Schiff, Gott schickt einen Wal und der schluckt ihn für drei Tage. Erst als Jonas Gott anbetet, lässt der ihn vom Wal ausspeien.«

»Woher weiß man so etwas?«, frage ich verwundert. »Das hätte ich jetzt von meiner Nachbarin erwartet. Von Rebecca. Aber du?«

Kuno lacht abermals. »Als Bremerhavener hat man viel mit der Seefahrt am Hut, Kamerad. Außerdem fand ich schon seit jeher, dass die Bibel die eine oder andere gute Geschichte zu bieten hat.«

Ich geselle mich zu ihm auf das Sofa. Tatsächlich scheine ich das Unglück irgendwie anzuziehen, denn wie sonst ließe sich erklären, dass meine Ehe murks ist und meine Frau entführt. Ich schaue mit ihm fern.

In den Nachrichten sind Flüchtlinge Hauptthema und Angie Merkels Aussage, dass wir das schaffen. Ja, das stimmt, sage ich mir. Wir schaffen das. Ich meine es nicht in Bezug auf den Flüchtlingsstrom, sondern auf das Finden meiner Frau. Endlich weiß ich, was ich will, und ich muss dafür kämpfen.

Kuno unterbricht mich in meinen Gedanken. »Der hätte wenigstens die leeren Dosen wegpacken können. Das sieht aus hier.«

»Er hat Probleme.«

»Das habe ich gemerkt. Trotzdem. Wenn deine Schwägerin das sieht, ist aber wieder Alarm hier im Haus.«

»Ja, das stimmt«, konstatiere ich leise und merke plötzlich, dass mich etwas an dem stört, was Kuno gesagt hat. Ich weiß nicht, was es ist. Die Bierdosen? Nein. Habe ich Angst vor Shannons Ausraster? Auch nicht.

Shannon. Da klingelt was. Es muss irgendetwas mit Shannon zu tun haben.

»Was ist mit dir?« fragt Kuno.

»Ich weiß nicht. Ich überlege.«

Kuno lacht herzhaft auf. »So kenne ich dich ja gar nicht.« Er haut mir auf die Schulter. »Tschuldige, der musste sein. War eine Steilvorlage.«

Und dann springt es mich beinahe an. Shannon. Die Frau, die nie mehr als zwei einfach gestrickte Sätze geredet hat, und plötzlich sprechen kann wie eine Literaturprofessorin. Das ist der erste Punkt, der mich so verwundert hat. Aber das wirklich Sonderbare war ihr Auftritt hier. Ich hake noch einmal bei Kuno nach: »Sag mal. Als Shannon hier reingepoltert kam. Du hattest doch die Bierdosen weggeräumt und die Tüte hinten an die Küchenzeile gestellt, bevor du sie reingelassen hast, oder?«

Er braucht nicht lange überlegen und antwortet: »Ja. Ich hab es klingeln gehört, vier oder fünf Dosen in die Tüte geworfen und auf dem Weg zur Tür da hingestellt.« Er deutet mit dem Daumen hinter sich zum Küchenblock.

Ich springe vom Sofa hoch und renne zur Eingangstür. »Wie um alles in der Welt konnte sie dann wissen, dass wir am Biertrinken waren?« Ich versichere mich, dass ich keinerlei Einblick vom Flur aus habe. »Sie konnte die Dosen gar nicht sehen.«

Kuno springt ebenfalls auf. »Kameras?«, fragt er und schaut sich stirnrunzelnd um. »Mir kommt diese Bude eh komisch vor. Kein einziges Licht brennt hier im Haus.«

»Na, wenn ihnen das ganze Haus gehört und die Wohnungen noch nicht vergeben sind?«

»Als du geschlafen hast, bin ich ein wenig rumgetapert.«

»Was heißt das?«

»Ich weiß gerne, bei wem ich mich aufhalte. Dann guckt man sich die Örtlichkeit halt genauer an.«

»Wolltest du was klauen?«, will ich von ihm wissen.

»Ah, wo. Ich bin nur neugierig, mehr nicht. Das Leben anderer Leute, kennst das ja.«

Ich schüttele den Kopf. »Nein, kenne ich nicht. Wonach suchen wir genau? Wie sieht so was aus?«

»Die können so klein sein, dass du sie in einer Uhr verstecken kannst. Hier.«

Ich eile zu ihm. Er hat eine neumodische Plastik in der Hand. Ein Frauenkörper in Weiß, der sich um einen schwarzen Männerkörper schlingt. Am unteren Ende schaut ein Kabel heraus, das am anderen Ende in der Wand verschwindet. Er deutet mit dem Zeigefinger auf ein winziges kleines Loch, kaum größer als ein Streichholzkopf.

»Meinst du?« frage ich ihn, und er schaut mich vorwurfsvoll an.

»Denkst du, das Kabel ist für die Innenbeleuchtung? Witzbold. Komm mal mit. Mir fällt da was ein.«

Er stellt die Plastik wieder zurück und eilt in das Schlafzimmer. »Irgendwas störte mich an diesem Schrank. Schau.«

Er öffnet ihn und zeigt mir, wie weit der Innenraum reicht.

»Und?« Ich verstehe nicht, was er meint.

»Schau mal, wie weit die Spiegelfläche weitergeht, und hier.« Kuno klopft die Innenwand ab. Klingt hohl. Dann deutet er an die Tapete. Ein kleiner dunkler Fleck, der aussieht, als sei darauf etwas entlanggeschrappt. Jetzt verstehe ich, was er meint.

»Was denkst du?«

»Dass dahinter noch ein Raum ist. Ich hätte es in der Aufregung beinahe vergessen, aber als du das mit Shannon sagtest, ist es mir wieder eingefallen. Was, hatte sie gesagt, ist das für eine Wohnung?«

Ich schürze die Unterlippe. »Rückzugsort.«

»Mit Kameras, Hochsicherheitseingangstür und verstecktem Raum?«

»Klar. Die sind reich. Sie wollen ihr Eigentum gesichert wissen. Würde ich auch so machen. Wie heißen diese Dinger? Panikraum?«

»Hm. Ich weiß nicht. Ist komisch. Wie stehst du zu deinem Bruder? Könnte er etwas mit der Sache zu tun haben? Oder Shannon?«

»Nun hör aber mal auf. Das ist mein Bruder.«

»Anderer Leute Brüder haben auch schon so einiges angestellt, glaub mir. Das hat nichts zu sagen.«

Ich schüttele energisch den Kopf. »Niemals.« Doch Kuno scheint irgendetwas gewittert zu haben. Er lässt nicht locker.

»Woher mag Ismael gewusst haben, dass du hier steckst? Dann hast du selbst gesagt, dass deine Schwägerin plötzlich alles andere als doof ist, und sie wurde regelrecht aggressiv, als sie mitbekommen hatte, dass ich hier bin. Zusammen mit der Raumüberwachung ergibt das schon ein schräges Bild. Vielleicht hat sie mich durch die Wohnung tigern sehen, als du geschlafen hast. Denn keine halbe Stunde später stand sie vor der Tür und sagte das mit den Bierdosen.«

So bescheuert es sich in meinen Ohren auch anhört. Es stimmt. Komisch ist es allemal. Auch das Eintreffen von Ismael. Wie hätte er wissen können, wo ich stecke, und dass ich vorhatte, mit Miriam zur Polizei zu gehen? Unser Telefongespräch wurde belauscht.

»Und vergiss nicht den Umstand, dass die Peilung mit dem Handy in diesem Bereich war. Die Wohnung deines Bruders war mittendrin, deshalb sind wir hier.«

Ich nicke langsam. Beklommenheit macht sich in meiner Magengegend breit. Ich habe kein gutes Gefühl, als ich Kuno frage: »Was schlägst du vor?«

»Erst mal schauen, was sich hinter diesem Schrank befindet«, beschließt er, und ich stimme ihm zögerlich zu, denn es behagt mir nicht, in Sebastians Wohnung herumzuschnüffeln.

»Also falls wir wirklich beobachtet oder belauscht werden, dann bekommen sie es doch mit«, werfe ich schnell ein.

»Und?«, fragt Kuno gedehnt. »Sollen wir jetzt die Hände in den Schoß legen und nichts tun?«

Nach kurzer Überlegung sage ich: »Natürlich nicht.«

»Dann los.«

Wir tasten den Schrank ab, fühlen hier und drücken dort. Als Kuno am oberen Teil des Schranks herumdrückt, ist ein Klicken zu vernehmen. Aus dem Inneren des Schranks. Aber nichts tut sich. Er greift noch einmal nach oben und drückt mit seinem Daumen eine Stelle, die sich direkt am Wandabschluss befindet. Erneutes Klicken. Die innere Seitenwand schwingt etwa zehn Zentimeter auf.

Ich merke, dass ich die Luft angehalten habe, und sauge schnell ein paar Liter nach. Kuno drückt sich an mir vorbei und öffnet die Innenwand komplett. Er wirft einen Blick hinein, gibt einen unverständlichen Laut von sich, dann wendet er sich mir wieder zu. »Das sollten wir uns ansehen.«

Ich weiß nicht, ob ich wirklich wissen will, was sich dahinter befindet. Aber es nützt nichts. Ich folge ihm, als er die ersten Schritte in die Dunkelheit macht.

*

»Ich wüsste nicht, was das bringen sollte, Svenja. Den einen Tag schreit sie bei Schwanks Foto auf, den anderen wieder nicht. Jetzt sind es mehrere Männer, die ihr übel mitgespielt haben sollen. Wirklich gesehen hat sie aber nur einen. Woher kommt diese plötzliche Erkenntnis oder ihre Mitteilsamkeit?« Roger Stahrmann lehnt sich in seinem Schreibtischstuhl zurück und verschränkt seine Arme vor der Brust.

»Weil Claudia einen super Draht zu ihr hat. Wir können das doch nicht außer Acht lassen, Roger.«

»Natürlich können wir. Ich führe jetzt die Truppe, Svenja, und ich sage dir, dass diese Spur uns nicht weiterbringt.«

»Welche denn dann?«, fragt sie schnippisch.

»Ich denke nicht, dass du in der Position bist, meine Ermittlungsmethoden zu hinterfragen«, erwidert er streng.

»Ich würde aber gerne …«, setzt sie an.

»Nein. Du hältst dich bitte in der Nähe auf. Ich arbeite jetzt das weitere Vorgehen aus, versammele die Truppe, und dann kann es sein, dass ich auf dich zurückgreifen werde. Keine Alleingänge, haben wir uns verstanden?«

Niedergeschlagen senkt sie den Kopf und beeilt sich, aus dem Büro zu kommen.

»Svenja!«, ruft Stahrmann ihr hinterher.

Sie wendet sich mürrisch um.

»Werner ist ein guter Polizist. Aber dieser Fall war eine Nummer zu groß für ihn, okay? Er hat nicht den Überblick, den man als Führungskraft braucht, verstehst du?«

»Wenn du meinst«, antwortet sie nur und verlässt den Raum.

Stahrmann knallt die Hände auf seine Schreibtischplatte. Ein Startzeichen. Er muss loslegen. Er geht ein paar Akten durch und erstellt Listen. Um sein Vorhaben, das ihm schon eine Weile durch den Kopf spukt, umzusetzen, erledigt er ein paar Anrufe. Anschließend trommelt er seine Mannschaft zusammen, um sie von seinem Plan zu informieren.

»Die Hunde treffen morgen gegen Mittag in Bederkesa ein. Tragt solange alles an Informationen zusammen, was es gibt. Sucht nach Auffälligkeiten, Zusammenhängen. Geht die Berichte der Zeugenaussagen durch. Wenn euch etwas spanisch vorkommt, sagt es mir. Wenn ihr Neuigkeiten habt, sagt es mir.« Er spricht eindringlich.

»Wie viele Hunde werden kommen?«, fragt eine junge Kollegin aus der hinteren Reihe. »Bederkesa hat gut fünftausend Einwohner. Wie teilen wir uns auf?«

»Man hat mir mindestens drei zugesagt. Wie wir genau aufteilen, dazu morgen mehr. Viel Erfolg.« Er verabschiedet seine Kollegen mit weit ausholender Geste.

»Svenja, kommst du bitte noch einmal zu mir?«

»Was gibt's?«

»Was hast du vor?«

»Die Zeugenaussagen aus meinem Bereich durchgehen. Danach wollte ich mit Timo die Leute besuchen, die wir bis jetzt nicht erreicht haben.«

»Okay. Du sahst nicht so aus, als ob du viel Vertrauen in meine Theorie hättest.«

»Doch schon«, druckst sie ein wenig herum. »Natürlich könnte der Entführer aus dem Ort kommen. Aber glaubst du, du findest jetzt noch irgendeine Spur?«

»Die Kollegen haben mir versichert, dass die Hunde der frischesten Spur folgen können. Wenn das Mädchen in irgendeinen Hauseingang geschleppt wurde, dann erfahren wir das. Torsten hätte sie nicht nur im Wald suchen lassen dürfen.«

»Mag sein. Aber ich neige eher dazu, der Theorie mit Bremerhaven zu folgen. Die Gemeinsamkeiten springen schon ins Auge. Drei Fälle dort. Mit Leila vier. Das sagt mir, dass wir in dieser Richtung weiterermitteln sollten.«

»Nein. Für mich scheint es eher eine zufällige Gemeinsamkeit zu sein, dass ein Elektroschocker verwendet wurde. Die räumliche Distanz, der Umstand, dass zwei Mädchen angegriffen wurden, und vor allem, dass sie wesentlich jünger als die anderen drei waren, sagt mir, dass wir es mit zwei völlig unterschiedlichen Fällen zu tun haben.«

»Du bist der Boss«, entgegnet Svenja und wendet sich ab.

*

Hinter der Tür ist es ziemlich dunkel, und ich taste mich an den Seitenwänden entlang. Ein dumpfes Geräusch ist zu vernehmen, und ich höre Kuno leise fluchen. Mir geht seltsamerweise durch den Kopf, dass man im Dunkeln leiser flucht als in hellerer Umgebung.

Eine Weile verharren wir auf unseren Positionen, bis sich unsere Augen etwas an die Lichtverhältnisse angepasst haben. Durch den offenen Schrank ist ein Teil des Raumes spärlich beleuchtet. Ich entdecke auf der rechten Seite einen Schalter in Augenhöhe und mache Kuno darauf aufmerksam.

Als er den Schalter betätigt, erhellen Lampen unter der Decke und am Fußboden den Raum. Aber auch als ich alles erkennen kann, bin ich mir nicht sicher, was das hier sein soll. Ich gehe ein Stück weiter hinein, mein Blick bleibt auf dem Fußboden hängen. Ist das Glas? Fragend schaue ich zu meinem Freund hoch, der genauso ratlos scheint.

»Man kann in den darunterliegenden Raum blicken«, sagt Kuno. Er klingt erstaunt. Und es stimmt. Durch einen gläsernen Fußboden sehe ich einen schwach beleuchteten Raum unter uns. Das Licht kommt von dem oberen Raum, in dem Kuno und ich uns befinden. Undeutlich kann man ein Sofa erkennen. Ein Tisch mit Stühlen. Ein großer heller Teppich bedeckt den dunklen Fußboden.

Ich hebe den Blick und schaue mir das Inventar des Raumes an, in dem wir stehen. Ebenfalls ein Sofa. Sieht modisch und teuer aus. Zwei Fußbänke stehen davor. Das Zimmer misst etwa vier mal sechs Meter. In der uns gegenüberliegenden Wand ist eine weiße Tür eingelassen. Rechts von dem Sofa befindet sich ein Tisch mit Laptop, zwei Videokameras und viele Kabel. Links von uns steht ein schwerer Ledersessel, daneben ein kleiner Fernsehwagen mit einem Flachbildschirm oben drauf. Der komplette Fußboden ist durchsichtig, was mich immer noch beeindruckt.

Erneut ist es Kuno, der etwas sagt: »Was soll das hier sein?«

»Ich weiß es nicht.«

»Ob man da runter kommt?«, will er wissen und deutet auf den Raum unter uns.

Will ich wirklich wissen, was das hier alles sein soll? Geheime Räume, Fernseher, Kameras und Laptop. Mir scheint, dass wir mit dem Öffnen der Schrankwand eine Tür aufgestoßen haben, die wir lieber nicht hätten öffnen sollen.

Mein Kompagnon scheint da anders zu denken. »Komm«, sagt er und geht auf die Tür zu.

Ich folge ihm zögerlich.

Wir betreten einen weiteren Raum von etwa gleicher Größe wie dem vorigen. Schnell hat Kuno den Lichtschalter gefunden. Der Fußboden ist auch hier durchsichtig. Aber das Inventar ist ein gänzlich anderes. Kurz versagt mein Kreislauf. Mir wird schwindelig, und ich stütze mich an der Wand ab.

Kuno pfeift durch die Zähne.

»Hast du sowas schon einmal gesehen?«, fragt er mich.

»Nur im Fernsehen.« Dann knicke ich ein und merke nur noch, wie ich zu Boden sinke.

*

»Du hast mich doch zum Narren gehalten, Daniel. Warum?«

Kommissar Herbach hat seinem niedersächsischen Kollegen Werner einen Besuch abgestattet. Sie sitzen einander am kleinen Küchentisch gegenüber.

»Das habe ich nicht«, wehrt sich der Bremerhavener. »Ich konnte dir nur nicht alles erzählen.«

»Warum nicht? Was verschweigt ihr mir? Wieso habt ihr, wieso hast du es so auf Schwank abgesehen?«

Herbach trinkt einen Schluck Kaffee und verzieht sein Gesicht. »Der schmeckt grausig, Kollege. Wie viel Kaffee hast du da reingetan?«

»Weich nicht aus. Wegen euch beiden Witzbolden habe ich meinen Posten verloren und bin beurlaubt.«

»Das hatten wir nicht so geplant, glaub mir.«

»Wir? Neuhaus und du? Wo steckt der überhaupt? Wollte er nicht mitkommen? Eine große Hilfe war der ja auch nicht, so oft, wie der weg war.«

»Ich verstehe deinen Ärger. Du kommst drüber weg, glaub mir.«

»Großes Kino, Daniel, ehrlich. Vielen Dank für deine mitfühlende Anteilnahme.«

Nach einer etwas längeren Pause, in der er zu überlegen scheint, beginnt Daniel Herbach zu erzählen: »Schwank ist ein mieses Dreckstück, Torsten. Vor ungefähr zwei Jahren gab es im Sail-City Hotel einen Empfang. Ihm zu Ehren, da er wieder einmal seine Geldbörse geöffnet und einem gemeinnützigen Träger eine horrende Summe gespendet hatte.«

»Und?«

»Ein paar weitere Geldsäcke waren auch da. Die feierten ihre Party, tranken und beglückwünschten sich gegenseitig, was sie doch für tolle Kerle sind. Auch die Vertreter der Gemeinnützigen stimmten mit ein und krochen ihm so weit in den Arsch, dass man ihren braunen Kragen meilenweit sehen konnte. Am Ende war Schwank in bester Stimmung und nahm sich direkt vor Ort ein Zimmer, da er nicht nach Hause wollte.«

»Woher weißt du das alles? Warst du auch da?«

»Recherche. Auf dem Zimmer bestellte er sich noch etwas zu trinken. Er zog eine Linie Koks und war mächtig gut drauf. Sehr zum Leidwesen der jungen siebzehnjährigen Auszubildenden, die ihm den teuren Whisky brachte.« Er macht eine Pause, damit Werner dämmert, worauf er hinauswill

Der rutscht unruhig auf dem Stuhl hin und her.

»Als sie ihm einschenkte, packte er sie am Gesäß und zog sie zu sich auf das Sofa. Machte ihr schmierige Komplimente, knetete ihre Rundungen. Anfänglich versuchte das Mädchen sich aus seinem Griff zu winden, aber er ließ sie nicht gehen, machte weiter, gröber als zuvor. Sie versuchte es eindringlicher, sprach lauter. Aber der geile Bock wurde dadurch nur noch mehr aufgestachelt. Er warf sie auf den Boden, legte sich auf sie und leckte ihr Gesicht ab, während er zwischen ihren Beinen fummelte.« Herbach holt tief Luft, sammelt sich, bevor er fortfährt: »Als sie anfing zu schreien, drückte er ihr die Kehle zu. Würgte sie bis zur Besinnungslosigkeit. Sie wachte auf dem Bauch liegend auf dem Sofa auf. Ihre weiße Bluse hatte sie noch an, aber ihren schwarzen Rock hatte er ihr ausgezogen, ebenso den Slip. Er lag auf ihr und verging sich an ihr, stöhnte und röchelte wie ein Schwein. Als sie erneut aufschrie, schlug er ihr auf den Hinterkopf. Wieder und wieder, so dass sie fast noch einmal die Besinnung verlor.« Der Kommissar nimmt einen Schluck Kaffee und verzieht abermals das Gesicht. »Für das Mädchen war es die Hölle. Sie hatte noch wenig sexuelle Erfahrung, die Zeit mit Schwank war eine Tortur für sie und kam ihr wie eine Ewigkeit vor. Als er endlich von ihr abließ, legte er ihr einige Dinge nahe. Sie solle den Mund halten, sonst verliere sie ihren Job, dafür könne er sorgen. Kein Mensch würde ihr glauben. Er würde auch dafür sorgen, dass ihre Eltern ihre Arbeit verlieren würden, sollten sie denn eine Beschäftigung haben. Für ihn ist es ein Leichtes, das rauszukriegen, schließlich wäre er der mächtigste Mann in Bremerhaven. Tatsächlich arbeitet ihr Vater für ihn als Speditionskaufmann. Ihre Mutter ist Hausfrau. Du kannst dir vorstellen, was in dem Mädchen vorgegangen ist?« Er blickt Werner an.

»Ja«, kann dieser nur erwidern.

»Dass sie den Job nicht mehr machen konnte, dürfte dich dann auch nicht überraschen.«

»Natürlich nicht. Wer ist sie?«

»Die Nichte von Sven Neuhaus.«

Es entsteht eine längere Pause. Üble Geschichte, keine Frage. Aber durch ihren Feldzug haben die beiden einen anderen Fall vergeigt, denkt Werner. Er fragt: »Wem hatte sie sich anvertraut?«

»Niemandem. Vorerst. Sie versuchte sich nichts anmerken zu lassen. Aber es ging nicht. Sie konnte ihrer Arbeit nicht nachgehen. Nicht so, wie die Hotelleitung es wollte. Ihre Eltern waren ratlos, sprachen mit ihr, redeten auf sie ein, aber sie blockte ab. Es sei alles in Ordnung. Sie sackte ab, aber richtig. Schoss sich mit Alkohol weg, nahm jede Droge, die ihr in die Finger kam. Im Drogenrausch erzählte sie einer Freundin davon, die erzählte es der Mutter, und die kam zu mir. Ihr Vater weiß bis heute nichts von der Vergewaltigung.«

»Warum nicht?«

»Er würde durchdrehen, dumme Dinge tun.«

»Aber euer Weg ist der bessere?«

»Letztes Jahr hatte sie sich der Freundin anvertraut. Wären wir dem sofort nachgegangen, dann hätte sich der ganze Scheiß, den sie im Nachhinein begangen hat, negativ auf ihre Aussage ausgewirkt. Drogen, Alkohol, Job schmeißen. Sie wäre nicht glaubhaft gewesen, Schwanks Anwälte hätten sie in der Luft zerrissen. Das weißt du so gut wie ich.«

»Hatte im Hotel niemand etwas bemerkt?«

»Nein. Ihre Schicht war fast zu Ende. Sie machte einen verstörten Eindruck, aber die Kollegen dachten an Überarbeitung oder Krankheit.«

Werner schüttelt verlegen den Kopf. »Das arme Ding. Wie geht es ihr jetzt?«

»Geht so. Kapselt sich immer noch ab. Nimmt aber keine harten Dinge mehr. Die Mutter arbeitet mit ihr. Sie gehen gemeinsam zum Psychologen.«

Er beugt sich zu seinem Kollegen rüber, senkt verschwörerisch seine Stimme, als er sagt: »Und da ist noch mehr, glaub mir. Das war kein Einzelfall.«

»Wieso wolltest du unbedingt in Schwanks Haus?«

»Deswegen.« Er holt ein kleines Plastiktütchen aus seiner Hosentasche hervor. Werner kann Haare erkennen.

»Was ist das denn für ein dummer Plan? Das bringt gar nichts.«

»Doch, tut es. Lass es irgendwie in die Ermittlungen einfließen, Torsten. Du schaffst das.«

»Jetzt nicht mehr. Ich bin raus, wie du vielleicht mitbekommen hast.« Er klingt nervös.

»Komm schon. Du bist ein alter Hase. Du kennst die Schlupflöcher und hast guten Kontakt zu eurem Leiter der Untersuchungsgruppe.«

»Nein.«

»Bitte. Er muss aus dem Verkehr gezogen werden.«

»Wir können das nicht mit einem Fall in Verbindung bringen, mit dem er im Endeffekt gar nichts zu tun hat. Auch dieses Beweisstück würden seine Anwälte in der Luft zerreißen. Vergiss es.«

Nach diesen Worten hängt jeder der beiden seinen eigenen Gedanken nach. Werner starrt immer noch auf das kleine Plastiktütchen. Schließlich fragt er leise: »Nehmen wir an, das würde durchgehen. Wie auch immer, ich habe keine Ahnung. Was dann?«

»Dann hätten wir einen Tatverdacht. Ganz offiziell. Die Maschinerie würde anlaufen. Er würde durchleuchtet werden. Dann kann niemand mehr die Ermittlungen behindern. Seine Mitarbeiter werden befragt, jeder Schritt von ihm würde hinterfragt und seine Computer auf das Genaueste durchsucht werden. Im besten Fall sogar noch Telefonüberwachung.« Herbach senkt die Stimme, spricht eindringlich auf seinen Kollegen ein: »Glaub mir. Man wird fündig.«

Werner hat kein gutes Gefühl bei der Sache. Er kann verstehen, was in Herbach vorgeht. Weiß Gott, er würde wahrscheinlich genauso handeln. Trotzdem ist es nicht richtig. »Es muss eine andere Lösung geben.« Er schiebt das Tütchen wieder zu Herbach.

Der steht jedoch auf, nimmt seine Jacke und macht Anstalten zu gehen. »Überlege es dir. Bitte.« Dann verlässt er die Wohnung und lässt einen zwiegespaltenen Mann zurück, der sich nach fünf Minuten des Überlegens das Tütchen greift, seine Jacke anzieht und die Wohnungstür hinter sich zuzieht.

*

Kuno fängt mich auf, als ich zu Boden sacke. Ich bin fassungslos, starre sekundenlang meinen Freund an und bringe keinen Ton heraus. »Was ist das hier?«, will ich schließlich von ihm wissen, ohne wirklich eine erklärende Antwort von ihm zu erwarten.

Doch Kuno entgegnet: »Spielzimmer, Sexraum, Sadomaso-Studio. Such dir was aus.«

Natürlich habe ich solche Räume gesehen und habe die Leute, die in den Reportagen auf RTL2 ihre Triebe auslebten, belächelt. Aber das hier ist anders. Es riecht anders und sieht anders aus. Es ist echt, und es ist nah dran. Ich bin nah dran.

Wären es nur die Utensilien, akkurat aufgehängte Peitschen, aufgestellte Dildos, Seile, Ketten, Andreaskreuz und was weiß ich noch alles, dann hätte ich mich vielleicht gewundert, jedoch kein Problem damit gehabt. Nein. Es ist der Geruch. Diese beißende Mischung aus Exkrementen und Blut. Dazu die aufgestellten Kameras. Eine an der Decke, zwei mitten im Raum. Es sind die dunklen Flecken auf dem Kreuz und rote, verwischte Schlieren auf dem Fußboden drum herum. Die Komposition aus allem plus die Hitze machen es schwer aushaltbar, in diesem Raum zu sein.

»Meinst du, das ist echt?«, frage ich Kuno und deute auf die roten Schlieren auf dem durchsichtigen Boden.

»Ja«, entgegnet er knapp und verzieht angewidert das Gesicht. »Man riecht es schon.«

Ich schaue ihn an. Wahrscheinlich weiß Kuno ganz genau zu unterscheiden, was echt und was unecht ist. Wieder frage ich mich, was seine Aufgaben bei der Legion waren. Dann sind meine Gedanken und meine Aufmerksamkeit wieder zurück in diesem Raum. Wie im Zimmer zuvor befindet sich gegenüber eine weitere Tür.

Ohne ein weiteres Wort zu wechseln, gehen wir darauf zu. Hinter der Tür befindet sich eine eiserne Treppe, die nach unten führt. Kuno geht vor, ich folge. Sie scheint bis ganz nach unten zu reichen, aber auf der nächsttieferen Etage verweilen wir und widmen uns der nächsten Tür.

Wir betreten den Raum, der direkt unter dem liegt, den wir als Zweites betreten hatten. Instinktiv blicke ich nach oben. Doch zu meinem Erstaunen sehe ich eine zwar glänzende, aber undurchsichtige Decke. »Das Licht haben wir brennen lassen, oder?«, möchte ich von Kuno wissen. Er nickt.

Das Zimmer ist leer. Laminat bedeckt den Fußboden. In der Wand auf der linken Seite sind Ösen in die Wand eingelassen, die sich auf Kniehöhe und Kopfhöhe befinden. Insgesamt zwölf an der Zahl. Wir gehen weiter in den nächsten Raum. Auch hier die gleiche Verbindungstür wie in den Kammern zuvor.

Das Inventar ist uns schon bekannt, da wir es von oben aus sehen konnten. Nur die vereinzelten tiefroten Spritzer an Wänden und Fußböden waren von dort aus nicht zu sehen. Wenn es wirklich Blut ist, dann ist es augenscheinlich eine Menge gewesen. Schrecklich. Ich komme mir vor wie in einem Schlachthaus. Oder einem Horrorfilm

Auch hier herrscht dieser eklige Geruch vor, der in den Möbeln eingezogen zu sein scheint. Mir ist speiübel, und ich muss mich kurz auf Kuno stützen.

Ein Blick zur Decke zeigt mir, dass der obere Fußboden nicht sichtgeschützt ist. Wir können in die darüberliegende Kammer schauen. Warum kann man in dem einen Raum nach oben schauen und in dem anderen nicht? Schon komisch. Ich habe fürs Erste genug gesehen und wende mich an Kuno.

»Was denkst du?«

»Dass du eine perverse Verwandtschaft hast, das denke ich.«

»Was machen wir jetzt? Die Polizei rufen?«

Kuno überlegt. Dann sagt er: »Nein. Wir wissen nicht, ob Miriam hier ist. Vielleicht hat das eine mit dem anderen gar nichts zu tun. Wir sollten auf Tommy warten.«

»Und wenn sie doch hier ist?«, wage ich zu hoffen. »Scheinbar gehört meinem Bruder das gesamte Haus. Alle Stockwerke, alle Fenster waren stets dunkel. Vielleicht sind nicht nur diese beiden Wohnungen umgebaut.«

»Hier gibt es sechs Wohnungstüren. Vielleicht sogar einen Keller«, erwidert Kuno. »Mein Gott, ich bin mir nicht mal sicher, ob ich wirklich wissen will, was sich in den anderen Räumen befindet und was hier los ist.«

»Weißt du was?«, werfe ich schnell ein. »Ich rufe ihn an.«

»Wen? Deinen Bruder?«, fragt er entsetzt.

Ich nicke. »Natürlich. Der soll mir erklären, was hier gespielt wird.«

»Sei nicht naiv, Junge. Wenn die hier wirklich was am Laufen haben, dann ist er nicht der, den du zu kennen glaubst.«

»Das Mädchen«, schlage ich mir vor den Kopf. »Was, wenn sie auch hier ist?«

»Dann sollten wir schnell weitersuchen. Wenn wir hier jemanden finden, Miriam und oder die Kleine, dann nichts wie weg. Anscheißen können wir die später immer noch.«

»Du hast recht. Lass uns auf Ellen und Tommy warten und zusammen dieses Horrorhaus durchsuchen.«

Kuno nickt, und wir begeben uns nach oben. Seltsamerweise bin ich erleichtert. Warum auch immer. Vielleicht weil wir kurz diese schrecklichen Kammern hinter uns lassen, oder weil die Aussicht darauf besteht, dass wir Miriam finden werden.

*

Werner stellt seinen Pkw am Zentralkrankenhaus Reinkenheide ab, Bremerhavens größtem Hospital. Das Gespräch mit Herbach hat ihn aufgewühlt, und er braucht dringend etwas, das ihn ablenkt.

Eigentlich wollte er noch einmal nach Bad Bederkesa, um ein wenig durch den Wald zu gehen, in dem die Mädchen überfallen wurden, aber eine Eingebung hat ihn zuerst hierhergeführt. Wobei Eingebung nicht der passende Ausdruck ist. Es ist mehr ein Gefühl, dem er nachgehen möchte.

Dass Leila nicht auf Schwanks Foto reagiert hatte, kommt ihm seltsam vor und ist für ihn ein Grund, noch mal dort nachzuhaken, wo sie die heftige Reaktion gezeigt hatte. Für ihn steht fest, dass es nur zwei Möglichkeiten gibt. Entweder hat sie es so weit verdrängt, dass sie sich nicht mehr an ihn erinnert – das ist ihm schon häufiger in seiner Laufbahn untergekommen –, oder es war tatsächlich nicht Schwank, den sie auf dem Bild erkannt hatte.

Er blickt an dem Gebäude hoch. Eine Seite des Krankenhauses wird modernisiert, ein Stahlgerüst krallt sich in die Außenfassade.

Werner nimmt zwei Stufen auf einmal, als er die große Treppe vor dem Haupteingang emporsteigt. Nachdem er durch die Drehtür geht, hält er sich links und bleibt verwundert stehen. Er blickt nach rechts, kann aber auch dort nicht finden, wonach er sucht.

Er geht zum Informationsschalter.

»Guten Morgen. Werner, Kriminalpolizei. Ich hätte mal eine Frage«, sagt er zu der Frau, die aufrecht hinter einer gewölbten Glasscheibe sitzt. »Ich erinnere mich daran, dass hier bis vor Kurzem noch Zeitungsständer standen. Wo sind die jetzt?«

Die Frau schmunzelt. Laut Schildchen, das bei ihr auf der Jacke angebracht ist, handelt es sich um Frau Riegner. »Die sind schon seit über einem

Jahr nicht mehr hier oben. Seitdem der Kiosk im Anbau eröffnet hat«, fügt sie hinzu.

»Der hat bestimmt ein anderes Sortiment, habe ich recht?«

»Ich weiß nicht. Ich denke schon.«

»Können Sie sich vielleicht daran erinnern, welche Zeitungen hier erhältlich waren?«

»Puh, lassen Sie mich überlegen.« Sie nimmt einen kleinen Block und einen Stift. »Nordsee-Zeitung. Weser-Kurier. Bild-Zeitung.« Sie schreibt die Titel auf den Block. Nach zwei weiteren Titeln stockt sie und bittet lauthals ihre Kollegin um Hilfe. »Anja, weißt du, welche Zeitungen wir hier oben verkauft haben?«

Eine attraktive, blonde Frau kommt aus dem hinteren Bereich der Information und gesellt sich zu ihrer Kollegin. Laut Namensschild handelt es sich um Frau Gries. Sie nickt Werner freundlich zu und schaut, was ihre Kollegin schon zusammengetragen hat. »Bremerhavener Tagesblatt, die FAZ und das Sonntags-Journal«, ergänzt sie schnell mit angenehm melodischer Stimme, während Frau Riegner zustimmend nickt und die Namen ebenfalls notiert. »Ansonsten nur Wochen- oder Monatsblätter wie Stern, Spiegel et cetera.«

Werner bedankt sich höflich bei den beiden Damen, nimmt den Zettel von Frau Riegner entgegen und geht zurück zu seinem Wagen. Auf dem Weg dorthin nimmt er einen Kugelschreiber und streicht von den acht Namen drei weg. Bild-Zeitung und Hürryet sind nicht die Blätter, von denen er glaubt, dass Leila dort ein Gesicht wiedererkannt hat, ebenso wenig die Frankfurter Allgemeine.

Am Auto angekommen, entschließt er sich noch einmal zu Hause anzuhalten, um besagte Zeitungen im Internet zu durchforsten.

*

Wir sitzen auf dem Sofa, und Kuno legt mir seine Sichtweise dar: »Das ganze Kameraequipment, die versteckten Räume. Dein Bruder hat hier was richtig Dickes am Laufen, glaub mir.«

»Sollten wir dann nicht lieber die Polizei rufen?«

»Die können wir rufen, wenn wir hundertprozentig sicher sind. Wenn wir Miriam gefunden haben oder die Kleine. Wenn die Offiziellen hier auftauchen, dann wird es kompliziert, glaub mir. Die warten auf einen Beschluss oder was weiß ich.«

»Es ist doch Gefahr in Verzug«, werfe ich ein. »Wer weiß, wie es den beiden geht.«

»Falls sie denn hier sind. Denk dran. Dein Bruder ist Anwalt. Die winden sich raus wie glitschige Aale.«

Ich gebe ihm recht. Wenn es offiziell wird, wird es schlimmer, nicht besser. Ich schaue auf die Uhr. Langsam müssten Tommy und Ellen wieder da sein. Ich will gerade etwas Entsprechendes zu Kuno sagen, als mein Handy klingelt.

»Ich bin es, Ellen. Tommy hat sich zum Kiosk abgesetzt, der Idiot.« Sie klingt fuchsteufelswild.

Ich wiederhole es für Kuno, der gelangweilt abwinkt. »Hab ich mir schon gedacht. Lass ihn. Wir brauchen ihn nicht.« Ich starre ihn an. An und für sich hat er schon recht, aber ich kenne Tommy seit Jahren, und ich bin nicht gut darin, Menschen auszuschließen oder fallen zu lassen. Aber im Moment haben wir weitaus Wichtigeres zu tun, als uns um den Trinker zu kümmern und ihm nachzujagen.

»Ich komme zurück«, informiert mich Ellen knapp und beendet das Gespräch.

Ich seufze und lege das Handy auf den Couchtisch.

»Das war abzusehen. Hatte mich eh schon gewundert, dass er nicht alle Bierdosen geköpft hat.« Kuno hält das neumodische Accessoire, die kleine Statue mit der versteckten Kamera, in den Händen und betrachtet es eingehend. Er hat das Kabel inzwischen abgeschnitten.

»Schau dir an, wie klein die Linse ist«, sagt er. »Und wie ich deinen Bruder einschätze, ist das keine billige Kamera hier drin.« Er klopft mit seinem Fingerknöchel auf die Statue. »Also mit Ton, verstehst du?«

Ich stehe auf und beschaue mir die Inneneinrichtung. Wo würde ich sonst noch Kameras postieren? Von der Küche hätte man einen guten Blick, also begebe ich mich dorthin. Ich frage mich, was der Sinn von diesen Spionagekameras ist. Oder dienen sie nur dazu, Einbrecher zu identifizieren, nachdem sie hier eingestiegen sind? Wäre nachvollziehbar. Aber was sollen die Kameras nebenan in den versteckten Räumen? Für private Zwecke hätte ja wohl auch eine ausgereicht. Vielleicht zwei, wenn man sich mal eine andere Einstellung wünscht.

Ein Geräusch an der Tür lenkt mich von meinen Gedanken ab. Ich denke an Ellen, bin jedoch überrascht, als ich Shannon erblicke. Sie schaut grimmig drein, während sie ins Wohnzimmer stürmt.

Im Schlepptau hat sie meinen Bruder. Er schaut aber eher besorgt aus. Gut, er kann eigentlich gar nicht anders gucken, aber im Moment ist die Zerknautschtheit in seinem Gesicht irgendwie intensiver.

»Hallo«, sage ich zögernd und hebe unsicher meine Hand zum Gruß.

»Was ist hier los, Jonas?«, bellt Shannon. Ich muss mich immer noch daran gewöhnen, dass sie mehr als nur drei Wörter am Stück von sich geben kann und scheinbar doch nicht so ein Dummchen ist, wie ich bisher immer dachte.

»Nichts. Wieso?«

Sie schaut erst mich strafend an, dann starrt sie hinüber zu Kuno. »Der ist auch schon wieder hier?«, fragt sie vorwurfsvoll.

»Das wissen Sie doch schon länger«, entgegnet Kuno gelangweilt, und ich wundere mich. Er hebt die Statue an, so dass Shannon einen Blick darauf werfen kann. »Sie haben uns doch die ganze Zeit überwacht, hab ich recht?«

Shannon weiß nichts zu erwidern, dafür ergreift mein Bruder das Wort: »Das ist zum Identifizieren von möglichen Einbrechern. Die Wohnung liegt in einem kriminellen Stadtteil, wie du vielleicht mitbekommen hast.«

Er steht ruhig im Türrahmen zum Wohnzimmer, aber seine Augen wandern flink hin und her, so dass er einen verschlagenen Eindruck macht. Mir geht durch den Kopf, dass er vielleicht ebendies auch ist. Wie gut kenne ich ihn wirklich? Er ist mein Bruder, klar. Aber was treibt ihn an? Wie sieht sein anderes, sein wahres Gesicht aus? Jeder von uns hat ein oder mehrere Gesichter, die er nur bestimmten Menschen oder einem bestimmten Umfeld zeigt. Mein Auf-der-Arbeit-Gesicht sieht anders aus als mein Zuhause-Gesicht oder Freundetreff-Gesicht. Wo er schon einmal hier ist, entschließe ich mich, Klartext zu sprechen. »Was ist das hier, Sebastian?«

»Was meinst du?«

Shannon verschränkt die Arme, geht zum Sofa und setzt sich neben Kuno. Sie lässt mich nicht aus den Augen. Heute sieht sie irgendwie anders aus. Das lange Haar zum Pferdeschwanz gebunden, sie trägt eine Jeans statt Rock. Ihr Blick ist abschätzend und hellwach.

Ich wende mich wieder meinem Bruder zu. »Du weißt verdammt gut, was ich meine. Was ist das für eine Bude? Wofür ist sie? Was treibt ihr hier wirklich?«

Er zögert, geht gemächlich an mir vorbei in die Küche und schenkt sich ein Glas Wasser ein. Er nestelt Tabletten aus einem Blister und wirft sie sich in den Mund.

»Und?«, frage ich ungeduldig.

Er nimmt einen Schluck, hebt die Hand und bedeutet mir, kurz zu warten. Ich schaue zu Kuno, der sehr verärgert ist. Er will auch Antworten, das merkt man. Dass Shannon so nah bei ihm sitzt, scheint ihn zu stören, denn sein Blick geht immer wieder zu ihr.

Sebastian schluckt, verzieht angewidert sein Gesicht und stellt das Glas weg. Er kneift seine Augen zusammen und fixiert mich, bevor er antwortet: »Shannon und ich haben es gerne etwas …« Er zögert, dann: »Etwas derber. Wir mögen Spielchen. Und Filme.« Er kommt langsam um den Küchenblock herum und stellt sich neben mich. Dabei lässt er mich nicht aus den Augen, was ich seltsam finde, denn früher war er derjenige, der bei Gesprächen nie jemandem lange ins Gesicht schauen konnte. Der gebrechlich daher schlurfende Mann wirkt aggressiv und sprungbereit, einem verwundeten Tier nicht unähnlich. Was ist mit ihm los, und was nimmt er für Tabletten?

»So ein Blödsinn«, wage ich einzuwerfen. »Dafür hätte auch das Schlafzimmer gereicht.«

»Findest du?« Er lacht auf.

»Du glaubst gar nicht, wie viele Leute es gerne etwas derber mögen, es anders mögen als der kläglich dumme Rest, der über die Missionarsstellung nicht hinauskommt. Prädestiniert sind Menschen, die nach außen hin immer sauber und akkurat erscheinen müssen. Die, die viel bewegen und im Rampenlicht stehen. Verstehst du, was ich meine?«

Ich nicke, weiß aber ehrlich gesagt nicht, was ich mit dieser Information anfangen soll. Ich will etwas erwidern, sehe aber aus den Augenwinkeln eine schnelle Bewegung und wende mich zum Sofa. Ich sehe gerade noch den Hals von Kuno aufblitzen, dann sackt er zur Seite weg. Ein Hals, der blitzt?, frage ich mich. Ein Elektroschocker. Shannon schaut zufrieden auf ihn herunter und hebt den Blick zu mir. Ihre Augen funkeln in diebischer Freude. Ich wende mich meinem Bruder zu und ducke mich schnell nach unten, als ich sehe, dass etwas in mein Gesichtsfeld eindringt. Seine Faust. Sie streift mich an der Schläfe.

Ich richte mich auf und trete ihm gegen das Bein. Er schreit kurz auf, und ich versuche ihn umzustoßen, falle dabei aber fast hin. In meinem Rücken höre ich Geschrei von Shannon, also wirbele ich schnell um die eigene Achse, um zu sehen, was sie macht. Mit erhobenem Arm kommt sie auf mich zugestürmt. Ich reiße mein Bein hoch und lasse sie in meinen Fuß laufen.

Ihr entweicht geräuschvoll die Luft, und sie krümmt sich zusammen. Ich will mich gerade zu dem Gerät in ihrer Hand hinunterbeugen, als mich Arme von hinten umschließen und festhalten. Sebastian. Ich winde mich, trete um mich, aber sein Griff ist fest. Ich mache mich schwer und drücke meinen Rücken durch, dabei lasse ich mich von ihm tragen, reiße beide Beine hoch und stoße mich von dem Küchenblock ab. Wir beide fallen nach hinten rüber und landen auf dem Fußboden. Sebastians Griff löst sich, und ich rappele mich schnell auf. Shannon ist ebenfalls wieder auf den Beinen und stürmt mir erneut entgegen.

Ich versuche ihren rechten Arm zu greifen, da sie in dieser Hand den Elektroschocker hält. Sie reißt plötzlich ihren Arm herunter, hebt ihn schnell wieder an und trifft mich mit dem Teil direkt in der Achselhöhle. Der ganze Arm wird taub, ich spüre ihn nicht mehr, aber ich bin nicht außer Gefecht gesetzt. Ich torkele rückwärts und komme an der Wohnzimmerwand zu stoppen. Mir fehlt Sauerstoff, und ich atme hastig ein und aus, während Shannon und auch mein Bruder sich um mich herum positionieren, so dass ein Ausweg ohne Konfrontation unmöglich ist.

Verdammt. »Was soll das?«, schreie ich meinen Bruder an, der jedoch nicht antwortet. Mit ernster Miene kommt er langsam näher. Er deutet einen Angriff an, ich falle darauf herein, versuche ihn vergeblich abzuwehren und merke, wie Shannon mich anspringt und mir den Elektroschocker an den Hals drückt.

*

Kommissar Torsten Werner ist wieder in seiner Wohnung. Er hat sich eine Tasse Kaffee gemacht, setzt sich an den Küchentisch und fährt seinen Laptop hoch. Er schaut sich den Zettel mit der Auflistung der Zeitungen an. Blöd, wenn ich jetzt für das Archiv bezahlen müsste, denkt er und gibt »Nordsee-

Zeitung« in die Suchmaske ein. Hierfür hat er ein Abonnement, braucht sich also nur einzuloggen, um nach der passenden Ausgabe zu suchen.

Er gibt den 14. Juli 2014 ein und besieht sich alle Fotos auf der Seite. Es sind drei, aber nur eins ist groß genug, um ins Auge zu springen. Es ist das Foto, über das Herbach gesprochen hatte und das Eberhard Schwank zeigt. Er betrachtet den feist grinsenden Mann auf dem Bild. Abscheu kommt in ihm hoch, wenn er daran denkt, was der Mann der Nichte von Neuhaus angetan hat.

Er druckt die erste Seite aus. Dann gibt er »Sonntags-Journal Bremerhaven« in die Browserleiste ein und freut sich, dass er dort Zugriff hat, ohne ein Abo abgeschlossen zu haben. Dann fällt ihm ein, dass sie ja kostenlos in alle Haushalte geliefert wird und einmal wöchentlich erscheint. »Wieso steht das dann in einem Verkaufsständer?«, fragt er sich murmelnd und sucht nach der neunundzwanzigsten Kalenderwoche des letzten Jahres. Er muss einige Sekunden warten, bis das elektronische Exemplar geladen ist, dann schaut er sich die Bilder genau an. Das erste Foto zeigt die Kanzlerin an einem Stehpult. Er gluckst kurz auf, denn die wird hoffentlich nicht der Auslöser gewesen sein, der Leila so aufgeschreckt hatte. Das zweite Bild zeigt einen Sportwagen, der im Rahmen einer Automesse abgelichtet wurde. Fehlanzeige, da ansonsten keine Personen zu sehen sind.

Werner fragt sich, ob seine Suche überhaupt einen Sinn ergibt. Was will er erreichen? Rehabilitation? Will er diesen Fall aufklären, um wieder seinen Posten zu bekommen, oder steckt doch mehr dahinter? Geht es ihm um das Mädchen oder darum, Herbachs These zu stützen?

Er reibt sich die Augen. Wahrscheinlich ein bisschen von allem, denkt er. Vorrangig überwiegt jedoch die Sorge um das Mädchen. Wo mag sie sein? Was muss das kleine Ding für Ängste haben? Falls sie überhaupt noch lebt. Aber daran möchte er nicht denken. Sie lebt. Fertig. Und sie muss gefunden werden.

Die größten Ungereimtheiten zu den Fällen in Bremerhaven sind erst einmal die räumliche Distanz und schließlich die Tatsache, dass in Bederkesa zwei Mädchen überfallen wurden und eines davon, das jüngere, überhaupt nicht in das bisherige Altersschema passt.

Aber das könnte natürlich nur eine logische Entwicklung sein. Zwei Täter entsprechen zwei verschiedenen Vorlieben. Sie nähern sich ihrem jeweiligen Idealopfer an. Der eine hat es vielleicht schon mit den jungen Frauen erreicht. Der andere ist befriedigt, aber nicht zufrieden. Er will etwas Passenderes. Vielleicht ein jüngeres Mädchen.

Wie belastbar ist so ein kleines Kind? Wie lange zögern die Täter den Höhepunkt hinaus? Ist der Höhepunkt die Tötung selbst oder der Weg dahin? In beiden Fällen muss es sich um Menschen mit einem enorm hohen Aggressionspotential handeln, denn schon der Überfall zeigt, dass sie mit extremer Gewalt vorgehen. Der Elektroschocker und das Traktieren mit Schlägen. Es gibt andere, sanftere Arten, einen Menschen zu überwältigen.

Vielleicht sind die Tatorte der Schlüssel. Falls, und er geht davon aus, diese Fälle zusammengehören – warum Bad Bederkesa und warum Bremerhaven? Zwei Täter und zwei verschiedene Wohnorte? Das würde Sinn ergeben. Oder beide leben in demselben Wohnort und arbeiten in dem anderen? Auch möglich. Fakt ist, dass sie Bescheid wussten, dass die Mädchen durch den Fleckenshölzer Wald gehen, um nach Hause zu kommen. Kein Mensch würde stundenlang im Wald stehen und darauf warten, dass sich so eine Gelegenheit ergibt. Die Gefahr entdeckt und misstrauisch beäugt zu werden, wäre zu groß.

Nein, denkt er. Es wurde gezielt gewartet. Nur wer könnte in Frage kommen? Bekannte der Familie, Freunde und Verwandte sind längst durchleuchtet und befragt worden. Keinerlei Auffälligkeiten bei Nachbarschaftsbefragungen oder Schulkameraden von Kimberly.

Diese Gedankenspiele sind kräftezehrend und ermüdend, da sie sich immer um die gleichen Fragen drehen.

Plötzlich fällt ihm das Tütchen ein, das Herbach ihm gegeben hat. Ist es vielleicht doch die Lösung? Es geht um ein Menschenleben. Rechtfertigt das solche Mittel? Werner schüttelt den Kopf.

Es muss einen anderen Weg geben, denkt er und gibt das Bremerhavener Tagesblatt in die Suchleiste ein. Schnell baut sich die Homepage auf, und wie er befürchtet hat, muss man hier für Archivsichtungen bezahlen.

Kurzentschlossen lässt er sich registrieren. Kündigen kann er immer noch. Er gibt seine Adress- und Bankdaten ein und wartet auf die Freischaltung. Kurze Zeit später klickt er sich durch die Jahrgänge, findet den passenden Monat und sucht sich den 14. Juli heraus.

Eine große Schlagzeile und drei Fotos auf der Titelseite. Wiederum Angela Merkel. Diesmal schmunzelt er nicht, denn schräg unter dem Artikel über die Kanzlerin ist ein etwa gleichgroßes Bild, das seine Aufmerksamkeit in Anspruch nimmt.

Ein flaues Gefühl macht sich in seiner Magengegend breit. Wie hat er dieses Bild einzuordnen? Hat er hier die Lösung des Falles, die Entlarvung des Täters direkt vor Augen, oder spinnt sein Gehirn Zusammenhänge, die keine sind?

Am Ende seiner Überlegungen erkennt er, dass es durchaus möglich ist, aber wem soll er von seiner Erkenntnis berichten? Wer schenkt ihm Glauben und handelt entsprechend?

Werner druckt das Titelbild aus, faltet es zusammen und entschließt sich zu einem gewagten Schritt. Er wählt die Nummer von Svenja Targas.

»Hallo«, meldet sie sich nach dem zweiten Klingeln.

»Torsten hier. Svenja, gib mir mal bitte die genaue Adresse von Leila und ihrer Mutter.«

Sie teilt ihm die Daten mit und fragt: »Was hast du vor?«

»Ich denke, ich bin nah dran. Sag es aber bitte niemanden, okay?«

»Klärst du mich auf?«

»Jetzt noch nicht. Sind Tannhäuser und Stahrmann im Haus?«

»Ja, ich denke schon.«

»Gut. Vielleicht komme ich später rüber. Wenn es stimmt, was ich denke, dann bleibt dir die Luft weg, glaube mir.«

»Mach bitte keinen Scheiß, Torsten. Tannhäuser und Stahrmann haben es auf dich abgesehen. Wenn die Wind davon bekommen, dass du bei Leila aufkreuzt, dann schießen die dich womöglich ganz ab.«

Werner lacht. »Ja, genau. Ich muss los. Wir reden später.«

Er legt auf und denkt darüber nach, einen weiteren Anruf zu tätigen, entscheidet sich aber dagegen und begibt sich auf direktem Weg zu Leila. Herbach kann er später immer noch informieren.

*

»Pack ihn an den Füßen!«

Diese Worte holen mich in die Realität zurück. Ich blicke mich um und sehe meinen Bruder, der sich zu mir herunterbeugt. Bei dem Versuch, mich zu drehen, stößt Sebastian mich mit dem Fuß zurück.

»Was soll der Scheiß?«, werfe ich ihm entgegen.

»Halt dein Maul!«, erwidert er ungerührt und greift mir unter die Arme.

So hat er noch nie mit mir gesprochen. Ich erkenne den Mann gar nicht wieder. Der Mann, der mit mir aufgewachsen ist, der stets ein fester Bestandteil unseres Familienverbundes war, redet so mit mir. Auch wenn wir nicht die besten Freunde waren, so haben wir uns doch stets respektiert.

Ich merke, wie meine Beine angehoben werden. Reflexartig ziehe ich sie zurück und höre Shannon fluchen. Eine Sekunde ist Sebastian abgelenkt, und ich drehe mich seitlich von ihnen weg.

Er verpasst mir einen Tritt gegen den Kopf. Lichtpunkte tanzen vor meinen Augen, und für kurze Zeit weiß ich nicht, wo oben und unten ist.

»Nimm die Waffe von dem Riesen«, höre ich meinen Bruder sagen.

»Steh auf«, sagt Shannon kurze Zeit später und tritt mir gegen mein Schienbein. Langsam rappele ich mich hoch. Ich suche den Raum nach Kuno ab, aber er ist verschwunden, das Sofa ist leer.

»Wo ist er?«, will ich von Sebastian wissen.

»Schon unten«, antwortet er und fügt hinzu: »Geh ins Treppenhaus, dann habt ihr euch gleich wieder.«

»Lebt er noch?«

»Natürlich.«

Shannon wedelt mit der Kanone herum und bedeutet mir so, dass ich vorbeigehen soll, ins Treppenhaus. Beide folgen mir.

»Wo ist Miriam?«

»Nicht weit entfernt. Beeil dich.«

Er weiß tatsächlich, wo sie ist, geht es mir durch den Kopf. Sie ist ebenfalls hier. In diesem Haus. Und mein Bruder hat sie entführt. Oder er hat sie entführen lassen. Ich glaube es einfach nicht. Das Ganze übersteigt meine Vorstellungskraft, und ich finde die Zusammenhänge nicht. Was spielen die beiden für ein Spiel?

»Ihr habt Miriam entführt? Seid ihr noch ganz dicht?«, wage ich zu fragen. »Ist das Mädchen auch hier? Joselyn.«

»Halt dein Maul und geh weiter«, bellt Shannon mich an.

Ich bleibe stehen. Kurz vor dem Treppenabstieg.

»Geh, habe ich gesagt.« Ich merke, wie etwas Kaltes in meinen Nacken gedrückt wird.

»Nein«, entgegne ich stur.

Eine kurze Pause entsteht. Dann lässt der Druck im Nacken nach, und ein ohrenbetäubender Knall erschallt neben meinem rechten Ohr, lässt mich zusammenfahren und die Augen zukneifen. Der Schmerz in meinem Ohr ist unbeschreiblich. Ich spüre Hitze auf meiner rechten Gesichtshälfte, gleichzeitig merke ich, dass ich vornüberfalle. Hart stürze ich die Treppe hinunter und komme auf dem Plateau zwischen den Etagen zu liegen. Ich schau nach oben, sehe die beiden zu mir hinunterstarren. Shannon bewegt ihren Mund, aber ich kann sie nicht verstehen, da das Klingeln in meinen Ohren alles überlagert. Ich drücke meine Hand auf das Ohr, aber es bringt keine Linderung.

Eine kurze Zeit fixieren wir uns gegenseitig. In diesen Sekunden wird mir klar, dass mein Leben keinen Penny mehr wert ist. Ich sehe es an dem Blick von meinem Bruder. Überheblich und voller Verachtung. Scheinbar freut er sich darauf, mich aus dem Weg zu räumen. Was ist bloß mit ihm los? Was habe ich ihm denn getan, dass er uns so etwas antut? Mein Erkenntnisapparat scheint ziemlich angeschlagen zu sein, wenn ich meinen eigenen Bruder nicht wiedererkenne.

Mein Blick schweift hinunter zur nächsten Etage. Die Wohnungstür steht weit offen. »Fickt euch, ihr Spinner«, rufe ich zu ihnen hoch und hechte nach unten. Schnell bin ich durch die Tür und ziehe sie zu.

Ich blicke mich um. Hier sieht es von der Zimmeraufteilung genauso aus wie in der oberen Wohnung. Weiter links müssten dann die Räume mit den Glasböden sein, die wir von der anderen Seite aus erkundet haben. Ich renne zu der Kammer, die oben das Schlafzimmer war. Bis hier sind Kuno und ich nicht gekommen, da wir vorher umgedreht sind. Anstatt durch den Schrank kann man durch eine normale Tür in die dahinterliegenden Räume gelangen. Ich sehe, wie die Wohnungstür sich öffnet und Shannon sich einen Überblick verschafft. Sie schreit irgendetwas, aber verstehen kann ich sie nicht. Ich beeile mich, durch die nächste Tür zu kommen, aber etwas zwickt mich in den Oberarm, und ich verharre kurz. Verwundert drehe ich mich um die eigene Achse und starre auf die eben geöffnete Tür. Ein Einschussloch. Splitter haben sich in meinen Arm gebohrt, der jetzt blutet und mein Hemd leicht durchtränkt.

Mein Gott. Die meinen es wirklich ernst. Ich sprinte los, schlage Haken um Sofa und Stühle und erreiche den leeren Raum mit den Ösen in den Wänden. Dies war das Zimmer, durch das man nicht nach oben schauen konnte. Ich überlege schnell, welchen Weg ich auf der eisernen Treppe nehmen soll, und haste weiter.

Ich entscheide mich für unten, auch auf die Gefahr hin, vor verschlossenen Türen zu stehen. So treffe ich vielleicht auf Kuno. Oder Miriam. Im darunterliegenden Stockwerk mache ich halt und rüttele an der Tür. Abgeschlossen. Ich blicke schnell nach oben, kann noch niemanden erkennen, weiß aber, dass einer von beiden gleich hier sein wird. Ich bewege mich ein Stück von dem Hindernis weg, nehme Anlauf und springe mit aller Kraft gegen das Türblatt. Scheinbar hätte ich nicht so viel Schwung gebraucht, denn der Widerstand an meiner Schulter war nicht groß. Nun schlage ich dafür heftig auf den Boden auf.

Ich spüre Feuchtigkeit auf der Wange. Es tut gut, es kühlt meine Gesichtshälfte. Was mich nur stört, ist der Gestank nach Exkrementen. Aber ich gebe mir keinerlei Zeit, darüber weiter nachzudenken. Ich hebe den Kopf. Durch das wenige Licht, das durch die Tür dringt, kann ich nicht viel erkennen. Die Augen müssen sich erst an die Dunkelheit gewöhnen.

Ich springe auf und stelle mich hinter die Tür, da ich eine Lichtveränderung im Flur gesehen habe. Zur gegenüberliegenden Seite zu rennen, scheint mir doch zu gewagt. Ich drücke mich an die Wand, und mein Fuß stößt gegen etwas Festes. Kurz tippe ich den Gegenstand mit der Schuhspitze an. Zu meiner Verwunderung spüre ich eine Bewegung.

Am Eingang kann ich Umrisse ausmachen und erstarre.

Eine Gestalt erscheint im Türrahmen. Sie sieht nicht nach Shannon aus.

Still stehe ich auf meinem Platz und beobachte jede Bewegung meines Bruders. Er zögert. Mein linkes Ohr scheint noch zu funktionieren, denn ich kann ihn tatsächlich hören. »Jonas«, flüstert er gedehnt. Oder sagt er es gar laut? Erwartet er eine Antwort? In seiner Hand kann ich einen Stock oder etwas in der Art sehen. Dann geht er einen Schritt weiter. Und noch einen.

Ich gehe aufs Ganze und springe ihn von hinten an. Meinen rechten Arm lege ich um seinen Hals und verstärke den Druck mit Hilfe meiner Linken.

Er windet sich und schlägt aus. Der Stock trifft mich an Schulter und Kopf, jedoch nicht gezielt, sondern eher zufällig und wenig schmerzhaft.

Mein Schwung und das Gewicht drücken ihn zu Boden. Seine Bewegungen werden langsamer, ruhiger. Schließlich lässt er Stock und sich selbst zu Boden fallen.

Ich habe genügend Filme gesehen, um zu wissen, dass es lange dauert, bis jemand wirklich bewusstlos ist. Also halte ich den Druck aufrecht, bis es schmerzt und mein Arm sich verkrampft.

Zögernd löse ich den Griff, taste nach dem Stock und habe ihn schnell gefunden. Ich taste den länglichen Stab ab. Er ist schiebbar, mit einer Verdickung am Ende. Es fühlt sich nach einem Schlagstock an.

Schnell den nächsten Schritt planen. Wichtig ist, dass er mir erst einmal nicht in die Quere kommt.

Mühsam richte ich mich mit dem Schlagstock auf und haue meinem Bruder damit zweimal auf den Schädel. Ich lege die restliche Kraft, die ich noch besitze, in diese Schläge. Wird ihn das töten? Wahrscheinlich nicht. Und wenn, dann ist es mir im Moment auch egal.

Stolpernd wanke ich zum anderen Ende des Raumes und suche den Durchgang. Mein Ohr schmerzt fürchterlich. Hoffentlich nichts Ernstes, Dauerhaftes.

Meine Hände gleiten die Wand entlang, bis ich die Tür gefunden habe. Schnell habe ich den Griff in der Hand und drücke ihn. Als ich einen Blick hinter mich werfe, kann ich eine Silhouette im gegenüberliegenden Türrahmen ausmachen. Shannon. Dann steht sie wenigstens nicht auf der anderen Seite dieser Tür.

Ein wenig Licht wäre toll, aber auch hier empfängt mich nur Dunkelheit. Dafür riecht es in diesem Raum nicht ganz so streng. Da es bereits beim ersten Mal gut geklappt hat, stelle ich mich auch jetzt wieder neben die Tür, in der Hoffnung, dass sie langsam hier hereinschleicht und ich sie überwältigen kann. Der Schlagstock ruht fest in meiner Hand. Mit meiner Linken massiere ich meinen schmerzenden Schlagarm. Mein Kopf dröhnt, und mir ist speiübel. Ich versuche das Rauschen auf dem einen Ohr auszublenden und mich auf das linke Ohr zu konzentrieren. Das Blöde ist, dass Shannon mit Sicherheit darauf bedacht ist, keine Geräusche zu machen, so dass ich nichts höre, und sehen kann man nicht einen Meter weit. Aber das gilt glücklicherweise für sie genauso.

Sprungbereit warte ich auf den kleinsten Hinweis darauf, dass sie in Reichweite ist. Plötzlich überkommt mich ein Schauer. Eine Warnung vielleicht. Gehört habe ich nichts. Aber Moment. Ich schließe die Augen, versuche andere Sinne zu mobilisieren. Ein leicht frischer Geruch dringt in meine Nase.

Sie ist hier. Direkt vor mir, ich kann es spüren.

Ich will gerade ausholen, als eine Stimme meinen und Kunos Namen flüstert. Also, das ist definitiv nicht Shannon.

Ellen. Mein Gott, die hatte ich komplett vergessen.

»Ellen, bist du das?«, frage ich in die Dunkelheit.

»Ja«, kommt es leise zurück. Direkt vor mir. »Was ist hier los?«, fragt sie.

Ich muss mich anstrengen, sie zu verstehen, und halte mein schmerzendes Ohr zu. »Wo ist Kuno?«

»Ich weiß es nicht«, entgegne ich. »Mein Bruder und seine Frau haben irgendetwas Perverses hier laufen. Kuno haben sie mit dem Elektroschocker kaltgestellt und weggeschleppt. Ich weiß nicht, wohin.«

»Was machen wir jetzt?«

»Mein Bruder ist ausgeknockt. Fürs Erste. Wenn wir Shannon noch erwischen, können wir das ganze Haus nach Miriam und Kuno durchsuchen. Das Problem ist, dass sie seine Waffe hat.«

Zu meiner Überraschung springen plötzlich zahlreiche Lampen an den Wänden an und fluten den Raum mit gleisendem Licht. Vor Schmerz drücke ich die Augen zu und taste mit der linken Hand nach Ellen, um sie zu mir herzuziehen.

»Hab ich dich, du Miststück«, tönt es vom anderen Ende des Raumes.

Das ist definitiv Shannon, nur wen von uns beiden sie meint, kann ich gerade nicht nachvollziehen. Ein lauter Knall ertönt, und Teile der Wand finden den Weg in mein ohnehin schon lädiertes Gesicht. Ich schreie auf. Dann merke ich, wie ich von Ellen um die Ecke gezogen werde. Ich öffne meine Augen, auch in diesem Raum ist jetzt Licht an.

Fassungslos nehme ich die Einzelheiten des Raumes in mich auf, wanke. Schließlich übergebe ich mich direkt vor meine Füße.

Schritte hallen schnell vom Nachbarraum herüber. Die Schmerzen und der Anblick dieser ekelhaften und abstoßenden Szenerie haben mir die Zuversicht genommen. Kraftlos sacke ich zu Boden und warte, was passiert. Mir fehlt die Kraft zum Kämpfen.

Soll Shannon mich doch erschießen.

*

»Bitte, Frau Schmidt. Meiner Kollegin haben Sie gestern doch auch schon sehr geholfen.« Werner bemüht sich um einen freundlich sachlichen Ton. Frau Schmidt wirkt distanziert und ein wenig gereizt, doch er möchte sich nicht abwimmeln lassen. Nicht jetzt.

»Eben«, antwortet sie harsch. »Das muss reichen. Nachdem Ihre Kolleginnen gegangen sind, war Leila ziemlich aufgewühlt. Es hat sie sehr mitgenommen, darüber zu sprechen.«

»Das kann ich durchaus verstehen, Frau Schmidt. Ich weiß, dass Sie Leila wieder auffangen müssen, und dass es mit Sicherheit keine leichte Arbeit ist.« Mit energischer Stimme fährt er fort: »Ich sehe, dass Sie eine tolle Mutter sind, die ihre Tochter nur beschützen will. Aber ich habe gestern mit einem ebenfalls tollen Vater geredet, und ihm musste ich sagen, dass wir keine Ahnung haben, wo und in welchen Händen seine Tochter sich gerade befindet. Können Sie sich vorstellen, wie es in diesem Mann aussieht?« Er lässt ihr kurz Zeit, das Gesagte zu verdauen, dann sagt er ruhig, beinahe sanftmütig: »Ich würde nicht vor Ihnen stehen, wenn ich mir nichts davon erhoffen würde.«

Roxane Schmidt hält seinem Blick zehn Sekunden stand, dann öffnet sie wortlos die Tür und lässt ihn eintreten.

»Gehen Sie bitte ins Wohnzimmer. Ich hole Leila.«

Ihm fällt auf, dass Frau Schmidt keinen Wert mehr auf Pflege der Wohnung zu legen scheint. Werner kann es gut verstehen. Wenn einen so ein Schicksalsschlag ereilt, dann wird alles andere nebensächlich. Leilas Mutter ist nur noch für ihre Tochter da. Alles dreht sich um sie und dem, was ihr zugestoßen ist, was ihr angetan wurde, und dass sie hoffentlich darüber hinwegkommt. Aber Werner weiß, dass Leila nie ganz darüber hinwegkommen wird. Das ist ein Trugschluss, dem viele Eltern unterliegen. Sie wird es, irgendwann, ein wenig ausblenden können, aber es wird immer in ihrem Kopf sein und dann und wann hervorbrechen.

Wahrscheinlich gibt die Mutter sich sogar noch selber die Schuld, dass es passiert ist. Eltern fragen sich häufig, was sie falsch gemacht haben, wenn etwas Schlimmes mit ihren Kindern passiert. Er kennt einige, die lieber selber alles Leid der Welt auf sich genommen hätten, als das eigene Kind gebrochen zu sehen. Doch leider geht das nicht so einfach.

»Hallo.« Zaghaft, unsicher.

Werner dreht sich um. »Hallo Leila.« Er geht zu ihr und hält seine Hand hin, die sie zögernd ergreift.

»Setz dich, Schatz.« Ihre Mutter führt sie zum Sofa

Werner vermeidet es, sich dem Mädchen gegenüberzusetzen. Leila könnte sich bei der Befragung beobachtet fühlen, was die Unterhaltung hemmen würde. Nebeneinanderzusitzen hat etwas Unverbindlicheres und ist persönlicher, deshalb entscheidet er sich, ein kleines Stück entfernt von ihr Platz zu nehmen.

Er wendet sich ihr zu. »Ich bin Torsten Werner. Erst mal möchte ich mich dafür bedanken, dass du meiner Kollegin gestern so toll geholfen hast. Ich weiß, es ist sehr anstrengend und aufwühlend für dich.«

Leila nickt zaghaft und streicht sich eine Strähne aus dem Gesicht. Sie ist sehr dünn, um nicht zu sagen hager. Ihr Blick ist unstet, und sie schaut häufig zu ihrer Mutter. Die legt ihr eine Hand auf das Knie, um sie zu beruhigen.

»Ich habe zwei Fotos mitgebracht. Darf ich sie dir zeigen?« Er verzichtet bewusst darauf, von einem Mann zu sprechen, denn er will sie nicht im Vorfeld schon aufregen. Auch das Wort »Entführung« vermeidet er tunlichst.

Leila nickt schüchtern, und ohne ein weiteres Wort legt er ein Bild von Eberhard Schwank auf den Tisch. Ein anderes als das, was Svenja ihr gezeigt hat. Es zeigt ihn deutlich und groß im Profil.

»Das ist der Mann von gestern«, sagt sie mit brüchiger Stimme.

»Das ist richtig, Leila. Du kennst ihn nicht?«

Sie schüttelt langsam den Kopf. »Nicht persönlich.«

Dann kramt er das andere Bild aus der Manteltasche, entfaltet es und legt es ihr wortlos auf den Schoß.

Es dauert ein, vielleicht zwei Sekunden, in denen Leila keinerlei Reaktion zeigt. Werner befürchtet schon, dass er falsch liegt, doch dann wischt sie das Papier mit einer heftigen Armbewegung von ihren Beinen und tritt nach dem Bild, als es am Boden liegt. Er beugt sich schnell zu ihr hinüber, hält sie an den Schultern und redet beschwichtigend auf sie ein, während sie ihre Arme an den Kopf reißt und mit den Füßen strampelt. Laute, quiekende Geräusche kommen aus dem Mund des Mädchens.

Ihre Mutter ist aufgebracht, schimpft mit Werner, doch wendet sich dann schnell zu ihr um und nimmt sie in den Arm.

Werner streichelt das Mädchen an der Schulter. Volltreffer, denkt er. Jetzt gilt es, die Sache richtig anzupacken, damit ihm kein Fehler unterläuft. Wen, fragt er sich, kann ich mit ins Boot holen, ohne im Vorfeld zu viel Staub aufzuwirbeln?

»Bitte gehen Sie.«

Erst jetzt realisiert er, dass die Mutter mit ihm spricht, und antwortet schnell: »Soll ich Frau Schütz anrufen? Sie könnte Ihnen helfen.«

»Ich schaffe das schon«, erwidert sie gereizt. Nach kurzem Überlegen: »Wenn es dieses Schwein ist, dann schnappen Sie ihn, Herr Werner.«

»Das werde ich, Frau Schmidt. Versprochen.«

Und im Gegensatz zu gestern, als er es dem Vater versprochen hatte, glaubt er jetzt fest daran. Nein, Glauben ist das falsche Wort.

Er weiß es.

*

»Verpiss dich in die Ecke!«, schreit Shannon und deutet mit der Pistole auf einen Punkt hinter mir. Ich hocke immer noch auf dem Boden, kann den Blick nicht von Szenerie abwenden.

Ellen stellt sich neben mich, während Shannon uns nicht aus den Augen lässt, aber langsam zu Sebastian geht, der immer noch regungslos auf dem Boden in der Mitte des Raumes liegt.

Ich ziehe meine Knie an den Oberkörper und halte sie mit meinen Armen fest. An der gegenüberliegenden Wand liegt ein Hund, direkt neben der Tür. Ein Schäferhund mit trüben Augen. Eine Vorderpfote ist seltsam abgeknickt. Ich denke, gegen ihn bin ich gestoßen, als ich mich vor Sebastian versteckt habe.

Neben ihm stehen Drahtkäfige mit Katzen. Wie viele es sind, kann ich nicht sagen, da sie dicht beieinanderhocken. Auch sie machen keinen gesunden Eindruck. Zu meiner Rechten sind weitere Hunde. Ich erkenne einen schmutzig roten Dalmatiner, irgendeinen dunklen Mischling mit längeren Fell und einen ehemals weißen Pudel mit etlichen offenen, roten Schnittwunden auf dem Körper. Allen Tieren ist gemein, dass sie diesen seltsamen Blick haben. Diesen stumpfen Ausdruck, der leer und entrückt wirkt.

Ich muss würgen und kämpfe darum, mich nicht noch einmal zu übergeben. Was zum Teufel wird hier bloß gespielt? Fressnäpfe stehen auf dem

Boden verteilt, das Essen drumherum verschüttet. Pisslachen und Exkremente verschmiert auf dem Boden. An der linken Wand sehe ich ein Regal mit kleinen Mäusen.

Shannon ist mittlerweile bei meinem Bruder angekommen und tastet ihn mit der linken Hand am Kopf, schüttelt ihn sanft, während ihre Rechte weiter mit der Pistole auf uns zielt. Ihr Blick fixiert mich streng.

Dieses miese Weibsbild. Jahrelang dachte ich, dass es Einfältigkeit in ihren Augen war oder Desinteresse an ihrer Umgebung. Jetzt interpretiere ich Verachtung hinein. Sie hat uns etwas vorgespielt. Aber nicht nur sie. Auch mein Bruder.

Sebastian rührt sich, fasst sich an den Kopf und stöhnt. Shannons Blick wird weicher. Ist sie tatsächlich um ihn besorgt? Lieben die beiden sich wirklich, so unterschiedlich sie auch sind? Was verbindet sie nur? Tierliebe kann es nicht sein, und schon wieder muss ich aufstoßen.

Sie greift ihn am Arm und stützt ihn, während er schließlich wankend auf beiden Beinen zu stehen kommt.

Ein rotes Rinnsal läuft an seiner linken Gesichtshälfte hinab. Irritiert schaut er zu mir herüber, dann flüstert er etwas zu seiner Frau. Sie streichelt ihm die Wange, gibt ihm einen Kuss.

»Roll den Stock rüber!«, befiehlt Shannon alsdann, und ich werfe ihr das Ding zu. Sebastian nimmt es an sich, kommt dabei ins Wanken.

»Kriege ich eine Erklärung?«, frage ich.

»Du willst eine Erklärung?«, fragt mein Bruder mich höhnisch. »Da gibt es nichts zu erklären.«

»Nicht?« Ich tue verwundert. »Ist das hier normal? Und die Zimmer oben?«

»Oh«, er lacht lauthals. »Du solltest mal die anderen sehen. Ich würde ja eine Führung für dich machen, aber im Moment habe ich andere Sorgen.«

»Wo ist mein Mann?«, will Ellen neben mir wissen.

»Dem geht's prima. Und nun halt dein Maul!«, erwidert Shannon brüsk.

»Sebastian«, rufe ich. »Wir sind Brüder.«

Er kommt langsam auf mich zu. Grinst. »Wir sind Brüder«, wiederholt er übertrieben weinerlich. »Sind wir das, Jonas?«, platzt es danach aggressiv aus ihm heraus. Er baut sich mit dem Schlagstock vor mir auf, presst die Lippen zusammen und hebt den Arm. Aber er zögert, kann nicht zuschlagen. Oder er will es noch nicht.

»Bitte«, sage ich beinahe flehend.

»Was willst du denn?«, antwortet er eine Spur ruhiger.

»Wissen, was das hier alles soll. Was habt ihr getan? Wo ist Miriam? Kuno. Und die kleine Bertram.«

Er hockt sich vor mich hin, starrt mir in die Augen. Seine Halbglatze schimmert feucht in dem hellen Licht. Die Blutspuren und die tiefliegenden Augen mit den dunklen Augenringen geben seinem Gesicht ein fratzenhaftes Aussehen. Sein Atem dringt bis an mein Gesicht. Er riecht abgestanden.

»Ich bin Anwalt, Sebastian. Und Geschäftsmann. Ein guter Geschäftsmann. Ich habe einen Trend entdeckt und ihn für mich genutzt, mehr nicht.«

»Was für einen Trend? Misshandelte Tiere verkaufen?«

Er lacht auf, wendet sich kurz an Shannon, der diese Unterhaltung scheinbar nicht passt, denn sie blickt verdrossen zu ihrem Göttergatten. »Nein. Sagt dir der Begriff Animal Crushing etwas?«

Ich verneine. Ich kann zwar ein wenig Englisch und weiß, dass »animal« »Tier« heißt, aber »crushing« will mir spontan nicht einfallen. Hatte das nicht irgendwas mit Eis zu tun?

»Nun, Menschen, meistens Männer, bezahlen viel Geld für Videomaterial oder Liveschaltungen, in denen zum Beispiel Frauen mit hochhackigen Schuhen, Haustiere zertreten oder sonst irgendwie verletzen.« Er schaut gebannt auf meine Reaktion, doch außer dämlichem Dreinschauen wird er wohl nichts Großartiges entdecken. Ich verstehe nämlich nicht.

Er lässt mir einige Zeit, in der ich mich umschaue und in der der Groschen fällt.

»Ihr habt hier ein Filmstudio?«, frage ich erstaunt.

Wieder ist er ob meiner Worte erheitert. Ich sehe, dass sogar Shannon ihren Mund zu einem Lächeln verzieht.

»Ja, Jonas. Das kann man so sagen. Leute bezahlen uns, damit wir Filme drehen. Du glaubst gar nicht, was die für Vorlieben haben, und was manche dafür springen lassen. Da gibt es nichts, was es nicht gibt. Mäuse zwischen den Schenkeln ersticken, Katzen den Kopf zertreten, Hunde in Lackstiefeln zu Tode prügeln. Je ausgefallener, desto lukrativer.«

Das ist Wahnsinn. Ich kann es nicht glauben. Zumal ich noch nie davon gehört habe. Ich dachte, dass Heftigste, was es im Netz gibt, wäre YouPorn. Ich sage es ihm.

»Im normalen Netz, ja. Aber nicht im Darknet, Bruder. Im Darknet sind wir noch frei.«

Davon habe ich gehört. Da gab es mal eine Doku im Fernsehen. Aber über solch perverse Dinge wurde da nichts berichtet. Mir fällt plötzlich ein Begriff ein. Snuff. Ein Film mit Nicholas Cage. Wie hieß er noch gleich. Richtig. *8 mm*.

»Ist das Snuff?«, frage ich ihn.

Er nickt. »Das mit den Tieren noch nicht ganz. Snuff ist die nächste Stufe.«

Ich hielt es immer für einen Mythos, zumal sie das auch in dem Film gesagt haben. Ich schüttele den Kopf. Ellen neben mir ist ganz ruhig und blickt zwischen den beiden hin und her.

»Wo lebst du eigentlich?«, will er von mir wissen. »Wie kann man nur so blind sein. Die Menschen haben Bedürfnisse. Bedürfnisse, die befriedigt werden wollen, und im Zeitalter des Internets ist nichts mehr unmöglich. Was man will, bekommt man auch. Natürlich nur, wenn man auch bereit ist, dafür einiges hinzublättern. Wusstest du, dass ich mittlerweile millionenschwer bin?« Er grinst hämisch.

»Ihr habt euch dieses Haus hergerichtet, um Tiere zu quälen und Geld damit zu verdienen?«, frage ich angewidert.

Er blickt mich eine Zeitlang entrückt an, dann gibt er sich einen Ruck und sagt: »Nicht nur Tiere, Bruder.«

Ich verstehe nicht sofort, aber dann dämmert es mir und trifft mich wie einen Keulenschlag. Die nächste Stufe.

Ich brauche nichts zu sagen, er erkennt meine Gedanken und grinst diabolisch. Mir fehlen die Worte. Meine Schmerzen sind komplett vergessen, es überwiegt die Übelkeit.

»Was ist nur mit dir passiert?«, bringe ich ächzend hervor.

»Was mit mir passiert ist? MIT MIR?« Er schreit mich an. »Was habt *ihr* mit mir gemacht? Das wäre die richtige Frage! Wer wurde gehänselt und ausgeschlossen, wo es nur ging? Ausgelacht wegen meines Aussehens? Und statt mir beizustehen, hast du auch noch fleißig mitgelästert.«

»Das stimmt doch gar nicht«, erwidere ich empört. »Ich habe mich um dich gekümmert. Immer.«

»Weil du musstest. Du wolltest es nicht, du musstest. Das hast du mich auch immer spüren lassen. Deine Witze, deine Abfälligkeiten. Offen und hinter meinem Rücken, wenn du dachtest, ich bekomme es nicht mit. *Schlupp vom grünen Stern*, *E.T. der Außerirdische*. Das waren noch die netten Sachen, erinnerst du dich? Überall wo ich hinkam, hatte ich meinen Namen schon weg, da der beliebte Jonas damit nicht hinterm Berg hielt. Du hast mir meine Kindheit zur Hölle gemacht. Du und Vater.«

»Vater? Der hat dich geliebt, und du warst Mutters Liebling.«

»Nein, ich war ihr Sorgenkind. Der kleine, schwächliche Junge. Und Vater hatte nur Verachtung für mich übrig. Du hast ihn doch gar nicht erlebt, wenn ich mit ihm alleine war. *Lass mich in Ruhe, du Freak. Sprich mich nicht an. Setz dich hin und halt dein Maul, du Unglückskind*. Alles nette Sachen, die er sagte, wenn niemand dabei war. Sowas prägt einen, Bruder.«

Ich versuche mich zu erinnern. Schöne Momente mit ihm und Vater. Ich weiß, dass es sie gab, nur wollen sie mir partout nicht einfallen. »Deswegen wird man doch nicht zum Sadisten«, entgegne ich stattdessen.

Er hebt die Schultern. »Keine Ahnung. Ich weiß nur, dass ich voller Zorn war. Zornig auf mich und meine Gebrechen. Dann auf euch, wegen eurer Lieblosigkeit. Mit zwölf oder dreizehn fand ich aber mein Ventil.«

Ich will nicht wissen, was das für ein Ventil war. Ich sehe, dass Shannon in ihr Handy spricht. Verstehen kann ich sie nicht. Ihr Komplize Ismael? Mich interessiert, wie Shannon da reinpasst. Ich frage ihn.

»Sie erkannte schnell, dass ich nicht nur eine intellektuelle Seite habe.« Er setzt sich jetzt richtig auf den Boden, verschränkt die Arme auf den Knien und wippt den Schlagstock hin und her, während er erläutert: »Wie du weißt, war sie Bürokraft bei uns. Wir kamen uns näher. Sie sah etwas anderes in mir als der Rest der Welt. Lernen, Erfolg im Beruf und ein relativ guter Verdienst waren zwar ganz nett, aber Shannon eröffnete mir eine Welt, die ich nicht kannte und in der ich voll aufgehen konnte. Sexualität ohne Grenzen. Bedingungslose Liebe. Wir sprachen viel, ich erzählte ihr von meiner Jugend, meinen Erfahrungen und meinem Ventil. Sie war vorurteilsfrei und neugierig. Wir erreichten ein Level, auf das du mit deiner Miriam niemals kommen würdest. Wir spielten, probierten uns aus und fanden Gefallen an dem hier.« Er macht eine ausholende Geste, die den kompletten Raum einschließen soll.

Er klingt wie ein Partnerschafts- oder Sexualberater.

»Ihr seid zwei kranke Spinner. Mörder. Sadisten.«

»Nenne es, wie du willst, Jonas. Wir haben etwas, das du niemals haben wirst. Mein Gott, was habe ich dich gehasst. Mein Leben lang habe ich dich gehasst.«

»Dann hast du das aber gut verstecken können. Ich erinnere mich an viele schöne gemeinsame Momente.«

»Willst du, dass ich kotze? Meinst du, man vergisst die Demütigungen und Erniedrigungen jemals? Nein, Bruder. Ich hatte niemals Spaß in deiner Nähe. Der tolle, allseits beliebte Jonas. Bah. Mir ist ganz recht, dass du hinter unsere Geschäftsidee gekommen bist, denn so kann ich dir das zurückgeben, was du mir angetan hast. Leid.« Entschlossen steht er auf, schwingt den Schlagstock vor meiner Nase. Er wendet sich an Shannon: »Ich hole uns etwas zum Fesseln, passt du auf sie auf?«

Shannon nickt.

»Gut. Jetzt wirst du erleben, was es heißt, zu leiden. Vielleicht bringe ich dir als Vorgeschmack ein kleines Körperteil von deiner Miriam mit.«

»Lass sie in Ruhe, du Schwein!«, schreie ich und springe auf. Er trifft mich mit dem Schlagstock an der Stirn, und ich sacke erneut zu Boden. Ellen hockt sich neben mich und zieht mich zu sich her.

»Lass sie«, bringe ich halb ächzend, halb flehend hervor. »Bitte.«

»Nein, Bruder. Dir wird klar sein, dass es kein Zurück mehr gibt. Dass wir hier niemanden von euch lebend rauslassen können.«

*

Torsten Werner steuert seinen Pkw auf den Parkplatz seiner Dienststelle in Schiffdorf. Er winkt einem Kollegen hinter der Glasscheibe zu, der ihm die Türverrieglung öffnet.

»Moin Klaus. Ist Svenja da? Oder Roger?«

Der Schutzpolizist schüttelt den Kopf. »Die sind vorhin weggefahren. Nach Beers. Dort trifft wohl eine Staffel Hunde ein.«

»Tannhäuser?«

»In Cuxhaven.«

Werner geht wieder zu seinem Wagen. Er zückt sein Handy und wählt Svenjas Nummer. Sie geht nicht ran. Er überlegt kurz, startet den Wagen und fährt nach Bad Bederkesa.

Auf der Fahrt dorthin gehen ihm zig Dinge durch den Kopf. Er versucht, Klarheit zu bekommen, hat aber nur eine vage Ahnung. Was weiß er über den Verdächtigen? Natürlich so gut wie nichts. Welche Beweise hat er? So gut wie keine. Nur die Reaktion einer psychisch angeschlagenen jungen Frau. Kann man ihre Aussage vor Gericht verwerten, sollte sie denn eine machen? Vielleicht. Aber der Verteidiger würde sie in der Luft zerpflücken.

Ist er gefährlich für seine Umgebung? Schwer zu sagen. Erneut greift er zu dem Mobiltelefon. Endlich geht Svenja an den Apparat.

»Ja? Was gibt es, Torsten?«

»Wo bist du gerade?«

»Roger und ich sind am Fleckenshölzer Wald. Wir warten auf die Hunde. Kollegen haben Kleidungsstücke der Kleinen besorgt, und wenn die Hunde da sind, wollen wir auch gleich los.«

»Wo ist Roger? Ist er bei dir?«, fragt er hastig.

»Ja, steht direkt neben mir, willst du ihn haben?«

»Nein, nicht.« Er spricht schnell und eindringlich weiter: »Svenja, ich denke, Roger ist der Entführer. Hörst du? Leila hat ihn auf einem Foto erkannt. Verhalte dich ruhig, bis ich da bin, okay?«

»Ich pass schon auf sie auf, Torsten. Keine Bange.«

Werner verfehlt fast eine Kurve und wäre um ein Haar in der Leitplanke gelandet, als er die Stimme von Stahrmann hört. Er drosselt das Tempo und hält schließlich am Straßenrand.

»Roger?«, fragt er atemlos.

»Genau der«, ertönt es fröhlich aus dem Lautsprecher.

»Gib mir Svenja!«

»Im Moment nicht, danke.«

»Roger!«

»Das kann ich machen.« Eine kurze Pause, schließlich: »Dann lass uns doch treffen. Wo bist du?«

Werner überlegt. Scheinbar will er sich vor Svenja keine Blöße geben, deshalb das Theater. Aber soll Werner einem Treffen zustimmen? Er ist unschlüssig. Seine Waffe ist auf dem Revier. Er hat nichts dabei, um sich zu verteidigen. Er flucht innerlich. »Kurz vor Elmlohe.«

»Das klingt gut, Kollege. Der Wald zwischen Kührstedt und Elmlohe? Super. Svenja und ich kommen dahin.«

Werner bleibt nichts anderes übrig, als zuzustimmen.

»Ach, du kommst ganz alleine?«, fragt Stahrmann überdehnt.

Werner erwidert nichts, aber sein Kollege sagt: »Gut. Dann sehen wir uns gleich. Bleib sauber.«

Aufgelegt.

Entgeistert starrt Werner das Telefon an. Dümmer hätte es wirklich nicht laufen können, er könnte sich ohrfeigen.

Er fährt den Wagen wieder auf die Fahrbahn. In Schätzungsweise fünf Minuten wird er den Wald erreicht haben, den sie als Treffpunkt ausgemacht haben. Viel länger wird Stahrmann auch nicht brauchen.

Wenn er jetzt nicht ganz schnell einen Masterplan aus dem Ärmel zaubert, dann sieht er schwarz für seine und auch für Svenjas Zukunft.

Vor ein paar Minuten hatte er sich noch gefragt, ob Roger Stahrmann gefährlich für sein Umfeld ist.

Nun, nach diesem Telefonat, auf jeden Fall.

*

»Neeeiin!«, schreie ich aus voller Kehle, bis mir die Stimme versagt, aber es nützt nichts. Sebastian entfernt sich, und Shannon zielt mit entschlossener Miene direkt auf meinen Kopf. Ich zittere wie Espenlaub.

»Du hättest einfach in der Wohnung bleiben sollen, bis sich der Rummel um das Mädchen gelegt hat.« Shannon kommt bis auf zwei Meter an mich heran.

Ich versuche mich zu sammeln, meine Gliedmaßen unter Kontrolle zu kriegen und einen klaren Gedanken zu fassen. Schier unmöglich, wenn man bedenkt, was hier abläuft. Meine Frau. Ich muss sie retten.

Schließlich finde ich doch meine Sprache wieder: »Lass mich zu ihr gehen.«

»Ein Schritt und du hast eine Kugel im Kopf.«

Ellen neben mir rührt sich. Sie steht auf.

»Was hast du vor?«, will Shannon von ihr wissen, doch sie antwortet nicht. Stattdessen macht sie einen Schritt auf Shannon zu, die erstaunt auf die kleine Frau herunterblickt. Sie überragt Ellen locker um eine Kopflänge.

»Bleib stehen, du Fotze!«, bellt meine Schwägerin, aber Ellen denkt nicht dran.

Shannon ist gezwungen, die Waffe von mir wegzubewegen, damit sie Ellen ins Visier nehmen kann. Aber das kurze Zögern, der eine Satz war zu viel und gibt Ellen Zeit, um Shannon anzuspringen und sie aus dem Gleichgewicht zu bringen. Beide stürzen zu Boden.

»Lauf! Rette deine Frau!«, schreit Ellen mir zu. »Finde Kuno!« Sie drischt mit den Fäusten auf die sich windende Shannon ein.

Ich springe auf, muss mich aber kurz an der Wand abstützen, da mein Kreislauf verrücktspielt und mir schwarz vor Augen wird.

Kurz fällt mein Blick auf die am Boden rangelnden Frauen. Ellen liegt jetzt quer über Shannon und prügelt ihr mit der Faust ins Gesicht. »Nun mach schon!«, schreit sie abermals, und ein Schuss löst sich aus der Waffe. Da die Pistole Richtung Decke zeigt, kann sie Ellen nicht getroffen haben.

Ich sprinte los, renne in den nächsten Raum und versuche mir einen Überblick zu verschaffen. Niemand hier, der Raum ist komplett gefliest und leer. Ein riesiges viereckiges Waschbecken befindet sich auf der linken Seite an der Wand, ein paar farbige Plastikeimer und -wannen stehen daneben.

Ich laufe durch die nächste Tür. Hier sind die Räumlichkeiten anders geschnitten als in den oberen beiden Stockwerken. Kleiner und unübersichtlicher. Ein langgezogener Flur, von dem drei Türen auf der linken Seite abgehen und die Wohnungstür auf der rechten. Ich drücke die erste auf, aber dahinter befindet sich nur ein spärlich beleuchteter Raum, bestückt mit Lederliege, Couch und einem weiteren Andreaskreuz. Eine Kamera steht auf einem Stativ an der gegenüberliegenden Wand.

Hinter der zweiten ist eine Art Lagerraum. Regale, mit allerlei Dingen bestückt, stehen an den Wänden. Ich kann Masken, Stiefel und lose Seilenden erkennen. Zeug, das man aus einem Erotikkatalog kennt. Ich sprinte weiter zur dritten Tür und reiße sie auf. Ebenfalls Regale in diesem Raum, diesmal aber stehen Besen und Eimer darin. Auf dem Boden Kanister mit irgendeiner Flüssigkeit.

Ich drehe mich auf der Stelle um und haste durch die gegenüberliegende Haustür. Im Hauptflur halte ich kurz inne. Momentan müsste ich im ersten Stock sein, zwei weitere Stockwerke gibt es über mir. Nach oben wird er nicht gegangen sein, hoffe ich und renne ins Erdgeschoss.

Die Wohnungstür zu meiner linken ist einen Spalt geöffnet. Ich gehe langsamer, öffne vorsichtig die Tür und werfe einen Blick hinein. Gerne hätte ich etwas in der Hand, um mich zu verteidigen. Oder vielleicht auch zum Angriff.

Plötzlich geht mir Ellen durch den Kopf. Von oben sind keinerlei Geräusche zu hören. Hoffentlich geht es ihr gut und sie hat Shannon außer Gefecht gesetzt. Mein Gott, was ist diese kleine, zierliche Frau taff. Davon könnte ich mir glatt eine Scheibe abschneiden.

Ich atme tief durch und gehe hinein. Schnell haste ich über den Flur, öffne eine Tür zu meiner Rechten. Ich sehe Tische mit Laptops und Bildschirmen. Zwei Schreibtischstühle stehen mitten im Zimmer, in der einen Ecke steht ein großer Flachbildschirm. Es ist ein Computerraum. Haben sie von hier aus ihren Dreck ins Netz gespeist?

Ich halte mich nicht lange auf, lausche angestrengt und gehe weiter. Hinter einer weiteren geöffneten Tür sehe ich etliche Pappkartons und eine Sackkarre. Ich renne quer durch den Raum und öffne die letzte Tür vorsichtig, denn ich denke, dass Sebastian nur hier reingerannt sein kann, denn hinter dem Durchgang müsste wieder die eiserne Treppe kommen.

Alles stockfinster. Da ich ungefähr weiß, wo in der obigen Etage der Lichtschalter angebracht war, versuche ich mein Glück an der rechten Wand. Schnell taste ich sie ab, finde den Taster und drücke ihn.

Das Zimmer ist komplett leer. Verdammt noch mal, wo ist Sebastian hin? In meinem Kopf hämmert der Schmerz, aber ich versuche ihn so gut wie möglich zu ignorieren und stürme zur Treppe im hinteren Teil der Wohnung. Wie lange renne ich hier jetzt herum? Eine oder zwei Minuten? Vielleicht länger. Wenn ich ihn nicht bald finde, dann … ich will nicht daran denken.

Tatsächlich führt die Treppe noch eine Etage tiefer. Das muss der Keller sein. Wie haben die Kuno da runterbekommen? Unten brennt Licht. Ich kann Schritte hören und eine Tür, die aufgedrückt wird.

Schnell, aber darauf bedacht, so wenig Geräusche wie möglich zu machen, gehe ich nach unten. Mittlerweile spüre ich auch die Schmerzen im Ohr und auf der Wange wieder recht heftig. Ich wische mit dem Ärmel meines Pullovers über die rechte Gesichtshälfte und zucke zusammen. Scheint schlimmer zu sein, als ich dachte, denn der Ärmel ist sofort rotgefärbt. Ich versuche nicht darüber nachzudenken und gehe die letzten Stufen herunter, bis ich nackten Betonfußboden erreicht habe.

Langgezogener Flur. Eine halbgeöffnete Tür am Ende. Unter der Decke hängen nackte Glühbirnen. Zwei Türeinsparungen auf der rechten Seite, zwei auf der linken. Ich entscheide mich für links.

Chemikaliengestank schlägt mir ins Gesicht und brennt in meinen Atemwegen. Eine riesige Metallwanne steht am Ende des Raumes. Rechts ein großer Metalltisch, bestückt mit Werkzeugen und Plastikwannen unter der Arbeitsplatte. An der linken Wand sind große Kanister aus Plastik und Metall aufgereiht. Etliche. Was für ätzendes Zeug lagern die hier? Mir dreht sich der Magen um, und ich wende mich ab.

Ich zucke vor Schreck zusammen, als ich jemanden vor mir registriere. Sebastian. Ich kann gerade noch dem Schlag ausweichen, höre, wie sein Schlagstock gegen den Türrahmen knallt. Ohne zu überlegen ramme ich ihm meine Faust in die Seite, mit voller Wucht. Er schreit auf und geht zu Boden.

Ich springe ihn an und hämmere meine Faust in sein lädiertes Gesicht. Plötzlich überrascht mich ein heftiger Schmerz. Er hat mich mit dem Stock erwischt. Ich sacke zur Seite weg.

Ich spüre, wie er mich an den Schultern packt und in den nach Chemikalien stinkenden Raum zurückdrängt. Ein weiterer Schlag gegen meinen Kopf nimmt mir alle Kraft aus Armen und Beinen. Ich glaube nicht, dass ich noch einen weiteren Hieb abwehren könnte, geschweige denn einen eigenen Angriff starten. Er hat gewonnen. Das kränklich aussehende Schwein, das ich meinen Bruder nannte, hat gewonnen. Mühsam hebe ich meinen linken Arm, um zu signalisieren, dass ich aufgebe.

Er reagiert darauf, indem er mir den Schlagstock mit voller Wucht auf die Finger knallt. Der Schmerz ist so wahnsinnig groß, dass ich schreie, aber keinen Ton hervorbringe. Ich drehe mich weg, umfasse meine kaputte Hand und winde mich auf dem Boden.

Als ich die Augen wieder öffnen kann, sehe ich, dass ein paar meiner Finger seltsam abgeknickt aussehen. Ich muss würgen. Seine Stimme dringt an mein Ohr, aber ich kann sie nicht verstehen.

»Warum nur?«, flüstere ich brüchig und unter Tränen.

»Warum was?«

»Das alles hier. Nur wegen des Geldes?« Ich drehe mich auf den Rücken. Er steht über mir und wippt den Schlagstock in seiner Hand. Ich presse meine Augen zusammen, versuche mich zu sammeln, aber der Schmerz will einfach nicht verschwinden.

»Und weil es erfüllend ist. Aber davon verstehst du nichts, Postbote. In spätestens zwei Jahren sind Shannon und ich da, wo wir immer hinwollten. In einem Land, weit weg von Deutschland, in dem Strafverfolgung mit ein wenig Bargeld ausgesetzt werden kann. Wo wir unsere Vorlieben ausleben können, wie wir wollen. Wo unser Reichtum uns schützt und Menschen für ein paar Euro oder Dollar alles tun würden, was wir wollen. Das ist unsere Welt, Jonas. Dort sind wir wie Götter. Unantastbar.«

»Das glaube ich nicht«, bringe ich stöhnend hervor.

»Und doch wird es so sein. Du warst nie in einem Dritte Welt Land, also kannst du auch nicht wissen, wovon ich rede. Dir hat es schon immer an Intelligenz gefehlt. Für zwanzig Euro verkauft ein Familienvater dort seine eigene Tochter, glaub mir. Menschenleben, selbst eigene Nachkommen, sind dort nichts wert.«

»Darf ich sie noch einmal sehen?«, frage ich ihn, meine Augen wieder geöffnet und auf ihn fixiert.

»Wen? Miriam? Nein.«

»Bitte.«

»Hier ist jetzt Schluss, Bruder. Ich hätte dich oben schon kaltmachen sollen. Du bringst nichts als Ärger. Ein richtiger Jonas halt.«

Noch einmal stürmt, noch einmal, liebe Freunde. Das motivierende Shakespeare Zitat aus *König Heinrich* geht mir irrsinnigerweise durch den Kopf. Werde ich die Kraft des Aufbegehrens noch einmal mobilisieren können? Für Miriam? Und für Kuno? Ich blicke mich um, dann hefte ich meine Augen auf ihn, meinen Bruder. *Noch einmal stürmt …*

Ich ziehe scharf die Luft ein. Einmal. Zweimal. Verwundert schaut er mich an.

»Du bist der Jonas«, speie ich ihm entgegen, springe auf und ramme meinen Kopf in seine Magengegend. Er prallt gegen die Wand, ich höre, wie die Luft aus seinem Körper entweicht. Ich setze nach, packe seinen Hals. Er fuchtelt wild mit seinem Stock, trifft mich aber nicht. Ich donnere ihm meine Stirn auf die Nase, und er schreit auf, umpackt reflexartig meinen Oberkörper. Eine Weile stehen wir einfach da, den anderen fest umschlungen. Tierische Laute dringen aus seinem Hals. Ich erkenne ihn nicht wieder, das kann nicht mein Bruder sein. Wie zur Bestätigung bringt er sein

Gesicht an meines, öffnet seinen Mund und schnappt nach mir. Er streift mit seinem Biss meine Wange. Ich lasse ihn los, schlage mit der Faust, treffe ihn aber nur leicht.

Und dann fällt mir etwas auf. Es springt mich beinahe an. Ein Ausweg aus dieser zerstörerischen Situation.

Er reißt seinen Arm hoch, will mich mit seinem Schlagstock treffen, aber ich komme ihm zuvor und gebe ihm einen Schubs. Einen ganz kleinen nur, denn mehr braucht es nicht. Sebastian verliert das Gleichgewicht, da seine Kniekehlen gegen den metallenen Wannenrand drücken. Der kleine Rempler von mir reicht aus, um ihn direkt in die Wanne zu befördern. Ich hechte schnell zur gegenüberliegenden Wand, schnappe mir irgendeinen Metallkanister mit meiner Rechten. Meine Linke kann ich nicht gebrauchen, aber zum Öffnen brauche ich nur den Handballen unter den Verschluss zu schlagen, schon springt er auf, und Flüssigkeit plätschert heraus. Sofort wird der Gestank stärker, beißt in den Augen und ist kaum auszuhalten. Sebastian hat sich fluchend in der Wanne aufgerichtet, starrt mich mit hasserfüllten Augen an, dann bemerkt er den Kanister in meiner Hand und hebt instinktiv die Hände. Ich überkippe ihn mit der stinkenden, ätzenden Flüssigkeit. Sein Schrei klingt nicht wie der eines Menschen, eher wie der eines elendig verreckenden Tieres. Mein Magen verkrampft sich, ich kann kaum etwas sehen, so sehr schmerzt es in den Augen. Ich lasse den Kanister auf ihn fallen und springe instinktiv einen Schritt zurück, doch reicht der Abstand nicht aus. Sebastian schlägt um sich, versucht den Kanister wegzuschleudern, doch er rutscht mit seinen Händen an der feuchten metallenen Oberfläche ab und der Behälter fällt auf ihn zurück, während die Flüssigkeit weiter vor sich hinplätschert. Schließlich bekommt er ihn doch noch gepackt und wirft ihn in den Raum. Ein großer Schwall von der Flüssigkeit trifft meinen Unterarm und bereitet mir höllische Schmerzen. Ich wische ihn schnell an der Hose ab und blicke fassungslos zur Wanne. Sebastian strampelt und wedelt mit den Armen, er schafft es erneut, sich am Wannenrand festzuhalten und hochzuziehen.

Mein Gott, das ist schlimmer als im Horrorfilm. Ich renne aus dem Raum, drehe mich um und sehe, wie er die Beine über die Wanne schwingt und sich wackelig hinstellt. Sein ganzer Körper raucht. Nebelschwaden steigen von ihm auf. Sein Gesicht, seine Glatze sind bar jeglicher Haut, und nur das rote dampfende Fleisch ist zu sehen. Er taumelt heftig röchelnd auf mich zu. Seine Hände rot und verformt wie monströse Klauen.

Ich drücke vom Flur aus die Tür ins Schloss, lehne mich dagegen. Schmatzende Geräusche und dunkle, kehlige Laute dringen an mein Ohr. Ich spüre das Klopfen, als er scheinbar gegen die Tür hämmert und tatsächlich bewegt die Klinke sich. Ich halte sie mit meinem Handballen der kaputten linken Hand, helfe mit der rechten nach. Die Tür drückt gegen meine Schulter. Er ruft meinen Namen. Laut. Eindringlich. Mir schießen Tränen in die Augen. Nach einer Weile lässt der Druck nach, die Klopfgeräusche verebben. Ein rumpelndes Geräusch, dann Stille.

Ich sinke zu Boden, lege mein Gesicht in die Hände oder was davon übrig ist und weine bitterlich.

Keine Ahnung, wie lange ich so auf dem Boden kauere, plötzlich legt sich eine Hand auf meine Schulter. Ich zucke zusammen, schaue verängstigt auf.

Ellen.

»Alles in Ordnung?«, fragt sie. Ich nicke nur, reibe mir die Tränen aus den Augen. Alles in Ordnung, denke ich resigniert. Ich habe gerade meinen Bruder getötet, mein eigen Fleisch und Blut. Also alles bestens soweit.

»Shannon konnte flüchten«, sagt sie mit ruhiger Stimme. »Ich habe aber die Polizei angerufen. Es kann sich nur um Minuten handeln. Scheinbar haben wir es geschafft.«

Ich starre sie an. Sie sieht im Gesicht schwer lädiert aus. Scheint ein heftiger Kampf mit meiner Schwägerin gewesen zu sein. Aber ihr Blick ist stolz und kräftig. »Lass uns unsere Gatten holen«, sagt sie und greift unter meine Arme, um mir aufzuhelfen.

Humpelnd und uns gegenseitig stützend machen wir uns auf den Weg zur ersten Tür zu unserer Linken. Wir stoßen sie gemeinsam auf. Ich taste um die Ecke herum und finde den Lichtschalter.

Kuno liegt auf einer Pritsche, die Arme über dem Kopf mit der Wand verbunden. Er ist wach und starrt uns an. Mit einem Auge. Das andere ist zugeschwollen und blutverkrustet. Er sieht schrecklich mitgenommen aus. Zahlreiche Abschürfungen in seinem Gesicht sagen mir, dass er keinen leichten Weg hinunter in den Keller genommen hatte. Ellen stürmt zu ihm und schließt ihn freudig in ihre Arme.

Ich schaue den beiden kurz zu, dann gehe ich in den nächsten Raum. Ich brauche den Lichtschalter nicht zu suchen, der Raum ist erhellt. Er ist etwa vier Mal fünf Meter groß. An der gegenüberliegenden Wand ist ebenfalls eine Pritsche, auf der Miriam genauso fixiert ist wie Kuno. Sie scheint unversehrt zu sein, sieht man einmal von dem blauen linken Auge ab.

Überglücklich humple ich schnell zu ihr, schließe sie in meine Arme, ignoriere den Schmerz und sauge ihren Duft ein. Erneut kommen Tränen in mir hoch. Was ist bloß los mit mir? Ich müsste eigentlich total ausgedörrt sein, so viel wie ich die letzten Tage geheult habe. Aber das ist nur ein flüchtiger Gedanke, und ich konzentriere mich auf Miriam. Noch nie in meinem Leben bin ich so froh gewesen, sie zu sehen, wie jetzt. Ich höre, dass auch sie schluchzt, und ich spüre, wie ihre Schultern beben.

Sie schiebt mich ein Stück von sich weg, schaut mir lange in die Augen und sagt: »Du hast mich gefunden.«

Ich streichle ihre Wange. »Ja. Und ich will dich nie wieder verlieren.«

*

Josie weint bitterlich. Sie wischt sich die Tränen aus dem Gesicht. Die Frau hatte ihr vor Kurzem noch wiederholt erklärt und eingeschärft, dass sie nicht mehr nach Hause gehen kann, nicht mehr gehen darf. Es sei zu gefährlich. Böse Menschen sind hinter ihr her. Sie hatte es ja im Wald erlebt.

Kimberly. Ist. Tot.

Ihr kleiner Körper schüttelt sich vom Schluchzen. Sie sitzt auf dem Bett und hat ihre Knie bis an das Kinn gezogen.

Wie soll es jetzt nur weitergehen? Die Frau und der Mann sind zwar nicht direkt böse zu ihr, aber sie möchte wieder zu ihren Eltern. Das sagte sie der Frau auch.

Nein, hatte die gesagt. Ihre Eltern sind ebenfalls tot. Wenn sie Josie nach draußen gehen lassen würde, dann würden die bösen Leute auch sie holen und töten. Das ließe sie nicht zu.

Es ist alles so unverständlich für sie. Vor Kurzem war die Welt doch noch in Ordnung. Wie kann es sein, dass jetzt nichts mehr so ist, wie es war?

Sie weiß nicht, wie lange sie hier schon in diesem Zimmer versteckt wird, aber es kommt ihr sehr lange vor. Und dieses Alleinsein. Josie ist es nicht gewohnt, so lange allein zu sein. Schon gar nicht unter Fremden.

Die Frau meinte, dass die Polizei die Verbrecher sicherlich bald habe. Josie müsse nur Geduld haben. Schlimmstenfalls könne sie aber mit ihnen mitkommen, da sie sowieso vorhatten, aus Bederkesa wegzuziehen. Nach Süden. Dort sind die Menschen freundlicher, und das Wetter ist besser, hatte sie ihr erklärt. Ernst sagte sie, dass Josie sie begleiten könnte, dass sie viele tolle Sachen miteinander machen würden. Sie würden tolle Abenteuer erleben, und vielleicht bekomme sie ja auch einen Hund.

Aber Josie will keinen Hund. Sie will nach Hause.

Dann hatte die Frau ihr wieder diese schreckliche Medizin gegeben, von der Josie immer übel wurde, durch die sie aber schnell einschlief. Die wäre nötig und wichtig, meinte die Frau und streichelte bei diesen Worten Josies Kopf.

Jetzt ist sie wieder wach. Sie fühlt sich schlecht. Viele Fragen gehen durch ihren Kopf, und niemand ist bei ihr, der sie beantworten könnte. Warum tun Menschen so etwas? Was haben ihre Eltern und Kimmy denn getan, dass sie jetzt tot sind?

Als sie sich ein wenig unter Kontrolle hat, nimmt sie die Fernbedienung von ihrem Kissen und schaltet den Fernseher ein. Die bewegten Bilder beruhigen ein bisschen und lenken sie ab. Ein bisschen. Hin und wieder muss sie noch einmal aufschluchzen, aber die Abstände werden größer.

Dann hört sie polternde Geräusche. Schnell schaltet sie den Fernseher aus. Ihr Herz rast. Laute Geräusche gibt es in diesem Haus nicht. Alles ist ruhig. Immer. Das Poltern kann nichts Gutes bedeuten.

Die bösen Männer. Kommen sie jetzt, um auch ihr wehzutun?

Schnell rennt sie zum Lichtschalter und macht das Licht aus, während sie im Laufen den Fernseher ausschaltet. Dann krabbelt sie auf allen vieren zu dem Bett und versteckt sich darunter.

Durch den Spalt unter der Tür dringt Licht in den Raum. Sie kann Schattenbewegungen sehen. Etwas passiert vor der Tür.

Josie hält die Luft an, kauert sich so weit es geht zusammen und lässt den leuchtenden Spalt nicht aus den Augen. Sie summt leise ihr Lieblingslied vor sich hin.

Die Tür öffnet sich, und Füße kommen schnell zum Bett. Ein Knie stützt sich in Josies Blickfeld ab, und kurz darauf ist auch das dazugehörige Gesicht nahe dem Boden und spricht sie direkt an: »Du musst leise sein, egal, was in den nächsten Stunden passiert. Bleib unter dem Bett und rühr dich nicht. Hast du verstanden? Rück ein wenig beiseite, ich komme zu dir.«

Josie nickt heftig. »Sind die bösen Menschen wieder da?«, fragt sie vorsichtig und bewegt sich rückwärts an die Wand, damit die Frau ebenfalls Platz unter dem Bett hat.

»Ja, mein Schatz. Aber dir passiert nichts. Ich passe auf dich auf, und mein Mann wehrt sie unten ab«, sagt die Frau, schiebt sich an den kleinen Körper heran und schließt sie in die Arme. Gemeinsam summen sie leise Josies Lied.

16

Kührstedt, Donnerstagmittag

Werner sieht den Pkw von Stahrmann, der sich mit hoher Geschwindigkeit von der Bundesstraße aus nähert. Kurz vor dem Abbiegen bremst er drastisch herunter und steuert den Wagen langsam zu der Freifläche, auf der auch Werner mit seinem eigenen Passat steht und die ein Stückweit im Wald liegt.

Das Gute ist, dass der Bereich von der Straße aus gut einsehbar ist. Werner hofft nur, dass Stahrmann keine Ambitionen hat, an einen anderen, entlegeneren Platz zu fahren, um zu plaudern. Er nimmt einen großen Zug von der warmen, spätsommerlichen Waldluft in sich auf und wartet neugierig ab, was passiert. Seltsamerweise ist er sehr ruhig.

Der Motor des VW erstirbt, und die Türen öffnen sich. Werner fixiert die Gesichter von Svenja Targas und Roger Stahrmann. Auch er scheint die Ruhe selbst zu sein, seine Bewegungen sind locker und unverkrampft. Svenja hingegen macht einen ratlosen Eindruck. Sie fragt: »Was machst du hier? Was machen wir hier?«

Sie weiß natürlich nichts, denkt Werner. Was hat Stahrmann geplant? Warum schleppt er sie mit?

»Nun«, schaltet sich Roger Stahrmann ein. »Unser Kollege hier ist ein wenig neben der Spur. Und ob du es glaubst oder nicht, Svenja, Tannhäuser und ich haben den Verdacht, dass es etwas mit der entführten Joselyn Bertram zu tun hat. Dass *er* etwas damit zu tun hat.« Er deutet mit erhobenem Zeigefinger auf Werner.

Dem bleibt der Mund offen stehen, und er blickt zu Svenja, die ihn ebenfalls fassungslos anschaut.

»Das ist nicht wahr«, empört er sich, nachdem er sich gefangen hat. »Ich war bei Leila. Habe ihr Bilder gezeigt.«

»Schon wieder«, höhnt Starmann. »Wie oft willst du uns noch mit deinen dusseligen Bildchen kommen?« Jetzt klingt er ein wenig gereizter.

Svenja schaut irritiert zwischen den beiden hin und her, kann sich keinen Reim aus dieser Situation machen.

»Ich habe mich im Krankenhaus erkundigt, welche Zeitungen dort verkauft wurden. Außer der Nordsee-Zeitung, auf der Schwank abgebildet war.« Er hat Svenjas Aufmerksamkeit und fährt schnell fort: »Im Tagesblatt ist ein großes Foto von unserem Kollegen hier. Von Roger. Er übergibt dem Schiffdorfer Turnverein eine Spende von unserer Belegschaft. Darauf hat Leila reagiert. Nicht auf das Foto von Schwank.«

Stahrmann lacht verächtlich. »Das ist alles?«, fragt er höhnisch. »Mehr hast du nicht zu bieten?«

»Für mich ist das Argument und Beweis genug, Roger.«

»Wenn ich eine Buchstabensuppe esse, würde ich einen besseren Beweis scheißen, mein Freund. Nein.« Er kramt in seinem Mantel. »Du und Schwank. Vielleicht auch Adler oder Neuhaus noch.« Er zieht ein paar Fotos hervor, die er in Svenjas Richtung hält. »Sieh es dir an, Svenja. Das ist Schwank auf diesen Bildern. Zusammen mit ihm.« Er nickt zu Werner. »Unser Torsten hier arbeitet mit ihm zusammen. Er hat die Ermittlungen schleifen lassen und nicht alle Vorkehrungen getroffen, die in so einem Fall vonnöten sind. Hier. Sieh es dir an!«

Werner protestiert lauthals, schreit ihn an: »Was erzählst du für einen Mist? Was soll das?«

Svenja geht zu Stahrmann, ihr Blick fest auf die Fotos in dessen Hand gerichtet. »Zeig her!«

Er gibt ihr die Fotos, ihr bleibt der Mund offenstehen. »Ein Mann, wie er sich an einem sehr jungen Mädchen vergeht«, sagt sie entsetzt und blättert die Bilder durch. »Das soll Schwank sein? Ist Schwank nicht dicklicher?«, fragt sie ungläubig. Werner wird unruhig, er will auch einen Blick drauf werfen, kommt einen Schritt näher, doch er bleibt sofort stehen, als Roger Stahrmann seine Waffe zieht und direkt auf seinen Kopf zielt.

»Keinen Schritt weiter, Kollege«, bellt Stahrmann.

»Und wo soll Torsten sein?«, fragt Svenja und schaut irritiert auf die Waffe, die auf Werners Kopf gerichtet ist. »Ich sehe nur diesen Mann ...«

»Schau genauer hin. Im Hintergrund«, fordert Stahrmann sie auf, und Svenja senkt den Kopf, um die Bilder aufmerksamer zu betrachten.

Werner stockt der Atem. Ein Lächeln umspielt Stahrmanns Mundwinkel, dann fährt er sich mit der Zungenspitze über die Oberlippe, während er die Waffe von Werners Kopf wegbewegt, direkt auf das geneigte Haupt von

Svenja. Sie bekommt es nicht mit, starrt weiterhin auf die Fotos in ihren Händen und versucht etwas Bedeutsames zu entdecken.

Werner will etwas rufen, sich bemerkbar machen, die Kollegin warnen, aber Roger Stahrmann ist schneller. Er schießt Svenja in den Kopf. Dumpf schlägt ihre schlanke Gestalt auf dem Waldboden auf, die Arme weit von sich gestreckt.

Werner kann sich nicht rühren, er ist erstarrt. Fassungslos blickt er hinunter zu Svenja. Aus den Augenwinkeln sieht er, dass Stahrmann jetzt die Waffe wieder auf ihn richtet. Es ist ihm egal. Werner ist innerlich leer. Langsam hebt er seinen Blick.

»Warum hast du das getan?«

»Ich?«, fragt Stahrmann. »Du hast das getan.«

»Das glaubt dir doch kein Mensch.«

»Wieso nicht? Du hast uns hierhergelockt. Warst sauer, dass du deinen Posten räumen musstest, hast mich angegriffen und meine Waffe an dich genommen, mit der du Svenja in den Kopf geschossen hast, als sie sich nach mir bückte. Irgendwie so.«

»Irgendwie so? Schmauchspuren, Schusswinkel. Das wirst du nie genau hinbekommen.«

»Das lass mal meine Sorge sein, Torsten. Ich kenne mich bekanntlich gut mit Tatorten aus. Die Arbeit unserer Techniker ist ja keine Hexerei. Man muss halt nur ein paar Dinge bedenken. Durchaus machbar, würde ich sagen, und ich habe genug Zeit, um mir ein passendes Szenario zu überlegen, muss ja nichts übers Knie brechen.«

»Warum musste sie sterben? Das ergibt keinen Sinn.«

Stahrmann hebt die Schultern. »Tabula rasa, was sonst. Bevor ich hierherfuhr, wäre ich sie nicht losgeworden, ohne ihr Misstrauen zu erregen. Hätte ich dich hier erledigt, hätte sie im Nachhinein Fragen gestellt und Staub aufgewirbelt. So habe ich eine Unbekannte aus der Gleichung gestrichen.«

Er will gerade weiterreden, als ein aufheulender Motor zu hören ist. Verwundert dreht er sich um. Ein alter Dreier BMW schießt auf sie zu und kommt schlitternd vor ihnen zum Stehen. Die Fahrertür wird aufgerissen, und Daniel Herbach springt heraus. Er legt seine Arme auf den Rahmen der geöffneten Tür, in der Hand hat er seine Dienstwaffe, die er direkt auf Stahrmann richtet. Irritiert schaut er auf den Boden zu Svenja, dann zu

Werner, der sichtlich erleichtert ist, dass sein Kollege da ist. Aber hätte es nicht zwei Minuten früher sein können?

»Wirf die Waffe weg, Roger!«, schreit er schließlich.

Stahrmann zeigt keinerlei Reaktion, blickt nur aus zusammengekniffenen Augen zu Herbach, die Waffe weiter auf Werner gerichtet.

»Es ist aus. Wir wissen Bescheid.«

»So, was weißt du denn?«, fragt Stahrmann lachend, aber er wirkt unsicher.

Werner lässt ihn keine Sekunde aus den Augen. Herbachs Auftritt macht die Sache um einiges schwieriger. Aber schwierig ist auch ein in die Enge getriebener Verbrecher, das weiß Werner nur zu gut. In den nächsten Minuten kann alles passieren, und es wäre besser, wenn er sich verteidigen könnte.

»Zum Beispiel, dass deine umtriebige Schwester angeschossen worden ist«, ruft Herbach.

Das Lachen von Roger erstirbt schlagartig. »Was redest du da?«

»Goethestraße? Sagt dir das was? Ein Perversitätenhaus, das deine Schwester mit ihrem Mann Sebastian betrieben hat.«

Werner kann sehen, dass Stahrmanns Blick unruhig hin und her wandert.

»Wie heißt sie? Shannon, richtig?«

Stahrmann wirft seinen Kopf herum und starrt Herbach hasserfüllt an. Werner ist froh, dass die Waffe nicht mehr auf ihn gerichtet ist, und geht einen Schritt zur Seite, auf den Leichnam von Svenja zu.

»Eine Frau Feldmann rief den Notruf an und erzählte etwas von Entführung und von Gefangenen. Dazu gehörte wohl auch ihr Mann. Eine Einheit ist dort vorgefahren.«

»Und?«, fragt Stahrmann.

»Deine Schwester kam gerade aus dem Haus gerannt. Die Kollegen wollten mit ihr reden, da sie dachten, dass sie es war, die sie angerufen hatte. Deine Schwester hatte sich aber bedroht gefühlt und wedelte auf einmal mit einer Kanone rum. Nun, den Rest kannst du dir wohl denken.«

»Woher willst du wissen, dass es meine Schwester war? Woher weißt du überhaupt, dass ich eine habe?« Man merkt, dass Stahrmanns Stimme fest klingen soll, aber er schafft es nicht, seine Unsicherheit zu verbergen.

»Muss ich dir das wirklich erklären? Einem Polizeibeamten? Schnell durch den Computer gejagt, wussten wir Bescheid. Meine Kollegen haben mich auf der Fahrt hierher informiert.«

Werner ist fast bei Svenja angelangt. Er muss nur noch einen Schritt auf sie zugehen, sich bücken und ihr die Pistole aus dem Halfter nehmen. Er malt sich gute Chancen aus, denn Stahrmann steht wie paralysiert auf einem Fleck. »Unmöglich«, sagt der nur.

»Sie wurde angeschossen, Roger. Sie ist in Begleitung zur Notaufnahme gefahren worden. Die Jungs haben Verstärkung gerufen, sind in das Haus und haben drei weitere Personen gefunden. Eine Frau und zwei Männer. Übel zugerichtet, aber sie konnten schnell umreißen, was dort vorgefallen war. Der eine Mann erzählte etwas von einer dritten Person. Einem Ismael. Ich kann mir gut denken, wer das ist, Roger. Nämlich du.« Er beobachtet die Reaktion Stahrmanns, aber der steht nur weiterhin da und versucht zu verarbeiten, was ihm da gerade erzählt wird. »Das ganze Haus wird gerade von unserer Technischen Untersuchungseinheit auf den Kopf gestellt. Was, meinst du, werden sie dort finden? In Bezug auf dich, meine ich.«

Ehe jemand reagieren kann, hat Stahrmann sein Handy gezückt. Herbach hebt die Waffe ein Stück an, bereit, abzudrücken.

Schnell gibt Stahrmann eine Nummer ein und wartet. Sein Blick ist immer noch auf Herbach gerichtet, die Waffe zeigt zu Boden.

Selbst Torsten Werner kann aus drei Meter Entfernung hören, dass eine Männerstimme aus dem Lautsprecher von Stahrmanns Handy kommt. Irritiert schaut der das Mobiltelefon an. »Wer ist da?«, fragt er mit belegter Stimme.

Werner kann keine Einzelheiten hören, aber das männliche Gemurmel ist nicht zu überhören. Schnell bückt er sich zu Svenjas Waffe und nestelt sie geschwind aus dem Halfter. Er zieht den Schlitten durch und legt auf Stahrmanns Kopf an.

Der scheint es gar nicht zu realisieren. »Shannon«, sagt er laut, nachdem er das Telefon fallen lässt. »Mein Gott.«

»Schmeiß deine Kanone weg, Roger«, befiehlt Werner barsch. »Es ist vorbei. Ihr seid aufgeflogen.«

»Das kann nicht sein. Das stimmt nicht.« Ungläubig schaut er auf die Waffe in seiner Hand.

»Doch es stimmt«, schaltet sich Herbach wieder ein. »Wirf die Waffe weg!«

»Wir hatten einen Plan«, wendet sich Stahrmann erklärend an Werner.

»Ich bin mir sicher, dass ihr den hattet«, antwortet der. »Was lief da? Was habt ihr getrieben?«

»Filme für Privatleute, Torsten. Filme der schlimmsten Sorte. Kranke, perverse Filmchen, an denen sich reiche Leute aufgeilen«, antwortet Herbach.

»Es sollte anders laufen«, erwidert Stahrmann sichtlich angeschlagen. »Es sollte doch ganz anders laufen.«

Werner wird unruhig, und er spannt seine Muskeln an. Stahrmanns Verhalten ist brandgefährlich. Er sieht sein gesamtes Leben den Bach runtergehen, und das macht ihn unberechenbar. Er hat eine Polizistin getötet, und der Fokus der kommenden Ermittlungen wird auf ihm liegen. »Gib auf, Roger. Bitte.«

Der Polizist erwidert seinen Blick mit tränengefüllten Augen. Dann schaut er an Werner vorbei auf die tote Svenja Targas.

»Es sollte anders laufen«, sagt er. Dann fixiert er seinen Kollegen nacheinander.

Werner hat eine Ahnung, was der Mann vorhat, und ruft: »Versuch es gar nicht erst, Roger!«

Auch Herbach erkennt schnell, was vor sich geht, und sagt: »Einer von uns wird dich erwischen. Lass es.«

Stahrmann schmunzelt und schließt seine Augen. Er atmet dreimal tief ein und wieder aus. Dann drückt er sich blitzschnell die Mündung der Waffe unter sein Kinn und drückt ab.

Werner knicken die Beine ein, und er fällt zu Boden, bleibt aber aufrecht sitzen. Sein Blick ist entsetzt auf den zerfetzten Kopf seines ehemaligen Kollegen gerichtet. Dann dreht er sich weg und schaut zu Svenja. Er lässt ihre Pistole auf den weichen Laubboden fallen, legt seinen Kopf in die Hände und schreit.

Herbach ist schnell bei ihm, kniet sich neben ihn hin und umfasst ihn an der Schulter. Gemeinsam sitzen sie dort, ihre Köpfe gegeneinander gelehnt, bis sie die Sirenen hören, aber selbst als die Kollegen aus Bad Bederkesa neben ihnen stehen, müssen sie voneinander getrennt werden.

17

Schiffdorf, Freitagmittag

Beinahe vierundzwanzig Stunden sind ist seit dem ereignisreichen und schrecklichen Tag vergangen. Das Haus in der Goethestraße wurde untersucht, Beweise gesichert und zur Analyse geschickt. Eine komplett neue Ermittlungsgruppe wurde gegründet, mit Bremerhavener und Schiffdorfer Kollegen. Die Leitung von Schiffdorfer Seite hat Erwin Stanger, ein langjähriger und geschätzter Kollege von Werner. Die Bremerhavener übertrugen das Zusammentragen der Informationen und die Auswertung einem Kommissar namens Henning Fuchs.

Stanger und Fuchs sitzen jetzt zusammen mit Neuhaus, Herbach und Tannhäuser in dem ehemaligen Besprechungsraum, der für die Ermittlungen im Fall Bertram hergerichtet geworden ist. Außerdem sind zwei Kollegen aus der internen Abteilung anwesend und ein Pressesprecher.

Tannhäuser hat das Wort, und nachdem alle ihre Plätze eingenommen haben, kommt er direkt zur Sache: »Uns stampft eine Riesenwelle voll mit Mist in den Boden. Sowas gab es in der gesamten Bundesrepublik noch nicht. Ich kann jetzt schon sagen, dass nach Aufklärung dieser Geschichte einige Köpfe rollen werden.« Sein Blick geht unweigerlich zu Werner, der auf seine Hände starrt, die er vor sich auf dem Tisch gefaltet hat.

»Wir müssen uns abstimmen. Erkenntnisse dürfen nur gefiltert an die Öffentlichkeit gehen. Also, was wissen wir bis jetzt? Ich fasse grob zusammen, und Sie ergänzen mich bitte, falls ich etwas auslassen sollte, und korrigieren mich, falls ich etwas falsch verstanden habe.« Er blickt in die Runde. Als alle nicken, fährt er fort: »Shannon und Sebastian Richter lernen sich in der Anwaltskanzlei, in der Herr Richter arbeitet, kennen und verlieben sich. Richter ist ein komischer Kauz, hat bis dato keine ernsthaften Beziehungen gehabt, da er, nun ja, optisch ein wenig beeinträchtigt ist. Aber er hat Vorlieben, was seine Freundin schnell erkennt. Auch sie scheint gewisse, ähm, wie soll ich sagen, sie hat Neigungen, die nicht mit der Masse konform gehen. Was wissen wir über sie?« Er wendet sich an den korpulenten Stanger.

»Aufgewachsen ist sie mit ihrem Bruder in einem Jugendwohnheim in Hessen. Ihre Eltern sind gestorben, als sie neun und Roger vierzehn Jahre alt waren. Sie standen relativ schnell auf eigenen Beinen, wobei er die Polizeilaufbahn einschlug und recht gut vorwärtskam. Sie hingegen probierte sich aus, versuchte sich in verschiedenen Jobs. Schlussendlich schaffte sie es, ihre Ausbildung als Rechtsanwaltsgehilfin zu beenden. Wir sind dabei, alles genau aufzudröseln, wissen aber längst noch nicht alles. Vor ein paar Jahren nahm Roger die Stelle hier in Schiffdorf an. Aus einem uns bis jetzt unerfindlichen Grund wollte er raus aus Hessen. Sie blieb erst noch eine Weile dort, kam aber ein Jahr später ebenfalls hier hoch. Nach ein paar wechselnden Kanzleien blieb sie schließlich bei Richter und Tuborg hängen. Zwei Jahre später hörte sie dort auf, kurz vor der Heirat mit Richter. Zu der Zeit scheinen sie auch angefangen zu haben, mit Filmen zu handeln. Das haben wir aus den Computerprotokollen. Extreme Sachen, bei denen Vergewaltigungen noch das Harmloseste sind. Wir gehen davon aus, dass Stahrmann bereits mit ihnen zusammenarbeitete, denn er war der eigentliche Computerspezialist.«

»Okay. Sie verdienen gut, kaufen sich ein Haus in Bad Bederkesa und später das Haus in der Goethestraße. Sie lassen es renovieren. Was wissen wir darüber?«, will Tannhäuser wissen.

Fuchs ergreift das Wort: »Sie haben für jede Wohnung außer der mit dem durchsichtigen Boden verschiedene Gewerke geordert. Nie wusste eine Firma, was sich hinter den anderen Wohnungen befand. Laut E-Mailverkehr, Chatverläufen und Sprachnachrichten, die wir mittlerweile gesichtet haben, waren Sebastian Richter und auch Roger Stahrmann mit Eifer dabei, diese Räume in ihren jetzigen Zustand zu bringen, haben Material und Möbel organisiert, aufgestellt und aufstellen lassen. Alleine die Videoausrüstung muss um die zwanzigtausend Euro gekostet haben.« Vereinzeltes erstauntes Murren.

»Also, in den letzten drei oder vier Jahren muss irgendetwas passiert sein, was die drei zusammengeschweißt hat. Was war das?«, will Tannhäuser wissen.

»Das wissen wir noch nicht.«

»Okay. Das müssen wir wissen. Unbedingt.« Er schaut auf ein Blatt Papier, das vor ihm liegt. »Gehen wir zu den ersten Taten. Das war diese Leila, wenn ich nicht irre?«

Stanger gibt ihm die gewünschte Information: »Nicht direkt. Sie fingen anders an. Kleiner sozusagen. Die Herrschaften holten sich Tiere aus Tierheimen und brachten sie in die Goethestraße. Manchmal kauften sie auch von privat oder fuhren zu einem Markt, nahe der polnischen Grenze, auf dem man für Bargeld alles an Tieren bekommen kann, was man will. Mit diesen Vierbeinern drehten sie ihre ersten Filmchen.«

»Sie fingen also nicht gleich mit Mädchen an?«, fragt Tannhäuser.

»Nicht, dass wir wüssten.«

»Gut, dann haben sie halt mit dem Filmen von Tieren begonnen. Wie heißt das noch mal?«

»Animal Crushing.«

»Sie filmen also diese Shannon, wie sie in hochhackigen Schuhen und spärlich bekleidet, Tiere malträtiert. Wer gab ihnen den Auftrag? Oder machten sie es von sich aus?«

Wieder ist es Fuchs, der Auskunft gibt. »Roger Stahrmann scheint ein Spezialist gewesen zu sein, was das Darknet betrifft. In seiner Kontaktliste auf einem Laptop haben wir zig Personen gefunden, die bekannt dafür sind, schräge Sachen zu kaufen, aber auch zu verbreiten. Er kannte sich gut aus, trieb sich in entsprechenden Foren rum und wird wohl die ersten Filme dort angeboten haben. Genaueres wenn wir die PCs komplett ausgewertet haben. Wie gesagt, wir haben erst einen minimalen Teil gesichtet. Das kann also noch eine Weile dauern.«

»Soll erst mal reichen.« Tannhäuser schnäuzt sich kurz, fährt dann fort: »Die Medien und Politiker sitzen uns im Nacken. Es reicht, wenn wir erst einmal das Grundgerüst beisammenhaben, um sie zu füttern. Also kommen wir zu Leila. Warum haben sie sie nicht ermordet, sondern in einem Park laufen lassen? Ich meine, sie hat die Täter gesehen, zumindest einen von ihnen, wenn man ihr Glauben schenken will. Sie hätte reden können.«

»Das wissen wir nicht und können nur vermuten. Sie war tatsächlich das erste Opfer. Vielleicht hatten sie noch eine Hemmschwelle. Tiere zu töten, ist etwas ganz anderes als Menschen. Vielleicht glaubten sie auch nicht, dass Leila jemals irgendjemanden identifizieren könnte. Wir dürfen nicht vergessen, dass sie durch die Hölle gegangen ist und dementsprechend psychisch angeknackst war.«

»Hm, ja. Bisschen dünn. Warum Speckenbütteler Park?«

»Da sind wir schon ein wenig weiter«, fährt Fuchs fort. »Das war Zufall. Die Gelegenheit war günstig, so ging es aus einer WhatsApp-Nachricht zwischen Stahrmann und Sebastian Richter hervor. Stahrmann hat sie dort abgelegt. Als dann Schwank aufgrund des Fotos in der Zeitung ins Schussfeld der Ermittlungen geriet, fanden die beiden es passend, da Schwank ein Kunde von ihnen war. Sowohl als Mandant bei Sebastian Richter als auch beim Ankauf von widerlichen Filmen. Er wusste nur nichts davon. Sie hingegen wussten, dass er hinter einigen Käufen steckte. Sollte die Luft mal dünn für die drei werden, hätten sie Videomaterial bei ihm zwischengelagert und uns einen anonymen Tipp gegeben. Obwohl man auch so mehr als genug Filme bei ihm gefunden hätte, nur so nebenbei bemerkt.«

»Aber Schwank kommt erst einmal aus der Nummer raus. Das Trio macht weiter und schnappt sich die nächsten Mädchen. Sie drehen ihre Filme, bearbeiten sie so, dass niemand die agierenden Personen erkennen kann, und verkaufen sie für horrende Summen. Aber sie lassen die Opfer nicht mehr laufen, sondern töten sie. Weil es einfacher ist?«

Stanger nickt. »Und weil es lukrativer ist. Wir haben Käufe gesichtet, die bis fünfhunderttausend Euro hochgingen. Das Sterben der Mädchen zahlte sich aus. Auf kurz gesichtetem Bildmaterial sind die beiden Männer zu sehen, wie sie eins der Mädchen foltern und es anschließend mit einem Hammer töten.«

»Mein Gott«, stöhnt Tannhäuser. Eine lange Pause entsteht, dann will er von Stanger wissen: »Man kann die beiden Männer auf dem Film identifizieren?«

Der Angesprochene nickt. »In der Ablage der Bearbeitungssoftware sind die Originale unbearbeitet abgespeichert.«

»Gut. Aber blieb trotzdem noch die Entsorgung«, merkt Tannhäuser an.

»Ja«, antwortet Stanger. »Am Anfang legten sie die Mädchen noch ab, wie wir wissen. Aber sie entwickelten sich weiter. Vor ein paar Wochen organisierten sie sich Kanister mit Flusssäure, Schwefel- und Salzsäure. Sie fingen an herumzuexperimentieren. Wir haben Tüten mit Fett gefunden.«

»Was heißt das?«, will Tannhäuser wissen.

»Nur in Salzsäure gelegt, löst sich ein menschlicher Körper nicht komplett auf. Eine Fettschicht bleibt auf der Oberfläche zurück.«

»Also haben sie tatsächlich einen Körper aufgelöst. Mindestens. Das Mädchen? Die kleine Bertram?«, fragt der Dienststellenleiter besorgt.

»Wohl kaum. Dafür reichte die Zeit nicht, und die Fettmenge war nicht sehr groß. Ich denke, dass sie mit kleinen Tieren angefangen haben. Sie probierten sich aus, sammelten Erfahrungen. Man muss sich schon sehr genau auskennen, wenn man eine Leiche komplett auflösen möchte. Salzsäure alleine reicht wie gesagt nicht aus. Zudem muss auch regelmäßig umgerührt werden, sonst bildet sich eine wächserne Schicht um den Körper und verhindert die weitere Zersetzung. Aber ich denke, unsere Jungs von der Untersuchungsgruppe können das besser erklären als ich.« Stanger lehnt sich zurück, betrachtet die anderen Anwesenden, die teils interessiert, teils angewidert zu ihm blicken.

Tannhäuser schaut ebenfalls ein wenig entgeistert, fährt aber schnell fort: »Okay. Dann haben sie sich die Bertram Kinder geschnappt. Warum? Und vor allem, was ging schief?«

»Höchstwahrscheinlich ein immens hohes Angebot«, antwortet Stanger. »Das werden wir in den nächsten Tagen erfahren. Blutjunge Schwestern. Ich könnte mir denken, dass da eine hohe sechsstellige Summe in Aussicht gestellt wurde. Wenn nicht sogar siebenstellig. Eine Auftragsarbeit sozusagen.«

»Und was ging schief?«, will Tannhäuser wissen.

»Nun, übliche Vorgehensweise. Elektroschocker. Verschleppung. Aber dieses Mal gab es einen Zeugen. Sie wurden gesehen, und das hat sie gestört. Zudem hat sich die ältere Bertram heftig gewehrt.«

»Jonas Richter kommt also durch den Wald gewandert und beobachtet seinen eigenen Bruder dabei, wie der und sein Schwager die Mädchen überfallen?«

»Korrekt.«

»Wie glaubwürdig ist dieser Mann? Warum kam er nicht zu uns? Steckt er vielleicht doch irgendwie mit drin?« Tannhäuser ist nicht überzeugt davon, dass der eigene Bruder nichts mit den Machenschaften seiner Familie zu tun hat.

»Schon sehr glaubwürdig. Er hatte Angst. Die Täter, also Stahrmann und Sebastian Richter, wussten, wer sie da beobachtet hatte, und sie wollten ihn erschießen. Er ist nicht gerade ein Held, eher das Gegenteil. Makellose Akte, fleißiger Postbediensteter. Sein Bruder und Shannon Richter überredeten ihn Tags darauf, in das Haus in der Goethestraße zu gehen, damit er aus Bederkesa verschwindet und nicht doch etwas preisgeben konnte, dass er vielleicht unbewusst mitbekommen hatte.«

»Aber es war doch gefährlich, ihn in dieses Horrorhaus zu lassen. Das verstehe ich nicht.«

»Warum nicht? Es war naheliegend. Die restlichen Wohnungen waren gut gesichert. Nirgends, wo man auf normalen Wege reinkam. Zudem haben sie ihn abgehört, wussten, was er plante. Wanzen und Kameras waren in der Wohnung verteilt.«

»Noch so ein Punkt. Warum diese Kameras?«, will Tannhäuser wissen.

»Nun«, entgegnet nun wieder Fuchs. »Der Geschäftspartner von Richter, Tuborg, hatte dort wohl ein paar Stelldicheins mit anderen Frauen als seiner eigenen. Shannon und ihr Mann, wahrscheinlich auch Stahrmann, dachten sich wohl, dass das eine weitere Einnahmequelle sein könnte. Oder ein Druckmittel.«

»Oder beides«, sinniert Tannhäuser vor sich hin. Dann an Fuchs gewandt: »Der Postbote lernt den ehemaligen Legionär kennen. Kuno Feldmann. Und sie machen sich gemeinsam auf die Suche. Wonach und warum?«

»Nein. Erst haben die beiden nur gezecht. Dann kam Shannon in die Wohnung, weil sie wohl durch ihre Raumüberwachung gesehen hatte, dass Jonas Richter einen Fremden mitgeschleppt hatte. Kuno Feldmann wird rausgeworfen, Richter bleibt allein zurück und telefoniert mit seiner Frau. Hier muss er irgendetwas gesagt haben, dass Shannon und oder Sebastian nicht passte. Nach eigenen Aussagen wollte der Mann wieder zurück nach Bederkesa und schließlich doch noch zu uns, um seine Aussage zu machen.«

»Ah, ja. Shannon hört das und schickt ihm ihren Bruder Roger auf den Hals. Stahrmann sucht ihn nachts auf und will ihn beseitigen. Kuno Feldmann sieht den Fremden vor dem Haus rumlungern. Er kommt ihm komisch oder verdächtig vor, hört sogar Teile eines Telefongesprächs, die Stahrmann führt, und er platziert anschließend sein Handy an dessen Wagen. Dann lässt er sich von seiner Frau über Handyortung leiten und folgt den beiden nach Bramel.« Er starrt verkniffen in die Runde. »Mit dem Mofa?«, fragt er ungläubig.

Stanger nickt und schmunzelt.

Tannhäuser schüttelt den Kopf. »Warum hat Roger diesen Jonas Richter nicht gleich im Haus entsorgt? Das hätte sich doch angeboten.«

»Vielleicht waren sie noch nicht so weit. Auch mussten sie davon ausgehen, dass die Ehefrau ihren Mann vermisst meldet und unsere Kollegen dann die Wohnung in Augenschein nehmen. Ein Polizistenauge sieht mehr als ein ungeübtes. Da wäre es eng geworden. Stahrmann brachte ihn hinaus nach Bramel, um ihn dort zu liquidieren. Der Platz ist gut gewählt. Kaum bis gar nicht frequentiert, schon gar nicht um diese Uhrzeit. Eine ehemalige, verlassene Militäranlage, die durch meterhohe Zäune gesichert ist.«

»Dort hätten sie aber ja auch die Mädchen loswerden können«, wendet Tannhäuser ein.

»Vielleicht haben sie das ja auch. Kollegen sind gerade dabei, das Gebiet zu untersuchen. Wir dürfen nicht vergessen, dass die Entsorgung der Leichen oder der Leichenteile stets ein Risiko ist. Man probiert verschiedene Ansätze aus und stellt sich möglichst breit gefächert auf, damit man nötigenfalls umswitchen kann, sprich seine Vorgehensweise ändern.«

»Schön. Der Plan, Jonas Richter zu beseitigen, schlägt fehl. Stahrmann schnappt sich stattdessen Miriam Richter und bringt sie diesmal direkt in die Goethestraße. Dahin, wo auch Jonas Richter wieder aufschlägt, zusammen mit dem Ehepaar Feldmann und diesem alkoholkranken Polizeibeamten Thomas Reich. Den haben sie kontaktiert, weil ...?« Er wendet sich an Fuchs.

»... sie sich von ihm erhofften, dass er bei der Identifizierung von Roger Stahrmann hilft. Sie wollten wissen, wo der Entführer wohnt und wohin er Miriam Richter verschleppt hat, schließlich hatten sie sein Nummernschild. Thomas Reich hätte ihnen helfen können.«

»Aber Reich setzt sich während ihrer«, Tannhäuser malt mit den Fingern zwei Gänsefüßchen in die Luft, »Ermittlungen ab und besäuft sich am nächsten Kiosk.«

»Richtig. Später, als unsere Kollegen vor Ort waren, kam er sturzbetrunken hinzu und wollte ins Haus, um sich hinzulegen.«

Gelächter im Raum.

Tannhäuser bedeutet den Kollegen, ruhig zu sein, und fährt fort: »Sebastian und Shannon sehen also immer mehr Leute in ihrer Wohnung herumrennen und beschließen, ein für alle Mal Schluss mit dem Unfug zu machen. Sie haben alle Beteiligten vor Ort, bis auf den Trinker, und es eskaliert.

Dann kommen wir ins Spiel, nehmen Shannon Richter fest, bla, bla, bla.« Er klatscht laut in die Hände. »Die Quizfrage lautet, wo ist das Mädchen? Welche Möglichkeiten hatte die Bande noch, um sie zu verstecken oder vielleicht sogar zu entsorgen? In dem Haus in der Goethestraße haben wir keine Spur vor ihr gefunden. Haben sie noch andere Objekte, die ihnen gehören und in denen sie versteckt sein könnte?«

»Wir sind noch dabei, die Wohnung von Roger Stahrmann zu durchsuchen. Aber ein Mädchen wird dort nicht zu finden sein. Ob sie irgendwelche anderen Wohnungen oder Häuser haben, wissen wir bislang nicht. Außerdem durchkämmen wir die Militäranlage in Bramel. Wir arbeiten aber mit Hochdruck daran«, sagt Fuchs mit fester Stimme.

»Tja. Das war bis hierhin keine Glanzleistung unseres Polizeiapparates. Im Gegenteil. Wir stehen in einem ganz schön schlechten Licht da, liebe Kollegen. Womit wir bei Ihnen beiden wären.« Ernst wendet Tannhäuser sich an Werner und Herbach. »Ihre Rolle müssten Sie mir noch einmal erklären. Erst Ihr Auftreten bei Schwank, das unter aller Sau war und dann der Tod unserer geschätzten Kollegin Svenja Targas, bei einem Treffen, das gar nicht hätte stattfinden dürfen. Was haben Sie dazu zu sagen?«

Herbach spricht als Erster: »Dass wir mit Schwank richtiglagen, sehen wir ja jetzt. Das können Sie doch gut für die Öffentlichkeit verwenden. Tja, und die Sache mit Stahrmann …«

»Haben Sie zu verschulden«, schneidet Torsten Werner seinem Kollegen das Wort ab. Verächtlich schaut er seinen Vorgesetzten an.

Tannhäuser bläht empört seine Wangen auf. »Was erlauben Sie sich?«

»Wir waren auf dem richtigen Weg.« Werner erhebt seine Stimme. »Sie spielen sich hier auf, wollen sich die Rosinen herauspicken und von Ihrer eigenen Unfähigkeit ablenken. Aber nicht mit mir, Herr Tannhäuser. Sie haben uns Steine in den Weg gelegt. Sie haben einem Mörder die Leitung dieser Einheit überlassen und somit Svenja in den Tod geschickt. Ich frage mich, ob Sie nicht vielleicht auch noch mit drinhängen. Wenn einer an Svenjas Tod schuld ist, dann Sie. Und ich werde dafür sorgen, dass die Öffentlichkeit davon erfährt, egal, was ihr euch hier in den Kopf setzt und ausbaldowert.«

»Moment, Moment, Herr Werner«, mischt sich ein Kollege aus der Schiffdorfer Internen ein. »Das ist jetzt nicht die Reaktion, die ich von einem Oberkommissar erwarte. Bleiben Sie bitte sachlich. Wir sind hier, um alles in Ruhe und Vernunft aufzuklären. Ich bin sicher, dass wir einen für alle Beteiligten passenden Weg finden werden.«

»Euren Weg kenne ich. Haben Sie nicht gerade noch davon gesprochen, dass Köpfe rollen werden?« Er steht auf, fixiert Tannhäuser. »Nehmen Sie Ihren eigenen. Sitzt hier großkotzig rum und tut so, als würde ihn das alles nichts angehen. Sie sind erbärmlich, wissen Sie das?«

»Herr Werner«, empört sich der Angesprochene.

»Ich werde dafür sorgen, dass Sie an den Pranger kommen, glauben Sie mir, Sie widerliches Stück Scheiße.« Dann schnappt Torsten Werner seine Tasche und eilt aus dem Raum, ohne sich um die hinterherrufenden Männer zu kümmern. Er hastet die Treppe runter und greift sich an die Brust, weil er das Gefühl hat, zu ersticken. Grußlos stürmt er an verdutzt schauenden Kollegen vorbei und öffnet schließlich die Eingangstür mit so viel Schwung, dass der metallene Rahmen laut an die Wand knallt.

Vor dem Gebäude atmet er ein paarmal tief durch und schließt die Augen. Nach kurzer Zeit lässt die Beklemmung in der Brust nach. Aber er weiß, dass sie wiederkommen wird.

Die Tür hinter ihm wird erneut aufgestoßen, Werner dreht sich jedoch nicht um.

»Man wird ihm nichts anhaben können«, sagt Herbach, der sich langsam nähert und sich schließlich neben ihn stellt.

»Trotzdem kann man ihn mit Dreck bewerfen. Etwas bleibt immer haften«, antwortet Werner bissig.

»Vielleicht hast du recht.«

Schweigend stehen sie eine Zeitlang beisammen. Schließlich ergreift Werner wieder das Wort. »Schwank haben wir zumindest.«

»Ja«, erwidert Herbach. »Mit dem Material, das wir bei ihm gefunden haben, wird er lange Zeit kein Tageslicht sehen.«

»Seine Tochter Kati hat mich angerufen.«

»Und?«

»Sie hat sich entschuldigt. Glaubt man das? Ihr Vater entpuppt sich als Vergewaltiger und Förderer von Gewaltvideos, und sie entschuldigt sich.«

»Sie ist bestimmt ziemlich fertig.«

Werner nickt langsam. »Ja, das ist sie.« Dann wendet er sich Herbach zu, kramt etwas aus seiner Tasche. »Hier.« Er hält seinem Kollegen ein

Plastiktütchen hin. »Ich schätze, wir haben da keine Verwendung mehr für.«

Daniel Herbach nimmt die Tüte mit Schwanks Haaren entgegen und dreht sie in den Fingern. »Wir haben einen sehr hohen Preis gezahlt«, sagt er nachdenklich.

Werner blickt ihn an und muss sofort an Svenja denken. Tränen schießen ihm in die Augen. Die Beklemmung in der Brust macht sich wieder bemerkbar. Er nickt Herbach kurz zu und geht, ohne sich zu verabschieden.

Sie werden noch häufiger aufeinandertreffen in der nächsten Zeit, denn es muss noch sehr viel geklärt werden. Aber nicht heute. Für heute will Werner nur noch nach Hause.

18

Bremerhaven, Zentralkrankenhaus, Samstagmittag

Ich liege in meinem Krankenbett und denke nach. Über mich. Über meinen Bruder. Und über Miriam. Es ist so viel passiert, so viel Ungeheuerliches ist ans Tageslicht gekommen, dass ich Mühe habe, alles beisammen zu bekommen.

Vielleicht war ich wirklich nicht der Bruder, den Sebastian brauchte oder den er verdient hatte. Aber habe ich ihn zu seiner Geld- und Perversitätengier gezwungen? Habe ich ihn überhaupt auf so einen kranken Scheiß gebracht? Wohl kaum. Das abnormale Verlangen dürfte wohl eher seine wohlfeine Frau in ihm erweckt haben – wenn es nicht die ganze Zeit schon da war, ich weiß es nicht.

Wieso waren wir beide so unterschiedlich? Wir waren zwar Brüder, aber so verschieden wie Tag und Nacht. Er, Sebastian, gebildet und gut betucht, aber gebrechlich und optisch wenig ansprechend. Ich bin im Vergleich zu ihm eher einfältig, normal gebaut und stets pleite.

Ich hatte jetzt genug Zeit zum Nachdenken, aber mir fällt absolut kein Hinweis ein, der mir aufgezeigt hätte, dass mein Bruder ein Sadist und Mörder sein könnte. Wie kommt das? Es muss doch etwas gegeben haben, an dem man hätte erkennen können, dass er nicht richtig tickt. Anderen Leuten habe ich stets schnell angesehen, dass sie einen an der Klatsche haben, also wieso nicht bei meinem eigenen Bruder? Oder Shannon? Na gut. Bei ihr hatte ich schnell ein erniedrigendes Urteil parat, aber es hat sich ja herausgestellt, dass ich mich gründlich geirrt habe. Sie ist keineswegs einfältig. Böse, ja. Aber nicht einfältig.

Meine Eltern hätten *ihn* Jonas nennen sollen. Er war der, der wirklich Unglück und Leid über andere brachte.

Jonas. Der Jonas. Jonas Richter, Bruder des abartigen Anwalts und Schwager von Shannon, der Soziopathin. Den Titel werde ich jetzt wohl weghaben. Ähnlich wurde schon in der Zeitung mit den vier großen Buchstaben über die beiden berichtet.

Ich kann mir jetzt sehr gut vorstellen, wie es in Thomas Reich aussieht. Sein Bruder war ja ebenfalls nicht ganz dicht, hat eine Frau getötet und einem Polizeibeamten fast das Leben genommen. Aber bei mir kommt noch erschwerend hinzu, dass ich meinen eigenen Bruder umgebracht habe. Natürlich war es Notwehr, und ich hatte im Leben nicht damit gerechnet, dass sie so ein effektives Zeug wie diese Säure im Keller stehen haben. Trotzdem. Ein fader Beigeschmack bleibt. Aber würde ich jetzt deswegen das Saufen anfangen? So wie Tommy? Nein. Das ist nicht meine Art der Bewältigung. Obwohl ich natürlich noch gar nicht weiß, wie ich das überhaupt bewältigen werde.

Ich drehe mich langsam auf die Seite, mein Rücken schmerzt. Meine linke Hand ist komplett eingegipst, da meine Finger gebrochen sind. Die Säureverbrennungen auf dem Unterarm sind verbunden, ebenso wie meine kaputte rechte Gesichtshälfte. Wenn die ganzen Bandagen ab sind, werde ich bestimmt einige unschöne Erinnerungsstücke an meinem Körper tragen. Erinnerungen an eine Familientragödie.

Miriam ist bereits wieder zu Hause. Sie hat glücklicherweise keine großen Blessuren davongetragen. Meistens kommt sie am Nachmittag und bleibt für mehrere Stunden. Ich freue mich über die Zeit, die wir zusammen verbringen. Wir haben uns sehr viel zu erzählen. Nicht nur das, was in den letzten Tagen passiert ist, sondern vor allem was in den letzten zehn Jahren mit uns los war. Urteilsfrei und das ist das Gute. Wir reden über unsere Wünsche, Pläne und Hoffnungen. Das Tolle dabei ist, dass ich jedes Mal darin auftauche. In ihren Wünschen und Plänen. Ich gehöre dazu. Sie will es mit mir erleben, und ich empfinde genauso. Wir reden aber auch über Ängste und Sorgen. Kurz gesagt, wir arbeiten an unserer Beziehung und sind auf einem tollen Weg.

Kuno liegt neben mir und schnarcht. Er hat mehrere Rippen gebrochen, sein Kopf ist ziemlich eingedellt, und auch seinen rechten Arm hat es erwischt. Sebastian und Shannon hatten es nicht geschafft, ihn in den Keller zu tragen, also schubsten sie ihn die eiserne Nebentreppe herunter. Mit seiner Größe, dem immensen Gewicht und dem Schwung blieb Kunos Körper leider nicht unversehrt, als er unten im Keller angekommen war.

Er will aber trotzdem nach Hause, egal, was alles bei ihm kaputt ist. Krankenhäuser seien nichts für ihn.

Ellen liegt zwei Zimmer weiter. Der Kampf mit Shannon hat ihr einige Verletzungen im Gesicht und Oberkörper und einen Rippenbruch eingebracht. Ihre Finger sind ebenfalls bandagiert, da sie wohl ziemlich auf Shannon eingedroschen hat. Sie darf das Krankenhaus heute aber verlassen.

Ich selbst soll noch einige Tage hierbleiben, aber im Gegensatz zu Kuno akzeptiere ich die Entscheidung der Ärzte.

Die Nachrichten sind voll von den Ereignissen hier im Cuxland. Wenn damals der Fall Harmann und Mirko Reich schon hohe Wellen geschlagen hatte, dann hat dieser einen regelrechten Tsunami ausgelöst. Verbrecherischer Polizist, Killer-Pärchen, Darknet oder Deep Web, verbotene Filme, Brudermord und Totschlag, Horrorhaus.

Das sind die Schlagworte, die diesen Fall ausmachen.

Nicht zu vergessen das misshandelte und das entführte Mädchen. Ein Rätsel, auf das sich die Medienmenschen nur so stürzen, denn bislang ist die kleine Bertram nicht wieder aufgetaucht. Kein Mensch kann erklären, wo sie abgeblieben ist, denn im Horrorhaus meines Bruders gab es keine Spur von ihr. Für das Auflösen in der Säure hätte – laut Polizei – die Zeit nicht ausgereicht, und es wären trotz hoher Konzentration irgendwelche Rückstände von dem Mädchen geblieben, was aber nicht der Fall war. Wo mag sie nur sein? Hatte mein Bruder vielleicht mehrere solcher Häuser? Ich schätze, die Polizei wird schon Licht ins Dunkel bringen.

Aber Hoffnung, dass sie noch lebt, hat, glaube ich, niemand mehr.

Ich stehe auf und humpele zur Toilette, wo ich mich stehend erleichtere. Ich wasche mir die unverbundene Hand, so gut es eben geht, und schaue mich anschließend im Spiegel an. Hautpartien, die nicht vom Verband bedeckt sind, machen keinen gesunden Eindruck. Die Haut ist bleich, lichtdurchlässig. Die Augenringe tiefblau und die Augen voller geplatzter Adern. Ich erkenne mich selbst nicht wieder.

Langsam humpele ich zu meinem Bett zurück. Kuno schaut mich mit einem Auge an. Es ist neben der Mundöffnung so ziemlich das Einzige, das aus seinem Kopfverband hervorsticht.

»Na, wie läuft's?«, fragt er mit gebrochener Stimme.

Ich winke ab. »Brennt beim Pissen, ansonsten okay.«

Er brummt vor sich hin, sagt weiter nichts. Langsam lasse ich mich auf meinem Bett nieder und mache mich wieder lang.

Eine Weile starre ich aus dem Fenster, dann höre ich schon wieder das Schnarchen von Kuno. Ein beachtlicher Mann. Ohne ihn wäre ich vielleicht nicht mehr am Leben. Ebenso seine Frau Ellen. Ein Teufelsweib. Sie kämpfte unerbittlich, damit ich zu meiner Frau rennen konnte. Ich schätze, dass ich mich bei gegebener Zeit ausgiebig bei ihnen bedanken muss.

Die Tür öffnet sich und reißt mich aus meinen Gedanken. Ein bekanntes Gesicht strahlt mich an. Ich freue mich wirklich, als ich das Gesicht meiner Miriam sehe. All das Leid und die Tragik haben schlussendlich doch etwas Gutes bewirkt. Ich habe meine Frau wiedergefunden.

19

Bad Bederkesa, Montagmittag

Eric Harmann steht hinter dem Verkaufstresen und liest fassungslos in der Tageszeitung, während sich die Ladentür öffnet und sein Freund Buck grüßend den Raum betritt.

»Moin«, erwidert Eric und schüttelt seinen Kopf. »Wahnsinn, was hier los ist, oder?«

»Die Geschichte mit den Richters?«, fragt Buck.

Eric nickt. »Ja. Es kommt immer mehr ans Tageslicht. Das kann man eigentlich auch nur häppchenweise verdauen. Das Trio hat mindestens vier Frauen vor der Kamera missbraucht und drei davon ermordet. Die haben tatsächlich Geld damit verdient, Buck. Menschen haben dafür gezahlt, dass die Olle zwischen ihren Brüsten Tiere zerquetschte oder zu Tode trat. Drei Konten sind bis jetzt entdeckt, mit insgesamt zweieinhalb Millionen Euro drauf«, sagt er, immer noch kopfschüttelnd. »Ich bin echt in der falschen Branche«, fügt er leiser hinzu.

Buck schmunzelt. »Du. Ausgerechnet.«

Eric starrt seinen riesigen Freund skeptisch an. »Du traust mir so etwas nicht zu?«

»Nicht einmal ansatzweise.«

»Hast wahrscheinlich recht«, erwidert er und starrt erneut in die Zeitung. »Und Schwank, dieser reiche Geldsack aus Bremerhaven, war wohl einer ihrer besten Kunden.« Er lacht. »Überleg mal. Der kauft schmutzige Filmchen von seinem eigenen Anwalt und weiß nicht einmal was davon. Hätten die offen drüber geredet, dann hätte Schwank bestimmt einen besseren Preis bekommen.«

»Als wenn der einen guten Preis nötig gehabt hätte. Steckt sein Kumpel Adler da auch mit drin?«

»Nein. Der distanziert sich von ihm, will nichts gewusst haben. Wenn er mit dabei gewesen ist, dann haben die Bullen ihn aber bestimmt bald am Haken. Achtzehn deutsche Käufer wurden bisweilen namentlich ausgemacht. Alles gutbetuchte Geschäftsmänner oder Politiker. Und die haben noch längst nicht alles ausgewertet.«

Paul, Eric Harmanns Helfer, kommt aus dem Hinterzimmer und stellt sich neben seinen Chef. »Paulchen, mein Freund.« Eric legt seinen Arm um den jungen Mann und schaut verschmitzt zu Buck. »Was meinst du, soll ich unserem lieben Buck von der frohen Neuigkeit berichten?«

Paulchen grinst sein breitestes Lächeln, klatscht in die Hände und nickt heftig. »Hhmhm. Ja.«

»Deine Michaela ist schwanger«, kommt Buck den beiden zuvor.

Eric schaut überrascht. »Woher weißt du das denn?«

»Letztes Mal als ich hier war, ging's ihr doch schlecht und dann dein Gehabe eben. War irgendwie offensichtlich.«

Eric schaut seinen Helfer an und sagt verschwörerisch: »Hör mal, Paulchen. Wenn du es jemals schaffen solltest, diesen Mann zu überraschen oder sprachlos zu machen, dann bekommst du ein doppeltes Gehalt von mir.«

Interessiert schaut Paulchen den riesigen Forstbeamten an.

»Wie weit?«, fragt Buck schließlich.

»Ganz frisch. Achte Woche.«

»Junge?«

»Das weiß man doch jetzt noch nicht, Kerl.«

»Hm.«

»Was? Hm.«

»In diese Welt ein Kind zu setzen.«

»Danke für deine Anteilnahme. Du bist ein echter Freund, Buck.«

»Versteh mich nicht falsch. Es ist nur ...«

Doch Eric winkt ab. »Ich weiß, was du meinst. Stimmt ja auch. Schau, was hier direkt vor unserer Haustür passiert.« Er deutet auf die Zeitung. »Schlimm, das mit den Bertrams. Das wünscht man niemandem. Was sie wohl mit der Kleinen gemacht haben? Ob man sie je findet?«

Eine unangenehme Pause entsteht. Paul schaut verwirrt zwischen den beiden hin und her.

Gerade als Eric wieder etwas sagen will, lässt ihn etwas vor seinem Laden innehalten. Oder besser gesagt: jemand. Er sieht, wie sein ehemaliger Freund Thomas Reich an seinem Geschäft vorbeigeht. Vielmehr wankt er vorbei. Eric lässt geräuschvoll die Luft entweichen, dann sagt er: »Auch so eine tragische Figur.«

»Der geht nach Jannis«, erklärt Paul strahlend.

»Zu Jannis, Paulchen. Er geht *zu* Jannis Bar«, korrigiert Eric den Jungen und zu Buck gewandt: »Ich hatte gestern mit Peters gesprochen. Du weißt schon. Der Kommissar aus Schiffdorf.«

Buck stützt sich auf den Tresen ab, fragt: »Ihr habt noch Kontakt?«

»Ich melde mich ab und zu bei ihm.« Nach einer kurzen Pause fährt er fort: »Ich fühle mich immer noch ein bisschen mitverantwortlich. Wegen der Sache auf meiner Terrasse, weißt du. Außerdem ist er ganz in Ordnung.«

»Ich denke, dass der sich noch mehr verantwortlich fühlt«, entgegnet Buck trocken und deutet mit seinem Kopf auf Thomas Reich, der soeben aus ihrem Sichtfeld verschwindet. »Schließlich war sein eigener Bruder der Schlitzer, der deinen Polizistenfreund so zugerichtet hat. Und was sagt dieser Peters?«

»Dass Tommy auch da war. Beim Horrorhaus. Zusammen mit Jonas Richter und einem Ehepaar. Sie wollten den Entführer von Jonas' Frau suchen. Tommy zog es aber vor, am Kiosk haltzumachen und sich die Birne volllaufen zu lassen.« Eric schüttelt seinen Kopf und ergänzt leise: »Er hätte ein Held werden können, aber er hielt es nicht einmal aus, zwei Stunden nüchtern zu bleiben.«

Buck schielt auf seine Armbanduhr. »Und um ein Uhr mittags immer noch nicht genug getankt.«

»Als Nächstes wird die Frau ihn verlassen, die Kinder mitnehmen, und dann ist es ganz vorbei mit ihm.« Eric geht zum Fenster, blickt gedankenverloren die Straße entlang und sagt mehr zu sich selbst: »Als wir Kinder waren, war er der Beste von uns. Sportlich, stark und klug. Um ein Vielfaches besser als Raffi und sein eigener Bruder Mirko. Ich habe immer zu ihm aufgeschaut.«

»Jetzt blicken die Menschen auf ihn herab«, konstatiert Buck.

Eric nickt, gibt sich einen Ruck. »Genug der trüben Gedanken. Paulchen, mein Freund, wenn ich dir jetzt frei gebe, was fängst du mit dem restlichen Tag an?«

Ein breites Grinsen huscht über das Gesicht des jungen Mannes. »Dann würde ich Papa helfen.«

»Was macht der Papa denn?«, fragt Eric interessiert.

»Hm.« Paul schaut nachdenklich drein. »Ich weiß nicht, Herr Eric.« Wenn er spricht, öffnet sich sein Mund weiter als nötig, so dass es so aussieht, als ob er etwas ruft, jedoch nur ein normal lauter Satz herauskommt. Eric hat sich mittlerweile daran gewöhnt. Ebenso an seine immense Ängstlichkeit vor allem, was laut ist, und der Tick, dass sich der Junge alle naselang die Wange abwischt, wenn er einen ganzen Satz beendet.

»Du hilfst deinem Papa gerne, oder?«

Heftiges Grinsen und Kopfnicken.

Lachend wendet Eric sich an Buck: »Wolltest du etwas Bestimmtes oder einfach nur quatschen?«

»Quatschen.«

»Kannst du den jungen Mann dann mitnehmen?«

»Klar.«

»Hol deine Sachen, Paulchen. Du darfst für heute Feierabend machen.«

Paul gibt quiekende Laute von sich, wirbelt unkontrolliert mit den Armen und verschwindet in den hinteren Bereich des Geschäfts.

Normalerweise bringt Eric den Jungen jeden Abend nach Hause. Da Buck denselben Weg gehen muss, bietet es sich gut an, dass der ihn begleitet. Auch wenn Paul vieles gut kann, so kann er aber ebenso vieles nicht sehr gut. Er ist sehr leicht ablenkbar, was ihn schon so manches Mal beinahe die körperliche Unversehrtheit gekostet hätte, gerade im Straßenverkehr. Glücklicherweise waren die anderen Verkehrsteilnehmer bis jetzt sehr reaktionsschnell, aber das kann auch mal nicht der Fall sein, deswegen geht Eric lieber auf Nummer sicher. Außerdem weiß er dann auch genau, dass Paul sicher zu Hause angekommen ist. Es gab in der Vergangenheit nämlich Situationen, da hat der Gute es nicht geschafft, vierhundert Meter nach Hause zu laufen, ohne einen Umweg über die Nachbardörfer zu nehmen.

Eric stellt sich neben Buck, legt ihm die Hand auf die Schulter und fragt: »Hör mal. Ist vielleicht ein bisschen früh und so. Aber wenn alles gut geht, würdest du dann Pate für unseren Kleinen werden?«

»Für euren Kleinen? Steht das also doch fest, was es wird?«, fragt Buck verwundert.

»Nein. Vielleicht auch eine Kleine, ich weiß nicht. Würdest du?«

»Wieso sagst du das dann?«

»Buck, Herrgott noch mal, das ist mir so rausgerutscht. Würdest du oder nicht?«, fragt Eric angesäuert.

»Ja.«

Das entlockt dem werdenden Vater ein Lächeln, und er haut seinem großen Freund auf die Schulter. Sie schauen sich einen kurzen Augenblick in die Augen, wenden sich aber wieder ab, als der summende Paul den Verkaufsraum betritt.

»Hab alles, Herr Buck.«

»Gut, dann komm.« Er hält dem jungen Mann die Tür auf.

»Tschüss, Chef«, singt Paul beinahe.

Eric lacht. »Tschüss, Paul. Bis Morgen. Grüß deinen Papa.«

»Mach ich, Herr Eric.«

Grinsend verabschieden sich auch Buck und Harmann voneinander.

Gemeinsam geht das ungleiche Paar die Mattenburger Straße entlang, auf der ein geschäftiges Treiben herrscht. Das Wetter ist schön, die Leute trotz der schrecklichen Ereignisse gut gelaunt.

Paul summt vor sich hin, achtet aber genau darauf, dass er mit den langen Schritten seines großen Gefährten mithält.

Buck hängt indes seinen eigenen Gedanken nach, grüßt nur hin und wieder kopfnickend einen Bekannten, der ihren Weg kreuzt.

Am Brunnen mit der Marktfrau Mathilde, eine Statue, die den ehemals selbständigen Marktflecken symbolisieren soll, fällt ihm eine Gruppe Jugendlicher auf. Sie albern herum, flachsen mit zwei Mädchen.

Buck schaut zu seinem Schützling herüber. Er müsste in dem gleichen Alter wie die Jungs dort sein, denkt er. Aber während den Jungs am Brunnen die Welt offensteht, die nur darauf wartet, von ihnen erkundet zu werden, muss Paul nach Hause gebracht werden, damit er sich nicht verläuft oder gar überrollt wird.

Der große Forstbeamte mag den Jungen, weil der sich nicht verstellt. Sich nicht verstellen kann. Er ist einfach Paul. Seine Welt ist herrlich einfach konstruiert. Gut und Böse. Richtig und falsch. Für ihn gibt es keine Grauzonen. Seine Eltern und auch Eric planen für ihn und kümmern sich liebevoll. Er wird umsorgt. Wie Buck schon häufiger beobachten konnte, kann Paul sich auch an den einfachsten Dingen erfreuen, mögen sie für einen normal herangewachsenen noch so unbedeutend erscheinen. Ihm selber ist so ein Verhalten leider nicht gegeben. Selbst jetzt, auf dem Nachhauseweg, findet der Knabe irgendetwas in der Umgebung, das seine Aufmerksamkeit erregt und das er mit großen Augen und fröhlichem Dahinsummen zur Kenntnis nimmt.

Sie gehen an dem Brunnen vorbei, und Buck bemerkt, wie die Jungen hinter vorgehaltener Hand tuscheln und kichern. Auch die beiden Mädchen stimmen mit ein. Idioten, denkt er.

Er selbst hat sehr früh bemerkt, dass Andersartigkeit in dieser Gesellschaft kein Geschenk ist. Alles, was nicht der sogenannten Norm entspricht, wird entweder als bedrohlich oder minderwertig empfunden. Man wird gemieden oder belächelt. Steine werden einem in den Weg gelegt. Wenn Buck nicht zu einem überaus stattlichen Kerl herangewachsen wäre, dann hätte sein Umfeld ihn wahrscheinlich ganz anders behandelt. Schlimmer. Aber glücklicherweise konnte er sich ab einem bestimmten Alter sehr gut gegen seine Mitmenschen behaupten.

Bei Paul sieht er so eine Entwicklung leider nicht voraus. Auch wenn sein engstes Umfeld ihn umsorgt und herzlich zu ihm ist, so wird er doch auch auf ebendiese Idioten treffen, wie sie am Brunnen stehen, die über ihn lachen und ihn erniedrigen werden.

In einer ihm selbst seltsam erscheinenden Anwandlung klopft er dem Jungen behutsam, beinahe zärtlich die Schulter. Der quittiert die Geste mit einem strahlenden Lächeln. Kurz darauf konzentriert er sich wieder auf seine Umgebung und summt weiter.

Plötzlich bleibt Buck wie vom Donner gerührt stehen, während Paul sorglos weitertrottet.

»Paul«, ruft Buck und presst die Lippen aufeinander, als er sieht, dass der Junge vor Schreck zusammenzuckt. Aus den Augenwinkeln sieht er, dass die Teenie-Gruppe sich interessiert zu ihnen wendet. »Warte«, befiehlt Buck etwas ruhiger. Aber ruhig ist er keineswegs. Er geht ihm entgegen, packt ihn mit beiden Händen an den Schultern. Verunsichert schaut Paul zu ihm hoch.

»Was hast du da gerade gesummt?«, versucht Buck so neutral wie möglich von ihm zu erfahren.

»Hm?«

»Das Lied. Das du eben gesummt hast. Mach es noch mal.«

Paul schaut ihn strahlend an, wischt sich mit seiner Rechten durch sein Gesicht und stimmt eine Melodie an.

»Nein, das war es nicht. Es war etwas anderes.«

»Dem müssen Sie auf den Kopf hauen, Herr Buck. Anders funktioniert der nicht.«

Der Älteste aus der Gruppe hat sich zu ihnen gesellt. Brust rausgestreckt, Rücken durchgedrückt, Kopf angehoben und ein überhebliches Lächeln im Gesicht. Scheinbar will er vor den Mädchen den tollen Hecht spielen. Buck hat keine Zeit für so etwas.

»Komm schon, Paul.«

Paul schaut steil nach oben, auf irgendeinen Punkt, direkt über Bucks Kopf, nur unendlich weit oben.

»Ich sag's Ihnen doch«, mischt sich der blonde Rädelsführer wieder ein. »Sie müssen ihm auf den Kopf hauen. Dann hat er kurzzeitig wieder Informationsfluss. Aber nur ne Sekunde oder so.« Er dreht sich zu seinen Leuten um und lacht sich schlapp. Seine Begleiter lachen ebenfalls. Übertrieben, künstlich und schallend.

Buck wendet sich ihm blitzschnell zu, dreht ihn an der Schulter herum, so dass der Junge gezwungen ist, ihn anzuschauen. Gleich darauf hat er die riesige Pranke des älteren Mannes an der Kehle. Buck kann die Panik in den Augen seines Gegenübers ausmachen, aber es tangiert ihn nicht. Er hebt ihn an und trägt ihn mühelos zu dem Brunnen, wo er ihn mit einer hastigen, aber fließenden Bewegung in den Brunnen befördert.

Die Gruppe um ihn herum erstarrt vor Schreck, der Junge im Wasser strampelt und richtet sich auf. Als aus seinem Mund ein paar abfällige Bemerkungen kommen, packt der Förster ihn ein weiteres Mal an den Hals und drückt ihn unter Wasser.

Und wartet ungerührt.

Buck blickt zu den Umstehenden auf. In ihren Augen kann er Ungläubigkeit erkennen. Er schaut zu Paul hinüber, der die Szenerie irgendwie entzückt betrachtet.

Als die Ungläubigkeit der Umstehenden in Entsetzen und Panik umschlägt, lässt Buck von dem Blonden ab, richtet sich auf und betrachtet ihn streng, als dieser sich aus dem Wasser windet. Kein weiteres Wort kommt über dessen Lippen. Buck nickt und geht wieder zu seinem Begleiter.

»Ich brauche noch mal das Lied, Paul.«

Mit erstauntem Lächeln im Gesicht betrachtet Paul Eilers den nassen Jungen. Dann setzt er erneut an.

Verkniffen lauscht der Förster der Melodie, erkennt sie und packt den Jungen fest an der Schulter.

»Wo hast du das her Paul? Wo hast du das gehört?«

»Hm. Ich weiß nicht«, erwidert er unsicher und platziert seine Faust unter dem Kinn, dann schaut er wieder auf den weit im Himmel liegenden Punkt.

Als nach einer Weile nichts von ihm kommt, setzt Buck erneut an. »Bitte, Paul. Das ist sehr, sehr wichtig. Hast du das Lied bei dir zu Hause gehört?«

»Hm. Nein.«

»Im Fernseher, auf der Straße?«

Kopfschütteln. Streicheln der Wange.

»Beim Einkaufen oder im Laden?«

Erkenntnis flackert in Pauls Blick auf. Er streicht sich über die Wange.

»Im Laden? Hat das dort jemand gesungen oder gesummt?«

»Gesummt, ja. Ja, ja.«

»Wer war das, mein Junge?«

Lange Zeit überlegt Paul, blickt in den Himmel, als ob dort die Antwort irgendwo ins Blau geschrieben wurde. Und tatsächlich scheint sie dort zu stehen. Nur für ihn alleine sichtbar. Gerade will Buck etwas sagen, als der Junge den Blick wieder senkt.

Er erzählt dem großen Mann, wer in Eric Harmanns Laden dieses Lied gesummt hatte. Dieses Lied, in dem sich zwei Tiere streiten. Darüber, wer wohl besser singen könne.

*

Er hat Paul bei seinem Vater abgesetzt und begibt sich jetzt zu Fuß Richtung Fleckenshölzer Wald. Besser gesagt zu der Siedlung an ebendiesem.

Aber er braucht gar nicht bis zu den Häusern hoch zu gehen, denn zu seiner Überraschung läuft ihm die Person, von der Paul gesprochen hat, auf halbem Wege entgegen, rennt sogar fast in ihn hinein.

Er quittiert die hastige Entschuldigung mit einem kurzen Nicken. Eine einzige Sekunde schauen sich beide in die Augen, aber diese eine Sekunde reicht, Buck um hundertprozentig sicher zu sein.

Die Person vor ihm ist aus ähnlichem Holz geschnitzt wie er selbst, das hat er erkannt. Sie hat ein dunkles Bedürfnis oder ein Verlangen, und ihr ist jedes Mittel recht, dieses Bedürfnis zu stillen und zu bewahren. Ein Mensch mit Geheimnissen, Buck weiß das nur zu gut, und er ist auch in der Lage, das bei Menschen seinesgleichen zu erkennen. Der Löwe erkennt den Aasfresser schnell, wenn es zum Kontakt kommt, davon war er schon immer überzeugt.

Nur vermag er nicht zu sagen, wie fein die Antennen seines Gegenübers sind. Hat es dieselbe Erkenntnis aus dem kurzen Blickkontakt gewonnen? Das wäre fatal und würde bedeuten, dass Buck schnell reagieren muss. Eine Weile geht er weiter geradeaus, lässt sich nichts anmerken. Dann bleibt er stehen, überlegt kurz und kehrt um, darauf bedacht, der Person nicht ein weiteres Mal über den Weg zu laufen. Er geht zurück in den Ort, an dem Elternhaus von Paulchen und schließlich wieder am Brunnen vorbei. Die Gruppe junger Menschen ist verschwunden. Vielleicht hätte er nicht so reagieren sollen, geht es ihm durch den Kopf. Wieder ein Thema mehr, das über ihn verbreitet werden wird.

Ein Mann mit seiner Vergangenheit und gewissen Vorlieben, die man lieber verschweigen sollte, darf einfach nicht auffallen. Das ist eine seiner obersten Prämissen. Normalerweise dürfte er auch nicht zu dem Mann gehen, zu dem er jetzt auf dem Weg ist.

Ball flach halten, Füße stillhalten. Unauffällig oder unsichtbar sein. Floskeln, die sein Leben bestimmen. Aber hier geht es um ein Menschenleben. Ein unschuldiges Menschenleben, wenn es wirklich noch am Leben ist. Das kann er nicht ignorieren, und er muss tätig werden. Erwachsene haben selber Schuld. Meistens sind sie auch an etwas schuld, so dass es ihnen ganz recht geschieht, wenn ihnen denn etwas Schlimmes passiert.

Aber niemals Kinder.

Er passiert das Geschäft seines Freundes Eric, verlangsamt kurz den Schritt und überlegt, ob er ihn in sein Vorhaben einweihen soll, entscheidet sich aber dagegen, da der ja bald Vater wird und zudem schon genug im vergangenen Jahr erlebt hat.

Er beschleunigt wieder seinen Schritt, überquert die Mattenburger Straße und hält direkt auf die Bar zu.

Buck ist bis heute noch nie in diesem Etablissement eingekehrt. Eigentlich war er noch nie in irgendwelchen Bars, Diskotheken oder Kneipen, wenn er es recht bedenkt.

Er öffnet die Eingangstür und braucht nicht lange zu suchen, um den Mann zu finden, derentwegen er hier ist.

Thomas Reich sitzt als einzige Person am Tresen, die blonde junge Frau dahinter sortiert Gläser in ein Regal ein, wendet sich kurz zu Buck um und grüßt freundlich, bevor sie mit ihrer Arbeit fortfährt.

Tommy blickt nicht einmal auf, sondern starrt gedankenverloren und mit grimmiger Miene in sein Glas, als müsste dort das Rezept guten Lebens zu finden sein.

»Herr Reich, ich muss mit Ihnen sprechen.«

Wie in Zeitlupe hebt der Angesprochene den Blick und taxiert den Neuankömmling. »Buck?«, fragt er skeptisch. »Was wollen Sie denn?«

»Ich muss mit Ihnen reden.«

»Das sagten Sie bereits. Und ich frage, was Sie wollen.«

»Nicht hier, lassen Sie uns rausgehen.«

Misstrauisch starrt Reich an dem großen Mann vorbei nach draußen. Sein Kopf wankt dabei hin und her. »Wo ist denn Ihr Kumpel Harmann? Ist der da draußen?«, will er lallend wissen.

Buck entgeht nicht, dass der Mann schon einiges getankt haben muss. Er wägt kurz ab, entschließt sich jedoch dafür, ihn für sich zu gewinnen. »Hör zu, Bulle. Ich gebe dir die Möglichkeit, wieder der Alte zu werden, nur beweg jetzt deinen Arsch hier raus.« Er sagt es leise. Er sagt es drohend.

Reich merkt den Umschwung in Bucks Stimme sehr gut, trotz des hohen Alkoholpegels. Schlagartig hört der Kopf zu wanken auf, und er erhebt sich. Wortlos und nicht ganz so wankend, wie Buck befürchtete, geht er aus der Bar hinaus ins Freie.

»Also«, entgegnet er mit verschränkten Armen und fast aufrechter Körperhaltung, die nur hin und wieder aus dem Lot gerät.

Buck blickt sich um, antwortet dann mit gesenkter Stimme: »Ich weiß, wer die kleine Bertram hat.« Er gibt Thomas Reich einen Augenblick, damit die Nachricht in dessen Bewusstsein sacken kann, dann fährt er fort: »Ich weiß nicht, ob sie noch lebt und auch nicht, wo sie genau ist, aber ich weiß wer sie hat oder hatte.«

Bemerkenswerterweise klärt sich Tommys Blick. Interessiert starrt er den Hünen an. »Woher wissen Sie das?«

Buck erzählt ihm von dem Treffen im Wald, am Tag ihrer Entführung. Davon, dass die Kleine sich, dieses Liedchen singend, mit seinem Hund Buko beschäftigt hatte, und dass Paulchen dieses Lied im Laden aufschnappte.

»Ein Kinderlied?«, fragt Tommy entgeistert.

»Ja«, erwidert er ungerührt.

Tommy zögert, scheint unsicher, er streicht sich mit der Hand über sein Kinn.

»Was wissen Sie über die Personen?«, fragt Buck.

»Nicht viel. Vor drei oder vier Jahren kamen sie hierher und haben das Haus zur Miete von den Baschs übernommen, weil die sich getrennt hatten. Ich hatte bisher kaum Berührungspunkte.«

»Aber ich, vor ein paar Minuten. Glauben Sie mir. Die sind es. Das ist Ihre zweite Chance, Reich. Die erste haben Sie ja gründlich vermasselt.«

»Was wissen Sie denn schon?«, entfährt es Tommy lauter als beabsichtigt, aber schnell verfliegt sein Ärger, und er blickt zu Buck auf. »Okay«, sagt er. »Wie wollen wir vorgehen? Auskundschaften und beobachten?«

»Blödsinn«, erwidert Buck. »Wir platzen rein und durchsuchen das Haus. Für alles andere haben wir keine Zeit.«

Entgeistert starrt Tommy ihn an. »Soll das ein Scherz sein?«, fragt er, doch er erkennt schnell, dass der Forstbeamte es ernst meint. Im Ort ist es zudem bekannt, dass Buck nicht der humorige Typ ist.

»Falls, und ich glaube nicht, dass es so ist, aber falls ich mich irren sollte, dann wird Ihnen eh nicht viel passieren.«

Tommy macht sich gar nicht erst die Mühe zu protestieren. Er wird wissen, worauf Buck hinauswill. So ein abgewrackter Kerl ist nicht zurechnungsfähig. Kurzentschlossen nickt er seinem neuen Gefährten zu. »Dann lassen Sie uns«, fordert Tommy.

»Wollen Sie nicht noch Ihre Getränke bezahlen?«, will Buck von ihm wissen.

»Wenn wir danebenliegen und über unseren Köpfen die Scheiße ausgekippt wird, dann sollte ich schon im Vorfeld unserer Aktion für Stimmung sorgen. Ich denke, dann wird es glaubhafter, dass ich nur bedingt schuldfähig bin.«

Das leuchtet Buck ein, und er findet es sogar recht sympathisch, dass der Mann sich einzuschätzen weiß und nichts an seiner Person beschönigt.

Tommy reicht ihm die Hand. »Thomas.«

Buck ergreift sie und erwidert: »Buck.«

Neugierig starrt Tommy in die Augen des Mannes. Der blickt aber nur kühl zurück.

»Wollen wir?«, fragt Buck schließlich, und gemeinsam gehen sie durch den Ort, stellen Vermutungen an und versuchen Auffälligkeiten zu entdecken. Doch außer Bucks Vermutung gibt es keinerlei Hinweise oder Anhaltspunkte, dass die Kleine nur hundertfünfzig Meter Luftlinie entfernt von ihrem Entführungsort versteckt sein soll.

Nach einer Viertelstunde Fußmarsch haben sie die Siedlung erreicht. Sie gehen nebeneinander durch die Straße Am Galgenberg, weiter durch den Lerchenweg, bis sie in ihrer Zielstraße angelangt sind. Den Walddrosselweg.

Buck fällt auf, dass Thomas ein wenig blass um die Nase geworden ist. Der bemerkt den forschenden Blick und sagt: »Mir geht es gut. Bin nur keine langen Strecken mehr gewohnt.« Er streicht mit seiner Handfläche etliche Schweißtropfen von der Stirn. »Ein Jahr exzessives Saufen fordert seinen Tribut«, stellt er lachend fest.

»Brauchst du irgendwas? Wasser oder so?«

»Ein Bier wäre nicht schlecht. Aber nein. Danke.«

»Wohnt hier nicht auch Jonas Richter?«, fragt Buck.

»Ja.«

Sie gehen noch eine Weile stumm nebeneinander her, beäugen die Gärten der Anwohner, grüßen einen Bekannten, dann stehen sie vor dem Haus, in dem Buck die Entführer vermutet. Und vielleicht auch das Mädchen.

»Wie gehen wir vor?«, fragt Tommy. Er ist immer noch ein wenig aus der Puste und hat seine Arme in die Seiten gestemmt. Sein Atem geht stoßweise.

»Überraschend«, erwidert Buck knapp, und seine Augen verengen sich zu Schlitzen. Dann schreitet er voran, geht den Treppenaufgang hoch und klingelt an der Haustür. Tommy positioniert sich schräg hinter ihm.

Schnell wird die Tür geöffnet, und Rebecca Rodiek schaut mit großen Augen zu dem Besucher auf. Buck meint so etwas wie Besorgnis oder sogar Angst in ihren Augen zu lesen, das bestätigt ihn erneut in seiner Annahme. Kein Mensch kann ein Verbrechen begehen und dann bei unerwartetem Besuch so tun, als sei man die Ruhe selbst und habe nichts zu verbergen.

»Ja, bitte?«, fragt sie. Ihr Blick geht unsicher zu Thomas Reich.

Sie weiß nicht, wie sie diesen Besuch einordnen soll, denkt Buck.

»Das Mädchen«, sagt er nur und schaut gespannt in die Augen der blonden, recht hübschen Frau.

»Welches Mädchen?«, fragt Rebecca mit fast fester Stimme.

Respekt, denkt Buck, aber eine Sekunde zu lange überlegt. Er tritt einen Schritt vor, legt seine Hand auf den Türgriff.

»Was soll das? Lassen Sie das.« Rebecca wird lauter und bestimmter. Doch Buck lässt sich davon nicht beeindrucken, sondern drängt sich an ihr vorbei in den engen Hausflur.

Rebecca stellt sich ihm in den Weg, verschränkt die Arme und sagt: »Verlassen Sie sofort mein Haus. Ich rufe die Polizei, Herr Buck.«

»Nur zu«, antwortet dieser und beobachtet die kleine Frau genau.

Eine Weile fixieren sie sich wortlos, versuchen sich abzuschätzen.

Rebecca stürmt plötzlich einen Raum weiter, in die Küche, ruft nach Johannes, ihrem Mann, der kurz darauf mit fragendem Gesicht aus dem Wohnzimmer kommt.

»Was geht hier vor?«, fragt er irritiert und will noch etwas hinzufügen, wird jedoch von einem lauten Schrei seiner Frau unterbrochen, die sich mit einem Messer bewaffnet hat und auf Buck stürzt. Der versucht auszuweichen, hat aber die Schnelligkeit der Angreiferin komplett unterschätzt. Rebecca zieht ihm die Klinge die Schulter entlang, bis zum Halsansatz. Völlig überrumpelt greift Buck sich an den Hals und besieht anschließend seine feuchtrote Hand.

Rebecca holt schnell zum zweiten Hieb aus, aber diesmal ist Tommy zur Stelle und wirft sich brüllend gegen sie, so dass sie gemeinsam zu Boden fallen. Es entbrennt ein wilder Kampf, in dem Fäuste auf den Körper des anderen treffen und auch das Messer in Rebeccas Hand zweimal sein Ziel trifft – nämlich den Arm und den Rumpf von Tommy. Er schreit auf, sitzt aber noch auf ihr. Er will ihr gerade das Messer entreißen, als der Fuß von Johannes seinen Kopf trifft und Tommy wie eine Puppe zur Seite fliegt, von Rebecca herunter.

Buck macht einen Satz zu den beiden und rammt Rebecca seinen Fuß ins Gesicht, während er mit einer Hand nach Johannes greift. Der kann sich jedoch durch einen kleinen Schritt außer Reichweite bringen.

Rebecca hält sich das Gesicht mit beiden Händen, windet sich auf dem gefliesten Boden, schreit. Das Messer hat sie fallen lassen, es liegt etwa einen Meter von ihr entfernt. Buck hechtet hinüber, bückt und nimmt es an sich. »Wo ist das Mädchen?«, fragt er mit schmerzverzerrtem Gesicht, die Wunde pulsiert heftig. Er scheint durch den Schnitt viel Blut zu verlieren, denn sein Hemd fühlt sich bis zum Bauch hinunter sehr klamm an. Von der Frau kann er jedoch keine Antwort erwarten.

»Wo ist das Mädchen?«, will er jetzt schreiend von dem Mann wissen.

Johannes Rodiek sagt nichts, aber durch seinen reflexartigen kurzen Blick nach oben hat er sich verraten. Also ist sie hier, denkt Buck und sieht hinüber zu Tommy, der sich gerade mühsam wieder aufrappelt. Er entschließt sich, nach oben zu gehen, stürmt zur Treppe, nimmt zwei Stufen auf einmal und verschafft sich oben angekommen einen Überblick. Vier Türen, die vom Flur abgehen. Eine steht offen, neben einer anderen ist ein Lichtschalter, auf dem das kleine rote Plastikteil angebracht ist, das meistens signalisiert, dass es sich um ein Badezimmer oder eine Toilette handelt. Bleiben zwei. Er entscheidet sich für die am Weitesten entfernte, hinten rechts im Gang, und stürmt los. An der Tür angekommen, fühlt er sich bestätigt, da sie verriegelt ist. »Joselyn?«, ruft er laut und wartet.

Und wartet.

Dann ein zaghaftes, erstauntes: »Herr Buck?«

Buck lehnt seinen Kopf an die Tür, atmet erleichtert tief durch. »Geh von der Tür weg, Kleine.«

Er hebt das Bein an und tritt nahe der Klinke die Tür ein. Krachend springt sie auf. Er geht schnell hinein und kneift die Augen zusammen, denn es ist dunkel. In der linken hinteren Ecke kann er eine Bewegung ausmachen. »Joselyn. Komm her zu mir«, sagt er leise, aber bestimmend.

»Herr Buck?«, fragt sie erneut, ein wenig fester diesmal.

»Ja, ich bin's. Buck. Komm her, Kleines. Es geht nach Hause zu deinen Eltern.«

»Nach Hause?«, fragt sie schrill. Schnell kommt ihm eine kleine Gestalt entgegen, wirft sich um seine Hüfte. Verlegen streichelt er ihren Kopf, nimmt sie auf den Arm und verlässt den Raum.

Auf dem halben Weg zur Treppe kommt ihm Johannes Rodiek entgegen. Sein Gesicht strahlt Entschlossenheit aus, seine Hände umklammern einen Baseballschläger aus Aluminium. So fest, dass die Knöchel weiß hervortreten. Sein rot angelaufenes Gesicht steht im krassen Gegensatz zu den hellblonden Haaren.

»Lassen Sie sie runter«, zischt er mehr, als er es sagt. »Das Kind gehört meiner Frau. Es ist Gottes Geschenk an unsere Gläubigkeit.«

»Hau ab«, erwidert Buck nur, bleibt aber in sicherer Distanz zu ihm stehen.

»Nur über meine Leiche.« Er geht einen Schritt auf den Riesen zu und hebt den Schläger ein Stück höher. Sein Körper signalisiert Buck Kampfbereitschaft, genau wie die Augen des Mannes. Unwillkürlich drückt er das Mädchen fester an sich, besinnt sich dann aber eines Besseren und geht langsam wieder zurück zu dem Raum, aus dem er Joselyn geholt hat. Den Mann lässt er dabei keine Sekunde aus den Augen. Er setzt das Mädchen behutsam ab und schiebt sie in den Raum. Sie schaut ihn ängstlich und verstört an.

»Mach die Tür zu, kleine Joselyn, und lehne dich dagegen, bis ich klopfe.« Mit Missfallen bemerkt er das mit Blut getränkte Hemd der Kleinen.

Schreie aus dem Erdgeschoss lassen ihn wieder aufblicken. Johannes guckt über das Geländer gelehnt nach unten.

»Halte dir die Ohren zu, verstanden?«, befiehlt er Joselyn, ohne den Blick von Johannes Rodiek zu nehmen.

»Aber«, setzt Joselyn an, doch Buck unterbricht sie ruhig aber bestimmt: »Halt dir die Ohren zu, und komm nicht raus, bis ich dich hole.«

Flüche und Kampfgeräusche von der unteren Etage dringen an sein Ohr. Scheinbar hat Tommy dort mit der Frau alle Hände voll zu tun. Er blickt zu Johannes, der sich gerade zufrieden grinsend vom Geländer aufrichtet und zu Buck starrt.

Der nickt der Kleinen aufmunternd zu, sieht, dass sie ihre Hände auf die Ohren legt und zieht die Tür heran. Ein dumpfes Geräusch, ein kleiner Druck des Türblattes sagt ihm, dass Joselyn seiner Anweisung Folge geleistet hat und sich gegen die Tür lehnt. Er kramt in seiner Hosenbeintasche nach dem Küchenmesser von Rebecca und wiegt es in der Hand. Er schließt für eine Sekunde die Augen und atmet tief durch, denn der Schnitt an seinem Hals ist keineswegs vergessen oder verdrängt. Nur das Auffinden des Mädchens hatte ihn kurz davon abgelenkt. Jetzt pulsiert die Wunde umso stärker und kostet ihn Kraft. Er versucht den Schmerz und die Folgen dieses Schnittes auszublenden und widmet sich voll und ganz seinem Gegenüber.

Johannes hebt erneut den Schläger an, geht ein wenig geduckt in die Knie und kommt ihm entgegen.

Als die beiden nur noch knapp zwei Meter voneinander trennen, holt Johanes aus und wirft sich nach vorne. Buck hat damit gerechnet, tritt einen

Schritt zur Seite und weicht so dem Schlag aus. Schnell stößt er seinem Widersacher das Messer in den Arm. Der schreit kurz auf, springt zurück, aber nur, um mit Anlauf wieder auf Buck loszugehen. Diesmal kann er nicht ausweichen, muss einen Treffer auf der rechten Schulter hinnehmen und knickt mit einem Bein ein. Schnell holt Johannes wieder aus und lässt den Schläger gegen Bucks Kopf krachen. Die Wucht wirbelt den Riesen nach hinten, das Messer entgleitet seiner Hand und rutscht über den PVC- Boden.

Der blonde Mann setzt schreiend hinterher und landet einen weiteren Treffer in die rechte Seite Bucks. Vor Schmerz krümmt er sich zusammen, sieht, wie der Jüngere sich über ihm aufbaut und den Schläger über den Kopf hält, um erneut zuzuschlagen. Doch Buck gibt nicht auf, dreht sich und entgeht so knapp dem Schlag. Als Johannes sich wieder aufrichten will, tritt er ihn mit letzter Kraft gegen das Knie, was diesen schließlich einknicken lässt.

Ein weiterer Tritt im Liegen gegen die Hüfte lässt Johannes umfallen. Mühsam zieht Buck sich zu dem Mann hin, haut ihm schnell die Faust ins Gesicht. Kurz kann er nichts sehen, der Blutverlust macht sich bemerkbar, er verfehlt einmal das Ziel, mit dem nächsten Schlag trifft er jedoch wieder. Johannes schreit auf, brüllt und tritt um sich.

Buck geht auf die Knie und robbt zu dem Messer. Er kann ein Poltern hinter sich vernehmen, greift das Messer und dreht sich auf den Rücken. Gerade rechtzeitig, denn Johannes setzt zu einem weiteren Schlag an. Buck dreht sich weg, der Schläger verfehlt sein Ziel um Haaresbreite und knallt auf den Boden.

Da der Mann vornübergebeugt ist, sieht Buck seine Chance gekommen. Mit letzter Kraft stößt er sich vom Boden ab, greift in den Nacken von Johannes Rodiek, zieht ihn zu sich herunter und stößt ihm die lange Klinge bis zum Heft in den Hals.

Fassungslos schaut Johannes Rodiek Buck an. Dann fängt er an, sich zu wehren, windet sich und will sich wegdrücken, aber Buck mobilisiert alles, was er noch an Kraft besitzt und lässt ihn nicht aus seinem Griff entweichen, dreht das Messer in dem Hals hin und her. Ein Blutschwall tritt aus der Wunde und bedeckt seinen Unterarm. Eine Weile blicken sie sich gegenseitig an, die Wehrhaftigkeit lässt schnell nach, bis die Augen von Johannes immer entrückter wirken und schließlich ihr Glanz erlischt. Angewidert stößt Buck ihn beiseite und rappelt sich mühsam auf. Er blickt die Treppe hinunter.

Kein Laut ist mehr zu vernehmen. Er hofft, dass Tommy die Lage im Griff hat, geht schwankend zu dem Zimmer und holt das Mädchen. Beruhigend redet er auf sie ein, lobt sie, dass sie so tapfer war. Er lässt sie sich nicht umschauen, nimmt sie auf seinen Arm und legt seine Hand auf ihre Augen, während er an dem Leichnam von Johannes vorbeiwankt und schließlich mit ihr die Treppe hinuntergeht.

Unten angekommen, spricht ihn ein sichtlich angeschlagener Tommy an: »Sie ist abgehauen. Tut mir leid.« Blut läuft an seiner Stirn herab, seine Hände zittern, und das Hemd ist zerrissen. Buck nimmt die Hand von Josies Augen, aufmunternd grinst er die Kleine an und gibt sie dann in die Arme von Tommy. »Egal«, sagt er schwach. »Wir haben die Kleine.«

Dann wird ihm schwarz vor Augen, und er kippt um.

20

Bremerhaven, Zentralkrankenhaus, Montagabend

Buck fährt erschrocken aus dem Bett hoch, blickt sich um und erkennt, dass er in einem Krankenzimmer liegt. Das Bett neben ihm ist mit einem schnarchenden Grauschopf gefüllt. Er kann nur den Hinterkopf sehen.

Rechts von sich sitzt sein Freund Eric Harmann.

»Na, Kumpel. Wieder wach?«, flüstert der leise.

»Wie lange liege ich hier schon?«, will Buck von ihm wissen.

Eric hebt die Schultern. »Keine Ahnung. Es ist später Abend. Eine Stunde oder so.«

»Was ist passiert?«

»Wenn ich es richtig verstanden habe, hat Tommy seine Kollegen angerufen und gleich einen Krankenwagen mitgeordert. Die haben dich hergebracht, zusammengeflickt und dann hier geparkt.«

Buck richtet sich mühsam auf. Als ein stechender Schmerz durch seinen Arm geht, bemerkt er den Transfusionsschlauch, der in seiner Armbeuge beginnt und hinter dem Kopfteil zu enden scheint.

»Buko«, entfährt es Buck.

»Hab ich schon bei dir rausgeholt und bei Michaela gelassen.«

»Du hast keinen Schlüssel«, stellt der lädierte Mann nüchtern fest.

»Nein, Buck. Habe ich nicht. Ich habe aber einen Schlüsseldienst am Laufen. Du hast wohl ordentlich was auf deinen Schädel bekommen, was?«

»Du bist bei mir eingebrochen?«, fragt Buck ungehalten.

Eric setzt eine verwunderte Miene auf. »Was ist denn los? Ich hab nur den Hund rausgeholt.« Er richtet sich auf, streckt seinen Rücken durch. »Man könnte meinen, du hast eine Leiche im Keller, also ehrlich.«

»Ja, tut mir leid. War ein bisschen viel heute.«

»Du und Tommy seid Helden.«

»Geht es der Kleinen gut? Ist sie bei ihren Eltern?«

»Ich denke schon, ja.«

»Was? Geht es ihr gut, oder ist sie bei ihren Eltern?« Erneut klingt Buck sehr forsch.

»Beides, Buck. Bleib ruhig. Was ist denn mit dir los?«

»Die Frau? Rebecca? Haben sie sie erwischt?«

»Nein, sie wird noch gesucht. Aber den toten Ehemann haben sie im ersten Stock gefunden. Dein Werk, richtig?«

Buck nickt nur. »Warum haben sie das Mädchen entführt?«

»Ich weiß nicht, Buck. Hat mir noch niemand erklärt.« Er streicht sich seine Haare aus dem Gesicht. »Manche Menschen sind halt ein wenig krank im Kopf.« Er deutet mit seinem Zeigefinger auf die Stirn.

Der Riese brummt etwas Unverständliches.

Eine Schwester mittleren Alters und mit braunem Lockenkopf betritt das Krankenzimmer. Auf dem Namensschild steht Viola. Mit quiekender Stimme fragt sie nach dem Befinden des Patienten. Die Tonlage der Frau ist so schrill, dass der Zimmergenosse mit dem grauen Hinterkopf mürrisch erwacht und fluchende Laute von sich gibt.

»Ich will nach Hause«, sagt Buck, während die Schwester den Tropf begutachtet.

»Nein«, antwortet sie knapp, wendet sich dann dem Bett zu und drückt ihn unsanft nach vorne, so dass sie das Kissen ausschlagen kann.

Buck nutzt die Unterstützung und richtet sich komplett auf, schwingt seine Beine aus dem Bett und stellt sich hin. Leicht wankend findet er schließlich festen Stand.

»Hey«, ruft Schwester Viola, »Sie sollen liegen bleiben. Anordnung vom Arzt.«

»Interessiert mich nicht. Ich bleibe nicht hier.«

Sie baut sich mit verschränkten Armen vor ihm auf. »Nix da.«

Es folgt ein verbaler Schlagabtausch, an dessen Ende die Frau sich aus dem Zimmer trollt, um einen Arzt zu holen, der Buck die Papiere ausstellen soll.

»Die kenne ich«, meint Eric belustigt. »Als ich hier letztes Jahr lag, war sie auch da. Schreckliches Weib.«

Tatsächlich kommt ein Arzt nach etwa zehn Minuten. Weitere zehn gehen ins Land, als er Buck zu erklären versucht, warum es nicht ratsam ist, in diesem Zustand nach Hause zu fahren. Aber Buck lässt sich nicht beirren, unterschreibt die Verzichtserklärung und lässt sich seine Sachen geben.

Gemeinsam mit Eric fährt er zu vorgerückter Stunde schließlich nach Hause. Die Wunde an seinem Hals pocht widerlich, aber er versucht, den Schmerz zu ignorieren.

An seinem Haus angekommen, erklärt ihm Eric, dass er den Hund noch ein paar Tage bei sich lässt. »Schätze, du musst noch Aussagen bei der Polizei machen, die Eltern von Josie werden sich bei dir bedanken wollen, und Reporter werden bei dir anklingeln. In der nächsten Zeit wird es nicht gerade ruhig bei dir zugehen. Besser, wir kümmern uns.«

Buck stimmt zu, und sie verabschieden sich voneinander.

Erschöpft schließt er seine Haustür auf. Im Flur angekommen, wundert er sich, dass im Keller Licht brennt. War Eric doch hier unten? Er geht halb hinunter, blickt sich um, aber alles scheint, wie es sein soll.

Er setzt sich an den Küchentisch, um durchzuschnaufen. Er besieht seinen Verband, der Hals und Schulter einschließt und der von winzigen roten Punkten durchdrungen ist. Scheinbar blutet die Wunde wieder. Klug war es mit Sicherheit nicht, dass er sich selbst entlassen hat, aber ihm ist es lieber, seine Wunden daheim zu lecken als in einem Krankenhaus.

Außerdem hat er ja auch Verpflichtungen.

Nachdenklich steht er auf, geht an den Schrank und holt zwei Teller heraus, ebenso zwei Gläser. Er nimmt sich eine Packung Milch und Aufschnitt aus dem Kühlschrank und stellt sie zu dem Gedeck. Dann nimmt er ein Laib Brot aus der Brottruhe, schneidet sechs Scheiben ab und legt sie auf die Teller, um sie die Brote mit Käse und Wurst zu belegen. Vier für sich, zwei für Jasmin. Beide Gläser füllt er mit Milch.

Gerade als er Milch und Aufschnitt wieder in den Schrank stellt, spürt er einen neuerlichen, heftigen Schmerz am Hals. Kurz hält er sich am Kühlschrank fest, schüttelt den Kopf und versucht sich wieder aufzurichten, aber seine Knie knicken ein, und er hat Mühe, nicht auf den Boden zu fallen.

Kurz sammelt er sich, atmet tief durch und schließt die Kühlschranktür. Er lehnt seinen Kopf gegen die Außenwand. Ihm wird übel. Vielleicht hätte er doch lieber im Krankenhaus bleiben sollen, denkt er.

Buck wendet sich mühsam um, damit er sich kurz auf einen Stuhl setzen kann. Und erstarrt in der Bewegung.

Vor ihm steht Rebecca Rodiek und starrt ihn mit hasserfüllten Augen an. In der linken Hand hält sie eine Spritze. Er kennt diese Art von Spritzen. Er *er*kennt sie. Es ist eine von seinen.

Leider bleibt ihm keine Zeit, darüber nachzudenken, denn er sackt zu Boden und verliert das Bewusstsein.

*

Buck ist wach, wagt es aber noch nicht, die Augen zu öffnen. Er lauscht auf Geräusche in seiner unmittelbaren Umgebung. Er kann keinen Laut vernehmen, konzentriert sich stattdessen auf seinen Körper, die Augen weiterhin geschlossen. Die Schmerzen in der Schulter und die Übelkeit lenken ihn etwas von seiner Körperwahrnehmung ab. Nach einer Weile stellt er durch minimale Bewegungen fest, dass seine Hände fixiert sind. Kurze Zeit später erkennt er, dass das Gleiche für die Füße gilt.

Er spürt ebenfalls, dass er nicht auf dem Küchenboden liegt. Er liegt weicher. Nicht auf einem Sofa, dafür ist es zu hart. Er liegt auf dem Wohnzimmerteppich. An seinem Ellenbogen kann er festes, aber eindrückbares Material feststellen. Er liegt also vor dem Sofa auf dem Fußboden.

Als er das alles realisiert hat, konzentriert er sich wieder auf Geräusche. Ein minimales Rascheln rechts von ihm. Jemand sitzt in dem Sessel. Rebecca. Sie beobachtet ihn also. Wie soll er jetzt weiter vorgehen?

Er entscheidet sich dafür, sich nicht anmerken zu lassen, dass er bereits wach ist. Vielleicht kann er sich einen Vorteil daraus verschaffen, wenn sie denkt, dass er noch schläft.

»Kommen Sie. Ich bin nicht doof. Ich weiß, dass Sie wach sind, Buck.«

So viel dazu, denkt er missmutig.

»Während Sie weg waren, ging Ihr Atem wesentlich langsamer, und Ihr Gesicht war schlaffer. So einfach ist das.«

Er öffnet seine Augen, blickt zum Sessel. Tatsächlich sitzt Rebecca dort und starrt ihn seltsam entrückt an. In ihrer Hand ruht eins seiner großen Küchenmesser.

»Hauen Sie ab«, sagt er ruhig, aber sie entgegnet nichts, schaut ihn weiterhin nur mit diesem seltsamen Blick an.

»Bald werden hier eine Menge Leute …«, setzt er erneut an, doch sie unterbricht ihn barsch: »Was sind Sie?«

Fragend schaut er zu ihr auf.

Nach einer kurzen Pause fährt sie fort: »Wussten Sie, dass Gott für alles einen Plan hat und jedem von uns eine Bestimmung gegeben hat?«

Er antwortet nicht. Religiöse Themen waren ihm schon immer zuwider.

»Er hält seine schützende Hand über die, mit denen er Großes vorhat. Er leitet sie.« Sie spricht beinahe ehrfurchtsvoll.

Buck will etwas erwidern, aber er hält sich zurück, denn in so einem Moment kann er gar nichts sagen, was in ihren Ohren passend klingen würde.

»Manchmal führt er sie auch zusammen, damit sie einander erkennen und ihren vorbestimmten Pfad gemeinsam gehen und Großartiges vollbringen können. Die Heilige Schrift verweist auf viele solcher Begegnungen. Jesus und seine Jünger zum Beispiel. Allen voran seine Verbindung zu Petrus.«

Buck bleibt weiterhin stumm.

»Ich frage Sie jetzt noch einmal: Was sind Sie?« Sie lehnt sich ein Stück nach vorne, beobachtet ihn genau.

»Wie meinen Sie das?«

»Sind Sie böse? Leitet Satan Sie in Ihrem Wirken?«

Ungläubig schaut er zu ihr auf. Die hat ja mächtig einen an der Klatsche, denkt er und lässt sich Zeit bei seiner Antwort. Jetzt darf er nichts Falsches sagen, wenn er weiterleben will.

»Ich habe in seine Fratze geschaut«, sagt er schließlich so gelassen wie möglich. »Mehrfach.«

Interessiert zieht sie den Sessel noch ein Stück näher an ihn heran. »Sie haben ihn gesehen?«, fragt sie ehrfurchtsvoll, und Buck nickt. »Wo? Wie sah er aus?«

Buck lässt sich Zeit, bemüht sich um die passenden Worte. »In meinen Träumen, aber auch wenn ich wach war. Meistens kurz bevor etwas Schlimmes passierte.«

Rebecca nickt wissend. »Was hat ihn vertrieben?«

Buck würde am liebsten entnervt aufstöhnen, zügelt sich aber und erwidert: »Licht. Helles, strahlendes Licht.«

Rebecca Mund öffnet sich vor Erstaunen. »Sie haben ihn erblickt«, stellt sie fest. »Er hat sich Ihnen offenbart.«

»Kann man so sagen.«

Lange Zeit blickt sie ihn an, dann lehnt sie sich wieder in den Sessel zurück. »Wer ist sie? Was hat sie getan?«

Buck weiß sofort, von wem sie redet. Jasmin. Entweder war sie schon unten, bevor er nach Hause kam, das würde auch das Licht erklären, oder aber sie hat sich über die zwei Brotteller gewundert und hat das Haus durchsucht, als er weggetreten war. Aber das ist jetzt egal.

»Sie hat vielen Menschen Leid zugefügt. Guten Menschen.«

»Wie bist du auf sie aufmerksam geworden?«

Ihm entgeht keineswegs, dass sie zum Du übergegangen ist. Ob das gut oder schlecht ist, vermag er noch nicht zu sagen. »Immer wenn ich ihr begegnet bin, zierte ein Punkt ihre Stirn. Blutrot.«

»Das Mal«, erklärt Rebecca aufgeregt, und Buck nickt. Er hat keine Ahnung, was das Mal ist, er hat nur etwas von sich gegeben, von dem er glaubte, es in einem Film gesehen zu haben. In der Rolle des Befragten fühlt er sich aber unwohl, deswegen dreht er den Spieß um. »Warum die Kleine?«

Sie wirkt überrascht, wird unruhig, rutscht auf dem Sessel herum und sucht nach einer Antwort. Sie sieht zwiegespalten aus, scheint mit sich zu hadern.

Buck sieht das sehr wohl. »Die Wahrheit«, fordert er.

»Ich kann keine Kinder bekommen«, erklärt sie leise und mit gesenktem Kopf. »Als ich noch sehr jung war, ließ ich eine Abtreibung durchführen. Etwas ging schief, und so blieb mir das Gebären neuen Lebens für immer verwehrt. Gott strafte mich für diese Sünde. Dabei hatte ich mir in späteren Jahren so sehr Kinder gewünscht. So sehr. Aber es ging nicht. Bevor wir hierher gezogen sind, lebten wir in der Nähe von Stuttgart. Wir wollten ein Kind adoptieren, vielleicht auch mehr, denn Johannes liebte Kinder ebenso wie ich.«

Bei dem Namen zuckt Buck unmerklich zusammen. Er hat ja ihren Ehemann getötet, fällt ihm ein. Hoffentlich ist sie nicht allzu nachtragend.

»Aber sie gaben uns keins. Angeblich würde ich nicht das psychologische Profil einer Adoptivmutter erfüllen.« Sie sieht ihn hasserfüllt an und sagt: »Wir kamen nicht einmal auf die Warteliste. Sie haben es uns verwehrt, liebevolle Eltern zu sein, verstehst du?«

»Weiter«, fordert Buck.

»Dieser Abend. Er war eine Offenbarung. Jonas, unser Nachbar, beschimpfte uns, als wir draußen spazieren gingen. Wir waren verwundert, da er sonst immer so freundlich war. Johannes und ich beratschlagten uns, wir wollten uns um ihn kümmern, ihm helfen, verstehst du? Wir suchten ihn im ganzen Ort und kamen schließlich oben durch den Wald. Dort sahen wir dann dich mit den Mädchen. Und wir sahen Jonas. Aber auch zwei Männer, die nichts Gutes im Schilde zu führen schienen.«

Buck kann sich denken, was passierte. »Die Mädchen wurden überfallen. Jonas ist geflüchtet, die Männer schließlich abgehauen. Ihr habt euch die Kleine geschnappt.«

»Nein, nicht geschnappt. Wir wollten ihnen helfen. Johannes griff schon zum Telefon, aber Gott ließ mich ihm das Gerät wegnehmen. Eine Erkenntnis durchströmte mich, ein warmes Gefühl. Ich sah meinem Mann in die Augen, und er wusste sofort Bescheid. Diese Situation, das Mädchen. Es sollte so sein. Es war Gottes Geschenk an uns. Wir fühlten es beide. Er nahm das Mädchen ohne ein weiteres Wort auf den Arm und trug es im Schutz der Dunkelheit zu uns nach Hause.« Wieder hat sie diesen leicht entrückten Gesichtsausdruck. »Wir beherbergten sie, waren gut zu ihr. Wir wollten bald wegziehen und die Kleine mitnehmen, um ein neues Leben zu beginnen.«

»Sie hätte euch verraten«, stellt Buck fest.

»Warum? Wir erzählten ihr von den bösen Menschen. Von Leuten, die ihre Schwester getötet hatten, ihre Eltern ebenfalls und dass sie auf der Suche nach ihr wären. Natürlich stimmte das nicht, aber für ein höheres Ziel darf man die Wahrheit auch beugen. Der Zweck heiligt bekanntlich die Mittel. Oder etwa nicht?«

»Eine Zeitlang hätte es vielleicht funktioniert, aber nicht auf Dauer. Unterschätze nicht den Geist eines Kindes, Rebecca.«

Verwundert starrt sie zu ihm herunter, dann erstrahlen ihre Augen, und ihre Miene hellt sich auf. »Unsere Wege haben sich gekreuzt, weil es vorherbestimmt war«, entgegnet sie strahlend.

Buck nickt irritiert.

»Du bist weitaus erfahrener als ich und von Gottes Wohlwollen begünstigt.« Sie klingt überaus euphorisch. Wie ein Kind, das etwas Tolles zu Weihnachten bekommen hat.

»Ich denke auch«, sagt Buck zögernd.

»Willst du mir helfen? Hilfst du mir, ein erfülltes Leben zu führen? Mit Kindern?« Als er nicht antwortet, erklärt sie ihm: »Rebecca ist ein sehr biblischer Name, wusstest du das? Rebecca aus dem Alten Testament war mit Isaak verheiratet. Ihr blieb es leider verwehrt, Nachkommen zu gebären. Über sehr viele Jahre. Sie hatte es beinahe aufgegeben und fand schließlich Trost im Gebet. Durch diese Gebete wurde sie erhört, und ihr wurde eine reiche Nachkommenschaft prophezeit. Und was passierte? Sie wurde tatsächlich schwanger, bekam Esau und Jakob.« Sie lässt die Worte kurz wirken, fährt dann fort: »Siehst du die Gemeinsamkeiten? Die Zeichen? Ihr half das Beten, verstehst du? Mich prüft Gott ganz genauso. Also bitte ich dich. Hilf mir. Es ist gottgewollt.«

Er überlegt. Lange. Scheinbar zu lange für Rebecca, denn sie drängt: »Bitte.«

»Ich kann dich hier verstecken«, sagt er schließlich. »Erst mal. Aber wir müssen uns kennenlernen. Ich bin nicht gut darin, neue Menschen in mein Leben zu lassen.«

»Wirst du mich verraten?«, will sie von ihm wissen, die Augen zu Schlitzen verengt.

»Natürlich nicht. Außerdem könntest du mich ja ebenfalls bei den Bullen anschwärzen.«

Sie denkt kurz über seine Worte nach. »Würdest du mich töten?«, fragt sie unsicher.

Er blickt ihr lange in die Augen und sagt mit fester Stimme: »Nein. Bei meinem Leben. Niemals.«

Sie grinst, aber kurz darauf wird sie wieder ernst. »Du hast meinen Mann getötet.«

»Warst du deshalb hier in meinem Haus? Um Rache zu üben?«

Sie nickt. »Und um eine Zuflucht zu haben.«

»Ist der Tod deines Mannes ein Problem für uns beide?«

Ohne Zögern sagt sie: »Nein.«

»Wir können dich nicht ewig hier verstecken. Irgendwann müssen wir hier weg.«

»Ja, das müssen wir.«

Lange Zeit blicken sie sich an, schätzen einander ab.

Buck ergreift als Erster wieder das Wort: »Dann sei willkommen, Rebecca. Binde mich los.«

Rebecca steht auf und beugt sich zu ihm hinunter. Das Messer positioniert sie zwischen seinen Händen und lässt es eine Zeitlang dort verweilen. Immer noch können beide nicht die Augen voneinander lassen, und schließlich geht ein Ruck durch ihren Arm. Die Fessel an Bucks Händen ist gelöst.

Mühsam richtet er sich auf. Rebecca bückt sich ein weiteres Mal, um ihm auch die Fußfessel zu durchtrennen. Dann richtet sie sich wieder auf und sie stehen sich dicht gegenüber. Sie muss ihren Hals weit nach hinten strecken, um ihm in die Augen zu sehen.

Er nickt ihr stumm zu, dreht sich um und geht in die Küche mit den Worten: »Jasmin braucht etwas zu essen. Möchtest du auch?«

Ein Lächeln huscht über Rebeccas Gesicht. Ja, denkt sie. Ich möchte auch.

21

Bad Bederkesa, Dienstagmittag

Bis dass der Tod euch scheidet.

Kauend schaue ich von meiner Nudelsuppe auf und blicke hinüber zu meiner Ehefrau Miriam.

Bis dass der Tod euch scheidet. So hatte es geheißen. Damals.

Fast wäre es so weit gewesen.

Wenn ich sie mir so anschaue, dann überkommt mich ein eisiger Schauer.

Ich sitze am Esstisch und starre auf den vierzigjährigen Menschen, der mich den größten Teil meines Lebens begleitet hat und sich gerade auf unserem gemeinsamen Sofa lümmelt und in den Fernseher schaut. Die Beine an den Oberkörper gezogen, eine beige Wolldecke über die Füße gelegt.

Wir haben draußen wohlige zweiundzwanzig Grad Celsius, und sie legt sich eine Wolldecke über die Füße. Erstaunlich. Und drollig.

Ein Bekannter erzählte mir einmal, dass es die kleinen Macken und Marotten sind, die er an seiner Frau so liebt. Nicht das Perfekte oder Erhabene würde ihn ansprechen und seine Frau so liebenswert machen, sondern die kleinen Ticks sind es. Zum Beispiel, dass sie beim Schlafen leise vor sich hin schmatzt. Oder dass sie zur sprichwörtlichen Salzsäure erstarrt und sich keinen einzigen Schritt bewegt, wenn sie eine Spinne in ihrer Nähe entdeckt.

Ich kann ihm da nur zustimmen. Leider war mir dieser Blick auf meine Frau eine Zeitlang nicht gegeben. Ich musste sie erst verlieren, um dann festzustellen, wie viel sie mir eigentlich bedeutet. Selbst ihre Macken. Das ist das, was sie ausmacht. Das sind Teile und Wesenszüge von ihr. Dafür liebe ich sie.

Heute Morgen durfte ich das Krankenhaus verlassen. Fünf Tage sind mittlerweile vergangen, seit wir dem Horrorhaus entkommen sind. Dort erreichte mich auch die unglaubliche Nachricht, dass die kleine Bertram gefunden worden ist. Von Tommy und unserem Förster. Ich dachte, ich höre nicht richtig.

Der Schlag in die Magengrube jedoch war, dass das Mädchen bei meinen Nachbarn versteckt gehalten worden ist, dass die beiden Religionsspinner Rebecca und Johannes hinter der Entführung gestanden haben. Das Mädchen war keine zehn Meter von mir entfernt im ersten Stock des Hauses untergebracht, und wir hatten keine Ahnung davon. Wahnsinn.

Wahrscheinlich habe ich Rebecca und Johannes in jener Nacht gehört, als sie das Mädchen ins Haus brachten. Ich war aber so mit mir selbst beschäftigt, dass ich deren Wirken im Hinterhof zwar bemerkt, aber nicht hinterfragt habe. Als ich kotzend auf meiner Auffahrt saß, haben die beiden das Mädchen über den Hintereingang ins Haus gebracht. Deswegen die Stimmen und das Licht, ausgelöst durch den Bewegungsmelder. Ich mache mir schon ein wenig Vorwürfe, in diesen Moment nicht geschaltet zu haben.

Aber nicht nur ich sollte das. Die Polizei kommt bei der Geschichte auch nicht gut weg. Sie ließen sich von Rebecca geschmierte Brötchen bringen, ließen sie zwischen den ermittelnden Beamten herumrennen. So war sie mittendrin im Geschehen und wusste, was die Polizisten wussten. Zumindest einen Teil davon.

Da Rebecca im Altenheim und Johannes in der Psychiatrie arbeitete, kamen sie an Medikamente und Drogen heran, die sie dem Mädchen anfangs ins Essen oder Trinken untermischten, um sie ruhigzustellen.

Mein eigener Bruder und seine Frau – beides Sadisten und Psychopathen erster Güte. Meine Nachbarin und ihr Kerl ebenso böse wie skrupellos. Beides ging über Jahre total an mir vorbei. Aber meine eigene Frau, die die mir am Nächsten steht und der ich ein bindendes Versprechen gab, wurde von mir argwöhnisch beäugt und als unliebsam erachtet. Das war ebenso tragisch wie real. Ich sollte wirklich mehr an meiner Wahrnehmung arbeiten.

Kuno geht es mittlerweile ein bisschen besser, seine Ellen umsorgt ihn gut. Er ist ebenfalls wieder zu Hause, und sie wollen uns bei Gelegenheit mal besuchen kommen. Ich freue mich darauf. Es sind gute Menschen.

Ich überlege auch, ob ich Shannon irgendwann einmal im Gefängnis besuchen sollte. Ich habe so viele Fragen, vieles ist noch so unklar, und sie könnte mir da bestimmt einiges beantworten. Würde sie das tun? Ich weiß es nicht. Auch wenn er ein Riesenperverser war, aber er war immerhin mein Bruder. Ich möchte wissen, wie er zu dem geworden ist, der er letztendlich war. Eine Unterhaltung mit ihr könnte da Klarheit bringen. Aber ich denke, dass ich erst einmal auf die Beamten vertrauen muss. Wenn sich die Wogen geglättet haben, werde ich noch einmal erwägen, ob es ratsam ist, sie aufzusuchen. Noch ist alles zu frisch.

Aus der Zeitung habe ich auch entnommen, dass Eberhard Schwank in Untersuchungshaft ist und anschließend wohl für sehr lange Zeit hinter Gitter muss. Seine Frau liegt im Sterben, aber das war für den Haftrichter kein Grund, ihn nicht wegzusperren. Richtig so. Auch er ist eine Person übelster Sorte. Nach und nach melden sich junge Frauen, die aussagen, dass er sie vergewaltigt hätte. Ich frage mich, warum sie nicht früher zur Polizei gegangen sind. Aber wahrscheinlich hatten sie Angst, und jetzt, wo er weg vom Fenster ist, fühlen sie sich sicherer.

Was mit dem Haus meines Bruders passieren soll, weiß ich nicht. Auch was sein Vermögen angeht, wäre es interessant zu erfahren, ob ich etwas davon abbekomme.

Shannon hat ja keine Verwandtschaft. Ihr schrecklicher Polizistenbruder war der Einzige, den sie noch hatte. Warum hat sie uns nie von ihm erzählt? Nun, sie wird ihre Gründe gehabt haben.

Da Ismael, oder besser gesagt Roger in Bad Bederkesa ermittelt hat, wäre ich fast über ihn gestolpert. Das war sicherlich auch ein Grund, warum ich aus Bederkesa raus sollte und warum er mich des Nachts überfallen hat. Wenn ich nur daran denke, überkommt mich ein eiskalter Schauer. Vieles hätte verhindert werden können, wenn wir vorher schon aufeinandergetroffen wären, als er als Ermittler vor Ort war. Gut, vielleicht hätte es auch böse enden können. Man weiß es nicht.

Ärgerlich ist nur, dass Rebecca noch irgendwo da draußen ist. Ich hoffe es geht ihr richtig schlecht, und sie bekommt irgendwann, was sie verdient.

Ich schiebe den Rest Nudelsuppe beiseite und erhebe mich mühselig. Miriam schaut freundlich zu mir auf, und ich humple zu ihr.

»Naa«, sagt sie gedehnt, verschmitzt lächelnd.

»Na«, erwidere ich schmunzelnd und lege mich neben sie. Meinen bandagierten Arm lege ich um ihre Schultern.

Wir schauen uns an. Lange. Sie riecht so gut. Ich merke, wie mir ein wohliger Schauer über den Rücken läuft. Eine tolle Frau.

Ich liebe sie.

Von ganzem Herzen.

Epilog

Rebecca hat die Augen geschlossen und befindet sich in diesem herrlichen Übergang zwischen Schlafen und Wachen. Sie dreht ihren Kopf etwas zur Seite und spürt das weiche Kissen unter ihrer rechten Gesichtshälfte. Dann realisiert sie die Hand, die langsam und zärtlich ihren Kopf streichelt. Wäre sie eine Katze, sie würde jetzt schnurren.

Sie will gerade etwas Schönes zu Johannes sagen, aber dann fällt ihr ein, dass er es gar nicht sein kann, der seine Hand über ihren Kopf führt. Schwermütig seufzt sie auf, vergräbt das Gesicht ins Kissen.

Dann kommt die Erkenntnis langsam wieder. Sie erinnert sich an Buck. An seine Gefangene im Keller. Sie erinnert sich daran, dass sie sich an dem Förster rächen wollte – für Johannes' Verlust. Sie hatte ihn mit seiner eigenen Spritze zur Strecke gebracht, als er nach Hause kam, und wollte ihn ebenfalls töten. Sie hatte auch die Möglichkeit dazu, als er vor ihr gefesselt auf dem Fußboden lag, aber etwas hielt sie zurück. Ein Gefühl bemächtigte sich ihrer. Ein starkes, einnehmendes Gefühl. Als würde Gott sie selbst lenken. Rebecca hatte sich schließlich dagegen entschieden, ihn zu töten. Sie hatte ihm zugehört, als er gefesselt auf dem Boden lag, und er lauschte interessiert ihren Ausführungen, denn sie waren sich nicht unähnlich und sie konnten voneinander lernen und sich unterstützen. Sie merkte es in dem Moment, als sie die Frau im Keller entdeckte. Er war ein starker Mann. Sie konnte ihm verzeihen. Er wird ihr bestimmt einiges beibringen können und sich um sie kümmern.

Ein wärmendes Gefühl breitet sich in ihrem Inneren aus, wenn sie an ihr Gespräch im Wohnzimmer denkt. Sie gibt ein zufriedenes Knurren von sich und greift zärtlich nach der sie streichelnden Hand.

Plötzlich erschrickt sie. Sie ist mit einem Mal hellwach. Der wohlige Schlafnebel ist wie weggeblasen. Da war noch mehr. Schnell zieht sie ihre Hand wieder zurück und richtet sich auf.

Zu ihrem Erstaunen blickt sie in die freudig strahlenden Augen einer Frau. Es ist die Frau, die sie im Keller von Buck gefunden hat, und mit einem Mal ist die Erinnerung wieder komplett. Nach dem Wohnzimmergespräch ist es passiert.

Rebecca hatte Buck losgeschnitten, als er am Boden lag. Er stand auf, und sie löste auch die zweite Fessel. Er nickte und ging dann in die Küche, um der Frau im Keller endlich das Essen zu bringen, und sie folgte ihm. Als er ihr bedeutete, einen Teller zu nehmen, griff sie zu.

Aber anstatt sie nach unten zu schicken, schlug er ihr seine Faust ins Gesicht. Sie flog quer durch die Küche und landete hart auf dem Boden.

Sie berührt ihr Gesicht, spürt eine schmerzende Verdickung am Auge, starrt die Frau an, die immer noch lächelnd neben ihr auf der Matratze sitzt.

»Ich wusste, dass du wieder zurückkommst«, sagt sie mit heller Stimme.

Rebecca springt entsetzt auf, drückt sich mit dem Rücken an die Metalltür und kann den Blick nicht von der hageren und blassen Frau lassen.

Er hat mich reingelegt, geht es ihr durch den Kopf. Buck wollte ihr gar nicht helfen, im Gegenteil. Als sie auf dem Boden lag, sprach er zu ihr, sie erinnert sich trotz der Benommenheit, die ihr der Schlag bereitet hatte: »Ich glaube nicht an höhere Mächte. Hab ich nie getan. Jeder ist selbst dafür verantwortlich, was er tut und wohin ihn das führt.« Die Worte trafen sie fast noch mehr als sein Schlag, denn sie hatte gedacht, sie könnte ihm vertrauen. Dann ging er zu ihr, stellte sich über sie und würgte sie, bis sie ohnmächtig wurde. Das Letzte, an das Rebecca sich erinnern kann, waren die Worte: »Niemals gegen Kinder.«

Und jetzt ist sie hier. Mit dem Rücken zur Wand in einer Zelle, aus der es scheinbar kein Entkommen gibt. Die Frau vor ihr ist der beste Beweis dafür.

Tränen schießen Rebecca in die Augen, und sie vergräbt ihr Gesicht in den Händen.

»Weine nicht«, sagt die Frau, steht auf und kommt zu ihr. Sie legt Rebecca einen Arm um die Schulter und flüstert einfühlsam: »Er kümmert sich um dich, du wirst sehen. Er hat sich auch um mich gekümmert.«

»Nein«, schluchzt Rebecca. Dann wieder: »NEIN.«

»Doch«, erwidert Jasmin. »Er hat etwas ganz Besonderes mit dir vor, glaub mir. Er hat es mir gesagt.«

»Er hat es dir gesagt?«, fragt Rebecca, und Jasmin nickt. »Gewöhn dich nicht zu sehr an sie, hat er gesagt.«

»Was heißt das?«

»Kennst du den Maler Francesco de Goya?«, will sie von Rebecca wissen, die nur den Kopf schüttelt. »Er liebt seine Zeichnungen. Er stellt sie gerne nach, weißt du? Hatte nur lange Zeit keine Gelegenheit dazu. Aber jetzt bist du ja da. Vielleicht bessert sich jetzt auch seine Laune.«

»Nachstellen? Was soll das hei…«

Das Klicken in den Schlössern der Tür klingt in ihren Ohren bedrohlich und lässt sie verstummen und zusammenzucken. Hastig drückt sie sich an Jasmin vorbei in die Ecke und starrt erschrocken zur sich öffnenden Tür.

Buck betritt langsam und mit abschätzendem Blick den Raum. Schnell hat er sie ins Auge gefasst.

»Schön, dich wach zu sehen«, sagt er lächelnd und geht ihr entgegen.

Dank

Es gibt einige Menschen – besondere Menschen –, die mir geholfen haben, diesen Roman zu schreiben und zudem eine große Stütze in meinem Leben sind, wenn nicht sogar dicke Pfeiler.

Da wäre zuallererst meine Frau Christina, die mir während des Schreibens den Rücken freihält und mir die Atmosphäre schafft, die ich für meine kreativen Ergüsse brauche. Ich danke dir dafür. Du bist die Beste.

Für die nötige Zerstreuung und mentales Wohlbefinden sorgen ebenfalls meine beiden himmlischen Sprösslinge Emily und Malte. Ich liebe euch.

Maren Uhde, Marie Meier, Steffi und Niels Lahme bestärkten mich immer wieder, den Weg weiterzugehen, den ich vor einiger Zeit eingeschlagen habe. Auch euch gebührt mein größter Dank.

Alicia Chantal Pulfermuller, eine liebe Wegbegleiterin von Anfang an, war mir eine sehr große Hilfe bei »Jonas« und rückte »Eric« eindrucksvoll ins Rampenlicht. Ich hoffe, wir werden auch in Zukunft noch einiges zusammen bewegen.

Polizeitechnisches Wissen für diesen Roman vermittelte mir Dieter Wall von der Dienststelle in Leherheide. Vielen Dank für die überaus interessanten Einblicke und dafür, dass Sie und Ihre Kollegen tagtäglich diesen wahrlich anstrengenden Job mit Kompetenz, aber auch Humor und Herz angehen. Unsere Zeit im Tunnel wird mir eine angenehme Erinnerung sein.

Natürlich gehören auch Renée Repotente und Yasmin Ehlers vom Schardt Verlag zu den ganz wichtigen Menschen, die genannt werden müssen. Danke, dass ihr mir die Möglichkeit gegeben habt, meine Phantastereien zu veröffentlichen und meinen Werken den letzten Schliff verpasst.

Eine tolle Stütze bei den ersten Gehversuchen als Autor war auch Beate Majewski. Ihr und den Mitgliedern ihrer Facebook-Gruppe »Rezensionen von Lesern – für und mit Autoren« sei herzlich gedankt.

Meine Mutter Ursula trug maßgeblich dazu bei, dass »Eric« verbreitet wurde; Claudia Schütz (Miss Norge's Bøkerwelt) und Anja Gries (Nisnis Bücherliebe) unterstützten mich von Beginn an – genauso wie zahlreiche Kolleginnen und Kollegen vom Magistrat der Stadt Bremerhaven, Freunde und Buchblogger. Euch allen gebührt mein Dank. Aus tiefstem Herzen.

MARCO MONETHA IM SCHARDT VERLAG

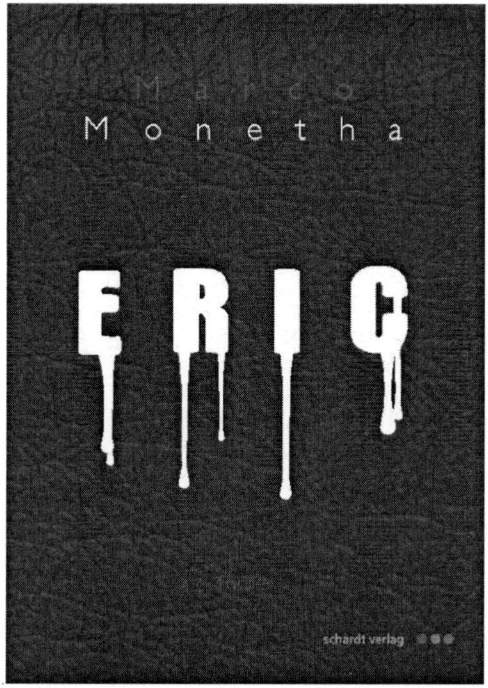

„Sag mir, kleiner Mann. Wie weit würdest du gehen, um diesen Kerl loszuwerden?“ Eric merkt sofort, dass Buck ihm eine wichtige Frage stellt, und je nachdem, wie er antwortet, kommt etwas in Gang, das alles ändern wird. Er überlegt nicht lange, schaut ihm fest in die Augen und sagt: „Ich würde alles dafür tun.“

Mit dieser Antwort geht der junge Eric eine tiefe und lebenslange Verbindung zu Buck, dem Jäger, ein. Ein dunkles Geheimnis verbindet die beiden, und eine bedingungslose Freundschaft in einem kleinen Dorf im Norden Deutschlands beginnt. Als Erics Mutter Jahre später auf bestialische Weise ermordet wird, wird diese Freundschaft auf eine harte Probe gestellt. Denn Eric weiß, dass in Buck etwas schlummert, das immer wieder ausbricht. Während die Angst vor einem brutalen Mörder im Ort umgeht, stellen sich Eric und Buck ihren eigenen Dämonen. Und erkennen sehr schnell, dass sie nicht die einzigen Akteure in diesem mörderischen Spiel sind …

ISBN 978-3-89841-893-5 | 243 SEITEN | 12,80 € | AUCH ALS EBOOK